특성 없는 남자 5

나남
nanam

한국연구재단 학술명저번역총서
서양편 428

특성 없는 남자 5

2022년 3월 5일 발행
2022년 3월 5일 1쇄

지은이   로베르트 무질
옮긴이   신지영
발행자   趙相浩
발행처   (주) 나남
주소   10881 경기도 파주시 회동길 193
전화   (031) 955-4601 (代)
FAX   (031) 955-4555
등록   제 1-71호 (1979. 5. 12)
홈페이지   http://www.nanam.net
전자우편   post@nanam.net
인쇄인   유성근 (삼화인쇄주식회사)

ISBN 978-89-300-4093-8
ISBN 978-89-300-8215-0 (세트)

책값은 뒤표지에 있습니다.

'한국연구재단 학술명저번역총서'는 우리 시대 기초학문의 부흥을 위해
 한국연구재단과 (주)나남이 공동으로 펼치는 서양명저 번역간행사업입니다.

한국연구재단
학술명저번역총서
428

특성 없는 남자 5

로베르트 무질 장편소설

신지영 옮김

Der Mann ohne Eigenschaften

by

Robert Musil

소설의 배경인 1914년의 유럽 지도

차례

— 5권 —

등장인물 소개

울리히	이 이야기의 주인공인 특성 없는 남자. 군인과 공학자를 거쳐 수학자가 되었다.
레오나	바리에테 가수이자 울리히의 연인.
보나데아	유명 법률가의 아내이자 두 아들의 어머니. 울리히의 연인.
발터	울리히의 학창 시절 친구.
클라리세	발터의 아내이자 울리히의 친구.
모스브루거	세간에 화제가 된 살인자.
울리히의 아버지	특성 있는 남자인 법학자.

라인스도르프	평행운동의 창시자. 현실정치가를 자처한다.
디오티마	평행운동을 이끄는 귀부인. 울리히의 사촌.
투치 국장	디오티마의 남편. 시민계급 출신의 외무부 국장.
슈툼 장군	국방부 군사 및 일반교육과 과장. 울리히가 소위였을 때 중대를 지휘했다.
아른하임	프로이센의 대부호이자 대저술가.
라헬	디오티마의 몸종.
졸리만	아른하임의 하인인 흑인 소년.

레오 피셸	로이드은행의 지점장 직무대행.
게르다 피셸	레오 피셸의 딸. 한스를 비롯한 청년 모임과 어울리며 아버지와 충돌한다.
한스 젭	반유대적인 청년 모임의 주된 인물.

아가테	울리히의 여동생.
하가우어	아가테의 두 번째 남편.
슈붕	법의 입안을 두고 울리히의 아버지와 대립했다.
포이어마울	인간은 선하다고 주장하는 시인.
지그문트	클라리세의 오빠이며 의사.
마인가스트	클라리세와 발터의 옛 지인인 예언자.
린트너	김나지움 교사.

19
모스브루거를 향해 앞으로

같은 시간 발터, 클라리세, 예언자 마인가스트는 래디쉬, 귤, 껍질째 인 아몬드, 스프레드 치즈, 커다란 터키 건자두로 가득 찬 대접을 둘러싸고 앉아 이 맛있고 건강한 저녁식사를 들고 있었다. 예언자는 약간 마른 상체에 다시 모 상의만 입고 있었고 가끔씩 그에게 제공된 자연 그대로의 채소를 칭찬했고 클라리세의 오빠 지그문트는 모자를 쓰고 장갑을 낀 채 탁자 한 귀퉁이에 앉아서 '완전히 미친' 누이가 모스브루거를 볼 수 있도록 하기 위해 그가 재차 정신병원 조수인 프리덴탈 박사와 함께 '일구어 낸' 협의에 대해 보고했다. "프리덴탈은 지방법원의 허락이 있어야 이를 성사시킬 수 있다고 고집해." 그는 숨김없이 말을 맺었다. "그리고 지방법원은 내가 너희에게 마련해 준 복지단체 '마지막 시간'의 청원서에 만족하지 않고 대사관의 추천서를 요구해. 유감스럽게도 우리가 클라리세가 외국인이라고 거짓말을 했기 때문이지. 이제 더 이상 아무것도 도움이 안 돼. 마인가스트 박사는 내일 스위스 대사관에 가야 해!"

지그문트는 누이와 닮았는데, 나이는 더 많았지만 얼굴 표정이 더 없었을 뿐이었다. 오누이를 나란히 관찰해 보면, 클라리세의 창백한 얼굴에서 코, 입, 눈은 마른 땅에 난 균열처럼 보인 반면 동일한 특징이 지그문트의 용모에서는 잔디로 덮인 부지의 부드럽고 약간 지워진 선들처럼 보였다. 물론 그는 작은 코밑수염을 빼고는 깨끗하게 면도를 했다. 그의 외모에는 누이에 비해 시민성이 남아 있었고 그것이 그에게 천진한 자연스러움을 부여했는데, 그가 그렇게 뻔뻔스럽게 철학자의 귀중한 시간을 빼앗는 그 순간에도 그랬다. 그래서 그 후 래디쉬 접시에서 천둥 번개가 쳤다하더라도 아무도 놀라지 않았을 테지만, 이 위대한 남자는 이런 부당한 기대를 친절히 감수했고 ― 그의 숭배자들은 이를 극도로 일화적인 사건으로 관찰했다 ― 홰 위에 나란히 앉은 참새를 참아내는 독수리처럼 한 눈으로 동의를 표했다.

어쨌든 갑작스럽게 생겨났지만 아주 폭넓게 퍼지지는 못한 긴장에 발터는 더 이상 자제를 할 수 없었다. 그는 접시를 끌어당겼고 아침 구름처럼 얼굴이 빨개졌고 의사나 간수가 아니면 건강한 인간은 정신병원에서 볼일이 없다고 힘주어 주장했다. 대가는 거의 알아차릴 수 없는 끄덕임으로 그에게도 동의했다. 지그문트는 이를 보았고 살아오면서 많은 것을 터득한 터라 위생적인 말들로 이 동의를 보충했다. "정신병자와 범죄자에게서 악마적인 것을 보려는 건 의심할 바 없이 부유한 시민계급의 역겨운 습관이야." "그럼 이제 설명을 해줘." 발터가 소리쳤다. "왜 너희들은 모두 클라리세를 도와 너희들이 동의하지 않고 그녀를 더 신경질적으로 만들 일을 하게 하려는 건지!"

아내 자신은 이에 어떤 대답도 할 생각이 없었다. 그녀는 불쾌한 얼굴을 했고 현실과 동떨어진 그 표정은 겁이 날 정도였다. 두 개의 교만하게 긴 선이 코를 따라 아래로 달렸고 턱은 단단하게 뾰족했다. 지그문트는 다른 사람들을 대신해 말을 할 의무가 있다고도, 권한을 위임받았다고도 생각하지 않았다. 그래서 발터의 질문에 이어 짧은 침묵이 들어섰고 마침내 마인가스트가 낮은 목소리로 침착하게 말했다. "클라리세는 너무 강한 인상을 받아 괴로워하고 있어. 그걸 그냥 둬서는 안 돼."

"언제?" 발터가 큰 소리로 물었다.

"최근이야. 저녁에 창가에서."

발터는 창백해졌다. 그가 그것을 이제야 알게 된 유일한 사람이었고 반면 클라리세가 마인가스트에게, 심지어 오빠에게도 속마음을 털어놓은 것이 분명했기 때문이었다. '그녀는 그래!'라고 그는 생각했다.

꼭 그럴 필요는 없었을 테지만 그는 갑자기―채소가 든 접시 너머로―그들 모두가 대충 열 살 정도 더 어리다는 감정이 들었다. 그것은 마인가스트, 아직 변하지 않은 옛날의 마인가스트가 작별하고 클라리세가 발터를 선택했던 그 시기였다. 나중에 그녀는 마인가스트가, 당시 이미 포기하긴 했어도, 가끔씩 그녀에게 키스하고 그녀를 건드렸다고 고백했다. 기억은 커다랗게 흔들리는 그네 같았다. 발터는 점점 더 높이 들어 올려졌다. 당시 그는 모든 일에 성공했다. 비록 몇몇 심연이 그 사이에 놓여 있긴 했지만. 당시에도 클라리세는 마인가스트가 근처에 있으면 발터와 이야기할 수 없었다. 그는 자주 다른 사람들을 통해서야 비로소 그녀가 무슨 생각을 했는지, 무엇을 했는지를 들을 수 있었다. 그가 근처에 있으면 그녀는 굳어졌다. "네가 나를 건드리면 나는 아주 뻣뻣해져!" 그녀는 그에게 말했다. "내 육체는 진지해지는데, 그건 마인가스트와 같이 있을 때와는 조금 달라!" 그가 처음으로 키스했을 때 그녀가 말했다. "난 절대 이런 짓을 하지 않겠다고 엄마에게 약속했어!" 물론 그녀는 나중에 마인가스트가 당시 늘 식탁 아래에서 발로 은밀히 그녀의 발을 건드렸다고 고백했다. 그것이 발터의 영향이었다! 그가 그녀의 내면에 불러일으킨 풍부한 내적 발전은 그녀의 자유분방한 움직임을 방해했다. 그는 그것을 이렇게 설명했다.

당시 그가 클라리세와 주고받았던 편지들이 떠올랐다. 그는 오늘도 여전히 문학 전부를 뒤지더라도 정열과 독특함에서 이 편지들과 견줄 만한 것이 별로 없다고 믿었다. 그 격정적인 시절 그는 클라리세가 마인가스트가 그녀 옆에 있도록 허락하면, 그녀에게서 달아남으로써 그녀를 벌주었고 이어 그녀에게 편지를 썼다. 그리고 그녀는 그에게 편지를 썼고 그에게 충실할 것을 다짐했고 그녀가 마인가스트로부터 다시 한번 스타킹 위로 무릎까지 키스를 받았다고 솔직하게 알렸다. 발터는 이 편지를 책으로 펴내려 했고 지금까지도 가끔씩 언젠가 그렇게 하리라 생각했다. 하지만 유감스럽게도 지금까지도 그 일은 일어나지 않았고 아주 초기에 클라리세의 가정교사에게 오해만 불러일으켰고 이는 중대한 결과를 초래했다. 그러니까 발터는 그 선생에게 어느 날 이렇게 말했다. "조만간 내가 모든 걸 다 만회할 거예요!" 그 나름대로 의미가 있는 말이었고 그는 '편지'의 출판이 그를 유명하게 만들자마자 자신이 가족들 앞에서 거두게 될 정당화라는 위대한 성공을 상상했다. 정확히 보면, 사실 당시 클라리세와 그 사이에 많은 것이 바람직한 상태는 아니었으니까. 하지만 클라리세의 가정교사는 ― 그녀는 일종의 보조엄마 역할을 한다는 명예로운 구실로 노후대책을 받은 집안유산이었다 ― 이를 그녀 나름대로 잘못 이해했고 이로써 곧장 발터가 클라리세에게 청혼하는 것을 가능하게 할 뭔가를 하려 한다는 소문이 가족들 사이에 돌았다. 그리고 한번 발설이 되자 거기서 아주 독특한 행복과 강요가 생겨났다. 현실의 삶이 말하자면 단방에 깨어났다. 발터의 아버지는 아들이 스스로 돈벌이를 하지 않으면 더 이상 아들을 부양하지 않겠다고 선언했다. 미래의 장인은 발터를 아틀리에로 오게 했고 조형예술이든 음악이든 문학이든 간에 순수예술, 성스럽기만 한 예술이 겪는 어려움과 실망에 대해 이야기했다. 결국 발터 자신과 클라리세에게 경제적 자립, 아이, 공적인 공동의 침실에 대한 갑자기 육화(肉化)된 생각이 간질거렸다. 자기도 모르게 계속해서 긁어 대기 때문에 낫지 않는 피부에 난 생채기처럼. 이렇게 앞질러 간 발언 이후 몇 주일이 지나고 실제로 발터가 클라리세와 약혼하는 일이 일어났고 이는 둘을 아주 행복하게 했지만 또 아주 흥분하게 했다. 이제 하나의 항상적인 삶의 장소에 대한 모색이 시작되었으니까. 이 모색에는 유럽의 어려움들이 다 실려 있었는데, 변화무쌍한 방황 속에서 찾던 발터의 일자리가 사실 수입을 통해서뿐만 아니라 클라리세, 그, 연애, 문학, 음악, 그림에 대한 여섯개의 반작용을 통해서 정해졌다는 사실 때문이었다. 사실 그들은 얼마 전 그가 문화재청에서 일자리를 얻고 클라리세와 함께 이 소박한 집에 이사 왔을 때에야 비로소, 그가 늙은 마드모아젤의 면전에서 수다에 제압당한 그 순간과 연결된 연쇄 소용돌이에서 깨어났고 이 집에서 이제 운명이 계속 결정을 해야 했다.

그리고 근본적으로 발터는 운명이 이제 만족한다면 정말 타당하리라 생각했다. 그러면 끝은 딱 시작이 원했던 그것은 아닐 테지만 사과는 익으면 나무 위로 떨어지지 않고 땅으로 떨어지니까.

발터가 이런 생각을 하는 동안 그의 맞은편에 놓인 건강한 식물성 음식이 담긴 알록달록한 대접의 지름 끝 위로 아내의 작은 머리가 떠돌았다. 클라리세는 가능하면 객관적으로, 심지어 마인가스트 본인처럼 객관적으로 마인가스트의 설명을 보충하려 애썼다. "나는 그 인상을 잘게 부수기 위해 뭔가를 해야 해. 그 인상이 내게는 너무 강했다고 마인가스트는 말해." 그녀는 설명했고 스스로 이렇게 덧붙였다. "그 남자가 바로 내 창문 아래 덤불 속으로 들어갔다는 건 분명 그냥 우연은 아니야!"

"터무니없는 소리!" 발터는 잠자는 사람이 파리를 쫓아 버리듯 이를 쫓아냈다. "그건 내 창문이기도 하거든!"

"그래, 우리 창문이지!" 클라리세가 그녀의 '입술 틈 미소'를 지으며 이렇게 고쳤는데, 이 미소에서는 그 빈정대는 투가 씁쓸함을 드러내는지 조소를 드러내는지 구별할 수가 없었다. "우리가 그를 끌어들인 거야. 하지만 그걸 뭐라고 부를 수 있는지 말해 줄까, 그 남자가 한 짓 말이야? 그는 성적 쾌락을 훔쳤어!"

이 말에 발터는 머리가 아팠다. 그 머리는 과거로 꽉 차 있었고 현재는 쐐기를 박으며 그 안으로 파고들었다. 현재와 과거의 차이가 그다지 확실하지도 않았지만. 여전히 거기에는 발터의 머릿속에서 밝은 잎 덩어리로 뭉쳐진 덤불이 있었다. 자전거 길들이 그리로 나 있었다. 긴 자전거 타기와 산책의 모험은 오늘 아침의 일인 듯 체험되었다. 소녀들의 원피스가 다시 한들거렸는데, 원피스는 그 시절 처음 저돌적으로 발목을 내보였고 새로운 스포츠 동작을 할 때면 하얀 속치마 가장자리가 거품을 일으키게 했다. 당시 발터가 그와 클라리세 사이에 많은 것이 '바람직하지 않았다'고 생각했다는 것은 정말 아주 미화된 견해였을 것이다. 정확히 말해, 약혼 기간이었던 그 봄 이 자전거 타기에서 모든 일이 일어났고 어린 소녀는 간신히 처녀로 남아 있을 수 있었으니까. '행실이 바른 소녀라면 거의 있을 수 없는 일이야.' 발터는 황홀하게 그 일을 회상하며 생각했다. 클라리세는 그것을 '마인가스트의 죄를 떠안기'라고 명명했는데, 마인가스트는 당시 아직 다른 이름이었고 막 외국으로 떠났다. "그가 그랬다고 해서 관능적이지 않겠다는 건 지금은 비겁함일 거야!" 클라리세는 그것을 이렇게 설명했고 다음과 같이 공포했다. "하지만 **우리는** 정신적으로 그래야 해!" 아마 발터는 가끔씩 이런 진행이 얼마 전에 사라진 자와 아주 밀접하게 연관되어 있을까 걱정했을 테지만 클라리세는 대답했다. "위대한 것을 원하면, 예를 들어 우리가 예술에서 그렇듯이, 그러면 다른 걸 걱정하는 건 금지야." 이렇게 발터는 그들이 새로운 정신 속에서 과거를 반복함으로써 얼마나 열심히 과거를 파괴했는지 그리고 그들이 허락되지 않은 육체적 편안함에 초개인적 과제를 부여함으로써 그것을 용서하는 마법적 능력을 얼마나 커다란 즐거움을 느끼며 발견했는지 상기할 수 있었다. 사실 클라리세는 당시 음탕함에 있어서 나중에 거부에서와 같은 종류의 추진력을 보여 주었다고 발터는 고백했고 반항적인 사고 하나가 잠시 이 맥락을 떠나면서, 그녀의 가슴은 오늘날도 여전히 당시와 똑같이 뻣뻣하다고 말했다. 모두가 그것을 볼 수 있었다, 옷을 통해서도. 심지어 마인가스트는 딱 가슴을 쳐다보았다. 아마 그는 그것을 몰랐을 것이다. '그녀의 가슴은 말이 없어!' 발터는 속으로 이것이 꿈이나 시라도 되는 듯 함축성 있게 낭송했다. 그사이 감정의 쿠션을 통해 역시 현재도 밀고 들어왔다.

"클라리세, 말해 보세요. 무슨 생각을 하는지!" 그는 마인가스트가 의사처럼 또는 선생처럼 클라리세를 독려하는 말을 들었다. 어떤 이유에서인지 돌아온 뒤의 그는 가끔씩 예전처럼 '당신'이라는 호칭을 사용했다.

게다가 발터는 클라리세가 묻는 듯이 마인가스트를 바라보는 것을 알아차렸다.

"당신은 내게 모스브루거 이야기를 했습니다. 그가 목수라고 …." 클라리세가 바라보았다.

"누가 또 목수였지요? 구세주입니다! 당신이 이 말을 하지 않았나요! 당신은 심지어 그 때문에 어떤 영향력 있는 인물에게 편지를 썼노라고 이야기했지요?"

"그만 둬!" 발터가 격하게 청했다. 그는 혼란스러웠다. 하지만 불만을 터트리자마자 자신이 이 편지에 대해 아직 아무것도 들은 바가 없다는 것이 분명해졌고 그는 약해지면서 물었다. "무슨 편지?"

그는 아무에게서도 대답을 듣지 못했다. 마인가스트는 질문을 무시하고 말했다. "그건 시대에 가장 적합한 이념 가운데 하나지. 우리는 우리 자신을 해방시킬 능력이 없고 이건 의심할 바가 없어. 우리는 이걸 민주주의라고 부르지만 이건 그냥 '이렇게는 되지만 달리는 안 된다'라는 영혼상태에 대한 정치적 표현일 뿐이야. 우리는 투표용지의 시대야. 우리는 이미 실제로 매년 우리의 성적 이상, 미의 여왕을 투표용지로 선발하고 있고, 우리가 실증적 학문을 우리의 정신적 이상으로 만들었다는 것은 다름 아니라 이른바 사실들에게 투표용지를 쥐어준다는 말이야. 그것들이 우리 대신에 선발하도록. 우리 시대는 비철학적이고 비겁해. 무엇이 가치 있는지 가치 없는지 결정할 용기가 없어. 아주 간결하게 표현하자면, 민주주의가 의미하는 바는 '일어나는 일을 행하라!'야. 아울러 언급하자면, 이건 우리 종족의 역사를 통틀어 정말 가장 몰염치한 순환논증 가운데 하나지."

예언자는 화를 내며 호두를 깼고 껍질을 까서 깨진 조각을 입에 밀어 넣었다. 아무도 그의 말을 이해하지 못했다. 그는 천천히 씹는 턱뼈의 움직임을 돕기 위해 연설을 중단했고 약간 들린 코끝도 이에 참여했고 그동안 나머지 얼굴은 금욕적으로 미동도 없었지만 클라리세의 가슴 부근에 머무른 시선은 떼지 않았다. 자기도 모르게 다른 두 남자의 눈도 대가의 얼굴을 떠나 이 방심한 시선을 쫓았다. 클라리세는 어떤 흡인력을 느꼈는데, 그들이 한참 동안 그녀를 쳐다보면 그녀가 이 여섯 개의 눈에 의해 자신에게서 들려 나올 수 있는 듯했다. 하지만 대가는 마지막 호두를 꿀꺽 삼켰고 가르침을 이어갔다.

"클라리세는 기독교 성담(聖譚)이 구원자가 목수임을 허용한다는 걸 발견했어. 아주 맞는 이야기는 아니야. 그의 양아버지만 목수였으니까. 클라리세가 그녀의 눈에 띈 범죄자가 우연히 목수라는 것에서 뭔가를 추론하려 한다면 이는 당연히 전혀 맞지 않아. 지적으로 그건 비판만 받을 것이지. 도덕적으로는 경솔해. 하지만 그녀는 용감해. 바로 그거야!" 마인가스트는 엄하게 내뱉은 '용감한'이라는 단어가 효과를 내게 하려고 잠시 쉬었다. 그 후 그는 다시 조용히 말을 계속했다. "그녀는 최근에, 우리도 같이 겪었지만, 노출증 정신질환자를 보았어. 그녀는 그걸 과대평가해. 아무튼 성적인 것은 오늘날 철저히 과대평가돼. 하지만 클라리세는 말해. 이 남자가 내 창문 아래에 온 것은 우연이 아니라고. 그리고 이걸 지금 우리는 올바로 이해하려는 거야! 이건 사실 틀렸지. 인과율적으로 그 조우는 물론 우연에 불과하니까. 그럼에도 불구하고 클라리세는 스스로에게 말하지. '만약 내가 모든 것을 설명된 것으로 본다면 인간은 결코 세상을 바꿀 수 없을 것이다'라고. 그녀는 내 기억이 맞다면 모스브루거라는 살인자가 다름 아닌 목수라는 것을 설명할 수 없는 일로 봐. 그녀는 성적 장애가 있는 낯선 환자가 다름 아닌 그녀의 창문 아래 서 있었다는 것을 설명할 수 없는 일로 봐. 이렇게 그녀는 또 그녀가 만나는 많은 다른 것들을 설명할 수 없는 일로 보는 데 익숙해졌어. 그리고⋯ ." 마인가스트는 다시 그의 청자들을 한동안 기다리게 했다. 마지막에 그의 목소리는 극도로 조심하며 발끝으로 걷는 결연한 남자의 동작을 떠오르게 했지만 이제 이 남자는 덥석 움켜잡았다. "그리고 그녀는 그 때문에 뭔가를 하게 될 거야!" 마인가스트가 단호하게 선언했다.

클라리세는 차가워졌다.

"다시 한번 말하는데", 마인가스트가 말했다. "이걸 지적으로 비판해서는 안 돼. 하지만 지성은, 우리도 알다시피, 고갈된 삶의 표현이거나 도구일 뿐이야. 반대로 클라리세가 표현하는 것은 아마 벌써 이다른 영역에서 오는 걸 거야. 의지의 영역이지. 클라리세는 자신에게 닥칠 일을 결코 미리 설명할 수는 없겠지만 그걸 해결할 수 있을 거야. 그리고 그녀는 벌써 그걸 아주 올바르게 '구원하다'라고 부르는데, 본능적으로 올바른 단어를 사용했어. 사실 우리 가운데 누구라도 그게 망상으로 여겨진다거나 클라리세가 신경이 쇠약한 인간이라고 쉽게 말할 수 있을 테니까. 하지만 소용없을 거야. 현재 세상은 광기라고는 없는 나머지, 광기를 사랑해야 할지 미워해야 할지 모르거든. 그리고 모든 게 양가적이기 때문에, 그 때문에 또 모든 인간들은 신경쇠약증 환자고 병약자야. 한마디로", 예언자는 갑자기 말을 맺었다. "철학자는 인식을 포기하기가 쉽지 않지만 그렇게 해야 한다는 것이 어쩌면 20세기의 위대한, 생성 중인 인식일 거야. 제네바에 프랑스인 복싱선생이 있다는 게 내게는 분석자 루소가 이룩해 놓은 일보다 정신적으로 더 중요해!"

한번 궤도에 올랐으므로 마인가스트는 더 많은 말을 했으리라. 첫째, 구원이라는 사고는 항상 반지성적이었다는 데 대해. 그는 '오늘날 세상에 강력하고 좋은 광기(狂氣)보다 더 바람직한 것이 없다'라는 이 문장을 심지어 이미 혀 위에 올렸지만 다른 종결부를 위해 집어삼켰다. 둘째, 이미 '느슨하게 하다'와 유사한 '풀다'라는 어근을 통해 주어진 구원1이라는 표상의 육체적 함의에 대해. 이는 이제 행위만이, 즉 피부와 머리카락을 가진 한 인간 전체를 끌어들이는 체험만이 구원할 수 있다는 것을 지시하는 육체적 함의다. 셋째, 그는 남성의

---

1   독일어 '구원하다'(*erlösen*)에는 '풀다'(*lösen*)가 어근으로 들어 있다. 이하 각주는 모두 역주이다.

지나친 지성화 탓에 상황에 따라서는 여성이 본능적으로 행위의 지도자 역할을 할 것이며 클라리세가 첫 번째 예라고 말하려 했다. 마지막으로, 민족들의 역사에서 구원사고의 변화 일반에 대해, 그리고 이 발전 속에서, 구원이 단순히 종교적 감정에 의해 만들어진 개념이라는 수백 년간 지배적이던 믿음이 어떻게 구원은 결연한 의지를 통해, 필요하다면 심지어 폭력을 통해 초래되어야 한다는 인식에 자리를 내주고 있는지에 대해. 폭력을 통한 세계구원이 당시 그의 사고의 중심이었으니까. 하지만 클라리세는 그사이 그녀를 향한 주목의 흡인력을 참을 수 없다고 느꼈고 저항이 가장 적은 부분인 지그문트를 향해 지나치게 큰 소리로 이렇게 말함으로써 대가의 말을 방해했다. "내가 말했지, 우리는 함께 하는 것만 이해할 수 있다고. 그러니까 우리 스스로 정신병원으로 가야 해!"

자제력을 잃지 않으려고 귤껍질을 까고 있던 발터가 이 순간 칼을 너무 깊이 찌르는 바람에 한 줄기 신 액체가 그의 눈에 튀었고 그는 흠칫 놀라 주춤하며 손수건을 찾았다. 늘 그렇듯 세심하게 옷을 차려입은 지그문트는 우선 일 자체에 대한 관심으로 매제의 눈에 가해진 자극의 작용을 관찰했고 그 후 빳빳한 둥근 모자와 더불어 단정함의 정물화로서 그의 무릎 위에 놓인 스웨이드 가죽장갑을 관찰했다. 누이의 시선이 그의 얼굴에서 떠나지 않자, 그리고 아무도 그 대신에 대답을 해주러 나서지 않자, 그는 진지하게 머리를 끄덕이며 위를 쳐다보았고 느긋하게 중얼거렸다. "난 우리 모두가 정신병원감이라는 걸 의심한 적이 없어!"

이에 클라리세는 마인가스트를 향해 말했다. "평행운동에 대해 난 그건 아마 세기의 죄악인 '그렇게 — 그리고 또 — 다르게 일어나 게 내버려두기'를 치워 버릴 수 있는 엄청난 가능성이자 의무라고 이야기했지!"

대가는 미소를 지으며 이를 물리쳤다.

자신의 중요성이 주는 황홀함에 푹 잠긴 클라리세는 아무 맥락 없 이 고집스럽게 외쳤다. "한 남자가 하고 싶은 대로 하도록 내버려두 는 여자는, 그것이 그 남자의 정신을 약하게 하므로, 역시 강간살인 범이야!"

마인가스트가 경고했다. "우리는 일반적인 것만을 사고하려 해! 게 다가 난 한 가지 문제에서는 너를 안심시킬 수 있어. 죽어 가는 민주 주의가 아직 하나의 위대한 과제를 탄생시키고 싶어 하는 그 약간 우 스운 회의에 난 벌써 오래전부터 밀정과 심복을 심어 두었어!"

클라리세는 모근까지 차가워진 느낌이었다.

발터는 다시 한번 여기서 벌어지는 일을 막아 보려 시도했지만 허 사였다. 커다란 존경심을 품고 마인가스트와 맞서면서 그는 울리히 를 향해 말할 때와는 완전히 다른 어조로 마인가스트에게 말했다. "네가 말하는 건 나 스스로 오래전부터 말하고 있는 것, '순수한 색으 로만 그림을 그려야 한다'와 같은 걸 거야. 우리는 깨어지고 지워진 것과 절교해야 하고, 텅 빈 공기에 대한 용인(容認), 모든 것에 하나 의 확고한 윤곽과 향토색이 있음을 더 이상 보려 하지 않는 시선의 비 겁함에 대한 용인과 절교해야 해. 나는 그걸 회화적으로 말하고 넌 철 학적으로 말하지. 하지만 우리가 같은 의견이라면 …." 그는 갑자기 당황했고 왜 그가 정신병자와 클라리세의 접촉을 두려워하는지 다른 사람들 앞에서 발설할 수 없다고 느꼈다. "아니야. 나는 클라리세가 그 일을 하는 것을 원치 않아." 그는 외쳤다. "그 일은 내 동의를 받아서 일어나지는 않을 거야!"

대가는 친절하게 귀를 기울였고 이어 중요하게 내뱉어진 말들이 하나도 그의 귀로 밀고 들어오지 않은 듯 역시 친절하게 대답했다. "게다가 클라리세는 또 뭔가를 매우 아름답게 표현했어. 그녀는 주장했지. 우리 모두에게는 우리가 살아온 '죄악형상' 외에 '무죄형상'도 있다고. 이건 우리의 표상이 이른바 비참한 경험세계와는 무관하게 위대함의 세계로 가는 입구를 갖고 있다는 아름다운 의미로 이해할 수 있을 거야. 우리는 이 세계에서 환한 순간들에는 우리의 상이 수천 가지 다른 역동성에 따라 움직이는 것을 느끼지! 그걸 당신은 어떻게 말했지요, 클라리세?" 그는 클라리세를 향해 격려하며 물었다. "혐오감 없이 이 무자격자를 신봉하고 그에게 쳐들어가서 그의 감방에서 지치지 않고 밤낮으로 피아노를 연주하는 일이 일어난다면 당신은 그의 죄악을 흡사 그에게서 끌어내서 당신이 짊어지고 상승할 것이라고 주장하지 않았나요?! 이건 물론 또", 그는 이제 다시 발터를 향해 말했다. "말 그대로 이해해서는 안 되는 시대영혼의 심층과정이고 이 과정은 이 남자에 대한 우화로 위장되어 그녀의 의지에 불어넣어졌어 …."

이 순간 그는 구원자 사고의 역사와 클라리세의 관계에 대해 조금 이야기를 해야 할지, 단둘이 있을 때 그녀에게 다시 한번 그녀의 지도자 사명을 설명하는 것이 더 매력적일지 고민했다. 하지만 그때 그녀가 지나치게 고무된 아이처럼 자리를 박차고 일어났고 주먹을 불끈 쥔 팔을 내뻗었으며 수줍으면서도 폭력적인 미소를 지었고 자신에 대한 또 다른 찬사를 날카로운 외침으로 끊었다. "모스브루거를 향해 앞으로!"

"하지만 우리에게 입장권을 조달해 줄 사람이 아직 없어 … ." 지그문트가 말했다.

"나는 같이 가지 않겠어!" 발터가 단단히 다짐했다.

"나는 가격이나 질에 상관없이, 자유와 평등의 국가에 어떤 호의도 요구해서는 안 돼!" 마인가스트가 선언했다.

"그럼 울리히가 허가서를 받아와야 해!" 클라리세가 외쳤다.

다른 이들도 이 결정에 기꺼이 찬성했는데, 이로써 의심할 바 없이 힘겨운 노력을 한 후 또 다른 노력에서는 해방되었다고 느꼈기 때문이었고, 발터조차도 저항은 했지만 결국, 도움을 주기로 선택된 친구에게 이웃한 가게에서 전화를 거는 과제를 떠안아야 했다. 그가 전화를 했을 때, 울리히가 아가테에게 편지 쓰기를 최종적으로 중단하는 일이 일어났다. 그는 놀라면서 발터의 목소리를 들었고 소식을 들었다. 아마 이에 대해 각자 다른 생각을 할 수 있을 거라고 발터가 자진해서 덧붙였다. 하지만 전적으로 기분에 따른 것은 분명 아니다. 아마 정말로 뭔가를 시작해야 할 테고 그게 무엇인지는 덜 중요하다. 물론 모스브루거라는 인물의 등장도 이 맥락에서는 우연일 뿐이다. 하지만 클라리세는 너무나 이상한 직접성이 있고 그녀의 사고는 늘 혼합되지 않은 순수한 색으로 그린 새로운 그림들처럼 딱딱하고 반항적으로 보이지만 한번 이런 부류를 받아들이면 종종 놀랍게도 옳아 보인다. 전화로는 충분히 설명할 수가 없다. 울리히가 그를 곤경에 빠뜨리지 않기를 바란다 … .

울리히는 그가 소환된 것이 반가웠고 이 요구를 들어 주었다. 물론 가는 데 걸리는 시간에 비해 클라리세와 이야기할 수 있는 시간이 15분도 안 된다는 상황은 좋지 않았지만. 클라리세가 발터, 지그문트와 함께 저녁식사를 하러 오라는 부모님의 초대를 받았기 때문이었다. 차를 타고 가면서 울리히는 자신이 아주 오랫동안 모스브루거를 생각하지 않았고 늘 클라리세를 통해서야 다시 그를 회상하게 되었다는 것이 신기했다. 이 인간이 예전에는 거의 끊임없이 그의 사고 속으로 되돌아왔는데도. 지금은 울리히가 전철 종착역에서 친구 집으로 걸어가는 어둠 속에서조차 그런 유령을 위한 자리가 없었다. 그가 등장하는 빈 공간은 닫혔다. 울리히는 만족감과 자신에 대한 가벼운 불확실성을 느끼며 이를 인지했는데, 이 불확실성은 변화의 결과이며 변화의 크기는 그 원인보다 더 분명하다. 그가 더 단단한 검은색인 그 자신의 육체를 가지고 성긴 어둠을 뚫고 유쾌하게 걸어가고 있었을 때 발터가 머뭇거리며 그를 향해 다가왔다. 발터는 인적 없는 지역이 겁이 났지만 다른 사람들과 맞닥뜨리기 전에 둘이서 몇 마디를 하고 싶었기 때문이었다. 그는 활발하게 자신의 전갈을 그것이 중단된 대목에서 계속했다. 그는 자신을, 게다가 클라리세를 오해로부터 지키려는 듯 보였다. 그녀의 착상들이 아무 맥락 없이 보이는 곳에서도 그 뒤에서 우리는 실제로 시대 속에서 발효하는 전염물질을 보게 된다. 이것이 그녀가 가진 기이한 능력이다. 그녀는 숨겨진 사건을 가리켜 보여 주는 회초리 같다. 이번 경우에는 우리가 현재인간의 수동적이고 지적이기만 한 예민한 자세를 다시 '가치들'로 대체해야 한다는 필연성을 가리켜 보여 준다. 시대의 지성은 어디에도 더 이상 확고한 점을 남겨 두지 않았고 따라서 의지만이, 그래, 달리 되지 않으면 심지어 폭력만이 가치들의 새 서열을 만들 수 있고 이 서열에서 인간은 자신의 내면을 위한 시작과 끝을 발견할 수 있다. … 그는 마인가스트에게 들었던 것을 주저하는 동시에 열광하면서 반복했다.

이를 짐작한 울리히는 언짢아하며 물었다. "왜 도대체 넌 네 생각을 그렇게 과장되게 표현하지? 아마 너희들의 예언자가 그렇게 하겠지? 예전에 넌 단순함과 자연스러움을 충분히 가지지 못해 안달이었잖아!"

발터는 클라리세 때문에 이를 참았다. 친구가 그의 도움을 거부하지 않도록. 하지만 달 없는 밤, 한 줄기 빛만 있었더라도 그가 무기력하게 내보인 이빨의 번득임이 보였으리라. 그는 아무 대답도 하지 않았지만 억누른 화는 그를 약하게 만들었고 약간 겁나는 외진 곳에서 그를 보호해 주는 근육질의 동반자가 곁에 있다는 사실은 그를 부드럽게 만들었다. 갑자기 발터가 말했다. "네가 한 여자를 사랑한다고 상상해 봐. 그리고 너는 네가 감탄해 마지않는 한 남자를 만나고 너의 여자도 그에게 감탄하고 그를 사랑한다는 걸 알게 되지. 그리고 너희 둘은 이제 사랑, 경외심, 감탄을 품은 채 이 남자가 가진 도달할 수 없는 우월함을 느끼지 … ."

"난 그걸 상상할 수 없어!" 울리히는 그의 말을 경청해야 했을 테지만 중단시켰고 웃으면서 어깨를 으쓱했다.

발터는 독기 어린 눈으로 울리히 쪽을 바라보았다. 그는 "너라면 이 경우 무얼 하겠어?"라고 물으려 했다. 하지만 학창 시절 친구들의 그 옛 놀이가 반복되었다. 그들은 어슴푸레한 복도계단을 통과했고 발터가 외쳤다. "연기하지 마. 넌 그렇게 무감각할 정도로까지 자만에 빠져 있지는 않아!" 그 후 그는 뛰어야 했는데, 울리히를 따라잡아 계단에서 조용히 그가 알아야 하는 것을 전부 보고하기 위해서였다.

"발터가 무슨 이야기를 했어?" 위에서 클라리세가 물었다.

"그 일은 해 줄게." 울리히가 단도직입적으로 대답했다. "하지만 그게 이성적인지는 의심스러워."

"들어봐, 그의 첫마디가 '이성적'이야!" 클라리세가 웃으며 마인가스트에게 외쳤다. 그녀는 옷장, 세면대, 거울, 그녀의 방과 남자들이 있는 방을 연결하는 문을 오가며 분주했다. 가끔씩 그녀의 모습이 보였다. 젖은 얼굴, 그 위에 매달린 머리카락, 빗질해서 세운 머리카락, 맨 다리, 신발을 신지 않은 스타킹, 하의는 벌써 긴 야회복, 상의는 아직 흰색 병원가운처럼 보이는 화장가운 … 이렇게 자신의 모습이 보였다가 보이지 않았다가 하는 것이 그녀를 기분 좋게 했다. 그녀가 자신의 의지를 관철시킨 이래 그녀의 감정들은 전부 가벼운 쾌락에 잠겼다. "나는 빛의 밧줄 위에서 춤을 춘다!" 그녀는 방 안으로 외쳤다. 남자들은 미소를 지었다. 지그문트만이 시계를 바라보았고 사무적으로 재촉했다. 그는 전체를 체조연습처럼 관찰했다. .

그 후 클라리세는 '빛줄기' 위에서 브로치를 가지러 방구석으로 미끄러져 갔고 침대 옆 서랍장을 탁 닫았다. "나는 남자보다 더 빨리 옷을 입어!" 그녀는 옆방으로 지그문트에게 외쳤지만 갑자기 '옷을 입다'라는 단어의 이중의미에 말문이 막혔다. 그 순간 그녀에게 그것은 '옷을 입다'뿐만 아니라 불가사의한 운명을 '끌어들이다'를 의미했기 때문이었다. 2 그녀는 재빨리 옷 입기를 끝냈고 문 사이로 머리를 내밀고는 진지한 얼굴로 한 사람씩 차례로 친구들을 바라보았다. 이를 농담이라 여기지 않은 사람은 이 진지한 얼굴에 평범하고 건강한 얼굴의 표현에 속할 뭔가가 사라졌음에 경악했으리라. 그녀는 친구들 앞에서 절을 했고 장엄하게 말했다. "지금 나는 나의 운명을 끌어당겼노라!" 하지만 다시 몸을 일으켰을 때 그녀는 평소처럼 보였고 심지어 아주 매력적으로 보였다. 오빠 지그문트가 외쳤다. "앞으로, 행진! 아빠는 식사에 너무 늦게 오는 걸 좋아하지 않아!"

넷이서 전철역으로 걸어갔을 때 — 마인가스트는 작별 전에 사라져 버렸다 — 지그문트와 함께 약간 뒤처진 울리히는 최근에 누이 때문에 걱정하지 않았느냐고 물었다. 희미하게 타는 지그문트의 담배는 어둠 속에서 낮게 솟아오르며 반원을 그렸다. "그녀는 의심할 바 없이 비정상입니다." 그가 대답했다. "하지만 마인가스트는 정상인가요? 아니면 발터 자신은? 피아노 연주가 정상인가요? 평범하지 않은 흥분상태로 손목과 발목에 진전(振顫)을 동반하지요. 의사에게는 정상적인 게 아무것도 없어요. 하지만 진지하게 묻는 것이라면, 누이는 약간 지나치게 흥분해 있다고 말하겠어요. 내 생각엔 위대한 대가가 떠나고 나면 곧 나아질 겁니다. 그를 어떻게 생각하세요?"

"떠버리죠!" 울리히가 말했다.

"그렇지요?!" 지그문트가 기뻐서 외쳤다. "역겹습니다. 역겨워요!"

---

2 독일어 'anziehen'은 '끌어당기다'의 의미지만 재귀대명사와 결합하면 '옷을 입다'의 의미가 있다.

"하지만 사상가로서는 흥미로운 사람입니다. 그걸 완전히 부인하고 싶지는 않아요!" 지그문트는 한숨 돌린 뒤 추가로 덧붙였다.

20
라인스도르프 백작이 소유와 교양에 회의를 느끼다

이렇게 해서 울리히가 다시 라인스도르프의 집에 나타나게 되었다.

그는 고요, 헌신, 장엄, 미(美)에 둘러싸인 채 책상 앞에 앉아 있는 각하를 만났는데, 각하는 높다란 서류더미 위에 놓인 신문을 읽고 있었다. 제국직속 백작은 울리히에게 다시 한번 조의를 표한 후 걱정스레 머리를 설레설레 흔들었다. "자네 아빠는 소유와 교양의 마지막 참된 대변자 가운데 한 분이셨네." 그가 말했다. "내가 그와 함께 보헤미아 지방의회에 앉아 있던 시절을 잘 기억하네. 그는 우리가 늘 그에게 준 신뢰를 받을 만한 분이었어!"

울리히는 인사치례로 그가 없는 시간 동안 평행운동이 얼마나 진전을 보았느냐고 물었다.

"우리는 이제 내 집 앞 길거리에서 질러대는 소리 때문에, 자네도 같이 보았지, '국내 행정개혁 관련 참여국민의 소망을 파악하기 위한 연구회'를 만들었네." 라인스도르프 백작이 이야기했다. "장관이 직접 청했네, 우리가 당분간 그 일을 맡아 달라고. 우리가 애국적 사업으로서 이른바 일반적 신뢰를 받고 있기 때문이네."

울리히는 진지한 얼굴로, 어쨌든 이름은 잘 선택했고 특정한 효과를 보증한다고 확언했다.

"그렇다네, 제대로 된 표현이 매우 중요하네." 각하가 생각에 잠겨 말했고 갑자기 물었다. "트리에스테시3 공무원들 이야기에 대해 자네는 뭐라고 말하겠나? 난 정부가 마침내 단호한 태도를 보여 줄 때가 되었다고 생각하네!" 그는 울리히가 들어올 때 접었던 신문을 울리히에게 건네줄 기색이었지만 마지막 순간 신문을 직접 다시 한번 펼쳐 볼 결심을 했고 방문객에게 쓸데없이 장황한 기사를 활기찬 열정으로 읽어 주었다. "이런 일이 가능한 국가가 세상에 또 있다고 생각하나?!" 기사를 다 읽은 후 그가 물었다. "오스트리아 도시 트리에스테는 지금 벌써 몇 년째 이러고 있네. 제국의 이탈리아인만 채용하는 일 말일세. 그들이 우리가 아니라 이탈리아에 속한다고 느낀다는 것을 강조하려고 그러는 걸세. 나는 언젠가 황제 탄신일에 거기 간 적이 있네. 온 트리에스테에서 총독부, 세무서, 감옥, 두어 군데 병영지붕에서 말고는 단 하나의 국기도 볼 수 없었네! 반대로 이탈리아 왕 탄신일에 트리에스테의 사무실에 볼 일이 있으면 자네는 단춧구멍에 꽃을 꽂지 않은 공무원을 찾을 수 없을 걸세!"

"하지만 왜 그걸 지금까지 용인했습니까?" 울리히가 물었다.

"도대체 왜 용인하지 않아야 하나?!" 라인스도르프 백작이 불만스럽게 대답했다. "정부가 외국인 공무원을 해고하라고 시에 강요하면 사람들은 곧장, 우리가 독일화된다고 말하네. 그리고 어떤 정부든 이 비난을 두려워하네. 황제폐하께서도 이 말을 듣는 걸 좋아

---

3 트리에스테(Trieste) : 이탈리아 북동부의 항구도시로, 아드리아해를 사이에 두고 베니스와 마주보고 있다.

하지 않으시네. 우리는 프로이센인이 아니지 않은가!"

울리히는 연안도시이자 항구도시인 트리에스테가 세력을 키우던 베니스 공화국에 의해 슬라브인의 땅에 세워졌고 오늘날 대다수 슬라브인 인구를 끌어안고 있음을 상기했다. 게다가 이 인구를 시민들의 사적 사안으로만 간주된다고 해도─물론 트리에스테는 전 군주국의 동양무역 관문이고 군주국에 의존해 온갖 번영을 누리고 있었다─도시의 수많은 슬라브인 소시민계급이 이탈리아어를 말하는 우대받는 상류 시민계급의 권리, 즉 도시를 자기들의 소유로 보려는 권리에 가장 열렬히 이의를 제기한다는 사실을 피할 수는 없었다. 울리히는 이렇게 말했다.

"그건 옳은 말일세." 라인스도르프 백작이 그를 가르쳤다. "하지만 우리가 게르만화한다는 말이 있자마자 슬라브인들은 당장 이탈리아인들과 동맹을 맺네. 평소에는 그렇게 격렬하게 서로 싸우다가도! 이 경우 이탈리아인들은 모든 다른 민족들의 지원도 받네. 이걸 우리는 너무나 자주 경험했네. 현실정치적으로 생각하면, 원하든 원하지 않든 우리의 단결을 위협하는 요소는 사실 독일인이라고 보아야 하네!" 라인스도르프 백작은 깊이 생각에 잠겨 말을 맺었고 한동안 이 자세를 고수했는데, 여태 분명해지지 않고 그를 힘들게 하는 위대한 정치적 계획을 건드렸기 때문이었다. 갑자기 그는 다시 활기를 띠더니 홀가분하게 말을 계속했다. "하지만 이 다른 이들에게 이번엔 적어도 잘 이야기했어!" 그는 조바심 때문에 불확실해진 동작으로 다시 코안경을 코 위에 얹었고 이제 즐기는 어조로 울리히에게 다시 한번 신문에 실린 트리에스테 소재 오스트리아-헝가리 제국 총독부의 지시 가운데 특히 자신의 마음에 드는 대목을 전부 낭독해 주었다. "'국가 감독관청의 반복된 경고는 아무 쓸모가 없었다. … 토착민들의 피해 … 끊이지 않고 관찰되는, 관청의 지시에 대항하는 이 태도와 관련하여 이제 트리에스테 총독은 부득이하게 개입하여 기존 법적 규정의 효력을 관철시키지 않을 수 없다고 보았다. …' 품위 있는 언어라고 생각지 않나?" 그는 말을 중단했다. 그는 머리를 들었다가 곧 다시 숙였는데, 그의 욕구가 벌써 결말 부분을 향했기 때문이었다. 이제 그의 목소리는 이 부분의 세련된 관청위엄을 미학적 만족감을 담아 강조했다. "나아가", 그는 낭독했다. "'최종 결정권은 언제나 총독부에 있는 바인데, 가령 그런 공공기관의 간부가 개인적으로 제출한 국적취득요청서를 동일인이 특히 흠결 없는 자세로 보낸 긴 공직 기간을 감안하여 예외적으로 고려하는 것이 합당해 보인다면 개별적으로 호의적으로 처리할 것이냐가 그러하다. 이런 경우 오스트리아-헝가리 총독부는 불시의 개입을 보류하며 총독부의 입장을 전적으로 고수하는 가운데, 당분간 이 규정의 즉각적 실행을 포기할 용의가 있다.' 정부는 늘 이렇게 말해야 했네!" 라인스도르프 백작이 외쳤다.

"각하께서는 … 이 결말 부분에 근거하여 결국에는 모든 것이 다시 옛날 그대로일 거라는 말씀이지요?!" 울리히는 잠시 후 관청의 문장 뱀의 꼬리가 귓속으로 완전히 사라지고 나자 말했다.

"그래, 바로 그렇다네!" 각하가 대답했고 그의 내면에서 중대한 심사숙고가 작동하면 항상 그러듯이 1분 동안 엄지손가락 두 개를 서로 돌렸다. 하지만 그 후 그는 울리히를 찬찬히 바라보았고 말문을 열었다. "우리가 경찰전시회 개막식에 참석했을 때 내무부 장관이 '협조와 엄격'의 정신을 약속했던 것을 기억하는가? 그런데 나는 내 집 앞에서 소란을 피웠던 그 선동분자들을 모두 잡아 가두라고 요구하지 않지 않는가. 하지만 장관은 의회에서 이에 대해 합당한 거부의 말을 찾아야 했네!" 그가 마음이 상해서 말했다.

"전 제가 없는 동안 그 일이 일어났다고 생각했습니다!?" 울리히가 놀라움을 천연덕스럽게 연기하며 외쳤다. 진짜 고통이 그의 호의적 친구의 마음을 헤집고 있음을 알아차렸기 때문이었다.

"아무 일도 일어나지 않았네!" 각하가 말했다. 그는 다시 울리히의 얼굴을 근심에 차 튀어나온 눈으로 살피며 바라보았고 다시 말문을 열었다. "하지만 무슨 일이 일어날 걸세!" 그는 몸을 곧추 세웠고 침묵하며 의자에 몸을 기댔다.

그는 눈을 감았다. 눈을 다시 떴을 때 그는 설명하는 조용한 어조로 말을 시작했다. "보시게, 친구, 우리의 1861년 헌법은 시험 삼아 도입된 국가형식에서 독일민족과 그들 내 소유와 교양에 선선히 지도자 역할을 내주었네. 그것은 관대하신 황제폐하의 위대하고 신뢰에 찬, 어쩌면 심지어 시대에 아주 적합하지는 않은 선물이었네. 그런데 그 후 소유와 교양이 어떻게 되었나!" 라인스도르프 백작은 한 손을 들더니 공손히 다른 손 위에 내려놓았다. "황제폐하께서 1848년 즉위하셨을 때 올뮈츠[4]에서, 말하자면 흡사 망명 중에 … ." 그는 천천히 말을

---

4   올뮈츠(Olmütz) : 체코 동부의 도시 올로모우츠의 독일식 이름으로, 1850년 프로이센, 오스트리아, 러시아 간의 '올뮈츠 협약'이 체결된 도시로 유명하다. 이 협약

계속했지만 갑자기 조바심을 내며 또는 자신 없이, 떨리는 손가락으로 그의 외투에서 계획서를 하나 꺼냈고 코안경이 코 위에서 제자리를 찾도록 씨름했고 그 다음 말을 낭독했다. 군데군데 감정에 사로잡혀 떨리는 목소리였지만 그는 시종일관 온 힘을 다해 자신의 초안을 해독하는 데 열중했다. "… 폐하께서는 자유에 대한 백성의 거친 열망을 사방에서 들으셨다. 그리고 그 열망이 지나치게 커지는 것을 막는 데 성공하셨다. 백성의 의지에 몇 가지를 양보하신 후이긴 했지만 폐하께서는 종국에는 승리자로서, 게다가 백성의 과오를 용서하고 그들에게도 명예로운 평화를 위해 손을 내미신 자비롭고 은혜로운 승자로서 거기 서 계셨다. 헌법과 다른 자유는 사건들의 압력에 못 이긴 황제폐하에 의해 부여되긴 했지만 어쨌든 황제폐하의 자유로운 의지의 행위였고 폐하의 지혜와 자비의 열매이며 백성들의 문화가 진진하기를 바라는 희망의 열매였다. 하지만 황제와 백성의 이 아름다운 관계는 지난 몇 해 동안 선전선동분자들에 의해 교란되었다. …" 라인스도르프 백작은 정치사를 서술하는 한 마디 한 마디 신중하게 숙고되고 다듬어진 강연을 여기서 중단했고 그의 앞 벽에 걸린 그의 조상들, 마리아 테레지아 기사와 궁내부 장관의 초상화를 걱정스럽게 바라다보았다. 그리고 이어질 내용을 기다리는 울리히의 시선이 그의 시선을 거기서 떼어 내었을 때 그가 말했다. "더 이상은 아직 안 되네.

하지만 자네는 내가 최근에 이 연관성을 자세히 숙고했음을 보게

에서 프로이센이 오스트리아에 양보함으로써 오스트리아와 프로이센 간의 갈등이 봉합되었다.

제 3부 천년왕국으로(범죄자들) 35

될 거네." 그가 설명했다. "자네에게 읽어 준 것은 장관이 자기 임무를 제대로 수행했다면, 나에 반대한 시위라는 사안에서 국회에서 했어야 하는 대답의 서두네! 나는 이걸 이제 직접 하나하나 생각해 냈네. 완성되는 대로 황제폐하께 읽어드릴 기회도 있으리라고 자네에게 털어놓을 수 있네. 왜냐하면, 보시게, 1861년 헌법이 소유와 교양에 지도자 역할을 넘겨준 것은 의도가 없는 것이 아니었으니까. 거기에는 담보가 있었네. 하지만 오늘날 소유와 교양은 어디에 있는가!"

그는 내무부 장관에게 아주 화가 난 듯했고 울리히는 백작의 생각을 딴 데로 돌리기 위해, 적어도 소유에 대해서는 이것이 오늘날 은행 말고도 봉건귀족의 검증된 수중에도 있다고 말할 수 있다고 충심으로 말했다.

"나는 유대인들에게 전혀 반감이 없네." 라인스도르프 백작은 울리히가 이런 정정을 요구하는 뭔가를 말하기라도 한 듯 자발적으로 보증했다. "그들은 지적이고 부지런하고 성격에 충실하네. 하지만 그들에게 어울리는 이름을 주지 않은 것은 큰 실수네. 예를 들어, 로젠베르크와 로젠탈은 귀족 이름이네. 사자, 곰, 이와 비슷한 가축들은 원래 문장(紋章) 속 동물이네. 마이어는 토지소유에서 왔네. 노란색, 푸른색, 붉은색, 황금색은 방패색이네. 이 모든 유대인 이름들은", 각하는 놀랍게도 이렇게 말했다. "귀족에 대한 우리 관료주의의 불손에 다름 아니네. 귀족이 표적이었네. 유대인이 아니네. 그래서 유대인들에게 이 이름 말고도 아벨레스, 위델 또는 트뢰펠마허 같은 이름도 주었네. 전부 열람해 볼 수 있다면 자네는 유서 깊은 귀족에 대한 우리 관료주의의 이 원한을 오늘날도 여전히 드물지 않게 관찰할 수 있을 것이네." 그는 음울하고 완고하게 예언했는데, 마치 봉건주의에 맞선 중앙 정부의 싸움이 오래전에 역사에 의해 추월당하지 않은 듯, 살아 있는 자들의 면전에서 완전히 사라지지 않은 듯했다. 예를 들어, 실제로 각하는 특히 고위 공무원들이, 이름이 푹센바우어 또는 슐로써라도, 지위 덕분에 누리는 사회적 특권에 대해 진심으로 화를 낼 수 있었다. 라인스도르프 백작은 제멋대로인 시골귀족이 아니었고 시대에 발맞추어 느끼기를 원했으며 이런 이름들이 국회의원이라도 거슬리지 않았고 장관이라도 괜찮았고 영향력 있는 사인(私人)이라도 거슬리지 않았으며 결코 시민계급의 정치적이고 경제적인 영향력에 저항하지도 않았지만, 시민계급의 이름을 가진 고위 행정관만은 명예로운 전승의 마지막 잔재인 열정으로 그를 자극했다. 울리히는 라인스도르프의 언급이 사촌의 남편을 통해 유발된 것이 아닐까 자문했다. 이것도 불가능하지는 않았지만 라인스도르프 백작은 말을 계속했고, 늘 일어나는 일이었지만, 당장 오랫동안 몰두했던 어떤 아이디어에 의해 모든 개인적인 것을 넘어 고양되었다. "이른바 유대인 문제는 유대인이 히브리어를 말하고 그들의 고유한 옛 이름을 다시 수용하고 오리엔트식으로 옷을 입기로 결심한다면 세상에서 싹 사라질 걸세." 그가 설명했다. "우리나라에서 막 부자가 된 갈리치아인이 모자에 영양털이 꽂힌 슈타이어마르크 민족의상을 입고 바트이슐5의 중앙광장에 서 있는 모습이 좋아 보이지 않는다는 건 인정하네. 하지만

---

5   오스트리아 잘츠부르크 근교의 고급 온천휴양지이다.

길게 아래로 펄럭이며 다리를 감추는 비싼 의상을 입혀 보게. 그러면 자네는 그의 얼굴과 크고 활기찬 동작이 이 옷에 얼마나 탁월하게 어울리는지를 보게 될 걸세! 그러면 우리가 지금 농담거리로 삼는 모든 것은 제자리를 찾게 될 걸세. 그들이 즐겨 끼는 값비싼 반지조차도 그럴 걸세. 나는 영국 귀족들이 실천하고 있는 유대인 동화(同化)에 반대하는 사람이네. 시간이 오래 걸리고 불확실한 과정이긴 하지만 유대인들에게 그들의 참된 본질을 돌려주면 그들이 민족들의 보석, 정말 특별한 종류의 귀족이 되는 것을 자네는 보게 될 걸세. 이때 민족들이란 폐하의 왕관 주위에 감사하며 모인 이들, 또는 자네가 일상적으로 아주 분명히 상상하고 싶다면, 링 거리를 산책하는 이들이고 링 거리는 서유럽 최고의 우아함 한가운데서, 원한다면, 붉은 모자를 쓴 이슬람교도, 양털모피를 걸친 슬라브인, 맨 다리의 티롤인도 볼 수 있다는 점에서 세상에서 유일한 곳이네!"

이 대목에서 울리히는 '참된 유대인'을 발견하도록 마련된 각하의 혜안에 감탄을 표하지 않을 수 없었다.

"그렇다네, 이보시게, 진짜 가톨릭 신앙은 사물들을 진짜 상태로 보도록 교육하네." 백작이 자비롭게 설명했다. "하지만 내가 어떻게 이런 생각에 이르게 되었는지 자네는 추측할 수 없을 걸세. 아른하임을 통해서는 아니네. 지금 이 프로이센인에 대해 말하는 게 아니네. 난 은행가 한 명과, 물론 유대교도지, 이미 오래전부터 규칙적으로 상담을 해야 했고 처음에는 그의 어조가 늘 약간 거슬려서 사업적인 것에 제대로 집중할 수가 없었지. 가령 그는 나를 설득하고 싶으면 꼭 내 삼촌처럼 말을 했네. 내 말은, 삼촌이 막 말(馬)에서 내렸거나 '큰 수탁'에서 귀가했을 때처럼 말했다는 뜻이네. 여기 토박이들이 말하듯 그렇게 말이네. 난 그냥 '간결하게'라고 말하고 싶네. 하지만 열중하다 보면 그는 군데군데 그렇게 하지 못하고 그러면, 간단히 말해, 그냥 유대인처럼 말하네. 처음에 이미 말했다고 생각되네만, 그게 아주 거슬렸네. 그게 항상 사업상 딱 중요한 순간에 일어났고 그래서 나는 나도 모르게 벌써 그걸 기다리고 있었고 결국 다른 것에는 더 이상 전혀 집중할 수가 없거나 그냥 모든 것에서 중요한 것을 간파해서 들었기 때문이었네. 하지만 그때 이 생각에 이르게 되었네. 그가 그렇게 말하기 시작할 때마다 난 그냥 그가 히브리어를 한다고 상상했고 그게 얼마나 편안하게 들리는지 자네가 한번 들어 봤어야 했네! 정말 매력적이네. 그게 바로 교회언어지. 듣기 좋은 노래라네. 덧붙이자면, 난 아주 음악성이 있는 사람이네. 한마디로, 그는 그때부터 가장 어려운 이자의 이자계산과 어음계산을 말 그대로 피아노연주처럼 내게 흘려 넣었네." 라인스도르프 백작은 무슨 이유에서인지 우울한 미소를 지었다.

울리히는 각하의 호의적인 관심을 받은 자들이, 예상컨대, 각하의 제안을 거절할 것이라는 언급을 감히 끼워 넣었다.

"물론 그들은 원하지 않을 거네!" 백작이 말했다. "그러면 그들을 그들의 행복으로 강요해야 할 것이네! 군주는 거기서 세계 사명을 실현해야 하고 이때 다른 사람이 먼저 원하는지는 중요하지 않네! 이보게, 벌써 많은 것을 먼저 강요해야 하네. 하지만 생각해 보게. 우리가 나중에 제국독일인과 프로이센 대신에, 감사하는 유대인의 국가와 동맹을 맺는다는 게 무슨 뜻인지! 우리의 트리에스테가 이른바 지

중해의 함부르크인 곳에서 말이네. 교황 외에 유대인들까지 우리 편으로 만든다면 외교적으로 무적이 된다는 것은 차치하고서도!"

그는 맥락 없이 덧붙였다. "자네는 가령 내가 지금 화폐문제와도 씨름하고 있다는 걸 생각해야 하네." 그리고 그는 다시 독특하게 침울하고 방심한 미소를 지었다.

각하가 거듭 긴급하게 울리히의 방문을 청했는데도 불구하고 마침내 그가 온 지금, 당면한 문제는 말하지 않고 자신의 아이디어들을 그 앞에서 낭비적으로 살포하고 있음이 눈에 띄었다. 하지만 아마 그가 청자 없이 견뎌야 했던 동안 아주 많은 생각들이 그의 내면에서 생겼을 테고 이것들은 멀리까지 떼 지어 날아가지만 제때에 꿀을 가지고 모여야 하는 벌들의 소요와 비슷한 듯했다.

"자네는 내게 이의를 제기할 수 있을 것이네." 라인스도르프 백작은 울리히가 침묵했음에도 불구하고 새로 시작했다. "예전에 내가 기회 있을 때마다 거듭 자본가에 대해 정말 악평을 했다고. 그걸 부인할 생각은 추호도 없네. 너무 많은 것은 사실이거든. 오늘날 우리 삶에는 자본가가 너무 많아. 하지만 바로 이런 이유로 우리는 그들을 연구해야 하네! 보시게, 교양은 소유와 균형을 맞추지 못했네. 이것이 1861년 이후 발전의 전체 비밀일세! 그 때문에 우리는 소유를 연구해야 하네." 각하는 청자에게 이제 소유의 비밀이 온다는 것을 고지하기에 충분할 정도의 거의 알아차릴 수 없는 휴지기를 두었지만 그 후 암울하게 허물없는 태도로 계속했다. "이보게, 교양에서 가장 중요한 것은 그것이 인간에게 금지하는 것이네. 그건 교양이 아니네. 이렇게 해서 그건 해결되었네. 예를 들어, 교양 있는 인간은 절대 칼로 소스를 먹지 않네. 맙소사, 왜지. 그건 학교에서 입증할 수 없네. 그건 이른바 감각이네. 우대받는 계급이 그 일부고 교양은 그걸 우러러보네. 간단히 말해, 그건 교양의 모범이고, 이렇게 말해도 된다면, 귀족이네. 우리 귀족이 항상 바람직한 모습이 아니었음은 인정하네. 바로 여기에 의미, 즉 1861년 헌법의 혁명적이라 할 시도가 있고, 소유와 교양은 그 편에 섰어야 했네. 그들이 그렇게 했는가? 그들이 폐하의 은총이 당시 그들에게 용인했던 위대한 전망을 이용할 수 있었는가? 자네도 우리가 매주 자네 사촌의 위대한 시도에서 체험하는 경험들이 그런 희망에 상응한다고 주장하지는 않을 거라고 확신하네!" 그의 목소리는 다시 활기를 띠었고 그는 외쳤다. "이보게, 오늘날 어떤 것들이 스스로를 정신이라고 명명하는지 정말 너무나 흥미롭네! 나는 최근에 뮈르츠슈테그에서 사냥하던 중 추기경 예하(猊下)께 이 이야기를 했고 — 아니 뮈르츠브루크였네, 호스트니츠 자제의 결혼식이었군! — 추기경께서는 손뼉을 치면서 웃으셨네. '매년', 그분이 말씀하셨네. '뭔가 다른 것이지! 보게, 우리가 얼마나 욕심이 없는지. 우리는 거의 2천 년 내내 사람들에게 새로운 것을 이야기하지 않았네!' 이건 정말 사실이네! 믿음은 항상 같은 것을 믿는다는 데 있다는 게 주안점이라고 난 말하고 싶네. 그것이 이단이라 해도 말이네. '보게', 추기경께서 그때 말씀하셨네, '나는 항상 사냥 중이네. 이미 레오폴트 폰 바벤베르크 시절 내 전임자도 사냥을 갔기 때문이네. 하지만 난 동물을 죽이지 않네', — 예하는 사냥에서 절대 총을 쏘지 않는다는 것으로 유명하네 —'내면의 혐오감이 그것이 내 옷에 어울리지 않는다고 말하기 때문이네. 우리가 벌써 소년 시절부터 함께 춤을 배웠으니까 자네에게는 이 이야기를 할 수 있네. 하지만 난 공개석상에 나타나서, 사냥에서 총을 쏘지 말거라! 하고 말하지는 않을 걸세. 맙소사, 그게 참인지 누가 알까마는 어쨌든 그건 교의가 아니거든. 자네 여자 친구 집에 모이는 사람들은 그런 착상이 떠오르자마자 그걸 들고 공개석상에 나타나지! 거기서 자네는 오늘날 정신이라 불리는 것을 보네!' 그분은 가볍게 웃으셨네." 라인스도르프 백작은 이제 다시 인용하지 않으면서 계속했다. "그분의 직무가 꾸준하기 때문이네. 하지만 우리 평신도에게는 꾸준함을 모르는 변화 속에서 선을 찾아야 하는 어려운 직무가 있네. 그분께도 이 말을 했네. 나는 물었지. '대체 왜 신은 문학, 회화 등이 있는 걸 허락하셨지요. 이것들이 근본적으로 우리에게 너무나 맹탕인데도 말입니다?!' 이때 그분은 아주 재미있는 설명을 하셨네. '자네 정신분석에 대해 들어 본 적이 있는가?' 그분이 물으셨네. 나는 뭐라고 대답해야 할지 정말 몰랐네. '자', 그분이 말씀하셨네. '자네는 아마 그것이 추잡한 언행이라고 대답하겠지. 거기에 대해 논쟁하려는 게 아닐세. 모두들 그렇게 말하니까. 그럼에도 불구하고 사람들은 우리 가톨릭의 고해의자에 앉기보다는 이 새로 유행하는 의사들에게 달려가네. 들어 보게, 큰 무리를 지어 달려가네. 육신이 약하기 때문이네! 그들은 자신들의 은밀한 죄악을 상담하네. 그것이 커다란 만족감을 주기 때문이지. 그들은 욕을 하지만, 들어 보게, 그들이 욕하는 것, 그걸 돈을 주고 산다네! 하지만 난 그들의 신앙심 없는 의사들이 자신들이 발명했다고 상상하는 그것은 다름 아니라 교회가 이미 초기부터 해오던 일임을 자네에게 입증할 수도 있네. 그건 악마를 쫓아내고 귀신

들린 자를 치유하는 일이지. 귀신쫓기 의례와 세부사항까지 일치하
네. 예를 들어, 그들이 나름의 방법을 사용해서 귀신 들린 자로 하여
금 내면에 숨겨진 것을 이야기하도록 시도한다면 말이네. 교의에 따
라서도 그건 악마가 처음으로 막 빠져나가려고 하는 바로 그 전환점
이네! 우리는 그냥 이걸 적기에 변화된 요구에 적응시키고 음담패설
과 악마 대신 정신병, 무의식 등 오늘날의 용어를 논할 기회를 놓쳤
을 뿐이네.' 이게 아주 흥미롭다고 생각하지 않나?" 라인스도르프 백
작이 물었다. "하지만 이제 더 흥미로울 걸세. 왜냐하면 '그렇지만 우
리는 육신이 약하다는 걸 논하려 하지 않네!'라고 추기경께서 말씀하
셨거든. '우리는 정신도 약하다는 걸 논하려 하네! 그리고 이 점에서
교회는 아마 영리했을 것이네. 아무 일도 일어나지 않게 했으니까!
인간은 자신의 육신 속으로 들어간 악마를, 그것과 싸우는 척 한다고
해도, 오래전부터 정신에서 온 각성만큼 그렇게 두려워하지는 않네.
자네는 신학을 공부하지 않았지만 적어도 그걸 존중하지. 그건 세속
적 철학자가 현혹 속에서 지금껏 성취한 것 이상이야. 이렇게 말할
수 있네. 신학은 너무나 어려워서 15년 간 오로지 그것에만 몰두해야
비로소 자신이 신학에서 단 한마디 말도 정말로 이해하지 못했다는
걸 알게 된다고! 믿음이 근본적으로 얼마나 어려운지 안다면 당연히
어떤 인간도 믿고 싶어 하지 않을 거네, 모두가 그냥 우리를 욕할 거
네. 모두들 욕할 거네 — 이제 이해하겠나?' 그분은 간교하게 말씀하
셨네 — '지금 다른 사람들을, 책을 쓰고 그림을 그리고 주장을 내세
우는 다른 사람들을 욕하듯 꼭 그렇게. 우리는 오늘날 이들의 불손에
기쁜 마음으로 자리를 만들어주네. 내 말을 믿어도 되네. 이들 가운

데 누군가가 진지할수록, 오락이나 수입을 위해 제공하는 게 적을수록, 어리석게도 신에게 더 많이 봉사할수록 그는 더 재미가 없게 되고 사람들은 그를 더 많이 욕하지. '그건 삶이 아니다!'라고 그들은 말하네. 하지만 우리는 사실 진짜 삶이 무엇인지 알고 있고 그들에게도 그걸 보여줄 거야. 우리는 또 기다릴 수 있으니 자네도 그들이 헛된 영리함에 매우 분노해서 우리에게 되돌아오는 것을 몸소 체험하게 될 걸세. 자네는 오늘날 우리 가족들에게서 이미 이를 관찰할 수 있네. 우리 아버지들 시대에 그들은, 맙소사, 하늘을 대학으로 만들거라고 믿었지!'"

"나는", 라인스도르프 백작은 전갈의 이 부분을 끝맺고 새 부분을 열었다. "그분이 모든 것을 말 그대로 의미한다고 주장하고 싶지는 않네. 뮈르츠브루크에 있는 호스트니츠 가족은 유명한 라인 포도주가 있었는데, 마르몬트 장군이 1805년 서둘러 빈으로 진군하면서 남겨놓고 잊어버린 것일세. 그 포도주가 결혼식에서 제공되었거든. 하지만 추기경의 말 대부분은 이미 확실히 적중했네. 이제 그걸 어떻게 이해해야 할까 자문하면 나는 이렇게밖에 말할 수가 없네. 그건 분명 옳지만 맞지는 않을 거라고. 즉, 우리 시대의 정신을 보여 준다고들 해서 우리가 거기 초대한 사람들이 진짜 삶과는 전혀 관계가 없다는 것에는 추호도 의심의 여지가 없고 교회는 가만히 기다릴 수도 있네. 하지만 우리 민간 정치인은 기다릴 수가 없고 이제 우리는 한번 현재의 삶에서 좋은 것을 짜내야 하네. 알다시피, 인간은 빵만으로 살지 않고 영혼으로도 사네. 영혼은 이른바, 인간이 빵을 제대로 소화시킬 수 있다는 사실의 일부거든. 그 때문에 우리는 한번 … ." 라인스도르프 백작은 정치는 영혼을 추동해야 한다는 견해였다. "이 말은 무슨 일이 일어나야 한다는 뜻이네." 그가 말했다. "우리 시대가 이를 원하네. 이 감정을 오늘날 이른바 모든 인간이 갖고 있네. 정치적 인간뿐만이 아니네. 우리 시대는 아무도 지속적으로 배겨 낼 수 없는 과도기적인 것을 갖고 있네." 그는 이념들의 떨고 있는 균형에 — 이 균형에 유럽의 열강들의 마찬가지로 떨고 있는 균형이 거하고 있었다 — 충격을 가해야 한다는 아이디어를 냈다. "그게 어떤 충격인지는 거의 부차적인 문제네!" 그는 울리히에게 장담했다. 울리히는 경악한 척하며 각하께서는 그가 없는 동안에 거의 혁명주의자가 되셨다고 선언했다.

"그렇다네, 그러면 안 되는가!" 라인스도르프 백작은 우쭐대며 대답했다. "물론 예하는 폐하께서 내무부를 물갈이하도록 명령하신다면 적어도 작은 진보일 거라는 의견이시기도 했네만, 장기적으로 보면 그런 작은 개혁은 꼭 필요한 것이라 해도 크게 쓸모가 없네. 요즘 나의 숙고에서 가끔씩 내가 정말로 사회주의자들을 생각하고 있다는 걸 아는가?" 그는 불가피하다고 예상된 놀라움을 삭일 시간을 상대방에게 주었고 그 후 단호하게 말을 이었다. "자네는 참된 사회주의가 사람들이 생각하듯 그렇게 끔찍한 것이 아님을 믿어도 되네. 자네는 사회주의자는 공화주의자라고 이의를 제기할 걸세. 물론, 그들의 연설에 귀를 기울여서는 안 되네. 하지만 그들을 현실정치적으로 받아들이면, 정점에 강한 지배자를 가진 사회민주주의 공화국이 불가능한 국가형태가 아니라는 확신이 들 정도네. 내 개인적으로는, 조금만 양보해 주면 그들은 거친 폭력 사용을 기꺼이 포기하고 그들의 혐오스러운 원칙에서 한 걸음 물러날 거라고 확신하네. 안 그래도 그들은 이미 계급투

쟁과 사유재산 반대를 완화하는 경향이네. 그들 가운데는 실제로 아직 국가를 정당보다 우선시하는 사람들이 있네. 반면에 시민계급은 지난 선거 이후로 민족적 대립에서 이미 완전히 급진화되었네. 그럼 이제 황제만 남는군.", 그는 친근하게 낮춘 목소리로 계속했다. "앞서 이미 자네에게 암시했지, 우리는 국가경제적으로 사고하기를 배워야 한다고. 일방적 민족정책은 제국을 황폐화할 걸세. 황제께서는 이제 이 체코, 폴란드, 독일, 이탈리아 자유광대짓들이 싹 다···. 이걸 자네에게 어떻게 말해야 할지 모르겠네, 그냥 이렇게 말해 보세, 진심으로 상관이 없다고. 황제폐하께서 진심으로 느끼시는 것은 국방예산이 삭감 없이 승인되었으면 하는 소망뿐이네. 그래야 제국이 강해질 테니까. 그 다음으로는, 시민계급 이념세계의 온갖 불손에 대한 생생한 거부감이네. 황제께서는 1848년 이후 이를 계속 마음에 담고 계실 걸세. 하지만 이 두 감정을 가지신 황제폐하는 사실 이른바 국가의 제1 사회주의자에 다름 아니네. 지금 자네는 내가 말하는 그 위대한 전망을 인식했을 걸세! 이제 여전히 조정할 수 없는 대립인 종교만 남는데, 이에 관해 나는 다시 한번 예하와 이야기해야 할 걸세."

각하는 침묵하며 역사, 특히 그의 조국의 역사가 스스로 잘못 달려들어간 불모의 민족주의를 통해 우선은 한 걸음 미래로 나아갈 계기를 가졌다는 확신에 잠겼고, 이때 그는 역사는 본질적으로 다리가 두 개라고 상상했지만 다른 한편 철학적 필연성이라고 상상했다. 따라서 그가 너무 깊이 잠수한 잠수사처럼 갑자기 그리고 과민한 눈으로 다시 표면으로 올라온 것은 수긍이 갔다. "어쨌든 우리는 우리의 의무를 이행할 준비를 해야 하네!" 그가 말했다.

"하지만 각하께서는 지금 우리의 의무가 어디에 있다고 보시는지요?" 울리히가 물었다.

"우리의 의무가 무엇이냐고? 그냥 우리의 의무를 하는 것이네! 그게 우리가 할 수 있는 유일한 일이네! 하지만 다른 것에 대해 말하자면", 라인스도르프 백작은 이제야 그가 주먹을 올려놓았던 신문과 서류더미를 다시 떠올린 모양이었다. "보게, 백성은 오늘날 강한 손을 요구하네. 하지만 강한 손은 아름다운 말이 필요하네. 그렇지 않으면 오늘날 백성은 이를 받아들이지 않을 걸세. 그리고 자네는, 바로 자네 말이네, 이 능력이 탁월하네. 예를 들어, 자네가 떠나기 전 우리가 모두 자네 사촌 집에 모였을 때 자네가 말했지, 우리는 사실 — 기억나는가 — 이제 지복(至福)을 위한 주위원회를 투입해서 지복이 우리 사고의 현세적 정확성과 합치되도록 해야 한다고. 이건 아주 간단히 이루어지지는 않을 테지만 내가 이 이야기를 했을 때 예하께서는 진심으로 웃으셨네. 나는 그분께 그걸, 사람들이 말하듯이, 살짝 냄새 맡게 했네. 그분이 늘 모든 것을 조롱한다 해도 나는 아주 잘 알고 있네, 그분의 조소(嘲笑)가 쓸개가 아니라 심장에서 온다는 걸. 우리는 자네 없이는 전혀 안 되네, 친애하는 박사 … ." 이날 라인스도르프 백작의 다른 발언들이 전부 어려운 꿈의 성질을 가졌다면 이제 그 뒤를 따른 소망, 울리히가 평행운동의 명예비서 자리를 내려놓겠다는 의도를 '적어도 잠정적으로는 필시 포기할 것'이라는 소망은 너무나 단호하고 신랄한 성질의 것이었고, 라인스도르프 백작이 너무나 기습적으로 그의 팔 위에 손을 얹는 바람에 울리히는 그 전의 상세한 연설이 예상보다 훨씬 간교하고 그냥 그의 조심성을 잠재우려는 목적이었다는 아주 만족스럽지는 못한 인상을 받을 정도였다. 그는 이 순간 그를 이런 상황으로 내몬 클라리세에게 정말 화가 났다. 하지만 이 대화의 틈이 첫 기회를 제공했을 때 그는 즉시 백작의 호의를 이용했고 이때 멈춤 없이 계속 말을 하려 했던 지체 높은 신사는 당장 호의를 베풀 생각이었으므로 마지못해 상대의 청구서를 지불하는 것 말고는 다른 도리가 없었다.

"투치가 벌써 전갈을 보내 왔네." 라인스도르프 백작이 기뻐하며 대답했다. "자네가 아마 그의 사무실에서 보낸 사람을 선택하게 될 거라지. 그가 모든 불쾌한 일을 도맡을 거라네. '좋다'고 나는 대답했네. '그가 그렇게만 한다면야!' 결국 자네에게 붙여 줄 그 남자는 관청에 맹세한 사람이고 내가 자네에게 기꺼이 붙여 주려 했던 내 비서는 사실 유감스럽게도 멍청이네. 그러니 보류된 일들은 보여 주지 않는 게 좋을 걸세. 다름 아닌 투치의 사람이 우리에게 추천된 것이 결국 아주 편하지는 않거든. 그 밖에는 앞으로 그냥 자네에게 최고로 편한 대로 하게!" 각하는 이 성공적인 담화를 공손하게 끝맺었다.

21
네가 가진 것을 전부 불 속에 던져라, 신발까지도

이 시기 동안 그리고 혼자 남겨진 그 순간부터 아가테는 모든 관계들의 긴장이 완전히 풀린 가운데 호의적으로 침울한 무의지 속에서 살았다. 오직 넓고 높은 하늘만 보이는 높은 산 같은 상태였다. 그녀는 매일 오락 삼아 약간 시내를 걸었다. 집에 있으면 책을 읽었다. 그녀는 일에 몰두했다. 그녀는 감사하는 마음으로 즐기면서 이 부드럽고 사소한 일들을 한다고 느꼈다. 아무것도 그녀의 상태를 압박하지 않았고 과거에 연연함도 없었고 미래를 위한 노력도 없었다. 그녀의 시선이 주변에 있는 한 사물에 가 닿으면 이는 마치 그녀가 어린 양을 유혹하는 것 같았다. 그것은 그녀에게 접근하기 위해 부드럽게 다가오거나 그녀에게 전혀 신경을 쓰지 않았다. 하지만 결코 그녀는 그것을 의도를 가지고, 내적인 포착이라는 그 움직임, 사물들 속에 있는 행복을 쫓아 버리기 때문에 모든 차가운 이해에 폭력성과 허무함을 부여하는 그 움직임을 가지고 파악하지 않았다. 이런 방식으로 아가테에게는 자신을 둘러싼 모든 것이 평소보다 훨씬 더 잘 이해되는 듯 보였지만 아직도 그녀는 주로 오빠와의 대화에 열중했다. 어떤 계획과 선입견을 통해서도 그 소재를 왜곡시키지 않는 그녀의 비범하게도 충실한 기억력의 독특함에 걸맞게 이제 활기찬 말들, 조금 뜻밖이었던 그 대화의 어조와 몸짓이 그녀 주위에서 다시 수면 위로 떠올랐다. 별 맥락 없는, 오히려 아가테가 대화를 제대로 파악하기 전 그리고 대화의 목적이 무엇인지 알기 전 모습 그대로였다. 그럼에도 불구하고 모든 것은 최고로 의미심장했다. 이미 너무나 자주 후회로 점철되었던 회상은 이번에는 평온한 애착으로 가득했고 과거의 시간은 평소처럼, 살았던 것을 받아들이지 못한 서리와 암흑 속으로 사라지는 대신 육체의 온기에 바싹 밀착되어 그녀를 기쁘게 했다.

이렇게 눈에 보이지 않는 빛에 감싸인 채 아가테는 볼일이 있는 변호사, 공증인, 상인들과도 대화했다. 그녀는 어디에서도 거부에 부딪히지 않았다. 아버지의 이름이 추천한 이 매력적인 젊은 여인에게 사람들은 그녀가 원하는 것을 모두 들어주었다. 이때 그녀 자신은 근본적으로 정신이 나가 있었지만 또 그만큼 큰 확신을 갖고 행동했는데, 그녀가 결심한 것은 확정되어 서 있었지만 흡사 그녀의 바깥에 서 있는 듯했고, 살면서 얻은 노련함은 — 역시 그녀라는 인물과는 구별되는 것인데 — 자신의 임무에 제공되는 장점을 태연하게 이용하는 영악한 일용직 머슴처럼 계속해서 이 결심에 종사했다. 그녀가 행한 모든 일이 사기를 위한 준비라는, 제3자의 뇌리에는 강하게 떠오를 이 의미는 그녀 자신의 소견에서는 이 시간 내내 전혀 관철되지 않았다. 그녀 양심의 통일성이 이를 배제했다. 그녀 양심의 광채는 불꽃의 핵처럼 그 한가운데 놓여 있는 이 어두운 점을 무색하게 했다. 아가테 자신은 이를 어떻게 표현해야 할지 몰랐다. 그녀는 자신의 계획을 통해, 이 추악한 계획과는 너무나 동떨어진 상태였다.

오빠가 떠난 아침에 벌써 아가테는 조심스럽게 자신을 관찰했는데, 이는 우연히 얼굴에서 시작되었다. 그녀의 시선이 거기에 가 꽂혔고 더 이상 거울에서 떨어지지 않았기 때문이었다. 가끔씩 전혀 가고 싶지 않지만 그래도 막 눈에 보이게 된 물건까지 늘 다시 100보를 더 가고 여기서야 최종적으로 돌아가려고 작정하지만 다시 그만두는 사람처럼 그녀는 거기에 붙들렸다. 이런 식으로 그녀는 얇은 유리 아래 그녀 눈앞에 펼쳐진 그녀 자아의 풍경에 아무런 허영심 없이 붙들렸다. 그녀는 머리카락을 보았는데, 여전히 밝은 벨벳 같았다. 그녀는 자신의 거울상의 옷깃을 열었고 어깨에서 옷을 내렸다. 그녀는 결국 거울상의 옷을 완전히 벗겼고 이것을 손발톱의 장밋빛 덮개까지 살펴보았는데, 여기 손과 발에서 육체는 끝이 났고 거의 육체도 아니었다. 아직 모든 것은 정점에 다가가는 빛나는 하루 같았다. 솟아오르고 순수하고 정확하고 생성으로 충만한 그것은 '정오 전'이고, 아직 최고점에 아직 도달하지 않고 약간 그 아래 있는 공과 동일한 설명할 수 없는 방식으로 한 인간 또는 어린 짐승에게서 표현된다. '공은 그 지점을 이 순간 막 통과하고 있을 거야.' 아가테는 생각했다. 이 생각은 그녀를 경악하게 했다. 하지만 어쨌든 아직 한참 더 걸릴 수도 있었다. 그녀는 이제 스물일곱 살이었으니까. 스포츠교사와 마사지사, 출산과 육아에 영향을 받지 않은 그녀의 육체는 그 자체의 성장 말고는 어떤 것에 의해서도 변형되지 않았다. 이 육체를 발가벗겨 높은 산맥의 하늘을 향한 경사면이 보여 주는 그 위대하고 고독한 풍경 속에 옮겨 둘 수 있었다면 그것은 광활하고 불모인 고산들의 물결에 의해 이교(異教)의 여신처럼 떠받들어졌으리라. 이런 종류의 성질인 정오는 빛과 열을 과도하게 쏟아붓지 않고 자신의 최고점을 넘어 그냥 한동안 상승하는 듯하고, 아른거리며 가라앉는 오후의 아름다움으로 스르르 넘어간다. 특정할 수 없는 시간이라는 약간 섬뜩한 감정이 거울에서 되돌아왔다.

이 순간 아가테는 울리히도 그의 삶을, 그것이 마치 영원히 지속되는 양, 지나가게 한다고 생각했다. "우리가 노인이 되어서 만나지 않은 것은 오류일 거야." 그녀는 스스로에게 말했고 저녁에 대지로 가라앉는 두 개의 안개 띠라는 침울한 표상이 떠올랐다. '이것들은 빛나는 정오만큼 아름답지 않아.' 그녀는 생각했다. '하지만 이 두 형태 없는 회색 형상들은 인간들이 그들을 어떻게 느낄지는 전혀 신경 쓰지 않아! 그들의 시간이 왔고 가장 작열하는 시간만큼이나 부드러워!' 그녀는 이제 벌써 거의 거울에 등을 돌렸지만 그녀의 기분 속 과장을 향한 경향으로부터, 다시 몸을 돌리라는 뜻밖의 요구를 받았다고 느꼈고 두 명의 뚱뚱한 마리엔바트[6] 휴양객에 대한 기억이 떠올라서 웃지 않을 수 없었다. 수년 전 그녀는 그들이 초록색 벤치 위에 앉아 너무나 다정하고 부드러운 감정으로 서로를 애무하는 것을 관찰했다. "그들의 심장도 날씬하게 지방질 가운데서 뛰고 있고, 내면의 광경 속으로 가라앉은 그들은 외적 광경이 제공하는 재미는 전혀 모르지." 아가테는 이렇게 스스로를 훈계했고 황홀한 얼굴을 했으며 그동안 그녀의 육체를 뭉툭하게 만들고 지방 주름 속으로 밀어 넣으려고 시도했다. 이 오만함의 발작이 지나갔을 때 그녀는 조그만 분노의 눈물을 몇 방울 흘린 듯 보였고 냉정하게 정신을 차리면서 정확한 외모관찰로 되돌아왔다. 날씬하다고들 했지만, 그녀는 사지에서 비만해질 가능성이 있음을 관찰했다. 흉곽도 너무 넓었을 것이다. 아주 하얀 피부로부터 — 이는 얼굴에서는 황금색 머리카락으로 인해 대낮에 켜

---

6 Marienbad: 프라하에서 두 시간 정도 떨어진 온천 휴양지이다.

놓은 초처럼 어두워졌다 ─ 코가 약간 너무 넓게 솟아올랐고 거의 고
전적인 콧날은 한쪽이 코끝에서 눌렸다. 전반적으로 불꽃 모양의 기
본형태 속 어디에나 두 번째 형태가 숨어 있었고 이것은 월계수 가지
사이에 섞여 있는 보리수 이파리처럼 더 넓고 더 침울했다. 아가테는
처음으로 자신을 제대로 바라본 듯 자신에게 호기심이 생겼다. 그녀
가 사귄 남자들은 필시 그녀를 이렇게 보았을 테지만 그녀 스스로는
이에 대해 아무것도 몰랐다. 이 감정은 그다지 섬뜩하지 않았다. 하
지만 환상의 한 방식으로 그녀는, 기억 속에서 이에 대한 해명을 찾기
전에, 자신이 체험한 모든 것 뒤에서 열정적으로 길게 끄는 당나귀의
사랑의 절규를 들었는데, 늘 독특하게 그녀를 흥분시켰던 절규였다.
이는 무한히 어리석고 추하게 들렸지만 바로 이 때문에 아마 자기 자
신의 사랑의 영웅주의만큼 절망적으로 달콤한 것도 없을 것이다. 그
녀는 자신의 삶에 대해 어깨를 으쓱했고 외모가 벌써 나이에 굴복하
는 지점을 찾으려는 굳은 의지를 가지고 다시 거울상을 향했다. 저기
눈가와 귓가에, 먼저 변하는 그리고 처음에는 뭔가가 그 위에서 잠을
잔 듯 보이는 작은 지점들이 있었다. 또는 너무나 쉽게 그 선명함을
잃어버리는 가슴 안쪽 아랫부분의 둥근 선이 있었다. 거기서 변화를
알아차렸다면 이는 이 순간 그녀를 만족시키고 그녀에게 평화를 약속
했을 테지만 아직 어디에서도 그런 것은 보이지 않았고 육체의 아름
다움은 거울 깊은 곳에서 거의 섬뜩하게 아른거렸다.

　이 순간 아가테는 자신이 하가우어 부인이라는 사실이 정말 독특하
게 여겨졌고 이와 함께 주어진 분명하고 밀접한 관계들과 거기에서
그녀의 내면으로 자라난 불확실성의 차이는 너무나 커서 그녀 자신은

육체 없이 거기 서 있고 그녀의 육체는 거울 속 하가우어 부인의 것인 듯 보였는데, 하가우어 부인은 이제 그녀가 품위에 맞지 않는 상황들에 매여 있는 이 육체를 어떻게 처리할지 보고 싶었다. 이 속에도 가끔씩 경악과 같은 삶의 향락이 약간 아른거리고 있었고 서둘러 다시 옷을 입은 아가테의 첫 결심은 그녀를 침실로 이끌었다. 거기 짐 사이에 있을 작은 캡슐을 찾기 위해서였다. 거의 하가우어와 결혼한 기간만큼이나 오래 지니고 있었고 절대 몸에서 떼어놓지 않았던 이 밀봉된 작은 캡슐은 사람들이 독극물이라고 보증한 소량의 탁한 물질을 담고 있었다. 아가테는 이 금지된 물질에 대해 사람들이 그 효과라고 이야기해 준 것 말고는 아는 것이 없었지만 이것을 손에 넣기 위해 치렀던 대가와 마법주문처럼 들리는, 문외한은 이해하지도 못하고 기억해야 하는 그 화학명 중 하나를 상기했다. 하지만 독과 무기를 소유하는 것처럼, 또는 있을 수 있는 위험을 찾아다니는 것처럼 죽음을 약간 가까이로 옮겨 놓는 모든 수단들은 생의 쾌락의 낭만주의에 속한다. 대개의 인간들의 삶은 너무나 암울하고 너무나 흔들리고 밝음 속에서 너무나 많은 어두움을 가지고 있고 전체적으로 너무나 거꾸로 진행되므로 이 삶을 끝낼 희박한 가능성을 통해서야 그것에 내재된 기쁨이 풀려난다. 그녀의 눈이 작은 금속 물건에 가 닿았을 때 아가테는 진정이 된다고 느꼈는데, 이 물건은 그녀 앞에 놓인 불확실성 속에서 마스코트나 부적(符籍)처럼 보였다.

　이로써 아가테가 이 시기에 벌써 자살하려는 의도가 있었다는 말은 아니다. 그 반대였다. 그녀도 예를 들어, 건강하게 하루를 보낸 후 저녁에 침대 속에서 언젠가 오늘처럼 아름다운 날에 죽는 것이 불가

피하다는 생각이 들 때의 여느 젊은 인간과 꼭 마찬가지로 죽음을 두려워했다. 또, 다른 사람이 죽는 것을 옆에서 지켜보아야 하면 죽고 싶은 마음이 싹 가신다. 그리고 아버지의 죽음은 여러 가지 인상들로 그녀를 괴롭혔는데, 오빠가 떠난 뒤 혼자 집에 남겨진 후 이 몸서리쳐지는 인상들이 새롭게 솟아올랐다. 하지만 아가테는 '난 약간 죽어 있어!'라는 감정이 자주 들었고 지금처럼 자신의 젊은 육체의 왕성한 발육과 건강함, 죽음에서 요소들의 붕괴처럼 근거 없이 신비롭게 유지되는 이 흥미진진한 아름다움을 막 의식하는 바로 이런 순간 그녀는 행복한 확실성의 상태에서 쉽게 벗어나 불안, 놀람, 침묵의 상태에 빠져들었는데, 이는 우리가 활기로 가득 찬 공간을 나와 갑자기 빛나는 별들 아래로 들어설 때면 느끼게 되는 상태다. 자신의 내면에서 꿈틀대는 계획과는 상관없이, 그리고 잘못된 삶에서 자신을 구했다는 만족감에도 불구하고 그녀는 지금 자신에게서 조금 풀려나서 스스로와 연결된 경계가 불명확해졌다는 느낌이 들었다. 그녀는 죽음은 모든 노력과 공상에서 벗어난 상태라고 냉정하게 생각했고 죽음을 다정한 잠재움이라고 상상했다. 그녀는 신의 손 안에 누워 있고 이 손은 요람 또는 두 나무 사이에 매달린, 바람이 살짝 흔들어 주는 그물침대 같다. 그녀는 죽음을 모든 의욕과 모든 노력, 모든 주의력과 숙고에서 해방된 커다란 진정과 피로라고 상상했는데, 이는 잠이 손가락을 그것이 아직도 붙들고 있는 세상의 마지막 물건에서 조심스럽게 떼어놓을 때면 손가락에서 느껴지는 편안한 무기력과 비슷하다. 하지만 그녀는 이로써 의심할 바 없이 죽음에 대해, 삶의 노고를 좋게 생각하지 않는 사람의 욕구에 상응하는 정말 편안하고 태만한 표상을 가졌고 결국 이는 오토만 소파를 상기시킨다는 관찰에 저절로 명랑해졌다. 그 소파는 그녀가 그 위에 누워 책을 읽으려고 엄격한 아버지의 살롱으로 옮긴 것이었고 그녀가 스스로의 힘으로 이 집에서 감행한 유일한 변화였다.

그럼에도 불구하고 삶을 포기하겠다는 생각은 아가테에게 결코 단순한 유희는 아니었다. 그토록 실망스러운 동요에 이어, 그 행복한 평온함이 그녀의 상상 속에서 어쩔 수 없이 일종의 육체적 내용을 갖게 된 그런 상태가 온다는 것은 매우 신빙성 있어 보였다. 세상이 나아질 것이라는 기대에 찬 환영(幻影)을 향한 욕망이 없었으므로 그녀는 이를 이렇게 느꼈고, 편안한 방식으로 일어날 수만 있다면 언제라도 세상에 대한 자신의 몫을 완전히 내어 줄 준비가 되어 있다고 느꼈다. 게다가 그녀는 아이와 소녀의 경계선상에서 겪었던 그 비범한 질병 속에서 죽음과의 특별한 만남을 가졌었다. 당시 ─ 기력이 거의 눈에 띄지 않게 조금씩 빠졌고 이는 시시각각 진행되었지만 전체적으로 너무나 빨리 일어난 일이었다 ─ 날마다 그녀 육체의 더 많은 부분이 그녀에게서 떨어져 나갔고 파괴되었다. 하지만 이 쇠약, 이 삶의 외면과 발맞추어 하나의 목표를 향한 잊을 수 없는 새로운 노력이 그녀의 내면에서 일깨워졌는데, 이는 모든 불안과 두려움을 병자에게서 쫓아냈고 독특하게 내실 있는 상태였고, 이 상태에서 그녀는 심지어 점점 확신을 잃어 가는 주변의 어른들에게 어떤 지배력을 행사할 수 있었다. 그녀가 그토록 인상 깊은 상태에서 알게 된 이 장점이 나중에, 그 자극이 어떤 이유에서인지 그녀의 기대에 미치지 못한 삶에서 비슷한 방식으로 벗어나려는 그녀의 영적인 자발성의 핵심이 되었다는 것도 불가능하지는 않았다. 하지만 상황이 반대였다는 것이 더 있을 법했다. 즉, 그녀로 하여금 학교나 아버지 집의 요구에서 벗어날 수 있게 해준 그 병은 세상에 대한 그녀의 투명한 관계, 흡사 그녀가 모르는 한 줄기 감정이 통하는 관계의 첫 표현이었다. 아가테는 자신은 본래의 단순한 기질에 따라 따뜻하고 활기차고 심지어 명랑한 사람이라고, 아주 다양한 상황에서도 그럭저럭 순응한 것에서도 볼 수 있듯이 쉽게 만족하는 사람이라고 느꼈으니까. 더 이상 실망을 견딜 수 없는 여자들이 겪는 무관심으로의 추락도 그녀의 내면에서는 결코 일어나지 않았다. 하지만 웃음의 한가운데 또는 관능적 모험의 소요를 위한 소요 한가운데, 육체의 모든 열기를 지치게 하고, 오히려 무(無) 라 표현할 수 있는 다른 것을 동경하게 하는 그 가치박탈이 정주(定住) 했다.

이 무(無) 는 특정할 수는 없지만, 특정한 내용을 담고 있었다. 그녀는 오랜 시간 여러 기회에 노발리스의 문장을 혼자 중얼거렸다. "풀리지 않은 수수께끼처럼 내 안에 살고 있는 영혼을 위해 난 무엇을 할 수 있을까? 영혼은 눈에 보이는 인간에게 엄청난 자의를 허용하는데, 영혼이 그를 어떤 식으로든 지배할 수 없기 때문이다!" 하지만 이 문장의 깜박이는 빛은 그녀를 번개처럼 재빨리 밝힌 후에는 매번 다시 어둠 속에서 꺼졌는데, 그녀가 영혼을 믿지 않았기 때문이었다. 영혼을 믿는다는 것은 오만하고 그녀의 인격에 비해 너무 특정하게 여겨졌으므로. 마찬가지로 그녀는 그냥 현세적인 것을 믿을 수도 없었다. 이를 제대로 이해하려면, 초현세적인 것에 대한 믿음 없이 현세적 질서에 등을 돌리는 것이 내적으로 자연스러운 일임을 떠올려

보면 된다. 개개인의 머릿속에서는 외적 상황의 거울상인 엄격하고 단순한 질서감각을 가진 논리적 사고 말고도 감정적 사고가 통용되고 이것의 논리는, 논리라는 말을 도대체 할 수 있다면, 감정, 정열, 기분의 통일성에 상응하기 때문이다. 그래서 이 두 논리 법칙의 상호관계는 대충 통나무를 직사각형으로 다듬어 운송에 적합하게 쌓아 놓은 목재 하치장의 법칙과 살랑거리며 자라나는 숲의 어둡게 뒤엉킨 법칙의 관계와 같다. 그리고 우리 사고의 대상들이 결코 사고상태들로부터 독립적일 수 없기 때문에 모든 인간 속에서 이 두 사고방식은 서로 섞일 뿐 아니라 그에게 일정 정도까지 두 개의 세계를 제시할 수 있는데, 적어도 그 '불가사의하고 서술할 수 없는 첫 순간' 직후나 직전에 그러하다. 어느 유명한 종교 사상가는 이 순간이 감정과 관찰이 서로 분리되어 공간 속에 있는 하나의 물건으로서 그리고 관찰자 속에 있는 숙고로서 발견되곤 하는 그 자리를 잡기 전에 모든 감각적 인지에서 나타난다고 주장했다.

문명화된 인간의 완숙한 세계상에서 사물과 감정의 관계가 어떤 성질이든 간에 누구나 이 분열이 아직 일어나지 않은 그 열광적 순간들을 안다. 그러면 바다와 육지가 아직 서로 분리되지 않고 감정의 파도가, 사물들의 형상을 빚는 언덕이나 계곡과 동일한 수평선에 있는 듯하다. 이런 순간을 아가테가 이례적으로 자주 강하게 체험했다고 가정할 필요도 없다. 그녀는 이를 그냥 더 활기차게 또는 말하자면, 더 미신적으로 인지했다. 그녀는 끊임없이 세계를 믿을 태세였고 또 다시 믿지 않을 자세였으니까. 그녀는 학창 시절 이래로 이를 고수했고 나중에 남자들의 논리로 더 자세히 다루게 되었을 때에도 이를 잊지 않았다. 자의와 변덕과는 한참 거리가 먼 이런 의미에서 아가테는, 그녀가 좀더 자기 확신이 있었더라면, 자신을 세상에서 가장 비논리적인 여자라고 부르겠다는 요구를 내세워도 되었으리라. 하지만 그녀는 자신이 체험한, 속세를 등진 감정에서 개인적 특이성 이상의 것을 보려는 착상에는 이르지 못했다. 오빠와의 만남을 통해 비로소 그녀의 내면에 변화가 생겼다. 얼마 전까지만 해도 대화와 가장 내밀한 영혼에까지 파고드는 공통점으로 충만했지만 지금은 속이 다 파내어져 고독의 그늘이 된 텅 빈 방 안에서는 어쩔 수 없이 육체적 격리와 정신적 동석(同席) 사이의 구별이 사라졌고, 날들이 아무 특징 없이 사라져 가는 동안 아가테는 여태 체험하지 못한 강렬함으로 편재와 전능의 본래 매력을 느꼈는데, 이는 느껴진 세계가 인지의 세계 속으로 넘어가는 것과 관련이 있었다. 그녀의 주의력은 이제 감각에서가 아니라 곧장 내면 깊숙이 정서 속에서 열린 듯했고 이 정서는 자신만큼 밝게 빛나지 않는 것은 아무것도 이해하려 하지 않았다. 그리고 그녀는 평소 스스로 한탄하는 무지에도 불구하고 오빠에게 들은 말을 회상하며 중요한 것은 전부, 숙고할 것도 없이 이해한다고 생각했다. 이런 식으로 그녀의 정신이 스스로 너무나 충만했으므로 가장 활발한 착상도 소리 없이 아른거리는 회상 같았고 그녀가 마주치는 모든 것은 무한한 현실로 확장되었다. 그녀가 무슨 일을 할 때에도, 그 행위를 수행하는 그녀와 일어나는 일 사이에 사실 그냥 분리선 하나가 녹아 없어졌고 그녀가 한 팔을 사물에게 뻗으면 그녀의 동작은 사물들 스스로가 접근하는 길인 듯 보였다. 하지만 이 부드러운 권력, 그녀의 지식, 세계의 말하는 현재는, 그녀가 대체 뭘 하는 것이냐고 미소

지으며 자문하면, 부재, 무기력, 정신의 깊은 침묵과 거의 구별되지 않았다. 자신의 느낌을 조금 과장해서 아가테는 스스로에 대해 자신이 어디에 있는지 더 이상 알지 못한다고 말할 수 있었으리라. 사방으로 그녀는 가만히 서 있는 것 속에 들어 있었고 그 안에서 높이 들리는 동시에 사라졌다고 느꼈다. 그녀는 말할 수 있었으리라, 나는 사랑에 빠졌지만 상대가 누구인지는 모른다고. 평소 늘 결핍되었다고 느꼈던 분명한 의지가 그녀를 가득 채웠지만 그녀는 이 명증성 속에서 무엇을 시작해야 할지 몰랐다. 그녀 삶에서 선과 악으로 존재했던 모든 것이 의미를 잃었으니까.

독이 든 캡슐을 관찰하는 동안뿐 아니라 매일매일 아가테는 죽고 싶다고, 죽음의 행복이 오빠를 뒤따라가기를 기다리는 이 날들에 느끼는 행복과 유사할 것임이 틀림없다고 생각했고 그동안, 그가 그만두라고 하소연했던 그 일을 했다. 그녀는 수도에 있는 오빠 집에 살게 되면 무슨 일이 일어날지를 상상할 수 없었다. 그녀는 그가 가끔씩 그녀가 거기서 성공을 거둘 것이고 곧 새 남편 아니면 적어도 연인을 찾으리라는 기대를 거리낌 없이 내보였음을 거의 비난을 담아 상기했다. 일이 딱 그렇게 진행되지는 않을 테니까, 그녀는 그것을 알았다! 사랑, 아이, 아름다운 날들, 즐거운 사교모임, 여행, 약간의 예술. 좋은 삶은 너무나 단순하다. 그녀는 삶의 매력을 이해했고 이에 무감각하지 않았다. 아가테는 너무나 기꺼이 스스로를 무용지물이라고 여길 태세였지만, 소요(騷擾)를 위해 태어난 인간이 소박한 단순함에 대해 품는 경멸은 모조리 내면에 갖고 있었다. 그녀는 이 단순함을 사기라고 인식했다. 마음껏 펼쳐 보았다고들 주장하는 삶은 사실은

'각운(脚韻)이 맞지 않았다'. 거기에는 결국 뭔가가 빠져 있었고 진짜 실제적인 끝, 죽음에 이르렀을 때는 늘 뭔가가 빠져 있었다. 그것은 — 그녀는 이를 표현할 말을 찾아보았다 — 드높은 갈망들이 정돈하지 못하고 쌓아 둔 물건 같았다. 양도 불충분하고 단순함과는 정반대고 습관의 기쁨으로 감수하는 뒤죽박죽이었다! 그녀는 예기치 않게 주제에서 벗어나며 생각했다. '한 무리 남의 아이들 같아. 배운 대로 친절하게 바라보지만 두려움은 최고로 커지지. 그 가운데서 자기 자식을 알아볼 수 없으니까!'

아직 목전에 둔 마지막 전환점 이후에도 삶이 달리 되지 않는다면 삶을 끝내기로 결심했다는 것이 그녀를 진정시켰다. 포도주가 발효하듯 그녀의 내면에서 죽음과 경악이 진실의 마지막 단어가 아닐 것이라는 기대감이 흘렀다. 그녀는 이를 숙고하고 싶은 욕구를 느끼지 못했다. 그녀는 울리히가 기꺼이 순응했던 이 욕구 앞에서 심지어 두려움을 느꼈는데, 그것은 호전적인 두려움이었다. 그토록 강하게 자신을 엄습한 것이 모두 그냥 허상이라는 지속적 암시에서 완전히 벗어나지는 못했다고 느꼈기 때문이었으리라. 하지만 이 허상 속에 유동적이고 용해된 현실 역시 분명 들어 있었다. 어쩌면 아직 대지가 되지 못한 현실일 거라고 그녀는 생각했다. 그리고 자신이 서 있던 장소가 불확실한 것으로 용해되는 듯 보였던 바로 그 놀라운 순간 그녀는 그녀 뒤, 결코 쳐다볼 수 없을 그 공간에 어쩌면 신이 서 있으리라 믿을 수 있었다. 그녀는 이 '너무 많음'에 경악했다! 소름끼치는 광막함과 공허가 갑자기 그녀를 관통했고 한없는 밝음이 그녀의 정신을 어둡게 했고 그녀의 심장을 두려움으로 몰아넣었다. 그녀의 젊음은 —

경험부족으로 인해 이런 근심에 쉽게 빠진다 ― 형성되기 시작하는 초기 광기가 커지게 내버려 둘 위험이 있다고 그녀에게 속삭였고 그녀는 뒷걸음질 치려 했다. 그녀는 신을 전혀 믿지 않는다고 스스로를 격하게 질책했다. 실제로 그녀는 신을 믿으라고 배운 이후로 신을 믿지 않았는데, 이는 그녀가 배운 모든 것에 대해 품었던 그 불신의 하부부서였다. 그녀는 초현세적인 또는 그냥 도덕적인 확신을 얻기에 충분한 그 확고한 의미에서는 결코 종교적이지 않았다. 하지만 녹초가 되어 떨면서 그녀는 한참 후 다시, '신'을 그녀 뒤에 서 있으면서 그녀의 어깨 위에 외투를 놓아 주는 남자처럼 그렇게 분명히 느꼈다고 고백해야 했다.

이를 충분히 숙고하고 다시 대담해진 후 그녀는 자신이 체험한 과정의 의미는 절대 그녀의 육체적 감각을 엄습한 그 '일식'(日蝕)에 있지 않고 주로 도덕적인 의미였음을 깨달았다. 내면 가장 깊은 곳의 상태의 갑작스런 변화 그리고 이와 연관된, 세상에 대한 모든 관계의 변화는 한순간 그녀에게 바로 그 '양심과 감각의 일치'를 부여했는데, 그녀는 지금까지 이를 너무나 빈약한 암시로만 알았었다. 아가테가 이제 선하게 또는 악하게 행동하려 시도했다는 것과는 무관하게, 평범한 삶에 딱 암담함과 슬프고도 열정적인 것을 남길 정도로만. 이 변화는 그녀의 주변 환경에서 시작되거나 그녀에게서 시작되어 환경으로 나아간, 그 무엇과도 비교할 수 없는 흐름이었던 듯 여겨졌다. 그것은 최고의 의미와, 사물들과 거의 구별되지 않는 정신의 가장 작은 움직임의 일치였다. 사물들은 느낌에, 느낌은 사물들에 너무나 확신을 주는 방식으로 스며들어 그녀는 자신이 지금까지 확신이라는 말로 표현했던 모든 것에 의해 스치지도 않은 느낌이었다. 그리고 이는 평범한 견해에 따르면, 확신한다고 주장하는 것이 불가능한 환경에서 일어났다.

이처럼 그녀가 고독 속에서 체험한 것의 의미는 예민하거나 쉽게 파괴될 수 있는 인격에 대한 암시로서 심리학적으로 그것에 부여되는 그 역할에 있지 않았다. 그것은 개인이 아니라 보편적인 것 또는 개인이 보편적인 것과 가지는 연관성 속에 있었으니까. 아가테가 이를 도덕적 연관성이라고 말했던 것은 옳았다. 자신에게 실망한 젊은 여인이, 그녀가 늘 예외적인 몇 분처럼 살아도 되고 이 몇 분을 버틸 정도로만 강하다면 그녀는 세상을 사랑하고 선량하게 세상에 순응할 수 있으리라 여겼다는 의미에서! 그리고 그녀는 다른 방식으로는 이를 성사시키지 못하리라! 이제 열정적 뒷걸음질이 그녀를 가득 채웠지만 가장 위대한 상승의 순간들을 강제로 다시 불러올 수는 없다. 그리고 태양이 가라앉은 뒤 창백한 낮이 얻게 되는 그 선명함으로 그녀는 자신의 폭풍 같은 노력들이 허사가 되고서야 비로소, 자신이 기대해도 되는 그리고 실제로 고독 아래 숨겨진 조바심으로 기다려 온 유일한 것은 언젠가 오빠가 반쯤 농담으로 발설되고 설명된 명칭을 가지고 '천년왕국'이라고 불렀던 바로 그 독특한 전망임을 알았다. 그는 이를 위해 마찬가지로 다른 단어를 선택할 수도 있었으리라. 이것이 아가테에게 의미했던 바는 다가오는 것의 설득력 있고 믿을 만한 울림뿐이었으니까. 그녀는 감히 이런 주장을 할 수 없었으리라. 그녀는 지금도 사실 그것이 정말로 가능한지 확실히 몰랐다. 그녀는 그것이 무엇인지도 아예 몰랐다. 그 순간 그녀는 오빠가 그녀의 정신을 그냥 빛나는 안개로 채운 이 단어 뒤에 가능성이 무한하게 계속 펼쳐져 있음을 입증할 때 사용했던 모든 단어들은 다시 잊어버렸다. 하지만 그와 같이 있던 동안 그녀에게는 그의 말에서 하나의 나라가 형성되는 듯한 기분뿐이었고 그 나라는 그녀의 머릿속이 아니라 진짜로 그녀의 발밑에서 형성되었다. 이에 대해 자주 그가 아이러니하게만 말했다는 것, 아무튼 그가 냉정과 감정 사이를 오갔다는 것, 그것이 이전에는 그녀를 너무나 자주 혼란스럽게 했지만 바로 지금 그것은 홀로 남겨진 아가테를 기쁘게 했는데, 정말로 그런 뜻이었다는 일종의 보증을 통해서였고 보증을 하기에는 모든 불쾌한 영혼상태가 황홀한 상태보다 더 낫다. "난 그냥 그가 그걸 충분히 진지하게 여기지 않았을까 두려워 죽음을 생각했을 거야." 그녀는 고백했다.

정신이 나간 상태에서 보낸 지난 며칠이 그녀를 소스라치게 했다. 갑자기 집 안에서 모든 것이 정돈되었고 치워졌고 이제 열쇠를, 유언에 따라 토지가 새 주인을 찾게 될 때까지 문간채에 살아도 되는 노부부에게 넘겨줄 일만 남았다. 아가테는 호텔로 옮기기를 거부했고 자정에서 아침 사이로 예정된 출발 시간까지 그 자리에 그냥 있으려 했다. 집은 포장되고 천으로 덮였다. 비상등 하나만이 켜져 있었다. 한 곳에 몰아놓은 상자들이 탁자와 의자가 되었다. 협곡의 가장자리에, 상자테라스 위에 그녀는 저녁식사를 차리게 했다. 아버지의 늙은 하인은 빛과 그늘을 통과해 접시들을 날라 왔다. 그와 그의 아내는 아씨께서 — 그들은 그녀를 이렇게 불렀다 — 마지막으로 부모님 댁에서 하는 식사에서 소홀한 대접을 받지 않도록 자신들의 부엌에서 요리를 해오겠다며 고집을 부렸다. 갑자기 아가테는 정신이 완전히 나간 채

— 이 며칠을 그녀는 이런 상태에서 보냈다 — 생각했다. '그들이 결국에 뭔가를 알아차렸을까?' 유언장을 바꾸는 연습을 한 종이를 모두 파기하지 않았을 수도 있었다. 그녀는 차가운 경악을, 끔찍한 꿈속에서 사지에 매달린 추를, 정신에 아무것도 주지 않고 받기만 하는 인색한 현실에 대한 경악을 느꼈다. 이 순간 그녀는 자신의 내면에 새롭게 깨어난 삶에 대한 욕구를 힘찬 열정을 느끼며 인지했다. 이 욕구는 이를 저지할 수 있는 가능성들에 폭력적으로 저항했다. 늙은 하인이 돌아왔을 때 그녀는 그 얼굴을 살피려고 결연히 시도했다. 하지만 노인은 조심스런 미소를 지은 채 악의 없이 왔다가 갔고 말없이 장엄한 느낌이 들었다. 그녀는 담장을 보는 듯 그의 내면을 거의 들여다볼 수가 없었고 이 눈먼 광채 뒤에 아직 뭔가가 그의 내면에 있을지 알 수 없었다. 그녀도 이제 말없이 장엄하고 슬픈 느낌이 들었다. 그는 늘 아버지의 밀정이었고 아이들의 비밀을 알게 되면 전부 아버지에게 일러바칠 만반의 태세를 갖추고 있었다. 하지만 아가테는 이 집에서 태어났고 그 후 일어난 모든 일은 오늘로 끝이 났다. 이제 그녀와 그가 장엄하게 그리고 단둘이 있다는 것이 아가테를 감동시켰다. 그녀는 그에게 자그마한 선물로 따로 돈을 조금 줄 결심을 했고 갑작스럽게 나약해져서 이건 하가우어 교수의 부탁이라고 말할 작정이었는데, 이를 계략에서가 아니라 속죄행위의 상태에서 그리고 해야 할 일은 하겠다는 의도에서 숙고했다. 물론 이 결심이 목적에 맞지도 않고 미신적임은 분명했다. 또 그녀는 노인이 돌아오기 전에 자신의 서로 다른 두 캡슐을 꺼냈고 잊지 못한 연인의 사진이 든 캡슐을, 이마를 찌푸린 채 그 젊은 남자를 마지막으로 관찰한 후, 못이 잘못 박힌 상자의 뚜

껑 아래로 밀어 넣었다. 이 상자는 얼마가 될지 모를 시간 동안 창고에 쌓아 둘 예정이었고 금속과 금속이 부딪히는 소리가 나뭇가지들이 떨어질 때처럼 들리는 것으로 보아 그릇이나 조명장치가 들어 있는 모양이었다. 그녀는 이제 이전에 사진을 달고 있었던 자리에 독이 든 캡슐을 달았다.

'나는 얼마나 비현대적인가!' 그녀는 미소를 지으며 생각했다. '분명 사랑체험보다 더 중요한 것이 있어!' 하지만 그녀는 그것을 믿지 않았다.

이 순간 그녀가 오빠와 허락되지 않은 관계에 들어서는 것을 거부했다고도, 원했다고도 거의 말할 수 없었으리라. 그것은 미래에 달려 있을 터였다. 하지만 그녀의 현 상태에서는 어떤 것도 이런 질문의 확고부동함에 상응하지 않았다.

빛은 그녀가 그 사이에 앉아 있는 널빤지들을 눈부신 하얀색으로 그리고 짙은 검은색으로 장식했다. 그리고 사실 매우 소박한 빛의 의미에 섬뜩함을 부여하고 비슷하게 비극적인 가면을 쓴 것은 그녀가 자신이 태어난 집에서 마지막 저녁을 보내고 있고 자신이 이 집에서 자신이 결코 기억할 수 없고 울리히도 낯은 한 여자에게서 태어났다는 생각이었다. 독특한 악기들을 든 어릿광대들이 죽도록 진지한 얼굴을 하고 자신을 둘러싸고 있다는 태곳적 인상이 살그머니 그녀를 덮쳤다. 그들은 연주하기 시작했다. 아가테는 이 속에서 어린 시절의 백일몽을 다시 알아보았다. 그녀는 이 음악을 들을 수는 없었지만 어릿광대들은 모두 그녀를 바라보았다. 그녀는 이 순간 자신의 죽음이 아무에게도, 아무것에도 상실은 아닐 것이라고 스스로에게 말했고 그녀 자신에게조차 죽음은 그냥 내적 사멸의 외적 종말을 의미할 뿐이었다. 광대들이 소리를 천장까지 치솟게 하는 동안 그녀는 이렇게 생각했고 톱밥이 뿌려진 서커스장 바닥에 앉아 있는 듯 보였고 눈물이 손가락 위로 방울방울 떨어졌다. 그것은 소녀였을 때 자주 느낀 깊은 무의미의 감정이었다. 그녀는 생각했다. '난 오늘까지도 변함없이 유치한 걸까?' 하지만 이 생각은 그녀가 동시에, 눈물을 통해 지나치게 크게 보이는 뭔가를 생각하듯 곧장 그녀와 오빠가 재회의 첫 시간에 그런 어릿광대 옷을 입고 마주 서 있었음을 생각하는 것을 막지는 않았다. '내 내면에 있는 것이 잇닿는 것이 바로 나의 오빠라는 것은 무엇을 뜻하지?' 그녀는 자문했다. 그리고 갑자기 그녀는 정말로 울었다. 그녀는 그냥 진심이었다는 것 말고는 이 일이 일어난 다른 원인을 말할 수가 없었을 터이며 그녀는 격렬하게 머리를 흔들었다. 그 속에 그녀가 다시 해체시킬 수도, 결합시킬 수도 없는 뭔가가 들어 있기라도 하듯.

그러면서 그녀는 울리히가 모든 질문에 답을 찾을 것이라고 천진난만하게 생각했다. 노인이 다시 방에 들어섰고 감동받은 자를 바라볼 때까지. "아씨 …!" 그 역시 머리를 설레설레 흔들면서 말했다. 아가테는 당황해서 그를 바라보았지만 자신의 유치한 애도에 주어진 이 한탄이 오해임을 파악했을 때 다시 젊은 시절의 오만이 내면에서 깨어났다. "네가 가진 것을 전부 불 속에 던져라, 신발까지도. 네가 더 이상 아무것도 갖고 있지 않다면 수의(壽衣)도 생각하지 말고 너를 발가벗겨 불 속에 던져라!" 그녀가 그에게 말했다. 이것은 울리히가 멋지게 낭독해 주었던 옛 격언이었고 노인은 그녀가 눈물 때문에 충혈된 두 눈으로 중얼거린 이 말의 진지하고 부드러운 리듬에 미소를 지었는데, 이해한다는 한 조각 미소였다. 그리고 노인은 오도(誤導)를 통해 그의 이해를 용이하게 하려는 여주인이 가리키는 손짓을 쫓아, 높이 쌓아 올린, 거의 장작더미처럼 세워 둔 상자들을 바라보았다. 수의에 대해 노인은 말들의 길이 약간 평탄치 못하다고 여기기는 했지만 선선히 따르겠다는 뜻으로 고개를 끄덕였다. 하지만 아가테가 다시 한번 격언을 반복하자 그는 '발가벗겨'라는 말에서부터 경직되더니 공손한 하인의 가면을 다시 썼고 그 표정은 보지도, 듣지도, 판단하지도 않겠다고 확언했다.

그가 옛 주인의 집에서 일하는 동안 이 단어는 한 번도 그의 면전에서 발설된 적이 없었고 기껏해야 '옷을 벗고'라고 말했다. 하지만 지금 젊은 사람들은 달랐고 그는 아마 더 이상 그들이 만족할 만하게 봉사하지 못하리라. 일과의 끝에 오는 평안함을 느끼며 그는 자신의 경력이 끝났다고 느꼈다. 하지만 출발 전 아가테의 마지막 생각은 이랬다. '울리히가 정말로 모든 것을 불 속에 던지게 될까?'

22
원죄에 관한 다니엘리 명제에 대한 코니아토프스키의 비판에 대해.
원죄에서 누이의 감정수수께끼로

라인스도르프 백작의 궁전을 떠나 거리로 나섰을 때 울리히는 배고픔을 느낄 때와 비슷하게 정신이 말짱한 상태였다. 그는 광고판 앞에 멈춰 섰고 공지와 광고에서 시민성을 향한 허기를 달랬다. 수 미터나 되는 거대한 게시판은 수많은 말들로 덮여 있었다. '사실', 이런 생각이 떠올랐다. '도시 구석구석에서 반복되는 바로 이 말들이 인식할 가치가 있다고 생각해도 될 거야.' 이 말들은 사랑받는 소설의 인물들이 중요한 삶의 상황에서 발설하는 상투적 어법과 닮은 듯 여겨졌다. 그가 읽은 말들은 "토피남 비단스타킹처럼 편안하고 실용적인 것을 착용해 본 적이 있나요?", "각하께서 즐거우시다", "성 바르톨로메오의 밤7을 새로 각색하다", "흑마에서 안락함을", "적마에서 신나는 연애와 춤을"이었다. 그 옆에는 또 '범죄적 음모'에 대한 정치적 게시물도 눈에 띄었지만 평행운동이 아니라 빵 가격과 관련된 것이었다. 그는 몸을 돌려 몇 걸음을 간 후 서점 진열창을 들여다보았다. 그는 "위대한 시인의 새 작품"이라는 말을 나란히 진열해 놓은 15권의 동일한 책 옆에 세워진 판지에서 읽었다. 이 판지 맞은편, 진열창의 다른 구석에는 두 번째 작품을 지시하는 글이 인쇄된 또 다른 판지가 세워져 있었다. "신사와 숙녀가 똑같이 흥미진진하게 '사랑의 바벨' 속으로 빠져든다. … "

'위대한 시인?' 울리히는 생각했다. 그는 그의 책을 한 권 읽었고 두 번째 책은 절대 읽지 않으리라 작정했던 것만 기억했다. 그럼에도 불구하고 그 후 이 남자는 유명해졌다. 그리고 울리히에게 독일의 정신 진열창과 관련된 오래된 군인들의 농담이 떠올랐다. "모타델라!" 그의 군 복무 시절 인기 없던 사단장은 누구나 좋아하는 이탈리아 소시지를 따서 이렇게 불렸고 이 말장난의 속뜻이 무엇이냐고 질문하는 사

---

7   1572년 8월 24일 파리에서 성 바르톨로메오의 날에 벌어진 신교도 살육을 말한다.

람은 이런 대답을 들었다. "일부는 돼지고 일부는 당나귀지." 울리히
는 한 여자의 방해를 받지 않았더라면 이 비교를 활발히 계속했으리
라. 그녀는 "당신도 여기서 전철을 기다리시나요?"라며 말을 걸었다.
이렇게 해서 그는 자신이 더 이상 서점 앞에 서 있지 않음을 알았다.

그는 또 자신이 그동안 한 정류소의 표지판 옆에서 미동도 않고 서
있었음을 알지 못했다. 그에게 이 말을 한 숙녀는 배낭을 메고 안경을
썼다. 그도 알고 있는 천문학자로 연구소 조교였고 이 남성적 분야에
서 중요한 일을 수행하는 몇 안 되는 여자들 중 한 명이었다. 그는 그
녀의 코를 바라보았고 힘겨운 숙고를 하는 습관 때문에 약간 구타페
르카8 땀받이처럼 된 눈 밑의 부위들을 바라보았다. 이어 그는 아래
쪽에서는 앞치마가 달린 로덴 치마를, 위쪽에서는 학자풍 용모 위에
서 부유하는, 초록색 모자에 꽂힌 흑뇌조(黑雷鳥) 깃털을 알아보았고
미소를 지었다. "산에 가시는군요?" 그가 물었다.

슈트라스틸 박사는 3일간 '긴장을 풀러' 산으로 가는 중이었다. "코
니아토프스키의 작업에 대해 무엇이라 말하시겠습니까?" 그녀가 울
리히에게 물었다. 울리히는 아무 말도 하지 않았다. "크네플러는 이
에 대해 화를 낼 거예요." 그녀가 말했다. "하지만 다니엘리 명제의
크네플러식 추론에 대해 코니아토프스키가 가한 비판은 흥미롭습니
다. 그렇게 생각하지 않나요? 이 추론이 가능하다고 여기시나요?"

울리히는 어깨를 으쓱했다.

그는 어떤 것도 옳다고 여기지 않고 새로운 근본학설을 내세우는

---

8   동남아시아에서 야생하는 여러 종류의 고무나무에서 얻은 천연 열가소성 고무이다.

기호논리학자라고 불리는 수학자에 속했다. 하지만 그는 또 기호논리학자들의 논리가 아주 옳다고 여기지도 않았다. 계속 작업을 했다면 그는 다시 한번 아리스토텔레스에게 소급했으리라. 그는 이에 대해 자신만의 견해가 있었다.

"저는 그럼에도 불구하고 크네플러의 추론을 실패가 아니라 그냥 잘못된 추론으로 여깁니다." 슈트라스틸 박사가 고백했다. 마찬가지로 그녀는 이 추론이 실패지만 그럼에도 불구하고 본질적 기본 특징들에서는 잘못된 추론으로 여기지 않는다고 강조할 수도 있었으리라. 그녀는 자신이 무슨 뜻으로 하는 말인지 알았지만 단어들이 정의되지 않는 평범한 언어로는 어떤 인간도 자신의 뜻을 분명히 표현할 수가 없다. 그녀가 이 휴가언어를 사용하는 동안 그녀의 여행객 모자 아래에서 약간 소심한 교만이 생겼는데, 관능적인 평신도 세계가 수도원 남자 속에, 그가 아무리 조심스럽게 이 세계와 교제하더라도, 불러일으키는 교만이었다.

울리히는 프로일라인 슈트라스틸과 함께 전차에 올랐다. 왜인지는 몰랐다. 아마 크네플러에 대한 코니아토프스키의 비판이 그녀에게 너무나 중요하게 여겨졌기 때문일 것이다. 어쩌면 그는 그녀가 전혀 이해하지 못하는 순수문학에 대해 그녀와 이야기하고 싶었을 것이다. "산에서 뭘 하실 건가요?" 그가 물었다.

그녀는 호흐슈밥9으로 가려 했다.

---

9 고지 슈타이어마크에 있는 호흐슈밥 산맥 가운데 가장 높은 산으로 해발 2,277미터이다.

"아직 눈이 너무 많을 겁니다. 더 이상 스키를 가지고 올라가지 않지만 스키 없이는 아직은 안 됩니다." 이 산을 아는 그가 만류했다.

"그럼, 아래에 있지요." 프로일라인 슈트라스틸이 선언했다. "정상으로 가는 길에 있는 페르젠 알름10에 있는 오두막에서요. 예전에 사흘 동안 거기 있었던 적이 있어요. 저는 그냥 약간의 자연을 원하거든요!"

탁월한 천문학자가 자연이라는 말을 하며 지어 보이는 얼굴표정은 왜 도대체 자연을 원하느냐는 질문을 하도록 울리히를 자극했다.

슈트라스틸 박사는 솔직하게 분노했다. 그녀는 사흘 내내 손가락도 까딱 않고 바위처럼! 알름에 누워 있을 수 있다고 선언했다.

"아마 당신이 과학자이기 때문일 겁니다!" 울리히가 이의를 제기했다. "농부는 지루할 겁니다!"

슈트라스틸 박사는 이를 이해하지 못했다. 그녀는 휴일마다 도보로, 자전거로, 배로 자연을 찾는 수천 명의 사람들에 대해 이야기했다.

울리히는 도시로 이사 가는 농부들의 시골도피에 대해 이야기했다.

프로일라인 슈트라스틸은 그가 충분히 원초적으로 느끼는지 의심했다.

울리히는 먹고 사랑하는 것 말고는 편안함을 추구하는 것이 원초적이지 알름을 찾는 것은 아니라고 주장했다. 거기로 내몬다고들 하는 자연스러운 느낌은 오히려 현대적 루소주의이며 복잡하고 감상적인 태도라고. 그는 결코 자신이 말을 잘하고 있다고 느끼지는 않았다. 그는 자신이 무엇을 말하는지 상관없었다. 그것이 아직 그가 자신의

---

10 알프스산 위의 고원 목장이다.

밖으로 내보내고자 하는 그것이 아니었기 때문에 그냥 계속할 뿐이었다. 프로일라인 슈트라스틸은 그에게 불신의 눈길을 던졌다. 그녀는 그를 이해할 수 없었다. 순수한 개념들로 하는 그녀의 위대한 사고경험은 전혀 소용이 없었다. 그녀는 그가 능숙하게 흩뿌리는 듯 보이는 그 표상들을 서로 떼어 놓을 수도, 모을 수도 없었다. 그녀는 그가 생각하지 않고 말한다고 추측했다. 흑뇌조 깃털이 달린 모자를 쓰고 그의 말을 듣는다는 사실이 그녀가 느낀 유일한 즐거움이었고 그녀가 맞이하러 떠나는 고독의 기쁨을 강화시켰다.

이 순간 울리히의 시선은 옆 좌석 사람이 갖고 있는 신문에 떨어졌고 그는 대문자로 된 광고 제목을 읽었다. "시대는 질문을 제기한다, 시대는 답을 준다." 그 하단에는 신발깔창 추천이나 강연 추천이 있을 수 있었는데, 오늘날 이는 더 이상 구별되지 않는다. 하지만 그의 사고는 갑자기 그가 필요로 하는 선로로 뛰어들었다. 그의 동반자는 객관적이고자 노력했고 자신 없이 고백했다. "유감스럽게도 저는 순수문학에 대해서는 아는 게 별로 없습니다. 우리 같은 사람은 시간이 없거든요. 아마 저는 뭐가 옳은지 알지도 못할 겁니다. 하지만 예를 들어", ─ 이제 그녀는 인기 있는 이름 하나를 말했다 ─"제게 이루 말할 수 없이 많은 것을 줍니다. 저는 한 시인이 우리로 하여금 그토록 생동감을 느끼게 할 수 있다면 그건 위대한 것이라고 생각합니다!" 하지만 울리히는 슈트라스틸 박사의 정신 속에 들어 있는, 개념적 사고와 영혼이성의 두드러진 허약함의 연결에 이미 충분히 덕을 보았다고 생각했기 때문에 기쁘게 몸을 일으켰고 동료에게 입에 발린 칭찬을 했고 벌써 두 정거장이나 더 와 버렸다는 구실을 대며 서둘러 전차에서 내렸다. 그가 차 밖에 서서 다시 한번 인사를 했을 때 프로일라인 슈트라스틸은 그의 실적에 대해 최근 좋지 않은 말을 들었음을 상기했고 그의 호의적 작별인사가 야기한 홍조로 인해 인간적으로 마음이 움직임을 느꼈지만 이는, 그녀의 확신에 따르면, 딱히 그에게 유리한 것은 아니었다. 하지만 그는 이제 왜 그의 생각이, 중단된 모타델라 비교에서 선량한 슈트라스틸로 하여금 고백하도록 무의식적으로 오도한 것까지 문학이라는 사안 주위를 맴돌았는지, 거기서 무엇을 원하는지를 알았지만 동시에 아직 완전히 알지는 못했다. 결국 스무 살에 마지막 시를 쓴 이후 문학은 그와 상관없었다. 어쨌든 그 전에는 한동안 은밀한 글쓰기가 상당히 규칙적인 그의 습관이었고, 그가 나이가 더 들었다거나 재능이 너무 없음을 알아보았기 때문에 이 습관을 포기한 것은 아니었고 이유들이 있었는데, 이에 대해 그는 현재의 인상으로는, 수많은 노고 끝에 무(無)에 다다름을 표현하는 어떤 단어를 사용할 수 있었으리라.

울리히는 글쓰기와 독서 전체를 괴물이라고 느껴 더 이상 책을 읽기 싫어하는 도서애호가였기 때문이었다. 이성적인 슈트라스틸이 '느끼게 되기를 원한다면', 하고 그는 생각했는데('그녀는 옳다! 내가 반대했다면 그녀는 내게 음악이라는 주요 증인을 데리고 왔으리라!'), 이미 일어났듯이, 그는 부분적으로는 말로 생각했고 부분적으로는 숙고가 말 없는 구상으로서 의식 안으로 작용했다. 만약 이성적인 슈트라스틸 박사가 느끼게 되기를 원한다면 이는 모든 사람들이 원하는 바를 짐작하게 한다. 즉, 예술은 인간을 감동시키고 충격을 주고 재미를 주고 놀라게 하고 그로 하여금 고상한 사고를 탐색하게 하거나, 한마디로, 정말로 어떤 것을 '체험하게' 하거나 예술 그 자체가 '생생하고' '체험'이어야 한다. 그리고 울리히는 이를 비난할 마음도 없었다. 가벼운 감동과 반항적 아이러니의 혼합으로 끝난 그의 부수적 사고는 이러했다. '감정이 충분한 경우는 드물다. 느끼기에 필요한 일정 온도를 식지 않게 유지한다는 것은 아마 정신적 발전의 부화에 필요한 온기를 보호한다는 의미일 것이다. 한 인간이 자신을 수많은 낯선 대상들과 얽히게 하는 지적 의도들의 혼란에서 벗어나 한순간 아주 목적 없는 상태로 고양되면, 예를 들어 음악을 들으면, 그는 거의 그 위로 비와 햇살이 떨어지는 한 송이 꽃의 삶의 상태에 있게 된다.' 그는 인간의 정신이 활동 속에서 갖는 것보다 더 영원한 영원성은 정신의 휴지기 속에, 정신의 쉼 속에 있다고 인정하려 했다. 하지만 이제 그는 때로는 '감정'을, 때로는 '체험'을 생각했고 이는 모순을 유발했다. 의지체험들도 있었으니까! 체험이 그 정점인 행위도 있었으니까! 최고의 찬란한 쓴맛에 도달한 이 개개 행위들은 그냥 감정일 뿐이라 가정해도 되겠지만 그렇다면 이렇게 해서 정말로, 느끼는 상태가 그 최고의 순수함 속에서는 하나의 '쉼', 활동의 침몰이라는 사실은 모순인가?! 아니면 모순이 아닌가? 아니면 어떤 기이한 연관성이 있고 이에 따르면 최고의 활동의 핵심은 부동인가? 하지만 여기서는 이런 연속적 착상들은 부수적 사고라기보다는 원치 않는 사고라는 사실이 드러날 뿐이었다. 그것의 감상적 어법에 대한 갑작스런 저항이 깨어나면서 울리히는 자신이 빠져들게 된 관찰을 전부 철회했으니까. 그는 결코 특정한 상태들에 대해 숙고할 의향이 없었고, 감정에 대해 깊이 숙고했다면 스스로 감정에 빠져들 의향은 없었다.

이때 갑자기 그는 자신이 겨냥하고 있을 그것을 단도직입적으로 문학의 헛된 현재성 또는 영원한 순간성이라 명명한다면 최선이리라는 생각이 들었다. 도대체 문학은 결과를 가질까? 문학은 체험에서 체험으로 가는 엄청난 우회로이고 자신에게로 되돌아간다. 또는 결코 특정한 것이 생겨나지 않는 흥분상태의 총체 개념이다. '웅덩이는', 그는 이제 생각했다. '이미 필연적으로 모두에게 대양보다 훨씬 더 자주 그리고 더 강하게 깊음이라는 인상을 주었는데, 대양보다 웅덩이를 체험할 기회가 더 많다는 단순한 이유 때문이다.' 그에게는 감정도 이런 것인 듯 보였다. 그리고 일상의 감정들이 깊은 감정으로 여겨지는데 다른 이유가 있는 것이 아니리라. 왜냐하면 감정보다 느끼기를[11] 선호하는 것은 감정이 풍부한 모든 인간의 특징이며, 감정에 이바지하는 모든 설비들의 공통점인 '느끼게 하기' 또는 '느끼게 되기'라는 소망처럼 이는 감정의 순위와 본질을 과소평가하기에 이르고 나아가 피상성, 발달저하, 전적인 무의미성에 — 이에 대한 일반적인 예들은 절대 모자람이 없다 — 이르기 때문이다. '물론 이런 견해는', 울리히는 보충하며 생각했다. "깃털 속 수탉처럼 자신들의 감정 속에서 편안함을 느끼고 영원이 개개 '인격'과 더불어 처음부터 다시 시작될 수 있음을 자랑스러워하는 인간들 모두에게 거부당할 것이다!" 그는 어마어마한 흡사 인류적인 규모로 일어나는 전도(顚倒)의 분명한 표상

---

[11] 느끼기(*fühlen*)는 감정(*Gefühl*)에 선행하는, 느끼는 행위를 말하고 감정은 느끼는 행위뿐만 아니라 이에 대한 판단까지 포함한다. 체험과 느끼기는 외부 자극에 대한 반응이고 감정은 이것들이 처리된 산물이므로 개인적이고 주관적이다.

이 있었지만 이것을 아주 만족스러운 방법으로 표현할 수는 없었다. 연관성들이 너무나 다면적이었으니까.

이 일에 몰두하는 동안 그는 지나가는 전차들을 관찰했고 그를 최대한 도심으로 도로 데려가 줄 전차를 기다렸다. 그는 사람들이 내리고 타는 것을 보았고 공학적으로 미숙하지 않은 그의 시선은 산만하게 단조(鍛造)와 주조(鑄造), 압연과 리벳 접합, 설계와 제작, 역사적 발전과 현재 상태의 연관성들과 유희했는데, 이 굴러가는 막사의 발명은 이 연관성들로 구성되었고 이 막사는 이 연관성들을 이용했다. '마지막으로 철도공사의 대표단이 객차공장으로 와서 나무판자 대기, 칠하기, 천 대기, 팔걸이, 손잡이, 재떨이 부착하기 등을 결정한다.' 그는 아울러 생각했다. '그리고 바로 이 사소한 것들이 중요하다. 기차의 붉은색 또는 초록색이 중요하고 승강대 위로 올라갈 때의 도약은 수만 명의 인간들에게 간직되는 것이고 모든 천재성 가운데 단 하나 그들에게 남은 것 그리고 그들이 유일하게 체험하는 것이다. 이것이 그들의 성격을 이루고 거기에 민첩성 또는 편안함을 주고 그들로 하여금 붉은 기차를 고향으로, 푸른 기차를 타향으로 느끼게 하고 사소한 사실들에서 풍기는, 그 무엇과도 혼동할 수 없는 냄새, 수세기 동안 그들의 옷에 배인 냄새를 형성한다.' 이는 부인할 수 없는 사실이었고 갑자기 울리히 사고의 주류였던 다른 것과 연결되었는데, 그것은 대부분의 삶은 무의미한 현재성에 이른다, 또는 공학적으로 표현하면, '영혼의 효용계수는 아주 작다'였다.

그리고 자신이 도약해서 객차로 오르는 것을 느끼면서 갑자기 그는 혼잣말을 했다. "아가테가 마음에 새기도록 해야 해, 도덕은 우리 삶의 모든 순간상태를 지속상태에 귀속시킴임을!" 이 문장이 일종의 정의로 단박에 떠올랐다. 완전히 전개되지도, 정리되지도 않았지만 너무나 반짝반짝 다듬어진 이 사고에 이미 착상들이 앞서갔고 뒤따랐고 이해를 보충했다. 이로써 느끼기의 무해한 작업에 대한 엄격한 견해와 과제설정, 진지한 순위가 불확실하게 축소되어 확정되었다. 감정은 봉사하거나, 최후까지 가는 아직 전혀 서술되지 않은 상태, 연안 없는 바다처럼 거대한 상태에 속해야 한다. 이것을 이념이라 불러야 하나, 동경이라 불러야 하나? 울리히는 이를 미결상태로 두어야 했는데, 누이의 이름이 떠오른 순간 그녀의 그림자가 그의 사고를 어둡게 했기 때문이었다. 누이를 생각할 때마다 그는 그녀와 함께 보낸 기간 동안 그가 평소와는 다른 정신상태를 보여 주었다는 느낌이 들었다. 그는 또 자신이 다시 이 상태로 돌아가기를 열정적으로 원한다는 것도 알았다. 하지만 동일한 기억이 그가 오만했고 우습게 그리고 술에 취한 듯 행동했고 취한 상태에서 관객들 앞에서 무릎을 꿇고 그 다음날 그들의 얼굴을 볼 수 없는 사람보다 낫지 않게 행동했다는 치욕으로 그를 뒤덮었다. 이는 오누이 간의 신중하게 통제된 정신적 관계라는 관점에서 보면 무지막지하게 과장되었고, 완전히 사실무근으로 여기지 않아야 한다면, 아직 아무 형태도 없는 감정들에 대한 반작용으로만 간주해야 했다. 그는 아가테가 며칠 내로 당도할 것임을 알았고 아무것도 막지 않았다. 도대체 그녀가 어떤 부당한 짓을 했나? 사실 그녀의 일시적인 기분이 가라앉고 그녀가 모든 것을 다시 원상태로 되돌려 놓았으리라고 가정할 수도 있었다. 하지만 아주 활기찬 예감이 아가테가 자신의 의도를 포기하지 않았다고 장담했다. 그는 그

78

녀에게 물어볼 수도 있었으리라. 그는 그녀에게 편지로 경고할 의무감을 다시 느꼈다. 하지만 이 계획을 한순간이라도 진지하게 여기는 대신 그는 아가테로 하여금 그렇게 이례적인 태도를 취하게 한 동인이 무엇이었을까 상상했다. 그는 이 태도를 믿기지 않을 만큼 격렬한 몸짓이라고 보았는데, 이 몸짓으로 그녀는 그에게 자신의 신뢰를 선물했고 그의 손에 자신을 맡겼다. '그녀는 현실감각이 너무 없어.' 그는 생각했다. '하지만 원하는 바를 행하는 놀라운 방식이 있어. 경솔하다고도 말할 수 있겠지. 하지만 그래서 냉담하지 않아! 화가 나면 그녀는 세계를 루비처럼 붉게 보지!' 그는 다정한 미소를 지었고 함께 전차를 타고 가는 사람들을 둘러보았다. 그들은 각자 나쁜 생각을 갖고 있었고 — 이건 확실했다 — 모두 그것을 억압했고 그렇다고 아무도 스스로를 크게 비난하지 않았다. 하지만 아무도 이 생각을 자신의 바깥에, 즉 꿈꾼 체험이 갖는 그 매력적인 개입 불가능성을 이 생각에 부여하는 한 인간 속에 갖고 있지는 못했다.

편지를 끝까지 쓰지 못한 후 이제 처음으로 울리히는 더 이상 선택의 여지가 없다는 것, 자신이 아직도 그 앞에서 망설이고 있는 그 상태 속에 이미 들어와 있다는 것을 스스로에게 분명히 했다. 이 상태의 법칙에 따르면 — 그는 이 법칙을 성스럽다고 칭하는 교만한 표리부동을 감히 스스로에게 허용했다 — 아가테의 실수는 뉘우쳐질 수 없었고 그 다음에 따라오는 사건을 통해서만 **만회될** 수 있었고 게다가 이것이 뉘우침의 원래 의미에도 상응했을 것이다. 뉘우침이란 고열로 정화하는 상태이지 훼손된 상태는 아니니까. 아가테의 거추장스러운 남편이 손해를 **입지 않도록** 또는 그에게 손해가 **없게** 하는 것은 그냥 손해의 회수, 즉 내적 고양이라고는 전혀 없는 보통의 선한 태도를 구성하는 바로 그 이중의 부정, 마비시키는 부정을 의미할 뿐이었으리라. 하지만 다른 한편 하가우어에게 일어날 일은 눈앞에 어른거리는 짐을 '지양(止揚)하는 일'처럼 그에 대해 커다란 감정을 불러일으켜야만 가능했고 이 일을 경악 없이 생각하기란 불가능했다. 울리히가 따르려 했던 논리에 따르면, 손해가 아닌 다른 뭔가가 만회될 수 있었고 그는 그것이 그와 누이의 삶 전체여야 함을 단 한 순간도 의심하지 않았다. '주제넘게 말해서', 그는 생각했다. '사울이 이전의 죄악의 결과 하나하나를 만회해야 한다는 뜻이 아니라 바울이 되었다는 뜻이다!' 그렇지만 감정과 신념은 이 독특한 논리에 반대하여 습관적으로 이의를 제기했다. 우선 매제에게 값을 치르고 그 후 새로운 삶을 숙고한다면 그게 어쨌든 올바를 테고 추후의 비상(飛上)에도 방해가 되지 않으리라고. 그를 유혹했던 그 윤리는 사실 돈거래와 거기에서 연유한 대립을 정리하기 위해 있는 것이 절대 아니었다. 따라서 그 다른 삶과 일상적 삶의 경계에서 모순에 가득 찬 해결되지 않는 경우들이 생겨나는 것이 틀림없었고 이 상태들이 아예 경계선상의 경우가 되지 않게 하고 이를 사전에 평범하고 열정 없는 올바름의 방식으로 세상에서 몰아내는 것이 최선이었다. 하지만 이때 울리히는 무조건적인 선의 영역으로 과감히 전진하려면 평범한 선의 조건들에 매달려서는 안 됨을 다시 느꼈다. 새로운 것으로 한 걸음을 내디디라는, 그에게 부과된 과제는 어떤 삭감도 용인하지 않는 듯 보였다.

아직 그를 방어하고 있는 마지막 요새에는 그가 그토록 많이 사용했던 자아, 감정, 선, 다른 선, 악과 같은 표상들이 너무나 개인적이고 동시에 너무나 드높고 공기가 희박할 정도로 일반적이라는 데 대한 격렬한 거부감이 진을 치고 있었는데, 이는 사실 훨씬 더 젊은 인간의 도덕적 숙고에나 상응할 터였다. 자신의 이야기를 추적하는 대개의 사람들에게도 분명 일어날 일이 그에게도 일어났다. 그는 화를 내며 개별 단어들을 끄집어냈고 가령 이렇게 물었다. "'감정의 생산과 결과'? 얼마나 기계적이고 이성적이며 인간을 모르는 견해인가! '모든 개별상태가 종속되어야 하는 지속상태의 문제, 도덕' 그리고 그 외에는 아무것도 없다? 이 얼마나 비인간적인 일인가!" 이성적 인간의 눈으로 보면 모든 것은 엄청나게 전도된 듯 보였다. '도덕의 본질은 중요한 감정들은 항상 동일하게 머무른다는 것에 있는 것 같다.' 울리히는 생각했다. '그리고 이때 개개인이 행해야 하는 모든 것은 이 감정들과 일치해서 행동하는 것이다!' 하지만 바로 그때 그를 껴안고 굴러가는 공간의 T자와 컴퍼스로 그려진 선들이 한 지점에서 멈추었고 이 지점에서, 현대 교통수단의 몸통으로부터 밖을 내다보고 있으며 어쩔 수 없이 아직 이 설비에 관여하고 있는 그의 눈은 바로크 시대 이후로 길가에 서 있는 돌기둥에 가 닿았고 그래서 이성적 창조물이 주는 무의식적으로 수용된 기술적 편안함이, 석화된 복통과 닮은 옛 몸짓의 되살아난 정열과 갑작스런 대조를 이루게 되었다. 이 시각적 충돌의 효과는 울리히가 방금까지만 해도 벗어나려 했던 그 사고의 엄청나게 격렬한 확증이었다. 삶의 무분별함이 이 우연한 시선 속에서 일어난 것보다 더 분명하게 드러날 수 있었을까? 그의 정신은, 이런 대립에서 보통 그렇듯이 지금 또는 옛날을 취향에 따라 편들지 않았고 새로운 시대뿐 아니라 옛 시대에게도 버림받았다고 느끼는 데 한순간도 주저하지 않았고 이 속에서 하나의 문제가 크게 전시되는 것만을 보았는데, 그것은 근본적으로 도덕적 문제일 것이다. 그는 우리가 양식, 문화, 시대의지 또는 시대감정이라고 보고 경탄하는 것의 무상함은 도덕적 결함이라는 것을 의심할 수 없었다. 왜냐하면 시대라는 커다란 척도 속에서 이 결함은 그냥 우리가 우리 삶의 더 작은 척도 속에서 그러듯이 우리의 능력을 완전히 일방적으로 발전시키고, 해체되는 과정 속에서 방심하고, 결코 우리의 의지의 척도를 얻지 못하고, 절대 완전히 교양을 갖추지 못하고, 연관성 없는 정열 속에서 때로는 이것을, 때로는 저것을 하리라는 것을 의미할 뿐이기 때문이다. 그래서 그에게는 시대의 변화 또는 심지어 진보라고 부르는 것이 그저 어떤 시도도 모든 것이 하나가 되는 그 지점에는 오지 못하고, 전체를 포괄하는 확신에 이르는 그리고 이로써 비로소 끊임없는 발전, 지속적 향락, 위대한 아름다움의 진지함의 가능성에 이르는 도정에 있음을 나타내는 단어일 뿐인 듯했다. 이 진지함은 오늘날 가끔씩 삶에 그늘을 드리울 뿐이다.

물론 모든 것이 아무것도 아니었다고 가정하는 것은 울리히에게는 엄청난 자만으로 여겨졌다. 그렇지만 그것은 아무것도 아니었다. 존재로서는 측량할 수 없는 것이었고 의미로서는 혼란이었다. 적어도 그 결과로 볼 때 그것은 현재의 영혼을 만들어 낸 것 이상은 아니었다. 즉, 충분하지 못했다. 이 생각을 하는 동안 울리히는 이 '못했다'에 편안하게 몰두했다. 그것이 그의 의도가 허락하는 삶의 식탁에서의 마지막 식사인 양. 그는 전차에서 내렸고 그를 재빨리 시내중심가로 데려가 줄 길로 접어들었다. 지하실에서 나온 듯한 기분이었다.

거리는 즐겁게 소리를 질렀고 여름날에서 온 듯 조숙한 온기로 가득 찼다. '혼잣말하기'라는 독의 달콤한 맛이 입에서 가셨다. 모든 것은 속을 열고 태양 아래 내놓아졌다. 울리히는 거의 모든 진열창 앞에 멈춰 섰다. 이 각양각색의 조그만 병들, 병에 든 향기, 수많은 형태의 손톱가위, 벌써 얼마나 많은 천재성이 이발소에 들어 있는지! 장갑가게, 염소가죽이 한 귀부인의 손에 끼어지고 동물가죽이 본인의 가죽보다 더 고상해지기까지 어떤 관계들과 발명들이 있는지! 그는 자명한 것들에, 풍족한 삶을 위한 수많은 귀여운 소유물들에 놀랐다. 마치 그것들을 처음 보기라도 하듯. '소유해서 행복하다니, 얼마나 매력적인 말인가!'라고[12] 그는 느꼈다. 그리고 공동생활의 이 어마어마한 합치는 얼마나 큰 행운인가! 여기서는 더 이상 삶의 딱딱한 땅껍질을, 열정의 비포장도로들을, — 그는 진정으로 느꼈다 — 영혼의 미개함을 감지할 수가 없었다! 주의력은 환하고 줍게 과일, 보석, 천, 형태, 유혹의 꽃밭 위로 날아갔고 그것들의 부드럽게 파고드는 눈은 온갖 색채로 열려 있었다. 당시에는 하얀 피부를 좋아했고 해를 가렸기 때문에 벌써 알록달록한 양산들이 드문드문 인파 위에 부유(浮游)했고 여인들의 창백한 얼굴에 비단 같은 그늘을 드리웠다. 심지어 지나가면서 음식점 유리창을 통해 본 식탁보 위의 탁한 황금색 맥주에도 울리히의 시선은 황홀해졌다. 식탁보들은 그 그늘경계에 푸른색 면이 생길 정도로 하얬다. 그 후 대주교의 차가 그의 옆을 지나갔다.

---

12 '자질구레한 소유물'이라는 뜻의 'Habseligkeit'는 '가지다'(*haben*) 와 '행복하다' (*selig*) 가 결합하여 생긴 단어이다.

아늑하고 무거운 4륜 경마차였는데, 그 안 어두운 곳에는 붉은색과 보라색이 있었다. 대주교의 차가 틀림없었다. 울리히의 시선이 쫓았던 그 마차는 딱 교회의 것으로 보였고 두 명의 경찰관이 차렷 자세를 취하더니, 그리스도의 갈빗대에 창을 꽂은 그들의 선조 생각은 하지도 않고 그리스도의 후임자에게 경례를 했으니까.

자신이 막 '삶의 헛된 현재성'이라고 불렀던 그 인상들에 너무나 열성적으로 몰두한 나머지 그가 점차 세상에 질려 가는 동안 그의 적대적인 옛날 상태가 다시 생겨났다. 울리히는 이제 자신의 숙고의 약점이 어디에 있는지 정확히 알았다. "도대체 무슨 의미일까", 울리히는 자문했다. "이 독단에 직면해서 그 위에, 그 뒤에, 그 아래에 있을 하나의 결과를 요구한다면! 그것은 아마 철학일까? 모든 것을 포괄하는 확신, 하나의 법칙? 아니면 신의 손가락? 아니면 신 대신, 지금까지 도덕에 '귀납적 신조'가 결핍되었고 선하기는 생각보다 어렵고 선하기 위해서는 연구에서와 비슷하게 끝없는 협업이 필요하다는 가정? 나는 가정한다, 지속적인 것에서 유도될 수 없으므로 도덕은 없고 대신 무상한 상태의 쓸데없는 유지를 위한 규칙들만 있다고. 나는 가정한다, 깊은 도덕 없이 깊은 행복은 없다고. 하지만 내가 이에 대해 숙고한다는 것이 부자연스럽고 핏기 없는 상태인 듯 보이고 이건 절대 내가 원하는 것이 아니다!" 사실 그는 훨씬 더 간단히 "나는 무슨 일을 계획했지?"라고 물을 수도 있었을 테고 이제 실제로 그렇게 했다. 하지만 이 질문은 그의 사고보다는 감수성을 건드렸다. 아니, 사고를 중단시켰고, 야전사령관처럼 계획하려는 늘 깨어 있는 울리히의 욕구를 그가 포착하기도 전에 야금야금 없애 버렸다. 이 질문은 처음에

는 그를 따라다니는 어렴풋한 소리처럼 그의 귓가에 있었고 그 후에
는, 다른 소리보다 한 옥타브가 낮았을 뿐, 그의 내면에 있었다. 그
리고 이제 울리히는 마침내 자신의 질문과 하나였고 그 자신이 밝고
단단한 세계에서 기이하게도 낮은 소리인 듯 여겨졌다. 이 소리 주변
에는 넓은 중간 음역이 놓여 있었다. 그때 그는 정말 무엇을 계획하
고 약속했을까?

그는 분발했다. 그는 그냥 비교이긴 했지만 자신이 '천년왕국'이라
는 표현을 농담으로만 사용하지 않았음을 알았다. 이 약속을 진지하
게 여기면, 서로에 대한 사랑의 도움으로 너무나 고양된 세속적인 상
태로 살게 되어 이 상태를 상승시키거나 유지하는 것만을 느끼고 행
할 수 있으리라는 소망에 이르게 되었다. 이런 인간의 상태에 대한 암
시가 있다는 사실은 그에게는, 그가 생각하는 한, 확실했다. 그것은
'소령부인 이야기'로 시작되었고 나중의 경험들은 크지는 않지만 늘
동일한 것이었다. 모든 것을 요약하면, 울리히가 '아담과 이브의 타
락'과 '원죄'를 믿는다는 결론이 멀지 않았다. 즉, 그는 언젠가 한번
인간의 태도에 대충 사랑에 빠진 자가 정신을 차리는 것과 같은 근본
에까지 미치는 변화가 있었다고 가정할 수도 있었으리라. 사랑에 빠
진 자는 그 후 아마 진리를 다 보겠지만 더 큰 뭔가는 갈가리 찢어졌
고 진리는 도처에서 그냥 뒤에 남은 그리고 다시 짜깁기된 일부와 같
다. 아마 정신 속에 이 변화를 야기하고 인류를 원래의 상태에서 추방
한 것은 심지어 정말로 '인식'의 사과였을 것이다. 인류는 끝없는 경
험과 죄악을 통해 현명해지고 나서야 다시 이 상태로 돌아갈 수 있다.
하지만 울리히는 이런 이야기를 전승된 대로 믿지는 않았고 스스로

발견한 대로 믿었다. 즉, 그는 회계사처럼 믿었는데, 회계사는 자신의 감정 체계를 앞에 두고, 그 어떤 것도 정당화되지 않는다는 사실에서 그 성질을 예감할 수만 있는 환상적인 가정을 도입할 필연성을 추론한다. 이것은 사소한 일이 아니었다. 그는 이와 비슷한 것을 이미 충분히 자주 생각했지만 이를 실제로 진지하게 여겨야 할지를 며칠 내로 결정해야 하는 처지는 여태 겪어 보지 못했다. 모자와 칼라 아래로 땀이 조금 났고 그의 옆을 지나 나아가는 인간들의 접근이 그를 자극했다. 그가 생각한 것은 대부분의 활기찬 관계와의 결별과 같은 의미였다. 이에 대해 그는 착각하지 않았다. 오늘날 인간은 부분들로 나뉘어 살며 그 부분들에 따라서 다른 인간들과도 이어져 있으니까. 한 인간이 꿈꾸는 것은 꿈꾸기와 연관되어 있고 다른 사람들이 꿈꾸는 것과 연관되어 있다. 한 인간이 행하는 것은 그것들끼리 연관되어 있지만 다른 인간들이 행하는 것과 훨씬 더 많이 연관되어 있다. 그리고 한 인간이 확신하는 것은 그 자신은 최소한의 부분만 공유하는 확신들과 연관되어 있다. 따라서 자신의 전체 현실 속에서 행동하려는 것은 정말로 비현실적인 요구다. 그리고 다름 아닌 그가 평생 늘, 자신의 확신을 다른 사람들과 공유해야 하며 도덕적 모순들 한가운데서 살 용기를 가져야 한다는 사실에 사로잡혀 있었다. 이 희생을 통해 위대한 성과가 얻어지기 때문이다. 적어도 그는 이때 그가 다른 종류의 삶의 가능성과 의미에 대해 생각했던 것은 확신했는가? 절대 그렇지 않았다! 그럼에도 불구하고 그는 자신의 감정이, 수년 동안 기다려 온 사실에 대한 오인할 수 없는 표식을 눈앞에서 보는 듯, 이를 허용하는 것을 막을 수는 없었다.

물론 이제 그는 자신이 도대체 무슨 권리로 자기애(自己愛)와 비슷하게, 영혼과 무관한 것은 더 이상 하지 않겠다는 데 이르게 되었을까 자문해야 했다. 이는 오늘날 모든 인간이 갖고 있는 활동하는 삶의 신조를 거역하는 것이었고, 신을 확신한 시대들이 이런 노력을 전개할 수 있었다 해도 이는 더 강해진 태양 아래서 어스름처럼 스러졌다. 울리히는 자신에게서 은둔과 달콤함의 향기를 느꼈고 이 향기는 점점 더 그의 취향에 거슬렸다. 그래서 그는 자신의 방탕한 사고를 시작되는 즉시 제한하려 애썼고 비록 아주 솔직하게는 아니었지만, 유별난 방식으로 누이에게 한 천년왕국에 대한 약속은 이성적으로 파악해 보면 일종의 편안함을 주는 작품에 다름 아니라고 스스로를 비난했다. 아가테와의 교류는 그에게 지금까지 그에게서 너무나 많이 닳아 없어진 애정과 이타심의 경주를 요구할 터였다. 하늘 위를 날아간 이루 말할 수 없이 투명한 구름을 상기하듯 그는 지난 동거의 특정한 순간들을 상기했는데, 그것들이 이미 이런 종류였다. '아마 천년왕국의 내용은 처음에는 두 사람에게 나타났다가 나중에서야 모두의 공동체에서 나타나는 이 힘의 팽창에 다름 아닐까?'라고 그는 약간 편파적으로 숙고했다. 그는 기억 속에 불러낸 그 자신의 '소령부인 이야기'에서 다시 충고를 찾았다. 그는 그 설익음 때문에 오류의 원인이 된 사랑의 공상은 한옆으로 제쳐 두고, 당시 그가 고독 속에서 가질 수 있었던 선과 숭배라는 관대한 느낌에 온통 주의력을 집중했고 신뢰와 애정을 느끼는 것이나 다른 사람을 위해 산다는 것이 눈물 날 정도로 감동적인 행복이어야 하는 듯 보였다. 그것은 낮이 작열하며 저녁의 평화 속으로 가라앉듯이 아름다웠고 또 약간은 울고 싶으리만치 즐거움이 없었고 정신은 고요했다. 그사이 그에게는 자신의 계획이 이제 또 벌써 가령 두 명의 노총각이 같이 살기로 합의 본 것처럼 우습게 여겨졌기 때문이었다. 그리고 그는 이런 환상의 움찔거림에서, 봉사하는 형제애(兄弟愛)라는 표상이 이 계획을 실행하기에는 얼마나 적절하지 못한지를 느꼈다. 비교적 무관심하게 그는 아가테와 자신의 관계에는 처음부터 비사회적인 것이 아주 많이 섞여 있었다고 고백했다. 하가우어와 유언장 일 말고도 전체 감정 톤이 어떤 격렬한 것을 암시했고 이 오누이의 동맹에는 서로에 대한 사랑보다는 나머지 세계에 대한 거부가 더 많았음은 의심할 바가 없었다. '아니야!' 울리히는 생각했다. '다른 사람을 위해 살려는 것은 동업자와 함께 바로 옆에 새 가게를 열려는 이기심의 파산일 뿐이야!'

찬란하게 다듬어진 이 언급에도 불구하고 실제로 내면의 긴장은 그가 어렴풋이 자신을 채우는 빛을 현세의 조그만 램프 불빛으로 가두려는 유혹을 받은 순간 이미 그 정점을 넘어섰다. 그리고 이제 이것이 실수였음이 드러났을 때, 결정을 내리려는 의도는 그의 사고에서 이미 사라졌고 그는 선선히 생각을 딴 데로 돌렸다. 마침 근처에서 남자 두 명이 서로 부딪혔고 치고 박기라도 할 듯 상대방에게 불편한 말들을 외치고 있었고 그는 신선한 주의력으로 관심을 기울였다. 그리고 그가 이를 외면하려는 순간 그의 시선은 한 여자의 시선과 충돌했는데, 그 시선은 줄기 위에서 고개를 끄덕이는 통통한 꽃 같았다. 감정과 외부를 향한 주의력이 같은 분량으로 섞인 이 편안한 기분 속에서 그는 이웃을 사랑하라는 이상적 요구는 실제의 인간들 사이에서는 두 부분으로 나뉘어 지켜짐을 알아차렸다. 첫 번째 부분은 우리가 동료 인간을 견딜 수 없다는 데 있는 반면, 두 번째 부분은 동료 인간의 절반과 성적인 관계에 빠짐으로써 이를 청산한다. 그는 숙고 없이 또 몇 걸음을 더 갔고 뒤돌아서 그녀를 뒤쫓았다. 그녀의 시선으로 인한 감동의 결과로서 아주 기계적으로 일어난 일이었다. 그는 옷 아래 그녀의 모습을 수면으로 떠오른 커다랗고 하얀 물고기처럼 눈앞에서 보았다. 그는 이 물고기에게 남성적으로 작살을 던지고 이것이 팔딱거리는 것을 보고 싶었다. 그리고 이 속에는 욕구만큼이나 거부감이 들어 있었다. 거의 알아차릴 수 없는 표시에서 또 이 여자가 그의 추적을 알고 있고 이를 승인하고 있음이 확실해졌다. 그는 그녀가 사회적 계층에서 점하는 자리가 어디일까 알아보려 했고 중상류층이라고 추측했는데, 여기서는 정확히 그 위치를 정하기가 어렵다. '상인 집안? 공무원 집안?' 그는 자문했다. 하지만 다양한 그림들이 아무렇게나 떠올랐고 심지어 그 가운데 약국도 있었다. 그는 귀가하는 남편에게서 나는 찌르는 듯 달콤한 냄새를 느꼈다. 가정의 꼭 짜인 분위기, 여기서는 조금 전 도둑의 손전등 불빛이 비추었을 때 보였던 움찔거림은 더 이상 알아볼 수 없었다. 이는 의심할 바 없이 혐오스러웠지만 그래도 염치없이 유혹적이었다.

울리히가 계속 그 여인의 뒤를 따라가고 실은 그녀가 진열창 앞에 멈춰 섬으로써 그가 멍청히 계속 비틀비틀 걸어가도록 또는 그녀에게 말을 걸도록 강요할까 봐 두려워하는 동안 그의 내면에서는 여전히 한눈팔지 않고 완전히 깨어 있는 뭔가가 있었다. '도대체 아가테는 **내게 뭘 원할까?**' 그는 처음으로 자문했다. 알 수 없었다. 그가 그녀에게 원하는 것과 비슷하리라 가정했지만 감정근거만 있을 뿐이었다.

얼마나 빨리 그리고 예기치 않게 그 모든 일이 일어났는지 그는 의아해해야 하지 않았을까? 그는 두어 개 어린 시절 기억 말고는 그녀에 대해 아는 것이 없었고 가령 벌써 몇 년째 지속되는 하가우어와의 관계처럼 그가 알게 된 몇 안 되는 것도 오히려 그의 마음에 들지 않았다. 이제 그는 도착 후 아버지 집에 다가갔을 때 느낀, 거부감에 가까운 그 독특한 망설임도 생각났다. 갑자기 그의 내면에 착상이 하나 둥지를 틀었다. '아가테에 대한 나의 감정은 공상일 뿐이다!' 끊임없이 자신의 주변 환경과는 다른 것을 원하는 남자 속에서, ― 그는 이제 다시 진지하게 생각했다 ― 늘 거부감만 느끼고 결코 애정에 다다르지 못하는 그런 남자 속에서 평범한 호의와 인간성이라는 온화한 선은 쉽게 해체되고 분해되어 차가운 완고함이 될 것이다. 그리고 이 완고함 위로 비개인적 사랑의 안개가 아른거린다. 그는 이를 언제가 '치품천사의 사랑'이라고 명명했다. 상대 없는 사랑이라 말할 수도 있으리라고 그는 생각했다. 또는 마찬가지로 성별 없는 사랑이라고. 오늘날 우리는 아예 성적으로만 사랑한다. 같은 성끼리 있으면 서로 견딜 수 없고, 성적 결합 속에서 이 강요의 과대평가에 점점 더 거부감을 느끼면서 사랑한다. 하지만 치품천사의 사랑은 이 두 경우에서 자유롭다. 이는 사회적인 그리고 성적인 거부감이라는 반대조류가 없는 사랑이다. 오늘날 삶의 끔찍함과 더불어 대규모로 도처에서 감지되는 이것을 진정, 형제애를 위해서는 아무 자리도 없는 시대의 자매애(姉妹愛)라고 명명할 수 있으리라. 그는 화가 나서 몸을 움찔거리며 스스로에게 말했다.

하지만 마지막으로 이렇게 생각했지만 이와 동시에 그리고 이와 교

대로 그는 그가 어떤 식으로든 도달할 수 없는 여인을 꿈꾸었다. 그녀
는 공기는 죽음을 위해 만개했지만 그 색채는 최고의 정열 속에서 불
타는 산속의 가을날 오후처럼 그의 눈앞에 아른거렸다. 그는 눈앞에
서 푸른색 원경을, 그것의 불가사의하게 풍부한 뉘앙스를 끝없이 보
았다. 그는 실제로 앞에서 걸어가고 있는 여인은 완전히 잊었고 모든
욕망에서 멀어졌고 아마 사랑에 가까이 있었을 것이다.

　그는 다른 한 여자의 머문 시선을 통해서야 주의를 딴 데로 돌렸는
데, 이 시선은 첫 번째 여인의 것과 비슷했지만 그렇게 대담하지도,
퉁퉁하지도 않았고 사교적으로 세련되었고 1초라는 짧은 시간 안에
벌써 깊은 인상을 주었다. 그는 올려다보았고 내적으로 기진맥진한
상태에서 아주 아름다운 부인을 알아보았는데, 보나데아였다.

　멋진 날씨가 그녀를 거리로 유혹했다. 울리히는 시계를 보았다. 그
는 겨우 15분 산책했을 뿐이고 라인스도르프의 궁전을 떠난 이후로
45분도 지나지 않았다. 보나데아가 말했다. "오늘 난 바빠!" 울리히
는 생각했다. '하루 종일은 얼마나 오래인 것일까? 그리고 1년은, 심
지어 평생의 계획은!' 측량할 수 없는 일이었다.

23
보나데아 또는 재발

이렇게 울리히는 그 후 곧 그의 버림받은 여자 친구의 방문을 받게 되
었다. 거리에서의 만남은 디오티마의 우정을 얻었을 때 그의 이름을
오용한 데 대해 그녀를 나무라기에 충분하지 못했고 보나데아에게도

그의 오랜 침묵을 비난하고 사생활 침입죄의 추궁을 방어하고 디오티마를 '고상하지 못한 뱀'이라고 부를 뿐만 아니라 이에 대한 증거를 생각해 낼 충분한 시간을 주지 못했다. 그 때문에 그녀와 그녀의 은퇴한 연인은 서둘러 그들이 다시 한번 대화해야 한다는 데 합의를 보았다.

　하지만 모습을 나타낸 사람은 더 이상 눈을 깜박이며 거울을 들여다보고 자신도 디오티마처럼 순수하고 고상해지고 싶다고 작정할 때면 어느 정도 그리스적 헤어스타일이 될 때까지 두 손으로 머리카락을 꼬던 그 보나데아, 그런 금욕요법 때문에 난폭해진 밤에 염치없이 그리고 사정에 밝은 여자로서 자신의 모범을 저주하던 그 보나데아도 아니었고 다시 사랑스런 옛날의 보나데아, 그때그때 유행에 따라 그 곱슬머리가 그다지 영리하지 못한 이마 뒤로 드리우거나 이마 위로 올라간 보나데아, 그 눈에 불 위로 솟아오르는 공기 같은 것이 끊임없이 보였던 그 보나데아였다. 울리히가 그와의 관계를 사촌에게 털어놓은 일로 그녀를 추궁하는 동안 그녀는 사려 깊게 거울 앞에서 모자를 벗었고, 그가 어디까지 털어놓았는지 정확히 알고 싶어 하자 자신이 디오티마에게 꾸며 댄 이야기를 만족스러워하며 정확하게 서술했다. 그녀는 그에게서 모스브루거가 잊히지 않도록 해달라는 편지를 받았고, 편지 작성자가 자주 높은 감각을 가졌다고 칭송한 그 여인에게 도움을 청하는 것보다 더 나은 방도를 알지 못했노라고. 그 후 그녀는 울리히가 앉은 의자의 팔걸이에 앉았고 그의 이마에 키스했으며 편지에 대한 부분만 빼면 모두 사실이 아니냐고 겸손하게 장담했다.

　커다란 온기가 그녀의 가슴에서 흘러나왔다. "그럼 왜 당신은 사촌을 '뱀'이라고 불렀지? 당신 스스로 뱀이었으면서!" 울리히가 말했다.

보나데아는 그에게서 눈을 떼더니 생각에 잠겨 벽을 바라보았다. "아, 나도 모르겠어." 그녀가 대답했다. "그녀는 너무 친절했어. 내게 너무나 큰 공감을 보였어!"

"무슨 뜻이지?" 울리히가 물었다. "이제 진선미를 향한 그녀의 노력을 당신도 같이하는 거야?"

보나데아가 대답했다. "그녀는 어떤 여자도 온 힘으로 자신의 사랑을 위해 살 수 없다고 설명했어. 그녀도, 나도. 그 때문에 모든 여자는 운명이 정한 그 자리에서 자신의 의무를 행해야 한다고. 그녀는 정말 너무나 발라." 보나데아는 더 깊이 생각에 잠겨 계속했다. "그녀는 남편에게 관대하라고 말했어. 그리고 우월한 여인은 결혼생활을 잘 해나가는 데서 커다란 행복을 찾는다고 주장했어. 그녀는 이걸 모든 간통보다 훨씬 더 높게 샀는데, 사실 나 자신도 늘 그렇게 생각했어!"

그리고 그것은 정말로 사실이었다. 보나데아는 결코 달리 생각해 본 적이 없었으니까. 그녀는 그냥 항상 다르게 행동했을 뿐이었고 따라서 거리낌 없이 동의할 수 있었다. 울리히가 수긍으로 답하자 그에게 다시 한번 키스가 날아왔다. 이번에는 벌써 이마 약간 아래였다. "당신은 나의 일부다처제 균형을 흐트러지게 해!" 그녀가 자신의 사고와 행위 사이의 모순에 대한 사과의 표시로 짧게 한숨을 쉬며 말했다.

여러 번 사이사이 질문한 끝에 그녀가 '다분비선 균형'을 말하고자 했음이 드러났다.13 이는 당시 전문가들 사이에서나 이해되던 생리학 단어였는데, 분비물의 균형으로 번역할 수 있을 터였고 그 전제는 혈

---

13 보나데아는 '일부다처제의'(polygam)와 '다분비선의'(polyglandular)를 혼동했다.

액 속으로 작용하는 특정한 분비선이 있고 그것이 작동되고 제어됨에 따라 성격, 즉 기질에, 특히 보나데아가 어떤 상황에서는 괴로울 정도로 많이 가지고 있는 종류의 기질에 영향을 미친다는 것이었다.

울리히는 호기심을 느끼며 이마를 찌푸렸다.

"어떤 분비선에 관한 사안이야." 보나데아가 말했다. "어쩔 수 없는 일이라는 걸 아는 것만으로도 크게 안심이 돼!" 그녀는 잃어버린 친구를 향해 애처롭게 미소지었다. "균형이 빨리 흐트러지게 되면 실패한 성 경험이 생기기가 쉽지!"

"하지만 보나데아", 울리히가 놀라서 물었다. "당신이 어떻게 그런 말을?"

"배운 대로 말한 거야. 당신은 실패한 성 경험이라고 당신 사촌이 말했어. 하지만 그녀는 우리가 하는 일 가운데 어떤 것도 단순히 개인적 사안이 아니라는 것을 생각하면 우리는 충격적인 육체적, 정신적 결과에서 벗어날 수 있다고도 했어. 그녀는 내게 아주 잘해 주었어. 나에 대해서는, 내 개인적 실수는 사랑의 삶을 전체로 관찰하는 대신 사랑에서 너무 자주 개별사항에 매달려 있는 것이라고 주장했어. 이해하겠어? 개별사항이란 그녀가 '날〔生〕경험'이라고도 부르는 그걸 말해. 이런 것을 그녀의 설명으로 배운다는 건 자주 매우 흥미롭지. 하지만 그녀에게서 한 가지는 내 마음에 들지 않아. 비록 그녀가 강한 여자는 자신의 삶의 작품을 일부일처제에서 찾아야 하고 그 작품을 예술가처럼 사랑해야 한다고 말하지만 결국 그녀는 세 명, 아니 당신까지 네 명의 남자를 예비해 두고 있거든. 그리고 난 다행히 지금 아무도 없어!"

그러면서 그녀가 탈영한 자신의 예비군을 살피는 시선은 따뜻하고 절망적이었다. 하지만 울리히는 이것을 알아차리려 들지 않았다.

"당신들이 내 이야기를 했어?" 그는 불길한 예감을 갖고 물었다.

"에이, 그냥 가끔." 보나데아가 대답했다. "당신 사촌이 예를 찾거나 당신 친구 장군이 거기 있으면."

"어쩌면 아른하임도 거기 있었겠군!"

"그는 고상한 여자들의 대화에 품위 있게 귀를 기울이지." 보나데아는 표 나지 않게 모방하는 재주를 보이며 그를 조소(嘲笑)했지만 진지하게 덧붙였다. "당신 사촌에 대한 그의 처신은 전혀 내 마음에 들지 않아. 그는 대개는 여행을 가고 없고, 거기 있으면 모든 사람들과 말을 너무 많이 해. 그리고 그녀가 폰 슈테른 부인 예를 들면 … ."

"폰 슈타인 부인?" 울리히가 물으면서 고쳤다.

"물론이야. 슈타인을 말하는 거야. 그녀에 대해 디오티마는 정말 자주 말하거든. 그녀가 폰 슈타인 부인과 그 다른 여자의 관계에 대해 말하면, 불 … 그러니까, 이름이 뭐지, 좀 바르지 못한 이름이었는데?"

"불피우스!"

"물론이야. 이해해줘, 거기서 외래어를 너무 많이 들어서 더 이상 간단한 것조차도 알 수가 없어! 그녀가 폰 슈타인 부인을 자신과 비교하면 아른하임 씨는 계속해서 나를 바라보지. 마치 내가 그가 경배하는 여자 옆에서 꼭 그런, 당신이 방금 말했던 그 여자에 충분히 대적할 만하다는 듯!"

하지만 이제 울리히는 이 변화에 대해 해명을 요구했다.

울리히의 신뢰를 받는 사람이라는 칭호를 사용하게 된 이후로 보나데아가 디오티마의 신뢰를 얻는 데서도 커다란 진전을 보았음이 드러났다.

화나는 일이었지만 울리히가 경솔하게 발설해 버린 색광(色狂)이라는 평판은 그의 사촌에게 무한한 작용을 야기했다. 그녀는 신참자를 자선활동을 하는 부인이라는 더 자세히 규정할 수 없는 방식으로 자신의 모임에 초대하여 몇 번 은밀히 관찰했고, 그녀 집의 그림을 흡수하는 부드러운 압지 같은 눈을 가진 이 침입자는 그녀에게 너무나 무시무시했을 뿐만 아니라 그녀 내면에서 전율만큼이나 여성적 호기심을 자극했다. 진실을 말하자면, '성병'(性病)이라는 말을 발설하면 디오티마는 자신의 새 지인의 행실을 상상할 때와 비슷하게 불특정한 느낌을 가졌고 양심의 불안을 느끼며 가끔씩 불가능한 처신, 치욕, 수모를 기대했다. 하지만 보나데아는 명예욕에 찬 행실로 이 불신을 완화하는 데 성공했는데, 이는 버릇없는 아이들이 도덕적 경쟁심을 일깨우는 환경에서 보이는 특별히 잘 교육받은 행동거지에 상응했다. 심지어 그녀는 자신이 디오티마를 질투한다는 것도 잊었고 디오티마는 자신을 불안하게 하는 피후견인이 그녀 자신처럼 이상적인 것에 심취해 있음을 알아차리고는 놀랐다. 그때 벌써, 그녀의 말로 하자면, '발을 헛디딘 자매'는 피후견인이 되어 있었으니까. 그리고 곧 디오티마는 보나데아에게 특별히 활발한 공감을 보였는데, 자신의 처지로 인해, 색광이라는 품위 없는 비밀 속에서 일종의 여성적 다모클레스의 칼14을 보는 상황에 이르렀다고 느꼈기 때문이었다. 이 칼

---

14 다모클레스(Damokles): 기원전 4세기 전반 시라쿠스의 참주이자 디오니시오스

은 가느다란 실에 매달려서 심지어 성 제네비에브의 머리 위에 걸려 있을 수도 있다고 그녀는 말했다. "압니다, 내 아이여!" 그녀는 대충 같은 나이의 보나데아를 위로하며 가르쳤다. "내적으로 그 인간에 대해 확신하지 못하면서도 그를 안는 것처럼 비극적인 건 없지요!" 그리고 그녀는 큰 용기를 내서, 사자의 피비린내 나는 뾰족한 수염 사이로 입술을 누르기에 충분한 그 부정한 입에 키스했다.

하지만 당시 디오티마의 상황은 아른하임과 투치 사이에 끼인 처지였고 그림으로 묘사하자면, 저울이 수평을 이룬 상황이었는데, 여기에 한 사람은 추를 너무 많이, 다른 한 사람은 너무 적게 얹었다. 돌아온 울리히조차도 아직 이마에 띠를 두르고 따뜻한 천으로 몸을 감싼 사촌을 만났었다. 하지만 이 여성적 고통은 — 그 강도를 그녀는 영혼의 모순적 지도에 대한 육체의 이의제기라고 어렴풋이 이해했다 — 그녀가 다른 모든 여자들과 같지 않으려고 하자마자 디오티마의 내면에 그녀만의 그 고상한 결심도 불러일으켰다. 처음에는 물론 이 과제를 영혼의 측면에서 해결해야 할지, 육체의 측면에서 해결해야 할지, 아른하임과 투치에 대한 태도변화를 통해 이에 더 잘 대응할 수 있을지 의문이었다. 하지만 이는 세상의 도움으로 결정되었다. 영혼과 그 사랑의 수수께끼가 맨손으로 잡으려는 물고기처럼 자신에게서 빠져나가는 동안 괴로움을 당하면서 방법을 모색하는 여자가 자기 운명의 육체적인 한 끝을 — 이것은 그녀의 남편이었다 — 움켜잡자고 처음으로

2세의 측근. 디오니시오스는 권좌가 항상 위기와 불안 속에서 유지되고 있음을 보여주기 위해 그를 말총에 매달린 칼 아래에 앉혔다.

결심했을 때, 놀랍게도 시대정신의 책에서 이에 대한 충분한 충고를 발견했기 때문이었다. 그녀는 사랑의 정열이라는 개념이 아마 사라졌을 — 이 개념은 성적이라기보다는 오히려 종교적이니까 — 우리 시대가 사랑에 몰두하는 것을 유치하다고 물리치고 대신 그 노력을 결혼으로 향하고 결혼의 자연스럽고 변덕스러운 과정들을 신선할 정도로 상세히 조사한다는 사실을 몰랐었다. 그 당시 벌써 체조교사의 순수한 감각으로 '성 생활에서의 변혁'을 논하는, 결혼했지만 즐겁게 사는 데 도움이 되려는 그런 책들이 많이 나왔다. 이 책들에서 남자와 여자는 그냥 '남성 보인자와 여성 보인자' 또는 '성 파트너'로 불렸고 온갖 정신적이고 육체적인 기분전환을 통해 그들 사이에서 추방되어야 할 지루함은 '성적 문제'라는 세례명을 얻었다. 디오티마가 이 책들을 파고들었을 때 그녀의 이마는 처음에는 주름이 졌지만 그 후 곧 펴졌다. 시작되고 있는 시대정신의 위대한 움직임을 그녀가 지금까지 몰랐다는 사실은 그녀의 명예욕을 크게 자극했던 것이다. 완전히 마음을 빼앗긴 디오티마는 마침내, 자신이 세계에 하나의 목표를 준다는 것은 (물론 어떤 목표인지는 아직도 결정되지 않았다) 이해했으나 신경을 쇠약하게 하는 결혼의 불쾌함을 정신적 우월함으로 다룰 수 있으리라는 생각은 전혀 하지 못했다는 데 놀라 이마를 쳤다. 이 가능성은 그녀의 성향에 잘 맞았고 갑자기 지금까지는 괴로움이라고만 느꼈던 남편과의 관계를 과학으로, 예술로 다룰 수 있는 전망을 주었다.

"좋은 것이 이렇게 가까이 있는데, 왜 멀리서 방황하지." 보나데아는 이렇게 말했고 이를 상투어와 인용을 선호하는 그녀답게 강조했다. 그 후 곧 그녀가 이런 질문들에서, 보호를 자처하는 디오티마의 수제자로 받아들여졌고 그렇게 대우를 받게 되었으니까. 이는 가르치면서 배운다는 교육학적 원리에 따라 일어났고 한편으로는 디오티마에게 잠정적으로 아직 제대로 정리되지 않았고 그녀 자신에게도 불분명한 새 독서의 인상들에서 뭔가를 알아내는 데 지속적으로 도움을 주었는데, 이에 대해 그녀는 '직관'의 행복한 비밀에 이끌려 단단히 확신했다. '되는 대로 지껄이면 정곡(正鵠)을 찌른다'고. 하지만 다른 한편 보나데아도 이때 반작용을 가능하게 하는 유리한 입장이었는데, 이 반작용이 없다면 학생 자체는 최고의 선생에게는 쓸모가 없다. 그녀의 풍부한 실습 지식은 — 물론 그녀는 조심스럽게 이를 보류해 두었다 — 투치 국장 부인이 책에 의거해서 자신의 결혼의 진행을 교정하려는 작업에 착수한 이후로 이론가인 디오티마에게 그녀가 소심하게 관찰하는 경험원천을 의미했으니까. "봐, 나는 분명 그녀보다는 훨씬 덜 영리하지만", 보나데아가 이를 설명했다. "그녀의 책들에는 나조차도 모르는 그런 것들이 쓰여 있을 때가 많고 그건 가끔 그녀를 너무나 낙담시켜서 그녀는 '이건 결혼침대라는 초록색 탁자에서 결정될 수 없고, 유감이지만, 살아 있는 재료에서 단련된 커다란 성경험과 성 실천이 필요해요!'라고 아쉬워할 정도야."

"하지만, 맙소사", 그의 순결한 사촌이 '성 과학' 속을 헤매고 있다는 상상만으로도 벌써 웃음을 참을 수가 없었던 울리히가 외쳤다. "그녀는 도대체 뭘 원하지?"

보나데아는 시대의 과학적 관심과 경솔한 표현방식의 행복한 연결에 대한 기억을 더듬었다. "그녀의 성적 충동에 대한 최상의 교육과 통제가 문제야." 이어 그녀는 그녀 선생의 정신에서 대답했다. "그리고 그녀는 활기차고 조화로운 연애는 가장 가혹한 자기훈육을 통해 도달될 수 있다는 확신을 내세워."

"당신들이 심사숙고해서 당신들을 교육한다? 게다가 가장 가혹하게? 당신은 정말 멋지게 말을 해!" 울리히가 다시 한번 외쳤다. "하지만 왜 디오티마가 스스로를 교육하려는지 설명해 주겠어?"

"물론 그녀는 일차적으로는 남편을 교육해!" 보나데아가 그의 말을 고쳤다.

'불쌍한 사람!' 울리히는 자기도 모르게 생각했고 이렇게 청했다. "자, 난 그녀가 어떻게 하는지 알고 싶어. 갑자기 소극적이 되지는 마!"

이 질문에 보나데아는 정말로 시험을 보는 우등생처럼 명예욕에 속박을 당한다고 느꼈다. "그녀의 성적 분위기가 독으로 오염되었어." 그녀는 조심스럽게 설명했다. "그녀가 이 분위기를 구출하려면 이는 오로지 투치와 그녀가 자신들의 행위를 가장 세심하게 검증해 봄으로써만 가능해. 이때 일반적 규칙은 없어. 상대방의 삶의 반응을 관찰하려고 노력해야 해. 그리고 제대로 관찰하기 위해서는 성 생활에 대한 일정한 통찰이 있어야 해. 실천적으로 얻어진 경험을 이론적 연구의 결과와 비교할 수 있어야 한다고 디오티마는 말해. 오늘날 성적 문제에 대해 여성의 새롭고 변화된 입장이 있어. 즉, 여자는 남자에게 행위를 요구할 뿐만 아니라 여성적인 것에 대한 더 올바른 이해에서 나온 행위를 요구해!" 울리히의 주의를 분산시키기 위해서인지, 그녀 스스로 재미가 있어서인지 그녀는 명랑하게 덧붙였다. "그냥 한 번 상상해 봐. 이게 그녀 남편에게 어떤 작용을 할지. 그는 이 새로운 것에 대해서는 아무것도 모르고 대부분의 것을 침실에서 옷을 벗을 때

듣게 되거든. 가령 디오티마가 반쯤 풀어진 머리카락 속에서 머리핀을 찾으면서, 치마를 다리 사이에 끼운 채 갑자기 이 이야기를 시작할 때 말이야. 난 그걸 내 남편에게서 검증해 보았는데, 그는 거의 숨이 막혀 했어. 그러니까 하나는 인정할 수 있어. '영구 결혼'이어야 한다면, 이건 적어도 생의 파트너에게서 에로틱한 내용을 전부 이끌어내야 하는 장점이 있다고. 그리고 바로 이것이 디오티마가 조금 고상하지 못한 투치에게 해보려는 거야."

"당신들의 남편들에게 힘든 시간이 도래했군!" 울리히가 그녀를 조롱했다.

보나데아는 웃었고 그는 그녀가 가끔씩 사랑의 학교의 억압적 진지함에서 탈주할 수 있으면 얼마나 기뻐할지를 알아차렸다.

하지만 울리히의 연구자 의지는 아직 느슨해지지 않았다. 그는 그의 변화된 여자 친구가 근본적으로 더 많이 이야기했어야 하는 뭔가에 대해 침묵하고 있음을 느꼈다. 그는, 들은 바에 따르면, 괴로움을 함께 겪어야 하는 두 남편의 실수가 지금까지는 오히려 "에로틱한 내용"이 너무 컸다는 데 있다고 솔직한 이의를 제기했다.

"맞아, 당신은 늘 그 생각만 하지!" 보나데아가 그를 가르쳤고 이에 동반된 그녀 시선의 긴 끝부분에는 작은 갈고리가 달려 있었는데, 이것은 그녀의 되찾은 순결에 대한 한탄으로도 충분히 해석될 수 있었다. "당신은 여성의 생리학적 나약함도 악용해!"

"내가 뭘 악용한다고? 당신은 우리의 사랑 이야기에 정말 화려한 말을 찾았군!"

보나데아는 살짝 그의 따귀를 때렸고 떨리는 손으로 거울 앞에서 머리를 매만졌다. 그녀는 거울 속 그를 바라보며 말했다. "이건 책에 있는 거야!"

"물론이야. 아주 유명한 책이지."

"하지만 디오티마는 이걸 부정해. 그녀는 다른 책에서 뭔가를 발견했어. '남성의 생리적 열등감'이라는 책이지. 그 책은 여자가 썼어. 이게 실제로 그렇게 큰 역할을 한다고 생각해?"

"모르겠어. 한 마디도 대답할 수 없어!"

"잘 들어! 디오티마는 그녀가 '쾌락에 대한 여자의 항상적인 준비'라고 부르는 발견에서 출발해. 그게 뭔지 상상할 수 있어?"

"디오티마에게서는 못 하겠어!"

"그렇게 상스럽게 굴지 마!" 여자 친구가 그를 나무랐다. "이 이론은 아주 미묘해서, 난 당신이 내가 지금 당신과 단둘이 당신 집에 있는 상황에서 잘못된 추론을 하지 않을 방식으로 설명하려고 애써야 해. 자, 이 이론은 여자는 스스로 원하지 않아도 사랑을 받을 수 있다는 데 근거해. 이제 이해하겠어?"

"응."

"유감스럽게도 이건 부인할 수 없어. 반대로 남자는 사랑을 하려 해도 할 수 없는 경우가 아주 많아. 디오티마는 이건 과학적으로 입증되었다고 말해. 이걸 믿어?"

"그럴 수 있어."

"난 모르겠어?" 보나데아는 의심했다. "하지만 디오티마는 과학의 빛 속에서 관찰하면 이건 저절로 이해가 된대. 쾌락에 늘 준비된 여성과 반대로 남성은, 간단히 말해, 남성의 가장 남성적인 부분은 너무 쉽게 주눅이 들거든." 이제 거울에서 몸을 돌린 그녀의 얼굴은 청동 색이었다.

"투치가 그렇다니 놀랍군." 울리히는 정신을 딴 데 팔고 말했다.

"나도 그가 예전에도 그랬다고는 생각지 않아." 보나데아가 말했다. "이건 이론에 대한 사후 확인으로서 오는 거야. 그녀가 그에게 매일 이론을 들이대거든. 그녀는 이것을 '실패'의 이론이라고 불러. 남성 보인자는 너무나 쉽게 실패하기 때문에, 여성의 타고난 영적 우월함을 두려워하지 않아도 되는 곳에서만 성적으로 안전하다고 느끼고 따라서 남성들은 이 실패를 인간적으로 동등한 여성과 함께 받아들일 용기가 거의 없어. 적어도 그들은 동시에 그녀를 억압하려고 시도하지. 디오티마는 말해. 모든 남성적 사랑의 행위의 주도동기는, 특히 남성적 오만함의 주도동기는 두려움이라고. 위대한 남자들도 두려움을 보여. 이 말로 그녀는 아른하임을 의미해. 더 작은 남자들은 이 두려움을 폭력적인 육체적 오만으로 숨기고 여자의 성 생활을 오용해. 이건 내게는 당신이야! 그녀에게는 투치지! 이 모종의 '순간적으로 또는 결코!', 이것으로 당신들은 우리를 너무나 자주 넘어지게 하는데, 이건 그냥 일종의 과잉압 … ." 압박이라고 그녀는 말하려 했다. "압박"이라고 울리히가 도와주었다.

"맞아, 당신들은 이로써 육체적 열등감이라는 인상에서 벗어나!"

"그럼 당신들은 뭘 하기로 결심했어?" 울리히가 항복하며 물었다.

"남자들에게 친절하려고 노력해야 해! 그래서 난 당신에게도 온 거야. 우리는 당신이 이것을 어떻게 받아들이는지 보려 해!"

"하지만 디오티마는?"

"맙소사, 디오티마가 당신에게 무슨 상관이야! 정신적으로 높이 서 있는 남자들은 유감스럽게도 열등한 여자들에게서만 온전한 만족을 발견하는 듯 보이는 반면, 영적으로 그들과 동등한 여자들에게서는 실패한다고 그녀가 말하면 아른하임은 달팽이 같은 눈을 해. 이는 폰 슈타인 부인과 불피우스를 통해 과학적으로 입증된 거야(보다시피, 이제 이 이름이 더 이상 어렵지 않아. 하지만 그녀가 늙어 가는 대가의 유명한 성 파트너였다는 걸 물론 난 늘 알고 있었어!)."

울리히는 대화를 다시 한번 투치에게로 유도하려고 했는데, 그 자신에게서 멀리 떼어 놓기 위해서였다. 보나데아는 웃기 시작했다. 그녀는 남자로서는 썩 그녀의 마음에 드는 이 외교관의 참담한 처지에 이해심이 아예 없지는 않았고 그가 영혼의 훈육 채찍 밑에서 괴로워해야 한다는 사실에 고소함과 편협한 동료애를 느꼈다. 그녀는 디오티마가 남편을 다룰 때 그를 그녀에 대한 두려움에서 해방시켜야 한다는 전제에서 출발하며 따라서 또 조금은 그의 '성적 폭력성'에 적응했다고 설명했다. 디오티마는 자신의 중요성이 자신의 남성적 결혼 부분의 순진한 우월함 욕구에 비해 너무 크다는 데 그녀 삶의 오류가 있음을 인식했다고 인정했고 그녀의 영적 우월함을 이제 순응적이고 에로틱한 교태 뒤에 숨김으로써 완화하는 작업을 하고 있다고.

울리히는 사이사이 활기차게 디오티마가 그걸 어떻게 이해하느냐고 물었다. 보나데아의 시선은 진지하게 그의 얼굴을 파고들었다.

"예를 들어 그녀는 그에게 이렇게 말해. '우리 삶은 지금까지는 개인적 인정을 얻으려는 경쟁심으로 망쳐졌어요.' 이어 그녀는 남성적 인정 욕구의 독성적 작용이 전체 공공의 삶을 지배하고 있다고 인정해 … ."

"하지만 그건 교태도 아니고 에로틱하지도 않아!" 울리히가 이의를 제기했다.

"아니야! 정말로 정열적인 남자는 여자를 상대로 사형집행인이 희생자를 대하듯 행동한다는 걸 당신은 고려해야 하니까. 그건 인정욕구에 속하지. 이제 그걸 이렇게들 불러. 다른 한편, 당신은 성적 충동이 여자에게도 중요하다는 걸 부인하지 않겠지?"

"물론이야!"

"좋아. 하지만 성적 관계가 성공적으로 진행되기 위해서는 평등이 필요해. 사랑의 파트너에게서 행복한 포옹을 끌어내려면 파트너를 동등한 권리가 있는 자로 인정해야 해. 자신의 줏대 없는 보충물이 아니라." 그녀는 그녀 선생의 표현방식을 빌어 계속했는데, 한 인간이 매끄러운 표면 위에서 자기도 모르게 그리고 두려움에 떨면서 자기 자신의 움직임에 의해 계속 떠밀려 가는 모양새였다. "인간의 다른 관계들이 지속적 압박과 억압을 견뎌 내지 못한다면 성적인 관계는 그걸 견디기가 얼마나 어려울까 … !"

"오호!" 울리히가 반대했다.

보나데아는 그의 팔을 눌렀고 그녀의 눈은 떨어지는 별처럼 빛났다. "입 다물어!" 그녀는 내뱉었다. "당신들 모두에게는 여성의 심리에 대해 스스로 체험한 지식이 없어! 만약 당신이 내가 계속 당신 사촌에 대해 이야기하기를 원하면 … ." 하지만 이때 그녀는 힘이 다했고 이제 그녀의 눈은 고기가 우리로 운반될 때의 호랑이 눈처럼 빛났다. "아니야. 나 자신이 그걸 더 이상 들을 수가 없어!" 그녀가 외쳤다.

"그녀가 정말 그렇게 이야기해?" 울리히가 물었다. "그녀가 그걸 정말로 말했어?"

"하지만 사실 나는 매일 성적 실천에 대한 말만 들어, 행복한 포옹, 사랑의 도약점, 분비선, 분비물, 억압된 소망, 에로틱한 훈련과 성충동 규제! 아마도 각자 자신에게 합당한 성욕이 있을 거야. 적어도 당신 사촌은 그렇게 주장하지. 하지만 내가 그렇게 고상한 성욕을 가져야 할까?!"

그녀의 시선은 남자 친구의 시선을 붙잡았다. "그럴 필요 없다고 생각해." 울리히가 천천히 주장했다.

"결국 나의 강한 체험능력은 생리학적 초과분이라고 말할 수 있지 않을까?" 보나데아는 행복하면서도 애매모호한 폭소를 터트리며 물었다.

대답은 나오지 않았다. 한참 후 울리히의 내면에서 저항이 느껴졌을 때 창문 틈을 통해 활기찬 대낮이 빛을 뿜었고 그곳을 바라보노라면 어두운 방 안은 알아볼 수 없을 정도로 쪼그라든 감정의 무덤방과 비슷했다. 보나데아는 눈을 감고 거기 누워 있었고 더 이상 살아 있다는 표시를 주지 않았다. 그녀가 지금 자신의 육체에서 받고 있는 느낌은 매를 맞고 반항을 멈춘 아이와 크게 다르지 않았다. 권태롭고 기진맥진한 그녀의 몸은 매 인치마다 도덕적 용서의 다정함을 요구했다. 누구에게? 물론 그녀가 누워 있는 침대의 주인이자 그녀가 자신의 쾌락은 반복과 상승을 통해서는 멈출 수 없는 것이므로 자신을 죽여 달라고 애원했던 그 남자는 아니었다. 그녀는 그를 보지 않으려고 눈을 감았다. 그녀는 그냥 시험 삼아, '난 그의 침대에 누워 있어!'라고 생각해 보았다. 이 생각 그리고 '나는 다시는 여기서 쫓겨나지 않을 거야!'를 그녀는 조금 전 속으로 외쳤었다. 지금 그것은 그냥 그녀에게 닥친, 난처한 과정이 없이는 벗어날 수 없는 처지를 표현할 뿐이었다. 보나데아는 나태하게 그리고 천천히 자신의 생각들을 그것이 끊어졌던 그곳에 연결했다.

그녀는 디오티마를 생각했다. 차츰 그녀의 말들이 떠올랐다. 전체 문장들과 문장의 파편들이었지만 대개는 그냥 자신이 거기 있었다는 데 대한 만족감이었다. 물론 대화 내내 호르몬, 편도선, 염색체, 교배 또는 내분비물 같은 이해할 수 없고 기억할 수 없는 말들이 그녀의 귓가를 스쳐 지나가기만 했지만. 그녀 선생의 순결함은 한계를, 이것이 과학적 관찰을 통해 지워지자마자, 몰랐으니까. 디오티마는 자신의 경청자 앞에서 "성 생활은 배울 수 있는 기술이 아니고, 우리에게 항상 최고의 예술로 남을 것이며 이 예술을 배우는 것이 우리 생의 과제입니다!"라고 말하는 동시에 이것이, 그녀가 열렬히 '참조사항' 또는 '어려운 사항'에 대해 말할 때처럼 과학적이라고 느끼는 능력도 있었다. 그리고 그녀의 학생은 이런 표현들을 이제 정확히 기억했다. 포옹의 비판적 관찰, 상황의 육체적 해명, 성감대, 여자의 절정에 이르는 길, 파트너에게 주의를 기울이는 잘 훈련된 남자들 … . 대충 한 시간 전 보나데아는 평소에는 경탄해 마지않던 이 과학적이고 정신적이고 매우 고귀한 표현들에 가장 비열하게 사기를 당한 듯 생각했었다. 감시를 받지 않은 이 말들의 감정 측면에서 벌써 불꽃이 날름거렸을 때, 그녀는 이 말들이 과학을 위해서뿐만 아니라 감정을 위해서도 중요함을 똑똑히 자각했고 깜짝 놀랐었다. 그때 그녀는 디오티마를 증오했다. '그것에 대한 쾌락을 죄다 잃어버리도록 그렇게 말하다니!' 그녀는 이

렇게 생각했고 복수심을 느끼는 그녀에게 이는 디오티마가 스스로는
네 명이나 남자를 갖고 있으면서 그녀에게는 아무것도 허락하지 않고
이런 식으로 그녀를 속이는 것으로만 보였었다. 사실 보나데아는 어
두운 성 과정을 끝장내도록 성 과학을 도와주는 계몽을 진정으로 디오
티마의 음모라고 여겼었다. 그런데 지금 그녀는 울리히를 향한 열정
적 욕구 못지않게 이를 이해할 수 없었다. 그녀는 자신의 모든 생각들
과 느낌들이 미친 듯이 날뛰던 그 순간들을 눈앞에 생생하게 그려 보
려 했다. 피를 흘리는 사람이 보호 붕대를 찢어 버리게 한 자신의 잘못
된 조바심을 회고할 때면 이와 유사하게 스스로를 이해할 수 없으리
라! 보나데아는 라인스도르프 백작을 생각했다. 그는 결혼을 '높은 관
직'이라 불렀고 결혼을 다루는 디오티마의 책들을 업무처리절차의 합
리화와 비교했다. 그녀는 아른하임을 생각했다. 그는 백만장자였고
육체적 이념으로부터 성실한 결혼생활을 다시 활성화하는 것을 진정
한 시대의 필연성이라고 불렀다. 그리고 그녀는 이 시기에 알게 된 수
많은 다른 유명한 남자들을 생각했지만 그들이 다리가 긴지 짧은지,
뚱뚱한지 말랐는지 기억할 수 없었다. 그들에게서 유명함이라는 찬란
한 개념만을 보았으니까. 그리고 이 개념은 구운 어린 비둘기의 부드
러운 몸통을 약초로 채워 넣어 내용물을 주듯이 불특정한 살덩어리에
의해 보충되었다. 이런 회상을 하면서 보나데아는 결코 다시는 위아
래에서 덮치면서 갑작스럽게 등장하는 이 폭풍의 노획물이 되지 않겠
다고 맹세했고 너무나 활기차게 맹세해서 자신을 육체적으로는 확정
된 게 없지만 정신에서는 벌써, 그녀가 자신의 계획을 엄격히 고수하
는 한, 최상급 남자의 연인으로 볼 정도였는데, 그녀는 이 남자를 자

신의 위대한 여자 친구의 숭배자 가운데서 고르려 했다. 하지만 이때 그녀가 눈을 뜨려 하지 않는 가운데 여전히 옷을 너무 적게 걸친 상태로 울리히의 침대에 누워 있다는 사실은 일단 부정할 수 없었으므로, 기꺼운 회한(悔恨)이라는 이 풍부한 감정은 계속 발전하여 위로가 되는 대신 처량하고 자극적인 분노로 넘어갔다.

보나데아의 삶을 이런 대립으로 나누는 작용을 한 그 정열은 가장 깊은 곳에서는 관능이 아니라 명예욕에서 생겨났다. 여자 친구를 잘 아는 울리히는 이를 숙고했고 그녀의 비난을 듣지 않으려 침묵했고 그러면서 시선을 감춘 그녀의 얼굴을 관찰했다. 그는 그녀의 모든 욕망의 원(原)형태는 잘못된 궤도에 든, 심지어 말 그대로 길을 잃고 잘못된 신경섬유로 들어선 명예욕으로 보였다. 그리고 맥주 많이 마시기 또는 가장 큰 보석을 목에 걸기처럼 평소에는 승리로 축하하는 사회적 기록욕구가 왜 실제로 한번 보나데아에게서처럼 색정증(色情症)으로 표현될 수는 없는가? 그녀는 이 표현형식을 그 일이 일어난 후에는 유감스러워하며 회수했고 그는 이를 통찰했고 다름 아닌 디오티마의 거추장스러운 부자연스러움이, 악마가 항상 그 안장 없는 육신 위에서 말을 달린 그녀에게 천국처럼 깊은 감탄을 자아냈음을 잘 이해했다. 그는 광분(狂奔)이 지나간 후 자루 속에 가만히 앉아 있는 그녀의 눈동자를 관찰했다. 그는 단호히 치켜 올라간 갈색 코 그리고 붉은색의 날카로운 콧구멍을 눈앞에서 보았다. 그는 약간 당황하며 이 육체의 다양한 선들에 주목했다. 늑골의 곧은 코르셋 위에 커다란 둥근 가슴이 놓여 있는 곳, 양파 같은 엉덩이로부터 우묵한 등이 자라나는 곳, 부드럽고 둥근 손가락 끝 위 뾰족하고 뻣뻣한 손톱 선. 눈앞에 있는 연인의 콧구멍에서 솟아난 몇 개의 작은 털을 결국 혐오감을 느끼며 한참이나 관찰하는 동안 그는 동일한 인간이 조금 전만 해도 그의 욕망에 얼마나 유혹적으로 작용했는가 하는 회상에도 몰두했다. 보나데아가 '대화'를 하러 나타났을 때 보인 활기차면서도 애매모호한 웃음, 그녀가 모든 비난을 방어하거나 아른하임에 대한 최신 소식을 전해 주었을 때 보인 자연스러움, 심지어 이번에는 그녀가 보여준 관찰의 거의 재치 있는 정확성 등 그녀는 정말 좋은 쪽으로 변했다. 그녀는 더 독립적이 된 듯 보였고 천상과 심연으로 이끄는 힘들은 더 자유롭게 균형을 이루었고 이런 도덕적 부담의 결여는 최근 스스로의 진지함에 너무나 고통을 겪은 울리히의 원기를 기분 좋게 북돋우었다. 지금도 여전히 그는 자신이 얼마나 기꺼이 그녀의 말에 귀를 기울였고 그녀 얼굴 위에서 태양과 파도 같았던 표정 유희를 관찰했는지를 느낄 수 있었다. 그의 시선이 이제 언짢은 표정이 된 보나데아의 얼굴을 관찰하는 동안 갑자기, 사실 진지한 인간들만이 악해질 수 있다는 생각이 떠올랐다. '명랑한 인간은', 그는 생각했다. '그럴 위험이 아예 없다고 말할 수 있을 거야. 모사꾼이 항상 저음부를 부르듯이!' 어째서인지 이는 아주 마음에 들지는 않는 방식으로 그 자신에게도 심연과 어두움이 서로 연관되어 있음을 의미했다. 명랑한 인간이 '가벼운 측면에서' 죄를 저지르면 모든 죄는 경감될 것이 분명했으니까. 하지만 다른 한편 이것은 같은 짓을 하더라도 우울한 기질의 유혹자가 경박한 유혹자보다 훨씬 더 파괴적이고 더 용서할 수 없는 작용을 하는 사랑에서만 유효할 터였다. 그는 이렇게 갈팡질팡 생각했고 가볍게 시작된 사랑의 시간들이 비애로 끝난다는 데 실망했을 뿐 아니라 또 예기치 않게 활기를 되찾았다.

그러면서 그는, 어떻게 그럴 수 있는지 제대로 몰랐지만, 현재의 보나데아를 잊었고 생각에 잠겨 팔로 머리를 괴고 벽을 통해 멀리 있는 것들로 시선을 향하며 그녀에게 등을 돌렸고 이때 그녀는 그의 완전한 침묵으로 인해 이제 눈을 떠야겠다고 느꼈다. 그는 이를 눈치채지 못한 채 이 순간 그가 언젠가 한번 여행 중 목적지에 도달하지도 않았는데 차에서 내렸던 일을 생각했다. 뚜쟁이처럼 은밀히 주변 환경의 베일을 벗긴 투명한 하루가 역을 벗어나 산책하라고 그를 유혹했고 밤이 시작되자, 가방 없이 몇 시간 기차를 타고 도착한 그 곳에 그를 내버려두었다. 그는 자신이 항상 예측할 수 없이 오랫동안 부재 중이었고 결코 같은 길로 돌아오지 않는 특성이 있었음을 기억한다고 생각했다. 이때 갑자기 평소에는 결코 도달하지 못했던 어린 시절 구간에 놓인 아주 먼 기억에서 빛이 하나 그의 삶 속으로 떨어졌다. 측량할 수 없이 짧은 시간의 틈새에 그는 어린아이가 느끼는 불가사의한 소망, 즉 보는 대상을 만지고 심지어 입에 넣기 위해 ― 이로써 마법은 막다른 골목길에서처럼 끝난다 ― 그것에 다가가려는 그 소망을 다시 느낀다고 생각했다. 동일하게 짧은 시간 동안 그는 어른들의 소망 역시 더 낫거나 나쁜 것이 아니라는 것이 그럴 듯하게 여겨졌는데, 이 소망은 아무리 멀리 있는 것이라도 가까이 끌어들이라고 그들을 몰아댄다. 이 소망은 울리히조차 지배했고, 호기심으로 가면을 썼을 뿐인 어떤 무(無)내용으로 인해 사실 분명 강요라는 특징을 보였다. 그리고 이 기본 그림은 결국 안달하고 실망하는 사건 속에서 세 번째로 변화되었는데, 보나데아와의 재회도, 그들은 원하지 않았지만,

이 결과에 도달했다. 이렇게 침대에 나란히 누워 있음이 이제 그에게 는 최고로 유치하게 여겨졌다. '하지만 그럼 그 반대는 무엇을 의미하 지, 미동도 없는, 바람 잔 먼 사랑, 초가을날처럼 너무나 비육체적인 먼 사랑은?' 그는 자문했다. '어쩌면 그냥 변화된 아이들의 놀이일 거 야', 그는 의심하며 생각했고 어린 시절 그가 오늘의 여자 친구보다도 더 열렬히 사랑했던 알록달록한 종이동물들을 회상했다. 하지만 그 때 보나데아는 자신의 불행을 측정할 정도로 충분히 그의 등을 보았 으므로 이렇게 말을 걸었다. "당신 탓이었어!"

울리히는 미소를 지으며 그녀에게 몸을 돌렸고 깊이 생각하지 않고 대답했다. "며칠 있으면 내 누이가 와서 나와 함께 살게 될 거야. 이 미 말했나? 그러면 우리는 거의 볼 수 없을 거야."

"얼마나 오래?" 보나데아가 물었다.

"계속." 울리히가 대답했고 다시 미소를 지었다.

"그래서?" 보나데아가 말했다. "그게 대체 뭘 방해하지? 누이가 당 신이 연인을 가지는 걸 허락하지 않을 거라고 나더러 믿으라는 거야!"

"그래 바로 그걸 믿으라는 거야." 울리히가 말했다.

보나데아는 웃었다. "난 오늘 아무 악의 없이 당신에게 왔는데 당 신은 내가 끝까지 이야기하도록 놔두지도 않았어!!" 그녀가 그를 나 무랐다.

"내 천성은 끊임없이 삶의 가치를 깎아내리는 기계 같아! 나는 한 번 달리 되려 해!" 울리히가 대답했다. 그녀가 이를 이해한다는 것은 불가능했지만 지금 그녀로 하여금 반항적으로, 자신이 울리히를 사 랑하고 있음을 상기하게 했다. 단번에 그녀는 더 이상 혼란스런 그녀

신경의 허깨비가 아니게 되었고 설득력 있는 자연스러움을 되찾았고 꾸밈없이 말했다. "그녀와 관계를 시작했군!"

울리히는 이 말을 나무랐다. 그러려고 했던 것보다 더 진지하게. "나는 한참 동안은 여자를 내 누이인 것처럼만 사랑하기로 작정했어." 그는 이렇게 설명했고 침묵했다.

이 침묵은 그 지속을 통해, 그 내용을 통해 부여되었을 것보다 더 큰 단호함의 인상을 보나데아에게 남겼다.

"하지만 당신은 정말 변태야!" 그녀는 갑자기 경고하는 예언조로 외쳤고 디오티마의 사랑의 지혜학교로 되돌아가기 위해 침대에서 뛰어내렸는데, 학교의 문은 후회 속에서 생기를 회복한 자에게 아무 것도 모른 채 활짝 열려 있었다.

24
아가테가 정말로 왔다

이날 저녁 전보가 하나 도착했고 다음 날 오후 아가테가 도착했다.

울리히의 누이는 모든 것을 뒤로 하겠다는 작정에 걸맞게 가방 몇 개만 들고 도착했다. 그래도 가방의 수는 '네가 가진 걸 전부 불속에 던져라, 신발까지도'라는 결심에 완전히 상응하지는 않았다. 이 결심을 알게 된 울리히는 웃었다. 심지어 두 개의 모자상자까지 불에서 살아남았으니까.

아가테의 이마는 속상하다는 그리고 스스로에 대한 헛된 반성이라는 사랑스런 표정을 지었다.

위대하고 매력적이던 감정의 불완전한 표출을 비난한 자신이 옳았느냐는 울리히의 질문은 미결정으로 남았는데, 아가테가 이 질문에 입을 다물었기 때문이었다. 도착을 통해 저절로 야기된 기쁨과 무질서는 취주악에 따라 비틀비틀 춤을 추듯 그녀의 귀와 눈을 도취시켰다. 그녀는 아주 명랑했고, 특정한 것을 기대하지 않고 여행 내내 심지어 의도적으로 모든 기대를 억제했는데도 약간 실망했다고 느꼈다. 꼬박 뜬 눈으로 보낸 지난밤을 떠올리자 그녀는 그냥 갑자기 아주 피곤해졌다. 얼마 후 울리히가 그녀의 전보가 도착했을 때 오늘 오후에 잡힌 약속을 더 이상 바꿀 수 없었노라고 고백한 것은 그녀에게도 좋았다. 그는 한 시간 후에 돌아오겠다고 약속했고 웃음이 날 정도로 번거롭게 누이를 서재에 있는 데이 베드 위에 뉘었다.

아가테가 깨어났을 때 그 한 시간은 이미 오래전에 지났지만 울리히는 없었다. 방은 깊은 어스름 속에 가라앉아 있었고 너무나 낯설어 보여 그녀는 기대했던 새 삶의 한가운데 있다는 생각에 경악할 정도였다. 그녀가 알아차린 바에 따르면, 사방 벽은 예전 아버지의 방처럼 책으로, 탁자들은 글로 덮여 있었다. 그녀는 호기심을 느끼며 문을 하나 열었고 옆 공간으로 들어갔고 거기서 옷장, 부츠 상자, 펀칭볼, 아령, 스웨덴식 사다리에 맞닥뜨렸다. 그녀는 계속 걸어갔고 다시 책들에 부딪혔다. 그녀는 욕실에서 향수, 에센스, 솔과 빗에 다다랐고 오빠의 침대, 복도의 사냥 관련 장식품에 당도했다. 그녀의 흔적은 불이 켜지고 꺼짐을 통해 표시가 났지만 우연은 울리히가 이를 알아차리지 않기를 원했다. 물론 그는 벌써 집에 와 있었다. 그는 그녀에게 더 긴 휴식을 베풀기 위해, 그녀를 깨우겠다는 의도를 미루었는데, 이제 계단참에서 그녀와 마주쳤다. 그는 막 지하실에 있는 잘 이용하지 않는 부엌에서 올라오는 참이었다. 거기서 그는 그녀에게 줄 음료를 살펴보았는데, 미리 예상하지 못한 탓에 이날 집 안에는 꼭 필요한 일손도 없었기 때문이었다. 그들이 나란히 서자 아가테는 지금까지 두서없이 받아들인 인상들이 비로소 요약되는 느낌이었고 이는 불쾌감을 동반했고 당장 도망치는 것이 최선인 듯 그녀를 겁먹게 했다. 그녀를 경악하게 한 것은 이 집안에 무관심하게, 아무래도 상관없다는 기분 속에서 축적된 어떤 것이었다.

이를 알아차린 울리히는 사과했고 농담 섞인 해명을 했다. 그는 어떻게 이런 집을 갖게 되었는지 이야기했고 집 이야기를 사냥은 하지 않으면서도 소유하고 있는 사슴뿔에서 시작해서 아가테 앞에서 한 방 날린 펀칭 볼에 이르기까지 하나하나 설명했다. 아가테는 불안할 정도로 진지하게 모든 것을 다시 한번 살펴보았고 심지어 방을 하나 떠날 때마다 매번 검증하듯 뒤돌아보았다. 울리히는 이 시험을 재미있다고 생각하려 했지만 시험이 반복되자 자신의 집이 창피해졌다. 평소에는 습관 때문에 감추어져 있던 사실, 즉 그가 최소한의 공간에만 거주하고 나머지 공간은 너절한 장신구처럼 이 공간에 매달려 있음이 드러났다. 그들이 집 구경을 마치고 나란히 앉았을 때 아가테가 물었다. "마음에 들지 않는데 왜 이렇게 했어?"

오빠는 그녀에게 차와 집에 있는 모든 것을 대접했고 이 두 번째 만남이 육체적인 배려에서 첫 번째 만남에 뒤지지 않도록 적어도 추후에 그녀를 진짜로 영접하겠다고 고집을 부렸다. 그는 분주하게 오가면서 강조했다. "나는 모든 걸 경솔하게, 잘못 꾸몄어. 어떤 식으로

든 나와 상관없게."

"그래도 모든 게 아주 예뻐." 이제 아가테가 그를 위로했다.

그러자 울리히는 달리했으면 더 나쁘게 되었을 거라고 말했다. "나는 영적으로 맞춘 집을 견딜 수 없어." 그가 설명했다. "그 속에서 난 나 자신을 실내건축가에게 주문한 듯한 기분일 거야!"

그리고 아가테가 말했다. "나도 그런 집은 무서워."

"그럼에도 불구하고 이렇게 놔둘 수는 없어." 울리히가 바로잡았다. 그는 식탁에 그녀 옆에 앉아 있었고, 그들이 이제 늘 함께 식사하게 될 것이라는 사실에 벌써 많은 질문들이 연결되어 있었다. 사실 그는 이제 정말로 많은 것이 달리 되어야 한다는 인식에 어안이 벙벙했다. 그는 이를 자신에게 요구된 아주 낯선 업무라고 느꼈고 처음에는 신참자의 열성을 가졌다. "한 인간 혼자서는", 그는 모든 것을 있는 그대로 두라는 누이의 너그러운 각오에 이렇게 답했다. "약점을 가질 수 있고 이 약점은 그의 나머지 특성들 사이로 들어가서 그 속에서 사라지거든. 하지만 두 명이 하나의 약점을 공유하면 이는 공통이 아닌 특성들과 비교되면서 두 배의 중요성을 얻게 되고 의도적인 고백에 접근하게 되지."

아가테는 이 고백을 찾을 수 없었다.

"다른 말로 하자면, 우리는 개인으로서 허락했던 많은 것을 오누이로서 해서는 안 돼. 바로 이런 이유로 우리는 같이 살게 된 거야."

이건 아가테의 마음에 들었다. 그럼에도 불구하고 단순히 뭔가를 하지 않기 위해 함께 산다는 이 부정적인 견해는 만족스럽지 못했고 한참 후 그녀는 그의 고상한 납품업자들이 모은 실내장식 쪽으로 돌아오면서 물었다. "나는 이걸 아직 완전히 이해하지는 못하겠어. 대체 오빠는 집을 왜 이렇게 꾸몄어, 이걸 옳다고 생각지도 않으면서?"

울리히는 그녀의 명랑한 시선을 받으며 그녀의 얼굴을 관찰했는데, 그 얼굴은 그녀가 여전히 입고 있는 약간 구겨진 여행복 위에서 갑자기 은처럼 매끄럽게 여겨졌고 너무나 기이하게 현존해서, 가까운 동시에 멀었다. 또는 가까움과 멀음은 이 현재 속에서 지양되었다. 달이 저 먼 하늘에서 갑자기 이웃집 지붕 뒤에서 모습을 나타내듯이. "왜 내가 그렇게 했냐고?" 그는 미소를 지으며 대답했다. "나도 더 이상 모르겠어. 아마 마찬가지로 달리 할 수도 있었기 때문일 거야. 난 책임감을 느끼지 않았어. 만약 내가 오늘날 우리가 삶을 영위할 때 보이는 그 무책임성이 벌써 새로운 책임으로 가는 계단일 수 있다고 설명하려 한다면 그게 더 불확실할 거야."

"어떤 종류의 책임이지?"

"에이, 여러 종류야. 너도 알잖아, 개개인의 삶은 아마 그냥 가장 개연성 있는 일련의 평균치 주변의 작은 오차일 뿐일 것임을. 또는 그와 유사한 것일 뿐임을!"

아가테는 이 말에서 그녀에게 분명한 것만을 들었다. 그녀는 말했다. "이때 '정말 예뻐'와 '아주 예뻐'가 나오지. 우리는 곧 우리가 얼마나 혐오스럽게 살고 있는지 더 이상 느낄 수가 없어. 하지만 가끔씩 오싹해. 시체실에서 죽지 않고 산 채로 눈을 뜨는 것처럼!"

"넌 집을 어떻게 꾸몄어?" 울리히가 물었다.

"속물적으로. 하가우어답게. '완전 예쁘게.' 오빠 못지않게 진짜가 아니게!"

울리히는 그사이 연필을 하나 집어 들고 그것으로 식탁보 위에 집의 도면을 그렸고 방을 새로 배분했다. 쉽게 너무나 빨리 일어난 일이라 천을 보호하려는 아가테의 가정주부 같은 동작은 너무 늦었고 쓸모없이 그의 손 위에서 멈추었다. 어려움은 실내장식의 기본원칙에서야 비로소 다시 들어섰다. "우리에게는 그냥 집이 하나 있어." 울리히가 항의했다. "그리고 이 집은 우리 둘을 위해 다르게 꾸며져야 해. 하지만 전체적으로 이 질문은 오늘날 시대에 뒤떨어졌고 무의미해. '집을 만든다'는 것은 외관을 그럴듯하게 보이게 하지만 그 뒤에는 더 이상 아무것도 없어. 사회적인 그리고 개인적인 관계들은 더 이상 집을 만들 만큼 확고하지가 않고 지속성과 관성을 외부로 보여 주는 것은 더 이상 어느 인간에게도 진솔한 만족감을 주지 않아. 예전에는 한때 그랬던 적이 있었고 사람들은 방의 수, 하인이나 손님 수를 통해 자신이 누구인지를 보여 주었지. 오늘날은 거의 모든 사람은 형태 없는 삶이 삶을 가득 채우는 다양한 의지와 가능성에 상응하는 유일한 형태라고 느끼고, 젊은이들은 가구가 없는 극장처럼 헐벗은 단순성을 사랑하거나 옷장형 트렁크, 봅슬레이 선수권대회, 테니스 챔피언을 꿈꾸고 골프장이 딸리고 방에는 끄고 켤 수 있는 음악이 나오는 대로변 고급호텔을 꿈꾸지." 그는 이렇게 말했고 낯선 사람이 앞에 앉아 있기라도 하듯 상당히 재미있게 말했다. 사실 그는 피상적으로만 말했는데, 이 동거(同居)에 들어 있는 번복불가와 시작의 연결이 당황스러웠기 때문이었다.

하지만 그가 끝까지 말하도록 내버려둔 후 누이가 물었다. "호텔에서 살자고 제안하는 거야?"

"물론 아니지!" 울리히가 서둘러 확언했다. "기껏해야 여기저기 여행 중에나 그렇지."

"그럼, 나머지 시간을 위해 섬에 초막을 짓거나 산속에 통나무집을 지어야 해?"

"당연히 우리는 여기서 살림을 차릴 거야." 울리히가 이 대화에 걸맞은 것보다 더 진지하게 대답했다. 대화가 잠시 멈추었고 그는 자리에서 일어나 방 안을 서성거렸다. 아가테는 옷자락으로 뭔가를 하는 척했고 머리를 굽혀 둘의 시선을 그것들이 지금까지 하나로 합쳐졌던 선에서 벗어나게 했다. 갑자기 울리히가 그 자리에 멈춰 섰고 어렵사리 그러나 솔직한 목소리로 말했다. "사랑하는 아가테! 규모는 크지만 중심점은 없는 일군의 질문들이 있고 이 질문들은 모두 '난 어떻게 살아야 하지?'야."

아가테도 몸을 일으켰지만 여전히 그를 바라보지 않았다. 그녀는 어깨를 으쓱했다. "그걸 시도해 보아야 해!" 그녀가 말했다. 피가 그녀의 이마 위로 치솟았다. 하지만 머리를 들었을 때 그녀의 두 눈은 반짝였고 자신만만했고 두 뺨 위에만 홍조(紅潮)가, 지나가는 구름처럼 머뭇거리고 있었다. "우리가 함께 살려 한다면", 그녀는 설명했다. "오빠는 우선 내가 짐을 풀고 정리하고 옷 갈아입는 걸 도와주어야 해. 어디서도 하녀를 보지 못했거든!"

이제 양심의 가책이 오빠의 팔과 다리로 다시 지나갔고 마치 전류처럼 팔다리를 움직이게 했고 아가테의 지시와 도움을 받아 그의 부주의를 보상했다. 그는 사냥꾼이 동물의 내장을 꺼내듯 옷장들을 비웠고 자신의 침실은 아가테의 것이며 자신은 어디선가 데이 베드를 찾게 될 것이라고 맹세하며 침실을 떠났다. 그는 일상에 필요한 물건들을 활기차게 이리저리 날랐는데, 지금까지 이 물건들은 화원의 꽃처럼 그 자리에서 조용히 자신들의 운명의 유일한 변화인 선택하는 손을 기다리며 살았다. 양복이 의자 위에 쌓였고 욕실 유리선반 위에는 미용도구들이 모두 조심스럽게 밀쳐져서 남자용 칸과 여자용 칸이 새로 만들어졌다. 모든 질서가 어느 정도 무질서로 변했을 때 결국 울리히의 빛나는 가죽 슬리퍼만이 쓸쓸히 바닥에 놓여 있었는데, 개집에서 내쫓겨 마음의 상처를 입은 애완견처럼 보였다. 하찮지만 안락한 본성 속에 든 편안함이 파괴된 처량한 모습이었다. 하지만 이것이 마음에 와 닿을 시간은 없었다. 벌써 아가테의 트렁크 차례가 되었으니까. 그리고 몇 개 안 되는 듯 보였던 트렁크에서는 세심하게 접은 물건들이 끝없이 나왔는데, 물건들은 꺼내지면서 펼쳐졌고 공기 중에서, 마법사가 모자에서 꺼낸 수백 송이 장미처럼 피어났다. 물건들은 벽에 걸렸고 바닥에 놓였고 먼지가 털렸고 차곡차곡 쌓였으며 울리히도 이 일을 도왔기 때문에 돌발사건과 웃음이 동반했다.

하지만 이 모든 분주함에도 불구하고 사실 그는 끊임없이 한 가지만을, 즉 그가 평생 그리고 몇 시간 전까지만 해도 혼자였다는 것만을 생각할 수 있었다. 그리고 이제 아가테가 왔다. '지금 아가테가 여기 있다'는 이 짧은 문장은 파도처럼 반복되었고 장난감을 선물받은 소년의 놀라움을 상기시켰고 정신을 마비시키는 뭔가가 있었지만 다른 한편, 참으로 이해할 수 없이 충만한 현재도 있었고 한마디로, '지금 아가테가 여기 있다'라는 이 짧은 문장으로 늘 되돌아갔다. '그녀는 키가 크고 날씬한가?' 울리히는 생각했고 몰래 그녀를 관찰했다. 하지만 그녀는 전혀 그렇지 않았다. 그녀는 그보다 작았고 넓은 어깨는 건장했다. '그녀는 우아한가?' 그는 자문했다. 그런데 이것도 그렇다고 할 수가 없었다. 예를 들어 그녀의 당당한 코는 측면에서 보면 약간 위로 휘어 있었다. 거기에서 우아함보다 훨씬 더 강력한 매력이 뿜어져 나왔다. '그녀는 결국 아름다운가?' 울리히는 약간 유별난 방식으로 자문했다. 모든 인습을 제쳐 두고 보면 아가테가 그에게는 낯선 여인이었다 해도 이 질문은 그렇게 쉽게 떠오르지 않았으니까. 사실 혈육을 남성적 사랑으로 보아서는 안 된다는 내적 금지는 없고 이건 도덕일 뿐이거나 도덕과 위생이라는 우회로를 거쳐 설명할 수 있을 뿐이다. 그들이 함께 자라지 않았다는 정황도 울리히와 아가테 사이에 유럽 가족에서 지배적이며 불모인 오누이 감정이 생기는 것을 방해했다. 그럼에도 불구하고 이미 혈통이 서로에 대한 그들의 느낌, 상상된 아름다움이라는 악의 없는 느낌을 처음부터 무디게 하기에 충분했다. 이 순간 울리히는 자신이 뚜렷이 느끼고 있는 어리둥절함에서 이 무뎌짐을 느꼈다. 뭔가를 아름답다고 생각한다는 것은 사실 어쩌면 무엇보다도 그것을 발견한다는 뜻일 것이다. 그것은 풍경일 수도, 연인일 수도 있고 그것은 거기 있고 우쭐대는 발견자를 마주 바라보고 오로지 그만을 기다려 온 듯 보인다. 그것이 이제 그의 것이며 그에 의해서만 발견되려 한다는 데 황홀해하는 가운데 그는 누이가 너무나 마음에 들었다. 하지만 그는 생각했다. '자신의 누이를 진정으로 아름답다고 생각할 수는 없을 거야. 기껏해야 그녀가 다른 사람들 마음에 든다는 데 기분이 좋아질 뿐이지.' 하지만 이어 그는 예전에는 고요함만 있던 곳에서 몇 분간 그녀의 목소리를 들었다. 그녀의 목소리는 어땠지? 그녀의 옷이 움직일 때마다 향기의 파도가 넘실거렸다. 그 냄새는 어땠지? 그녀의 움직임은 한 번은 무릎에, 한 번은 연약한 손가락에, 한 번은 한 올의 뻣뻣한 곱슬머리에 있었다. 이에 대해 유일하게 말할 수 있는 것은 '그것이 여기 있다'였다. 그것은 그 전에는 아무것도 없었던 곳에 있었다. 울리히가 뒤에 남겨진 누이를 생각했던 가장 활기찬 순간과 가장 공허한 현재 순간 사이의 강렬함의 차이는 또 너무나 크고 분명한 쾌적함을 의미했다. 그늘진 자리가 따뜻한 태양과 피어나는 약초 향기로 가득 채워질 때처럼!

아가테도 오빠가 자신을 관찰하고 있음을 알아차렸지만 오빠가 이를 알지 못하게 했다. 그의 시선이 그녀의 움직임을 쫓고 있다고 느낀 침묵의 순간들, 그동안에도 말과 대답은 실은 그다지 많이 중단되지 않았고 모터를 끈 자동차처럼 깊고 불확실한 지점 위로 미끄러져 갔다. 그녀도 재합일과 연관된, 현재의 과잉과 조용한 격렬함을 즐겼다. 짐 풀기와 정리가 끝나고 아가테가 욕실에 혼자 있게 되었을 때 여기서 늑대처럼 이 평화로운 풍경 속으로 침입하려는 모험이 생겨났는데, 그 전에 그녀가 울리히가 지금 담배를 피우면서 그녀가 남긴 것을 감시하는 그 방에서 속옷만 남겨 두고 옷을 벗었기 때문이었다. 물에 몸을 담근 채 그녀는 어떻게 해야 할까 숙고했다. 하인은 없었고 초인종도 잠정적으로는 소리치는 것과 마찬가지로 소용없을 듯 보였고, 벽에 걸린 울리히의 목욕가운으로 몸을 감싸고 문을 두드려 그를 방에서 내보내는 것 밖에는 다른 도리가 없어 보였다. 하지만 아가테는 젊은 숙녀처럼 행동하고 울리히가 물러가도록 애원하는 것이 그들 사이의 아직 생기지는 않았지만 곧 태어나게 될 진지한 신뢰에 허용된 것일지 기쁜 마음으로 회의했다. 그리고 그녀는 애매한 여성성을 인정하기 않기로, 거의 옷을 벗은 그녀가 그에게 의미하게 될 자연스러운 '너 존재'로 그의 앞에 나타나기로 결심했다.

하지만 그녀가 결연히 그의 옆에 나타났을 때 그래도 둘은 예기치 못한 심장의 움직임을 느꼈다. 그들은 둘 다 당황하지 않으려고 애썼다. 둘 다, 바닷가에서는 벌거벗음을 거의 허용하지만 방 안에서는 셔츠나 팬티의 옷단을 낭만주의의 밀수로로 만드는 그 자연스러운 모순성을 일순간 벗어던질 수 없었다. 복도의 빛을 등에 업은 아가테가 고급 삼베 실에 가볍게 감싸인 은색 동상처럼 열린 문에서 보였을 때 울리히는 어색하게 미소지었다. 그리고 그녀는 그 솔직담백함을 너무 강하게 내보이는 목소리로 스타킹과 원피스를 달라고 했지만 그것들은 옆방에 있었다. 울리히는 누이를 그곳으로 데려갔고 그녀는, 그가 은밀히 황홀해한 바이지만, 약간 너무 소년처럼 걸어갔고 여자들이 치마로 보호받고 있지 않다고 느끼면 쉽게 그러듯이 거기서 일종의 반항심을 맛보았다. 조금 후 아가테가 반쯤은 옷을 입었고 반쯤은 동작을 멈춘 상태였을 때 새로운 일이 일어났다. 아가테가 도움을 청하며 울리히를 불렀기 때문이었다. 그가 그녀의 등 뒤에서 작업하는 동안 그녀는 누이의 질투심 없이, 심지어 일종의 편안함마저 느끼면서, 그가 여자의 옷을 정말 탁월하게 잘 안다고 느꼈고 이 과정이 요구하는 활기찬 몸짓으로 몸을 움직였다.

이때 울리히는 그녀 어깨의 떨리는 연약하고도 팽팽한 피부 가까이 몸을 숙이고 익숙지 않은 일에 이마를 붉게 물들이며 주의 깊게 열중하면서, 제대로 말로 표현할 수 없는 느낌에 우쭐해짐을 느꼈다. 그의 육체가 어떤 여자도 그 앞에 없다는 사실에 의해서뿐 아니라 한 여자가 그 앞에 있다는 사실에 의해 공격당했다고 말해야 했을 테니까. 하지만 마찬가지로, 그가 의심할 바 없이 자신의 신발을 신고 서 있긴 했지만 그럼에도 불구하고 자신에게서 꺼내졌다고 느꼈다고 말할 수도 있었으리라. 마치 훨씬 더 아름다운 제2의 육체가 그의 것으로 주어진 듯.

그래서 다시 몸을 일으켰을 때 그가 누이에게 한 첫마디는 이러했다. "난 이제 네가 누구인지 알겠어. 너는 나의 자기애(自己愛)야!" 이 말은 기묘하게 들렸지만 그는 이로써 정말로 자신의 마음을 움직인 그것을 서술했다. "다른 인간들은 너무나 강하게 소유한 진짜 자기애가 내게는 어떤 의미에서는 늘 부족했어." 그가 설명했다. "그런데 그것이 어떤 오류나 운명을 통해 내가 아니라 네 속에 체현(體現)되었다는 게 명백해졌어!" 그는 당장에 덧붙였다.

그것은 누이의 도착을 어떤 판결 속에 담으려는, 이날 밤 그의 첫 시도였다.

25
샴쌍둥이

저녁 늦게 그는 다시 한번 이 주제로 돌아왔다.

"넌 알아야 해", 그는 누이에게 이야기하기 시작했다. "내가 일종의 자기애를 모른다는 걸. 그건 자신에 대한 어떤 애정 어린 관계고 대개의 다른 사람들에게는 아주 당연한 듯 보여. 어떻게 해야 이걸 가장 잘 서술할 수 있을지 모르겠군. 예를 들어, 난 늘 연인이 있었지만 잘 못된 관계였다고 말할 수 있을 거야. 그들은 갑작스런 착상들의 삽화, 내 변덕스런 기분의 캐리커처였고, 사실 다른 사람과 자연스런 관계를 맺을 수 없는 나의 무능력의 예들일 뿐이지. 이게 벌써 자신과의 관계와 관련 있어. 근본적으로 나는 늘 내가 좋아하지 않는 연인을 골랐어 … .”

“하지만 오빠가 옳아!” 아가테가 그의 말을 중단시켰다. “내가 남자라면, 여자들과 아무렇게나 교제하는 데 전혀 양심의 가책을 느끼지 않을 거야. 나는 방심이나 놀람 때문에만 여자를 탐할 거니까!”

“그래? 그러겠다고? 친절한 말이네!”

“여자들은 가소로운 밥버러지들이거든. 그들은 남자의 삶을 개와 공유하지!” 아가테는 가령 도덕적 격노를 보이며 이렇게 확언한 것은 아니었다. 그녀는 기분 좋게 피곤했고 두 눈을 감고 있었다. 그녀는 일찍 자러 갔고 작별인사를 하러 온 울리히는 자기 대신 침대에 누워 있는 그녀를 보았다.

하지만 그것은 36시간 전 보나데아가 누워 있던 침대이기도 했다. 아마 그 때문에 울리히는 다시 연인에게로 돌아갔으리라. “하지만 이 말로 난 그저 나 자신과 다정한 관계를 가질 수 없는 내 무능함을 말하려 했을 뿐이야.” 그가 미소 지으며 반복했다. “내가 뭔가를 관심을 가지고 체험하려면 그건 어떤 연관성의 일부로서 일어나야 하고 하나의 이념하에 있어야 해. 사실 나는 체험 자체를 내 뒤에, 기억 속에 두고 싶어. 이를 위한 현재의 감정소비가 내게는 불편하고 터무니없이 부적절해 보여. 네게 나 자신을 가차 없이 설명해 보이려 시도하자면, 바로 이래. 최초의 가장 단순한 생각이 이미, 적어도 젊은 시절에는, 자신이 세상이 기다려 온 저주받은 새로운 놈이라는 생각이야. 하지만 서른 살이 넘으면 이건 더 이상 지속되지 않아!" 그는 한순간 숙고했고 그 후 말했다. "아니야! 자신에 대해 말하는 건 너무 어려워. 사실 난 딱, 난 결코 하나의 지속적인 이념하에 있지 못했다고 말해야 할 거야! 어떤 이념도 발견되지 않았어. 우리는 하나의 이념을 여자처럼 사랑해야 할 거야. 그것으로 돌아가면 행복하지. 우리는 그것을 언제나 우리 자신 속에 갖고 있어! 그리고 언제나 우리 밖의 모든 것에서 그것을 찾지! 난 이런 이념들을 결코 발견하지 못했어. 나는 늘 이른바 위대한 이념들과는 남자 대 남자의 관계였어. 아마 그렇게 불러 마땅한 이념들과도 그랬을 거야. 나는 복종을 위해 태어나지 않았다는 생각이 들어. 그것들은 자신들을 넘어뜨리고 자신들의 자리에 다른 것을 세우라고 나를 자극했어. 그래, 어쩌면 나는 바로 이 질투심 때문에 과학에 이끌렸을 거야. 과학의 법칙을 우리는 다 함께 찾고, 깰 수 없다고도 간주하지 않지!" 그는 다시 말을 멈추었고 자신에 대해 또는 자신의 묘사에 대해 웃었다. "하지만 그렇다고 해도", 그는 진지하게 계속했다. "어쨌든 난 이런 식으로 나를 어떤 이념과도 연결하지 않거나 모든 이념들과 연결시켰고 삶을 중요하게 여기는 걸 잊었어. 삶은 내가 그걸 소설에서 읽을 때 나를 훨씬 더 자극해. 그것이 하나의 견해에 의해 하나로 묶여 있으니까. 하지만 그것을 완전히 하나하나 체험해야 하면 늘 나는 그것이 이미 낡았고 구태의연하게 상세하고 사고내용에서 시대에 뒤떨어졌다고 생각해. 그게 내 탓이라고는 생각지 않아. 오늘날 대부분의 인간들이 이와 비슷하거든. 많은 사람들은 초등학생들에게 작은 꽃 사이를 명랑하게 뛰어다니라고 가르치는 식으로, 삶의 기쁨이 확실히 있다고 자신을 속이지만 거기에는 늘 특정한 의도가 있고 그들도 그걸 느껴. 사실 그들은 진심으로 서로 잘 지낼 수 있지만 마찬가지로 냉혹하게 서로 살인할 수도 있어. 우리 시대는 그 속에 가득한 사건과 모험들을 정말 진지하게 여기지 않는 게 확실해. 이것들은 일어나고 흥분을 야기하지. 이어 곧 새로운 사건들을, 사실 그런 것들로 된 일종의 피의 복수, A라고 말했기 때문에 생겨난 B에서 Z까지의 강제된 알파벳을 유발하지. 하지만 우리 삶의 이 사건들은 책보다도 더 삶이 적어. 연관된 의미가 없기 때문이야."

울리히는 이렇게 말했다. 편안하게. 변덕스런 기분으로. 아가테는 대답하지 않았다. 그녀는 여전히 두 눈을 감고 있었지만 미소를 짓고 있었다.

울리히는 말했다. "네게 무슨 이야기를 하는지 난 더 이상 모르겠어. 더 이상 처음 주제로 돌아가지 못하는 것 같아."

그들은 한동안 침묵했다. 그는 시선의 방어막을 치지 않은 누이의 얼굴을 자세히 관찰할 수 있었다. 그 얼굴은 여탕에 모인 여자들처럼 한 덩어리 벌거벗은 육체로서 거기 놓여 있었다. 남자에게 금지된 이 광경의 여성적이고 감시당하지 않은 자연스런 냉소주의는 여전히 울리히에게 익숙지 않은 영향력을 행사했다. 물론 이는 동거 첫날 아가테가 곧장 자신에게 그는 남자가 아니므로 가능하면 그와 아무런 영적 미사여구 없이 이야기하겠다는 누이의 권리를 요구했을 때와 같은 격렬한 작용은 더 이상 아닌지 오래였다. 그는 소년이었을 때 길거리에서 임신한 여자나 아이에게 젖을 먹이는 여자를 보았을 때 느꼈던, 경악이 섞인 놀라움을 상기했다. 그러면 소년에게 주도면밀하게 숨겨 온 비밀이 태양 속에서 갑자기 팽팽하게 숨김없이 부풀어 올랐다. 그리고 어쩌면 그는 오랫동안 이런 인상의 잔여물을 지니고 다녔으리라. 지금 갑자기 이것들에서 완전히 풀려난 기분이었으니까. 아가테가 여자고 이미 많은 것을 경험했다는 사실은 그에게는 편안하고도 편리한 생각인 듯 보였다. 그녀와 이야기할 때 젊은 처녀에게처럼 그렇게 주의를 기울일 필요가 없었고 심지어 여인은 모든 면에서 벌써 도덕적으로 더 느슨하다는 것이 그에게는 감동적일 만큼 자연스럽게 여겨졌다. 그는 또 그녀를 보호하고 선한 행동을 통해 뭔가를 변상하고 싶은 욕구를 느꼈다. 그는 그녀를 위해 자신이 할 수 있는 모든 것을 할 작정이었다. 심지어 그녀에게 남자를 구해 줄 작정도 했다. 그리고 선을 향한 이 욕구는, 그가 이를 알아차리자마자, 그에게 잃어버린 대화의 실마리를 돌려주었다.

"아마 사춘기에 우리의 자기애는 변할 거야." 그가 뜬금없이 말했다. "이때 그때까지 놀던 애정의 초원에 풀이 베어지거든. 특정한 충동의 사료를 얻기 위해서지."

"소가 우유를 내도록!" 아가테가 찰나 후에 버릇없이 그리고 품위 있게, 하지만 눈은 뜨지 않은 채 보충했다.

"그래, 그게 아마 모든 걸 연관시킬 거야." 울리히가 말했고 계속했다. "우리의 삶이 거의 모든 애정을 잃어버리는 순간이 있고 이 순간은 바로 그 단 하나의 실행으로 오그라들고 그 후 이 실행에는 과부하가 걸리게 돼. 이건 지구상 모든 곳에서 끔찍한 가뭄이 만연한데 한 곳에서만 끊임없이 비가 내리는 듯 그렇게 여겨지지 않아?!"

아가테는 말했다. "아이였을 때 난 인형을 남자처럼 격렬히 사랑했던 듯해. 오빠가 떠났을 때, 다락방에서 나의 옛 인형들이 든 상자를 하나 발견했어."

"그걸 어떻게 했어?" 울리히가 물었다. "줘버렸어?"

"누구에게 주어야 했을까? 아궁이 불에 넣었어." 그녀가 설명했다.

울리히는 활기차게 대답했다. "가장 어린 시절을 회상해 보면, 난 당시에는 아직 내부와 외부가 거의 분리되지 않았다고 말하고 싶어. 내가 뭔가를 향해 기어가면 그것이 날개를 달고 내게로 왔어. 우리에게 중요한 무슨 일이 일어나면 가령 우리가 단순히 그것에 의해 흥분되는 것이 아니라 사물들 자체가 끓기 시작했어. 그때 우리가 나중보다 더 행복했다고 주장하려는 건 아니야. 우리는 아직 자신을 소유하고 있지 않았으니까. 사실 우리는, 우리의 개인적 상태들은 아직 전혀 세상의 상태들과 분명히 구별되지 않았어. 내가 우리의 감정, 우리의 의지, 사실 우리 자신은 아직 완전히 우리 속에 들어 있지 않았다고 말하면 이상하게 들리겠지만 그래도 사실이야. 더욱 이상한 건 우리가 '아직 완전히 우리 자신에게서 멀어지지 않았다!'고도 말할 수 있다는 거야. 네가 완전히 너 자신의 소유라고 생각하는 오늘날 예외적으로 한 번 스스로에게 네가 도대체 누구냐고 물어본다면 넌 이 발견을 하게 될 테니까. 너는 항상 너를 물건처럼 외부에서만 보게 될 거야. 너는 네가 어떤 경우에는 분노하게 되고 또 어떤 경우에는 슬퍼하게 됨을 인지하게 될 거야. 너의 외투가 어떤 때는 젖어 있고 어떤 때는 더운 것처럼. 온갖 관찰과 함께 넌 기껏해야 너의 뒤를 캐는 데는 성공하겠지만 결코 네 안으로 들어가지는 못해. 네가 무엇을 시도하더라도 너는 너의 밖에 있고, 사람들이 너에 대해 제정신이 아니라고 말하는 바로 그 몇 안 되는 순간만이 거기서 제외되지. 이에 대한 보상으로 우리는, 어른으로서, 어떤 상황에서든 '나는'이라고 사고하면서 재미있어할 정도가 되었지. 너는 차를 한 대 보고 어째서인지 이때 그림자처럼 또 '나는 차를 한 대 보고 있다'를 보지. 너는 사랑하거나 슬프고, 네가 그렇다는 것을 보지. 하지만 전적인 의미에서는 차도 없고 너의 슬픔 또는 너의 사랑도 없고 너 자신조차도 완전히 거기 있지 않아. 어떤 것도 더 이상 어린 시절에 한 번 그랬던 것처럼 그렇게 거기 있지 않아. 네가 건드리는 모든 것은 네가 하나의 '인격'에 도달하자마자 이에 비례해서 속속들이 경직돼. 뒤에 남겨진 것은 철두철미 외적인 존재에 감싸인, 자기확신과 탁한 자기애의 유령 같은 실안개지. 이때 뭐가 잘못됐지? 뭔가를 아직 돌이킬 수 있을 거라는 감정이 들어! 그래도 아이가 남자와는 완전히 다르게 체험한다고 주장할 수는 없어! 이에 대해 이런저런 생각들이 있겠지만 난 결정적인 대답은 몰라. 하지만 오래전부터 난 이 질문에, 내가 이런 종류의 나와 이런 종류의 세계에 대한 사랑을 잃어버렸다는 식으로 대답해 왔어."

울리히는 아가테가 그의 말을 중단시키지 않고 귀를 기울이고 있음이 편안했다. 그는 자신에게서도, 마찬가지로 그녀에게서도 대답을 기대하지 않았는데, 그가 대답이라고 생각하는 대답은 현재로서는 아무도 줄 수 없다고 확신했기 때문이었다. 그럼에도 불구하고 그는 단 한순간도 그의 말이 가령 그녀에게 너무 어려울 것이라는 염려는 하지 않았다. 그는 이것을 철학으로 보지 않았고 비일상적인 대화소재를 다룬다고도 생각하지 않았다. 한 젊은 인간이 — 그의 처지가 이와 비슷했다 — 타인에게 자극을 받아 "너는 누구지? 나는 이래"라는 그 영원한 질문을 그와 주고받을 때 표현이 어렵다고 해서, 모든 것이 간단하다고 생각하는 것을 그만두지 않는 것처럼. 그는 누이가 한 마디 한 마디 그를 따라올 수 있다는 확신을 사고가 아니라 그녀의 존재에서 얻었다. 그의 시선은 그녀의 얼굴 위에 머물렀는데, 이 얼굴 속에는 그를 행복하게 하는 뭔가가 있었다. 눈을 감은 이 얼굴은 전혀 반동을 불러일으키지 않았다. 그것은 그에게 근거 없는 매력을 행사했다. 어디에서도 끝나지 않는 심연 속으로 끌어들이는 듯한 그 방식에서도 그랬다. 그는 이 얼굴의 풍경 속으로 가라앉으면서 어디에서도 저항의 진흙바닥을 — 사랑 속으로 잠수한 자는 그 바닥을 딛고 다시 마른 곳으로 솟구친다 — 발견하지 못했다. 하지만 그는 여자에 대한 호의를 인간에 대한 거부감으로 억지로 뒤집어 체험하는 데 익숙했기 때문에 — 물론 그는 인정하지 않았지만 이는 그가 그녀 안에서 자신을 잃어버리지 않도록 어느 정도 그의 안전을 보장한다 — 그가 호기심을 가지고 점점 더 깊이 빠져들고 있는 이 순수한 호의는 거의 평형 장애처럼 그를 경악케 해서 그는 곧장 이 상태를 피했고 행복에 겨워 약간 소년스러운 농담으로 도피함으로써 아가테를 일상적 삶으로 불러오려 했다. 즉, 그는 최대한 조심스러운 손놀림으로 그녀의 눈을 열려고 시도했다. 아가테는 웃으면서 눈을 떴고 외쳤다. "내가 오빠의 자기애여야 한다면서 오빠는 나를 정말 아무렇게나 대해!"

　이 대답은 그의 공격만큼이나 소년다웠고 그들의 시선은 뒤엉켜 싸우려고 하지만 명랑함 때문에 그럴 수 없는 두 소년처럼 과장되게 서로를 노려보았다. 갑자기 아가테는 이를 그만두었고 진지하게 물었다. "플라톤이 더 오래된 모범에 따라 이야기한 신화 알아? 원래 전체였던 인간이 신들에 의해 남자와 여자라는 두 부분으로 쪼개졌대." 팔꿈치를 짚어 몸을 일으켰던 그녀는 예기치 않게 얼굴이 빨개졌다. 일반적으로 잘 알려져 있는 이야기를 아느냐고 울리히에게 물어본 것이 약간 영리하지 못하다고 여겨졌기 때문이었다. 그래서 그녀는 곧 단호하게 덧붙였다. "그런데 불행한 반쪽들은 다시 하나가 되려고 온갖 어리석은 짓들을 하지. 이건 모든 상급반 교과서에 실려 있어. 유감스럽게도, 왜 그 일이 성공하지 못하는지는 실려 있지 않아!"

"내가 말해 줄게." 그녀가 얼마나 잘 이해했는지를 알아차려 행복해하며 울리히가 갑자기 말을 시작했다. "어떤 인간도 돌아다니는 수많은 반쪽 가운데 어느 것이 자신의 나머지 부분인지 모르거든. 그는 그렇게 여겨지는 하나를 붙잡고는 그것과 하나가 되려고 온갖 헛된 노력을 하지만 최종적으로 그렇지 않다는 것이 드러나지. 여기서 아이가 하나 생기면 두 반쪽은 청소년 시절 몇 년으로 인해 그들이 적어도 아이 속에서 하나가 되었다고 믿지. 하지만 그건 그냥 제 3의 반쪽일 뿐이고 이것도 곧 이 두 다른 반쪽에서 최대한 멀어지고 제 4의 반쪽을 찾으려는 노력을 보여. 이렇게 인류는 생리학적으로 계속해서 '반쪽이 돼'. 그리고 본질적 합일(合一)은 침실 창문 앞의 달처럼 떠 있지."

"오누이는 벌써 절반의 길을 갔음에 틀림없다고 생각해야 해!" 아가테가 거칠어진 목소리로 이의를 제기했다. "아마 쌍둥이가 그럴 거야!"

"우리는 쌍둥이가 아니지?"

"확실히 아니야!" 울리히가 갑자기 피했다. "쌍둥이는 드물어. 성이 다른 쌍둥이는 아주아주 드문 일이야. 게다가 그들이 나이도 다르고 오랜 시간 서로를 거의 몰랐다고 한다면 이건 우리에게 정말 볼 만한 구경거리야!" 그가 설명했고 더 피상적인 명랑함 속으로 뒷걸음질 쳤다.

"하지만 우리는 쌍둥이로 만났어!" 아가테가 이에 개의치 않고 요구했다.

"우리가 예기치 않게 비슷하게 옷을 입었기 때문에?"

"아마도. 어쨌거나 그래! 오빠는 그것이 우연이었다고 말할 수 있어. 하지만 우연이 뭐야? 오빠가 그걸 뭐라 부르든지 간에 나는 바로 우연이 운명이거나 섭리라고 생각해. 오빠가 꼭 오빠로 태어났다는 생각이 우연히 든 적이 없었어? 우리가 오누이라는 것은 이중으로 우연이야!" 아가테는 이렇게 설명했고 울리히는 이 지혜에 굴복했다. "자, 우리를 쌍둥이로 선언하자!" 그가 찬성했다. "자연의 변덕이 만들어 낸 대칭적 창조물이지. 우리는 앞으로 나이도 똑같고 키도 똑같고 머리카락도 똑같고 똑같이 줄무늬가 쳐진 옷을 입고 턱 아래 똑같은 리본을 매고 인간들의 골목길을 거닐 거야. 하지만 그들이 반은 감동적으로, 반은 조롱하며 우리를 바라보게 될 것임을 주지시키고 싶어. 무언가가 그들의 생성의 비밀을 약간 상기시키면 그들은 늘 그래."

"우리는 딱 반대로 옷을 입을 수도 있어." 아가테가 즐겁게 대답했다. "한 사람이 노란색이면 다른 한 사람은 푸른색으로, 또는 초록색 옆에 붉은색으로. 우리는 머리카락을 보라색 또는 자주색으로 물들일 수 있고 나는 곱사등을 하고 오빠는 배를 내밀어. 그럼에도 불구하고 우리는 쌍둥이야!"

  하지만 농담은 고갈되었고 핑계는 소진되었고 그들은 한동안 침묵
했다. "너 알아", 그 후 울리히가 갑자기 말했다. "우리가 이야기하는
것이 아주 진지한 사안이라는 걸?!" 그가 이 말을 하자마자 누이는 다
시 속눈썹 부채를 눈 위로 내렸고 그 뒤에 준비태세를 감춘 채, 그가
혼자 말하도록 내버려두었다. 어쩌면 그녀는 두 눈을 감은 것처럼만
보였을 것이다. 방은 어두웠고 켜둔 불빛은 선명하게 비추었다기보
다는 밝은 표면으로 모든 윤곽 위에 쏟아졌다. 울리히는 말했다. "둘
로 쪼개진 인간에 관한 신화와 마찬가지로 피그말리온, 자웅동체 또
는 이시스와 오시리스도 생각할 수 있어. 하지만 늘 남는 것은 다른
방식이지만 같은 것이야. 다른 성의 도플갱어에 대한 이 요구는 태곳
적부터 있었어. 이 요구는 우리와 완전히 같지만 그래도 우리와는 다
른 존재여야 하는 존재, 어떤 마법적 형상의 사랑을 원하지. 이 형상
은 우리지만 그러면서도 마법형상으로 남고 특히, 우리가 생각해냈
을 뿐인 모든 것을 자립과 독립의 입김에서 앞서지. 육체계의 제약들
과 무관하게 두 개의 동일하게 서로 상이한 형상으로 만나는 사랑의
유동체에 대한 이 꿈은 이미 수도 없이, 벌써 고독한 연금술 속에서
인간 머리의 시험관들에서 솟아올랐어 … ."

  그 후 그는 말을 멈추었다. 그를 방해하는 뭔가가 떠오른 것이 분
명했고 그는 거의 불친절하다고 할 말로 끝을 맺었다. "가장 평범한
사랑의 관계에서조차도 이 흔적이 여전히 보여. 온갖 변화와 가장과
연관된 매력을 발산하면서, 그리고 일치와 다른 사람 속에서의 자아
반복이라는 의미에서. 한 여자의 벌거벗은 모습을 처음으로 보든, 벌

거벗은 소녀가 긴 드레스를 입은 모습을 처음으로 보든, 작은 마법은 동일한 것으로 남고, 커다랗고 가차 없는 사랑의 열정은 모두 한 인간이 자신의 가장 은밀한 자아가 낯선 눈의 커튼 뒤에서 자신을 염탐한다고 공상한다는 것과 관련이 있어."

이 말은 그들이 말하는 것을 과대평가하지 말라고 청하는 듯 들렸다. 하지만 아가테는 다시 한번, 처음 그들이 흡사 실내복으로 가장하고 만났을 때 들었던, 번개처럼 번쩍인 놀람의 감정을 생각했다. 그리고 그녀가 대답했다. "그게 수천 년 전부터 존재해 왔다는 거지. 그것을 두 개의 착각이라고 설명하면 더 쉽게 이해가 되는 거야!"

울리히는 침묵했다.

한참 후 아가테가 기뻐하며 말했다. "그럼에도 불구하고 잠 속에서는 그래! 거기서는 자신이 가끔 다른 것으로 변신하는 것을 보지. 또는 자신을 남자로서 만나. 그러면 그에게 스스로에게 결코 그래 본 적이 없을 정도로 잘해 주지. 아마 오빠는 그걸 성적인 꿈이라고 말하겠지. 하지만 내게는 오히려 훨씬 더 오래된 것인 듯 여겨져."

"그런 꿈을 자주 꾸니?" 울리히가 물었다.

"가끔씩. 드물어."

"난 그런 적이 거의 없어." 그가 고백했다. "그런 것을 꿈꾼 게 너무 오래전이야."

"그래도 오빠는 언젠가 내게 설명했어." 이제 아가테가 말했다. "아주 처음이었을 거라고 생각해. 아직 거기 그 옛 집에서 …. 인간은 수천 년 전에는 정말로 다른 체험들을 알았다고!"

"에이! '주면서' '받는' 응시를 말하는구나?" 울리히가 대답했고 미소지었지만 아가테는 이를 보지 못했다. "정신의 '감싸 안기기'와 '감싸 안기'? 그래, 이 불가사의한 영혼의 이중 성(性)에 대해 당연히 말했을 거야! 그 밖에 무엇에 대해 말했겠어? 이것은 모든 것 속에서 출몰하지. 심지어 모든 유사함 속에도 같으면서 같지 않다는 이 마법이 일부 들어 있어. 그런데 알아차리지 못했어? 우리가 이야기한 이 모든 태도, 꿈, 신화, 시, 유년기, 심지어 사랑에서조차 감정의 가장 큰 몫은 사실 분별력의 결핍, 즉 현실의 결핍을 통해 주어진다는 걸."

"오빠는 그걸 정말로 믿지는 않는구나?" 아가테가 물었다.

울리히는 이에 대답하지 않았다. 하지만 한참 후에 말했다. "오늘날 개개인에게 경악할 정도로 적은 그것을 절망적인 오늘날의 표현방식으로 번역하자면, 자신의 체험과 행위에 대한 인간의 참여율이라고 부를 수 있어. 꿈속에서 그것은 100퍼센트인 듯 하고 깨어 있을 때는 절반이 안 돼! 사실 넌 그걸 오늘 내 집에서 즉시 알아차렸지. 하지만 네가 알게 될 인간들에 대한 나의 관계도 이와 다르지 않아. 난 그걸 언젠가—덧붙이자면, 내 기억이 틀리지 않는다면, 한 여자와의 대화에서, 거기가 적절한 장소지, 정말 그 일이 일어났어—'공허의 음향학'이라고도 불렀어. 바늘 하나가 텅 빈 방에서 바닥에 떨어지면 거기서 생기는 소음에는 뭔가 과도한 것, 그래, 무한한 것이 있어. 하지만 인간 간에 공허가 있어도 꼭 마찬가지야. 그러면 알지 못하지. 소리치는 것인가, 쥐죽은 듯 고요한 것인가? 모든 부당한 것, 기울어진 것은 결국, 거기에 아무 대답도 하지 않으면, 무시무시한 유혹의 매력을 얻게 돼. 그렇게 생각지 않아? 미안해", 그가 자신의 말을 중단시켰다. "피곤할 텐데, 내가 너를 쉬게 해주지 않는구나. 내

주변 환경과 나의 교제에서 많은 것이 네 마음에 들지 않을까 내가 염려하는 듯해."

아가테는 눈을 떴다. 긴 잠복기 후 그녀의 시선은 규정하기 매우 어려운 뭔가를 표현하고 있었고 울리히는 그것이 그의 전 육체 위로 다정하게 퍼져 나감을 느꼈다. 그는 갑자기 이야기를 계속했다. "좀 더 젊었을 때 난 바로 이걸 강점으로 보려 했어. 삶에 대해 반대할 게 없어? 좋아, 그러면 삶은 인간에서 그의 작품 안으로 달아나지! 난 대충 이렇게 생각했어. 그리고 오늘날 세계의 냉정함과 무책임에는 뭔가 강력한 게 있어. 적어도 거기에는 개구쟁이 세기 같은 것이 있어. '성장의 해'들에서처럼 결국 세기들에도 일어나는 일이야. 젊은 인간들이 모두 그렇듯 나도 처음에는 일, 모험, 오락 속으로 뛰어들었어. 진력을 다하는 한, 뭘 하느냐는 상관없어 보였어. 기억 나, 우리가 언젠가 '성과의 도덕'에 대해 이야기했던 거? 그건 우리가 타고난 상(像)이고 우린 그걸 지향해. 하지만 나이가 들수록 더 분명히 알게 돼. 과잉으로 보이는 이것, 모든 것 속에 들어 있는 이 독립성과 유연성, 추동하는 부분들과 부분추동력의 자주성은, ─너에 반대하는 너 자신의 추동력과 세계에 반대하는 너의 자주성 ─ 간단히 말해, '현재인간'인 우리가 힘, 우리 종의 고유성으로 간주하는 모든 것은 근본적으로는 부분들에 대해 전체가 가지는 약점일 뿐임을. 열정과 의지만으로는 이에 저항할 수 없어. 네가 어떤 것의 한가운데 온전히 들어 있으려 하자마자 너는 네가 이미 다시 가장자리로 밀려나온 걸 보지. 이건 오늘날 모든 체험 속에 들어 있는 체험이야!"

아가테는 눈을 뜬 채 그의 목소리 속에 무슨 일이 일어나기를 기다렸다. 아무 일도 일어나지 않고 오빠의 연설이 한길에서 벗어나 더 이상 돌아오지 않는 샛길처럼 끊어지자 그녀가 말했다. "오빠 경험에 따르면, 절대 우리는 정말 확신을 가지고 행동할 수 없고 그런 일은 결코 일어나지도 않겠지. 이때 확신이라는 말은", 그녀가 말을 고쳤다. "어떤 학문, 우리가 배운 어떤 도덕적 훈육을 뜻하는 게 아니라, 우리가 온전히 우리 자신과 하나라고 느낀다, 또 우리가 다른 모든 것들과 하나라고 느낀다, 지금은 비어 있는 어떤 것, 우리의 출발점이고 귀착점인 그것이 꽉 찼다는 뜻이야. 아, 내가 뭘 말하려는지 나도 모르겠어." 그녀는 격하게 말을 중단했다. "난 오빠가 그걸 설명해 주길 기대했어!"

"네가 말하는 것이 우리가 이야기한 바로 그거야." 울리히가 부드럽게 대답했다. "넌 내가 그 이야기를 할 수 있는 유일한 인간이기도 해. 하지만 두어 개 유혹적인 단어를 추가하기 위해 내가 다시 이야기를 시작한다는 건 소용없을 거야. 오히려 나는 '한가운데 있기', 파괴되지 않은 삶의 '내밀함'의 상태는 ― 이 단어를 감상적으로 이해하지 않고 우리가 방금 부여한 그 의미로 이해한다면 ― 어쩌면 이성적 의미에서는 요구될 수 없다고 말해야 할 거야." 그는 몸을 굽혔고 그녀의 팔을 건드렸고 한참 동안 그녀의 눈을 바라보았다. "그건 아마 인간임을 거역하는 걸 거야." 그가 나직이 말했다. "고통스럽지만 우리가 그것 없이 살아야 한다는 것만이 사실이야! 우애에 대한 요구가 ― 이건 평범한 사랑에 들어가는 첨가물이지 ― 낯선 것과 비사랑인 것은 전혀 섞이지 않은 사랑이라는 상상 속 방향에서 이와 연관되어 있거든." 한참 후 그가 덧붙였다. "너도 알지, 침대 위에서 오빠와 누이와 연관된 모든 것이 얼마나 애호되는지. 진짜 누이를 살해할 수도 있는 사람들이 거기서는 한 이불 아래 숨은 오누이로서 어리석은 짓을 하지."

그의 얼굴은 어스름 속에서 자기조소로 떨렸다. 하지만 아가테의 믿음은 혼란스런 말이 아니라 이 얼굴에 매달렸다. 그녀는 예전에도 이와 비슷하게 움찔대는 얼굴들을 보았는데, 그 얼굴들은 다음 순간 추락했다. 하지만 이 얼굴은 더 가까이 다가오지 않았다. 이 얼굴은 무한한 속도를 내며 무한히 넓은 길 위에 있는 듯 보였다. "오누이로는 충분치 않아!"

"우리는 벌써 '쌍둥이'라고도 말했어." 울리히가 대답했다. 그는 이제 소리 없이 몸을 일으켰다. 커다란 피로감이 결국 그들을 엄습했음을 알아차렸다고 생각했기 때문이었다.

"샴쌍둥이여야 할 거야." 아가테가 말했다.

"그래 샴쌍둥이!" 오빠가 반복했다. 그는 그녀의 손을 자신의 손에서 빼서 조심스럽게 이불 위에 얹어 놓으려고 애썼고 그의 말들은 중력 없이 울렸다. 그가 이미 방을 떠난 후에도 말들은 여전히 중력 없이 경쾌하게 퍼져 나갔다.

아가테는 미소를 지었고 점차 외로운 슬픔 속으로 가라앉았고 슬픔의 어두움은 곧 잠의 어두움으로 넘어갔는데, 슬픔이 압도적인 우위를 점하는 가운데 그녀는 이를 알아차리지도 못했다. 하지만 울리히는 살금살금 서재로 갔고 일은 하지도 못한 채 거기서 두 시간 동안 배려 때문에 옥죄는 상태를 알게 되었고 결국 피곤해졌다. 놀랍게도 그는 이 시간에 너무나 많은 일을 하고 싶었고 소음을 냈다가 자신을 억눌러야 했다. 그에게는 새로운 일이었다. 그리고 이는 그를 거의 약간은 짜증나게 했다. 물론 그는 커다란 애정을 느끼며, 정말로 다른 인간과 붙어 성장한다면 어떨까 상상하려 했다. 한 줄기에 붙은 두 장의 이파리처럼 앉아서, 피를 통해서뿐만 아니라 오히려 완전한 의존성의 작용을 통해 서로 연결되어 있는 그런 두 개의 신경체계가 어떻게 작동하는지에 대해 그는 아는 게 별로 없었다. 그는 한 영혼의 흥분은 전부 다른 영혼에 의해 공감되는 반면에, 야기된 과정은 주로 자신의 것이 아닌 한 육체에서 일어난다고 가정했다. '포옹을 예로 들어 보자. 너는 다른 사람 속에 안기지.' 그는 생각했다. '너는 동의하지 않겠지만 너의 다른 자아는 압도적 동의의 파도를 네 속에 일으키지! 누가 네 누이에게 키스하는지가 너와 무슨 상관일까? 하지만 그녀의 흥분, 그걸 넌 그녀와 함께 사랑해야 해! 아니면 사랑하는 자는 너이고 이제 너는 그녀를 어떻게든 거기에 관여시켜야 해. 무의미한 생리학적 과정을 그녀 속에 야기할 수는 없으니까 …!' 울리히는 이 사고에 극심한 짜증과 커다란 불쾌감을 느꼈다. 여기서는 새로운 견해와 평범한 견해 사이에 올바른 경계를 긋는 것이 어렵게 여겨졌기 때문이었다.

26
채소밭의 봄

마인가스트가 보낸 찬사 그리고 그에게서 받은 새로운 사고는 클라리세에게 깊은 인상을 남겼다.

그녀의 정신적 불안과 과민은 가끔씩 그녀 스스로도 불안하게 했다가 가라앉았지만 이번에는 다른 때처럼 불쾌, 의기소침, 절망에 의해서가 아니라 이례적으로 부푼 명증함과 투명한 내적 분위기에 의해 해소되었다. 다시 한번 그녀는 자신을 조망했고 비판적으로 파악했다. 의심할 바 없이, 사실 어떤 만족감까지 느끼며 그녀는 자신이 그다지 영리하지 않음을 인식했다. 그녀는 배운 게 너무 적었다. 반대로 울리히는, 이런 비교검증에서 막 그를 생각해 보면, 울리히는 스케이트를 타고 정신의 거울표면 위에서 본인 뜻대로 다가왔다가 멀어지는 사람 같았다. 그가 뭔가를 이야기하면 그것이 어디서 왔는지 결코 이해할 수 없었다. 또는 그가 웃으면, 그가 화가 나면, 그의 눈이 번쩍이면, 그가 거기 있으면서 그의 넓은 어깨로 방 안에서 발터의 공간을 빼앗으면. 호기심에서 머리를 돌리기만 해도 그의 목 힘줄은 순풍을 받고 떠나가는 돛단배의 닻줄처럼 팽팽해졌다. 늘 그에게는 그녀가 아는 것을 넘어서는 뭔가가, 그것을 잡기 위해 전 육체로 그에게 몸을 던지려는 소망을 일깨우는 뭔가가 있었다. 하지만 가끔씩 일어나 울리히의 아이를 갖겠다는 소망 말고는 세상에 확실한 것이 아무 것도 없게 만드는 그 소용돌이는 지금은 훨씬 더 멀리 떠나갔고, 정열이 사그라진 후 이해할 수 없이 무성히 기억을 뒤덮는 파편들조차도 남겨놓지 않았다. 클라리세는 울리히 집에서의 실패를 생각할 때마다 기껏해야 화가 났고, 대체 이 일이 일어났다 해도 그녀의 자존감은 온전했고 신선하게 유지되었다. 이 작용을 불러일으킨 것은 그녀가 자신의 철학자 손님으로 인해 장착하게 된 바로 그 새 표상들이었다. 그녀가 이 훌륭하게 변한 친구와의 재회를 통해 빠져들게 된 직접적 흥분은 별개였다. 이렇게, 많은 날들이 다채로운 긴장 속에서 흘러갔고 그동안 모두는 지금 벌써 봄 햇살 아래 놓인 작은 집에서 울리히가 모스브루거의 은밀한 거처를 방문해도 된다는 허가서를 가져올지 기다리고 있었다.

그리고 클라리세가 이런 맥락에서 특히 중요하게 여긴 것은 대가가 세상을 '무광기'(無狂氣)라고, 세상이 이를 사랑해야 할지 미워해야 할지 모를 정도로 '무광기'라고 명명했다는 사고였고 그 이후 클라리세는 은총에 관여하려면 광기에 자신을 맡기고 이를 느껴야 한다고 확신했다. 광기란 은총이니까. 당시 대체 누가 집을 나서면 오른쪽으로 가야 할지 왼쪽으로 가야 할지를 알았나. 발터처럼 직업이 없다면 — 직업은 반면에 그를 옹졸하게 만든다 — 또는 부모님이나 형제자매들과 약속이 없다면. 약속은 그녀를 지루하게 했다! 광기에서는 다르다! 거기서 삶은 현대식 부엌처럼 너무나 실용적으로 설비되어 있다. 우리는 한가운데 앉아 있고 거의 움직일 필요도 없고 그 자리에서 모든 설비를 움직이게 할 수 있다. 클라리세는 늘 이런 것에 대한 감각이 있었다. 게다가 그녀는 광기라는 말을, 특별히 상승된 것일 뿐 사람들이 의지라고 명명하는 것으로만 이해했다. 지금까지 클라리세는 세상에서 벌어지는 일 가운데 자신이 옳게 설명할 수 있는 것이 조금밖에 없다는 데 주눅이 들었다고 느꼈지만 마인가스트와의 재회 이후에는 다름 아닌 이를 통해서, 자신이 스스로의 판단에 따라 사랑하고 미워하고 행동하는 데 유리했음을 알게 되었다. 대가의 말에 따르면, 인류에게 의지보다 더 결핍된 것은 없었고 뭔가를 강렬히 원할 수 있다는 이 재산은 언제나 그녀의 소유물이었으니까! 이를 생각하면 클라리세의 몸은 행복감에 차가워졌고 책임감에 뜨거워졌다. 물론 이때 의지는 가령 피아노곡을 배우거나 다툼에서 이기려는 암울한 노력이 아니라 삶에 의해 강력하게 조종됨, 스스로에 감동됨, 행복 속에서 날아감이었다.

그녀는 결국 발터에게 이를 털어놓지 않을 수 없었다. 그녀는 그에게 자신의 양심이 매일 점점 강해지고 있다고 통보했다. 하지만 발터는 분개해서, 이 일의 원인제공자로 추정되는 마인가스트에 대한 그의 감탄에도 불구하고 이렇게 대답했다. "울리히가 허가서를 가져오지 못하는 듯 보여 정말 다행이야!"

고통만이 클라리세의 입술 위를 스쳤지만 그의 무지와 저항에 대한 동정도 보였다.

"우리 모두와 전혀 상관이 없는 이 범죄자에게 넌 대체 무엇을 원하지!?" 발터가 흥분해서 물었다.

"거기 가면 생각날 거야." 클라리세가 대답했다.

"내 말은 그걸 네가 지금 벌써 알아야 한다는 거야!" 발터가 남자답게 말했다.

그의 작은 부인은 미소를 지었는데, 그에게 깊은 상처를 주는 말을 하기 전에는 늘 그랬다. 하지만 그녀는 이렇게만 말했다. "난 뭔가를 할 거야."

"클라리세!" 발터가 단호히 대답했다. "넌 내 허락 없이는 아무것도 해서는 안 돼. 나는 법적으로 네 남편이고 후견인이야!"

이는 그녀에게는 새로운 어조였다. 그녀는 그에게서 몸을 돌렸고 당황해하며 몇 걸음을 갔다.

"클라리세!" 발터가 뒤에서 소리쳤고 그녀를 따라가려고 몸을 일으켰다. "나는 여기 이 집에 맴도는 광기에 대항해 뭔가를 할 거야!"

그때 그녀는 벌써 증가하는 발터의 힘에서 자신의 결심의 치유력이 느껴짐을 알았다. 그녀는 발꿈치로 돌아섰다. "뭘 할 건데?!"그녀가 그에게 물었고 그녀 눈의 틈새에서 번갯불이 축축하고 확장된 그의 갈색 동공 속으로 내리쳤다.

"자, 봐!", 그는 그녀를 달래며 한걸음 물러났는데, 정확한 답을 요구하는 이런 질문에 스스로 놀랐던 것이다. "우리 모두는 그걸 내면에 갖고 있어. 건강하지 못한 것, 전율을 불러일으키는 것, 문제적인 것에 대한 이런 지적 애호를. 우리 정신적 인간들은 그래. 하지만…."

"하지만 우리는 속물들이 하고 싶은 대로 하게 놔두지!"클라리세는 승리를 과시하며 그의 말을 끊었다. 이제 그녀는 그를 뒤쫓았고 그에게서 눈을 떼지 않았다. 그녀는 느꼈다, 자신의 치유력이 그를 휘감아 강력하게 강요함을. 그녀의 심장은 갑자기 이루 말할 수 없는 기이한 기쁨으로 가득 찼다.

"하지만 우리는 그걸 두고 크게 유난을 떨지 않아."발터가 짜증을 내며 자신의 문장을 끝까지 중얼거렸다. 뒤에서, 외투자락에서 부딪힘이 느껴졌다. 손을 뻗쳐 보고는 그것이 가는 다리의 가벼운 소탁자 모서리임을 알았고 그의 집에 있는 이 탁자가 갑자기 유령처럼 여겨졌다. 그는 조금 더 뒤로 물러난다면 우스꽝스럽게도 그 탁자를 밀쳐야 할 것임을 깨달았다. 그는 이 싸움에서 떨어져 있고 싶다는, 짙은 초록색 풀밭 위에서, 꽃피는 과실수 아래서, 그의 상처를 씻고 깨끗하게 해주는 인간들 사이에 있고 싶다는 갑자기 깨어난 소망에 저항했다. 그것은 조용하지만 부푼 소망이었고 그의 말에 귀를 기울이고 감탄하며 감사하는 여자들에 의해 미화되었다. 그리고 이 순간 클라리세가 그에게 접근했고 그는 그녀를 사실 황량하고 꿈같은 성가심이라고 느꼈다. 하지만 놀랍게도 클라리세는 '넌 비겁자야!'라고 말하지 않았다. 그녀는 말했다. "발터? 왜 우리는 불행하지!"

혜안(慧眼)이 담긴 이 유혹하는 목소리에서 그는 자신이 클라리세와 겪는 불행이 다른 여자와 겪는 어떤 행복을 통해서도 대체될 수 없을 것임을 느꼈다. "우리는 그래야 해!" 그는 이에 못지않게 격앙되어 대답했다.

"아니야, 우리는 그럴 필요가 없을 거야!" 클라리세가 순순히 장담했다. 그녀는 머리를 옆으로 기울였고 그를 설득할 뭔가를 찾았다. 그것이 무엇이든 근본적으로 아무 차이도 없었다. 그들은 저녁 없는 낮처럼 서로의 앞에 서 있었는데, 이 낮이 매 시간 불을 넘겨주어도 불은 줄어들지 않는다. "넌 인정할 거야!" 마침내 그녀가 수줍고도 고집스런 어조로 시작했다. "정말로 큰 범죄는 그것을 행함으로서가 아니라 그것이 일어나게 내버려둠으로써 생긴다는 걸!"

물론 이제 발터는 무슨 일이 일어날지 알았고 이는 격렬한 실망을 의미했다. "맙소사!" 그가 조바심을 내며 외쳤다. "나도 알아, 오늘날 개개인의 나쁜 의지보다는 아무런 양심의 가책도 느끼지 않게 해주는 무관심과 경솔함 때문에 인간의 삶이 훨씬 더 많이 나락으로 떨어진다는 걸! 그리고 지금 네가 우리 모두가 그 때문에 양심을 더 날카롭게 하고 매 걸음걸음을 사전에 매우 정확히 검증해야 한다고 말한다는 건 훌륭해."

클라리세는 입을 벌려 그의 말을 중단시켰지만 생각을 바꾸었고 아무 대답도 하지 않았다.

"나도 가난, 기아, 인간들 사이에서 방임되는 온갖 종류의 타락에 대해 생각해. 또는 회사가 안전설비에 돈을 아낀 탓에 일어난 광산붕괴에 대해." 발터가 낮은 소리로 계속했다. "그리고 난 네게 이미 모든 걸 인정했어."

"그러면 사랑하는 두 사람은 자신들의 상태가 '순수한 행복'이 아니라면 서로 사랑해서도 안 돼." 클라리세가 말했다. "그리고 이런 사랑하는 사람들이 있기 전에는 세상은 개선되지 않을 거야!"

발터가 두 손을 마주쳤다. "넌 그런 위대하고 멋지고 순수한 요구가 얼마나 삶에 적합하지 않은지 이해하지 못해!" 그가 외쳤다. "회전반 위에서처럼 너의 머릿속에 가끔씩 떠오르는 이 모스브루거도 그래! 그런 불행한 인간짐승들을 사회가 그들을 어떻게 다루어야 할지 모른다는 이유로 단순히 죽이는데도, 손을 놓고 있어서는 안 된다는 네 주장은 사실 옳아. 하지만 물론 건강하고 평범한 양심이 이른바 훨씬 더 본질적으로 옳아. 지나치게 섬세해진 그런 의심에 몰두하기를 그냥 거부하니까. 건강한 사고의 마지막 인식표 같은 게 있는데, 이건 증명할 수는 없지만 분명 핏속에 들어 있어!"

클라리세가 대답했다. "네 피에 따르면, 물론 '본질적으로'는 항상 '본질적으로'가 아니야!"

발터는 모욕감을 느끼며 머리를 설레설레 흔들었고 그녀에게 답하지 않을 것임을 보여 주었다. 그는 일방적인 사고는 상하기 쉬운 요리와 같다고 경고하는 사람의 역할을 하는 데 벌써 싫증이 났고 어쩌면 이것이 지속되면서 그 자신조차도 확신 없게 만들었을 것이다.

하지만 클라리세는 늘 그를 놀라게 하는 신경질적인 섬세함으로 그의 생각을 읽었고 머리를 똑바로 세워 모든 중간단계를 건너뛰었고 절박하게 나직이 내뱉은 질문과 함께 그의 옆, 최고점에 착륙했다. "넌 예수가 광산 감독이라고 상상할 수 있어?" 그녀의 얼굴은 사랑과 정신착란이 구별되지 않는 그런 과장 속에서, 그녀가 예수라는 말로 실은 발터를 뜻함을 드러냈다. 그는 절망적으로, 또 격노하며 손을 흔드는 동작으로 이를 물리쳤다. "그렇게 직접적으로 말하지 마, 클라리세!" 그가 애원했다. "그렇게 직접적으로 말해서는 안 돼!"

"돼!" 클라리세가 대답했다. "직접적이라야 해! 우리에게 그를 구할 힘이 없다면 우리 자신을 구할 힘도 없을 거야!"

"그가 죽는다 한들, 뭐가 문제지!" 발터가 격렬하게 외쳤다. 그는 이 거친 대답에 만족하면서, 삶의 해방시키는 맛 자체를 혀끝에서 느꼈다고 생각했는데, 이 맛은 클라리세가 암시하면서 불러낸 죽음의 맛, 이와 연루된 파멸의 맛과 멋지게 섞여 있었다.

클라리세는 기다리면서 그를 응시했다. 하지만 발터는 이미 충분히 폭발한 듯했다. 또는 우유부단함 때문에 입을 다물었다. 그리고 저항할 수 없는 마지막 으뜸 패를 내놓지 않을 수 없게 된 사람처럼 그녀가 말했다. "내게 표시가 보내졌어!"

"네 상상일 뿐이야!" 발터는 하늘을 대변하는 천장을 향해 소리쳤다. 하지만 클라리세는 중력 없는 마지막 몇 마디를 남기고 그를 떠남으로써 그가 더 이상 말하게 놔두지 않았다.

반대로 그는 잠시 후 그녀가 열심히 마인가스트와 대화하는 것을 보았다. 자신들이 관찰당하고 있다는 감정은 마인가스트를 귀찮게 했는데, 마인가스트 자신은 그렇게 멀리 볼 수 없었으므로 타당한 감정이었다. 실제로 발터는 그사이 방문한 처남 지그문트의 열성적인 정원 일에 동참하지 않았다. 지그문트는 소매를 걷어붙이고 밭고랑에 무릎을 꿇고 앉아 뭔가를 하고 있었는데, 발터가 사람은 전문서적들 속 납작한 서표가 아니라 인간이기를 원한다면 연초에 정원에서 그렇게 해야 한다고 주장했기 때문이었다.

그 대신 발터는 탁 트인 텃밭의 다른 구석에 있는 두 사람을 은밀히 건너다보았다.

그는 자신이 관찰하고 있는 정원 귀퉁이에서 뭔가 허락되지 않은 일이 일어난다고는 생각하지 않았다. 그럼에도 불구하고 그는 봄의 공기에 노출된 손에서 그리고 지그문트에게 지시를 하기 위해 가끔씩 무릎을 꿇었기 때문에 축축한 얼룩을 갖게 된 다리에서 부자연스런 냉기를 느꼈다. 그는 굴욕을 당한 약한 인간이 누군가에게 화풀이를 할 때처럼 교만하게 지그문트와 이야기했다. 그는 그를 존경하기로 마음을 먹은 지그문트가 이를 쉽게 그만두지 않을 것임을 알고 있었다. 그럼에도 불구하고 클라리세가 결코 그를 건너다보지 않고 지속적인 관심을 보이며 마인가스트를 바라보고 있음을 관찰하는 동안 그가 느낀다고 믿었던 것은 흡사 일몰 후의 고독, 무덤의 냉기였다. 게다가 그는 여전히 이에 자부심을 느꼈다. 마인가스트가 그의 집에 머문 이후로 그는 집에서 솟아오르는 심연에도 역시 자부심을 느꼈고 동시에 이 구멍을 막으려고 용의주도하게 애를 썼다. 서 있는 자의 높은 위치에서 그는 무릎을 꿇고 있는 지그문트에게 이제 이런 말이 가닿도록 했다. "당연히 우리 모두는 그걸 느끼고 알아. 문제적인 것과 건강하지 못한 것에 대한 일정한 애호를!" 그는 위선자는 아니었다. 그는 클라리세가 이 문장을 바탕으로 그를 속물이라 부른 이후로 단 기간에 '삶의 작은 몰염치'라는 말을 준비해 두었다. "작은 몰염치는 달거나 신 것처럼 좋아." 그는 지금 처남을 가르쳤다. "하지만 우리는 이것이 건강한 삶의 명예에 어울릴 때까지 이것을 우리 안에서 가공 해야 할 의무가 있어! 그리고 나는 그런 작은 몰염치를", 그는 계속했 다. "트리스탄 음악을 들을 때 우리를 사로잡는 죽음과의 동맹에 대 한 동경이라고, 대부분의 성범죄가 가지는 은밀한 매력이라고 이해 해. 물론 우리는 그 매력에 굴복하지 않아! 왜냐하면 나는 곤궁과 병 에서 우리를 지배하게 될 삶의 원초적인 것뿐만 아니라 삶에 폭력을 가하는 정신적으로 과장된 것과 양심적인 것을, 보다시피, 불명예스 럽고 인간적으로 적대적이라고 부르니까. 우리에게 주어진 경계를 넘어서려는 모든 것은 몰염치해! 신비주의는 자연을 수학 공식으로 가져갈 수 있다는 공상만큼이나 몰염치해! 그리고 모스브루거를 찾 아가려는 의도도 몰염치해. …" 여기서 발터는 정곡을 찌르려고 잠시 말을 중단했고 이런 말로 끝을 맺었다. "네가 병상에서 신을 부르려 고 하는 것처럼!"

물론 이제 이로써 어떤 것이 발설되었고 심지어 뜻밖에도, 클라리 세의 계획과 그 터무니없는 근거가 허용된 것의 경계를 넘어섰음에 대해 의사의 직업적이고 무의식적인 인도주의도 호소되었다. 하지만 지그문트와의 관계에서 발터는 천재였다. 이 관계는 발터가 자신의 건강한 사고에 의해 이런 사고고백에 이르렀다는 데서 드러난 반면, 훨씬 더 건강한 처남의 건강은 처남이 이 의심스러운 물질세계에 대해 단호히 침묵했다는 데서 표현되었다. 지그문트는 손가락으로 흙을 쌓았고 입술을 벌리지 않으면서 가끔씩 머리를 한쪽에서 다른 쪽으로 기울였는데, 마치 시험관을 흔들어 내용물을 섞으려고 하는 듯 또는 이때 귀 하나면 충분하다는 듯했다. 발터가 말을 다 마친 후 지독히도 깊은 침묵이 들어섰고 이 속에서 이제 발터는 문장 하나를 들었는데, 틀림없이 클라리세가 한 번 그에게 외쳤던 문장이었을 것이다. 환각적으로 생생하게는 아니었지만 그래도 흡사 침묵 속에 아껴둔 듯 이런 말을 들었으니까. "니체와 그리스도는 그들의 반쪽성 때문에 몰락했다!" 그리고 이것은 '광산 감독'을 상기시키는 아주 터무니없지는 않은 방식으로 그를 우쭐하게 했다. 건강 자체인 그가 여기 쌀쌀한 정원에서 자신이 교만하게 내려다보고 있는 한 남자와 부자연스럽게 과열된 두 사람 사이에 서 있다는 것은 독특한 처지였다. 그는 그들의 말 없는 몸짓 연기를 우월하게, 그렇지만 동경을 담아 건너다보았다. 어쨌든 클라리세는 침체되지 않기 위해 그의 건강이 필요로 하는 그 작은 몰염치였으니까. 그리고 은밀한 목소리는 그에게 마인가스트가 이 몰염치의 조그만 허락치를 과도하게 확대하는 참이라고 말했다. 그는 유명하지 않은 친척이 유명한 친척에게 갖는 감정을 가지고 그에게 감탄했고 클라리세가 그와 공모해서 속삭이는 것을 보는 것은 질투심보다는 부러움을 자극했는데, 이것은 질투심보다 더 격렬하게 내면을 때리는 감정이었다. 하지만 어째서인지 이것은 또 그를 고양했고 그는 자신의 품위를 의식해서 화를 내지 않으려 했고 건너가서 두 사람을 방해하는 것을 스스로에게 금했다. 그는 그들이 과열되었다는 점에서 그 자신이 우월한 자라고 느꼈고 이 모든 것에서, 그 자신도 모르는 과정을 거쳐, 자웅동체적으로 불분명하고 모든 논리에서 떨어져 태어난 사고, 즉 두 사람이 저기 건너편에서 아무런 속박 없고 허락되지 않은 방식으로 신을 부르고 있다는 사고가 생겨났다.

이런 기묘하게 혼합된 상태도 사고(思考)라고 불러야 한다면 그것은 어떤 식으로든 발설될 수 없는 사고였다. 이 사고의 어둠의 화학은 밝은 언어의 영향을 받으면 당장에 손상되니까. 발터는 지그문트 앞에서 보여 주었듯이 어떤 믿음도 신이라는 말과 연결시키지 않았고 이 말이 떠오른 후에는 이 말 주변에 소심한 공허가 생겨났다. 이로써 긴 침묵 후 발터가 다시 처남에게 한 한마디는 이것과 너무나 동떨어진 것이었다. "넌 당나귀야!" 그는 지그문트를 비난했다. "그녀의 이 방문을 아주 강력히 만류할 권한이 네게 없다고 생각한다면 넌 무엇 때문에 의사지?"

지그문트는 이것도 전혀 나쁘게 받아들이지 않았다. "그건 너 혼자서 누이와 해결해야 해." 그는 위를 올려다보며 조용히 대답했고 다시 일에 몰두했다.

발터는 한숨을 쉬었다. "물론 클라리세는 평범하지 않은 인간이야!" 그가 재차 시작했다. "나는 그녀를 매우 잘 이해할 수 있어. 심지어 난 그녀의 엄격한 견해가 부당하지 않다는 것도 인정해. 그냥 가난, 기아, 세계를 가득 채우는 온갖 종류의 타락을 생각해 봐. 예를 들어, 회사가 버팀목에 돈을 아꼈기 때문에 무너진 광산을 … !"

지그문트는 이 생각을 하고 있다는 어떤 표시도 보이지 않았다.

"그런데 그녀가 그렇게 해!" 발터는 엄숙하게 계속했다. "그리고 난 그것이 너무나 아름답다고 생각해. 우리 다른 사람들은 너무 쉽게 양심에 거리낌이 없지. 그리고 그녀가 우리 모두가 변해야 하고 더 활동적인 양심, 흡사 하나의 양심을 끝없이, 하나의 무한한 양심을 가져야 한다고 요구한다면, 우리보다 나아. 하지만 내가 네게 질문하는 건 이거야. 이것이 결국 도덕적 양심가책 광기로 이어지지 않을까, 이미 이와 비슷한 무엇이 아니라면? 이걸 넌 결정할 수 있어야지?!"

지그문트는 이 집요한 요구에 한쪽 다리를 괴고 앉았고 매제를 시험하듯 바라보았다. "미쳤어!" 그가 설명했다. "하지만 의학적 의미로는 그렇게 말할 수 없어!"

"그럼 뭐라고 말하겠어", 자신의 우월함을 잊어버리고 발터가 계속 물었다. "그녀가 자신에게 표시가 보내졌다고 주장한다면?"

"표시가 보내졌다고 말한다고?" 지그문트가 걱정스럽게 물었다.

"그래! 예를 들어, 그 미친 살인자 말이야! 최근에는 우리 집 창문 아래 있었던 그 미친 돼지!"

"돼지?"

"아니, 일종의 노출증 환자지."

"그래?" 지그문트가 말했고 숙고했다. "네가 뭔가 그릴 것을 발견하면 네게도 표시가 보내졌어. 그녀는 그냥 너보다 더 흥분해서 자신을 표현할 뿐이야." 그는 결국 이렇게 결정을 내렸다.

"그녀가 이 인간들의 죄악을 그리고 나와 너의, 또는 누구인지 모르겠지만 그의 죄악을 자신이 떠안아야 한다고 주장한다면!" 발터가 집요하게 외쳤다.

지그문트는 일어섰고 손에 묻은 흙을 털었다. "그녀가 죄악에 눌린다고 느껴?" 그는 쓸데없이 다시 한번 물었고 마침내 매제의 의견에 동의할 수 있어 기쁘다는 듯 공손하게 동의했다. "그건 증상이야!"

"그게 증상이라고?" 발터는 자책하며 물었다.

"죄악광기(罪惡狂氣)가 증상이야." 지그문트가 전문가의 공평무사함으로 확인했다.

"하지만 그건 이래." 발터는 덧붙였고 스스로가 불러낸 판결에 반대해 순간 이렇게 소명했다. "넌 우선 너 자신에게 물어봐야 해, 죄악이 있느냐고? 물론 죄악이 있지. 그러면 광기가 아닌 죄악광기도 있어. 아마 넌 이걸 이해 못 하겠지. 이건 초경험적이니까! 이건 더 높은 삶에 대한 인간의 성난 책임감이야!"

"하지만 그녀는 자신에게 표시가 보내졌다고 주장하잖아!" 이제 고집스런 지그문트가 이의를 제기했다.

"하지만 내게도 표시가 보내진다고 네가 말했잖아!" 발터가 격렬히 외쳤다. "네게 말하는데, 나도 가끔씩 내 운명에 무릎을 꿇고 빌고 싶어, 나를 가만히 놔두라고. 하지만 운명은 다시 표시를 보내고 가장 위대한 표시를 클라리세를 통해 보내!" 그 후 그는 조금 더 조용히 말을 이었다. "예를 들어, 그녀는 지금 이 모스브루거가 '죄악형상' 속에 있는 그녀와 나를 의미하고 우리에게 경고로서 보내졌다고 주장해. 하지만 그건 이렇게 이해할 수 있어. 그건 우리가 우리 삶의 더 높은 가능성을, 이른바 삶의 빛 형상을 소홀히 하고 있다는 데 대한 상징이라고. 수년 전 마인가스트가 우리와 헤어졌을 때 …."

"하지만 죄악형상은 특정한 장애증상이야!" 지그문트는 전문가의 절망적인 태연함으로 이를 상기시켰다.

"물론 너는 증상들만 알지!" 발터가 활발히 그의 클라리세를 방어했다. "다른 것은 너의 경험을 넘어서니까. 하지만 아마 가장 평범한 경험에 맞지 않는 모든 것을 장애로 다루려는 바로 이 미신이 죄악이고 우리 삶의 죄악형상일 거야! 그리고 클라리세는 이에 맞서 내면의 운동을 요구하지. 벌써 수년 전 마인가스트가 우리와 헤어진 그 당시에 우리는 … ." 그는 클라리세와 그가 마인가스트의 '죄악을 떠안았던' 이야기를 생각했다. 하지만 지그문트에게 정신적 각성 과정을 설명한다는 것은 가망 없는 일이었고 그는 막연하게 이런 말로 끝을 맺었다. "모두의 죄악을 흡사 자신에게로 유도하거나 자신 속에 응축한 사람들이 늘 있었다는 건 결국 너 스스로도 부인할 수 없겠지!"

지그문트는 발터를 만족스럽게 바라보았다. "자!" 그는 친절하게 대답했다. "이제 너 스스로 내가 이미 처음에 주장했던 그걸 입증하고 있어. 그녀가 죄악에 짓눌린다고 생각한다는 건 특정 장애들에서 나타나는 전형적인 태도야. 하지만 삶에는 비전형적인 태도들도 있어. 난 그 이상을 주장하지 않았어."

"그녀가 모든 것에 적용하는 그 과장된 엄격함?" 발터는 한참 후 한숨을 쉬며 물었다. "그런 도덕적 엄숙주의는 사실 거의 정상이라고 부를 수 없을 거야!"

그사이 클라리세는 마인가스트와 중요한 담화를 했다. "네가 말했지", 그녀는 그에게 상기시켰다. "세상을 설명하고 이해하는 것을 자랑으로 삼는 인간은 결코 세상을 바꿀 수 없을 거라고?"

"응." 대가가 대답했다. "'참'과 '거짓', 이것은 결코 결정하지 않으려는 자들의 핑계야. 진리는 끝없는 물건이니까."

"그래서 네가 말했지, '가치'와 '무가치' 중에서 결정할 수 있는 용기를 가져야 한다고?!" 클라리세가 탐색했다.

"응." 대가는 약간 지루해하며 말했다.

"네가 생각해 낸 표현도 멋지게 경멸적이야", 클라리세가 외쳤다. "오늘날의 삶에서 인간은 그냥 일어나는 일만 한다는 표현!"

마인가스트는 멈춰 섰고 바닥을 바라보았다. 그가 자기 앞 오른쪽 길가에 놓인 작은 돌멩이를 관찰한다고도, 자신의 귀를 한편으로 기울이고 있다고도 생각할 수 있었으리라. 하지만 클라리세는 그에게 찬양의 꿀을 바치기를 계속하지 않았다. 그녀도 지금은 턱이 목의 움푹한 부분에 거의 파묻힐 정도로 머리를 숙였고 그녀의 시선은 마인가스트의 두 장화 끝 사이 바닥을 파고들었다. 그녀가 조심스럽게 목소리를 죽이며 이렇게 말했을 때 가벼운 홍조가 그녀의 창백한 얼굴 위를 스쳤다. "넌 모든 성 활동은 숫염소의 도약일 뿐이라고 말했어!"

"응. 난 그걸 특정한 계기에 말했어. 우리 시대는 의지가 부족한데 그걸, 이른바 과학적 활동이라는 것을 제외하면, 성 활동에서 낭비해!"

클라리세는 잠시 망설였다가 말했다. "나 스스로는 의지가 많아. 하지만 발터는 숫염소의 도약을 해!"

"너희들 사이에 대체 무슨 일이 있는 거지?" 대가가 호기심을 갖고 물었지만 곧장 거의 진저리를 치며 덧붙였다. "물론 나도 생각할 수 있어."

그들은 충만한 봄 태양 아래 놓인 나무 없는 정원의 한 귀퉁이에 있었고 대충 대각선으로 맞은편 구석에 지그문트가 바닥에 웅크리고 앉아 있었고 발터는 그 옆에 서서 활발히 말을 하고 있었다. 정원은 집의 긴 담장에 기댄 직사각형 모양이었고 채소밭과 꽃밭 둘레에는 자갈길이 하나 있었고 자갈이 깔린 두 중간길은 아직 풀이 자라지 않은 흙 위에서 밝은 십자모양을 이루었다. 클라리세는 조심스럽게 두 남자 쪽을 살펴보며 대답했다. "그의 잘못은 아닐 거야. 내가 발터를 올바르지 않은 방식으로 끌어당기고 있다는 걸 넌 알아야 해."

"상상할 수 있어." 이번에는 대가가 공감하는 시선으로 대답했다. "넌 소년다운 게 있어."

클라리세는 이 찬양에 행복이 우박 알처럼 그녀의 핏줄 속에서 튀어 오름을 느꼈다. "'당시' 넌 내가 남자보다도 더 빨리 옷을 입을 수 있다는 걸 보았지?" 그녀가 재빨리 물었다.

호의적인 주름이 잡힌 철학자의 얼굴에 몰이해가 나타났다. 클라리세는 킥킥거렸다. "그건 이중단어야." 그녀가 설명했다. "다른 것도 있어. 예를 들어, 쾌락살인!"

이제 대가는 그 어떤 것에도 놀랐다는 모습을 보이지 않는 것이 상책이라고 생각했다. "그래, 그래." 그가 대답했다. "알아. 언젠가 넌 사랑을 평범한 포옹으로 해소하면 그게 쾌락살인이라고 주장했지." 하지만 그녀가 '옷을 입다'라는 말로 무엇을 의미하는지 그는 알고 싶어 했다.

"일어나게 내버려두기는 살인이야." 클라리세가 매끄러운 바닥 위에서 묘기를 보여 주고 그 날램 때문에 미끄러져 넘어진 사람처럼 재빨리 설명했다.

"자", 마인가스트가 고백했다. "지금 나는 정말로 더 이상 사정을 모르겠어. 이제 넌 다시 그 목수에 대해 말하고 있어. 그에게서 뭘 원하지?"

클라리세는 생각에 잠겨 발끝으로 자갈을 긁었다. "그건 모두 동일한 거야." 그녀가 대답했다. 갑자기 그녀는 대가를 올려다보았다. "난 발터가 나를 부인하기를 배울 거라고 생각해." 그녀는 짧게 끊긴 문장으로 말했다.

"난 그걸 판단할 수 없어." 말이 계속되기를 기다리다 허탕을 치자 마인가스트가 말했다. "하지만 급진적 해결책이 늘 더 나은 해결책인 건 확실하지."

그는 이 말을 그냥 모든 경우를 대비해서 말했다. 하지만 클라리세는 이제 다시 머리를 숙였고 그녀의 시선은 마인가스트의 양복 어디엔가 파묻혔고 한참 후 그녀는 자신의 손을 천천히 그의 팔 가까이 가져갔다. 갑자기 그녀는 넓은 소매 아래에 있는 이 단단하고 마른 팔을 붙잡고 대가를 건드리고 싶은 걷잡을 수 없는 욕구를 느꼈고, 대가는 자신이 그 목수를 두고 했던 깨우침에 대해 아무것도 모르는 척했다. 이 일이 일어나는 동안 그녀의 내면에서는 자신의 일부를 그에게 밀어준다는 느낌이 지배했고 그녀의 손이 그의 소매 속으로 사라지는 그 느림 속에서는, 이 넘쳐나는 느림 속에서는, 대가가 가만히 있고 그녀가 그를 건드리게 내버려두고 있다는 인지에서 생기는 이해할 수 없는 쾌락의 잔여물이 맴돌았다.

하지만 마인가스트는 어떤 이유에서인지, 암컷 위로 몸을 밀어 올리는 다족 동물처럼 그의 팔을 꽉 움켜쥐고 올라가는 손을 멍하니 바라보았다. 그는 작은 여자의 내리깐 눈꺼풀 아래에서 평범하지 않은 뭔가가 움찔거리는 것을 보았다. 그는 수상쩍은 과정 하나를 포착했는데, 이 과정은 모두가 보는 앞에서 벌어지고 있다는 사실을 통해 그를 감동시켰다. "자!" 그는 친절하게 그녀의 손을 떼어내면서 제안했다. "여기 서 있으면, 모두에게 보여. 다시 이리저리 걷자!"

그들이 이제 이리저리 거니는 동안 클라리세가 이야기했다. "나는 옷을 아주 빨리 입어. 필요하다면 남자보다 빨리. 옷이 내 육체 위로 날아들어. 내가, ─ 그걸 어떻게 말해야 할까? ─ 내가 나이면! 그건 아마 일종의 전기일 거야. 내 것인 것을 나는 입어. 하지만 그건 보통 재앙을 부르는 인력(引力)이지."

마인가스트는 여전히 이해하지 못한 이 말장난에 미소를 지었고 되는 대로 인상적인 대답을 찾았다. "넌 이른바 영웅이 운명을 입듯 옷을 입는 거지?" 그가 대답했다.

뜻밖에도 클라리세는 그 자리에 멈춰 서더니 외쳤다. "응. 바로 그 거야! 그렇게 사는 사람은 옷, 신발, 칼, 포크로도 그걸 느껴!"

"거기에 뭔가 참된 것이 있어." 대가가 어렴풋이 확신을 주는 이 주장을 확인했다. 그 후 그는 단도직입적으로 물었다. "도대체 발터와는 어떻게 하지?"

클라리세는 이해하지 못했다. 그녀는 그를 바라보았고 갑자기 그의 눈 속에서 황량한 바람 속을 날아다니는 듯 보이는 노란색 구름을 보았다. "네가 말했어." 대가가 주저하며 계속했다. "네가 그를 '옳지 않은' 방식으로 끌어당긴다고. 아마도 여자로서는 옳지 않은 방식이겠지? 그건 어때? 넌 그냥 남자에 대해 불감증이야?"

클라리세는 이 말을 이해하지 못했다.

"불감증은", 대가가 설명했다. "한 여자가 남자의 포옹을 좋아하지 않는 거야."

"하지만 나는 발터밖에 몰라." 클라리세가 주눅이 들어 항변했다.

"그렇긴 한데, 네가 말한 모든 것에 따르면, 그렇다고 해야 할 것 같은데?"

클라리세는 당황했다. 그녀는 숙고해야 했다. 그녀는 몰랐다. "내가? 그럴 리가 없어. 난 그걸 막아야 하는 걸!" 그녀가 말했다. "난 그걸 승인해서는 안 돼!"

"그런 말 마!" 이제 대가가 점잖지 못하게 웃었다. "넌 네가 뭔가를 느끼는 걸 막아야 해? 아니면 발터가 만족하는 걸 막아야 해?"

클라리세는 얼굴이 빨개졌다. 하지만 이로써 자신이 무슨 말을 해야 하는지도 더 분명해졌다. "굴복하면 모든 것은 성적 쾌락 속에서 익사해." 그녀가 진지하게 대답했다. "나는 남자의 쾌락이 그에게서 떨어져 나와 나의 쾌락이 되는 것을 허락하지 않아. 따라서 나는 작은 소녀였던 이후로 벌써 그들을 끌어당겼어. 남자들의 쾌락은 정상이 아니야."

여러 가지 이유에서 이제 마인가스트는 이를 깊이 파고들지 않는 편을 택했다. "그럼 넌 그렇게 자제할 수 있어?" 그가 물었다.

"응. 그건 별개야." 클라리세가 솔직히 시인했다. "하지만 네게 말했잖아. 그가 하고 싶은 대로 하게 놔둔다면 난 쾌락살인자일 거라고!" 그녀가 더 열렬해지면서 계속했다. "내 여자 친구들은 남자의 팔에 안겨 '소멸한다'고 이야기를 해. 난 그걸 몰라. 나는 아직 한 번도 남자의 팔에 안겨 소멸해 본 적이 없어. 하지만 난 포옹 밖에서의 소멸은 알아. 너도 분명 그걸 알 거야. 세계는 너무 광기가 없다고 네가 말했으니까 … !" 마인가스트는 그녀가 그를 제대로 이해하지 못했다는 듯 몸짓으로 이를 물리쳤다. 하지만 지금 그녀에게는 이미 너무나 명백했다. "예를 들어, 네가 열등한 것에 반대하고 우등인 것에 찬성하여 결정해야 한다고 말하면", 그녀가 외쳤다. "그 말은 무시무시하고 경계 없는 희열 속에서의 삶이 있다는 뜻이니까! 그건 성적 희열이 아니야. 그건 천재의 희열이야! 그리고 내가 막지 않으면 발터는 이걸 배신해!"

마인가스트는 머리를 설레설레 흔들었다. 그의 내면에는 자신의 말의 열정적이지만 변화된 이 재현에 대한 부정이 있었다. 그것은 문질러 닦아 낸 거의 소심한 부정이었다. 그리고 그는 이 부정을 담고 있는 모든 것 중에서 가장 우연한 것에 답했다. "그가 달라질 수 있을지 의문이야!"

클라리세는 땅 속에 뿌리내린 듯 멈춰 섰다. "그래야 해!" 그녀가 외쳤다. "바로 네가 우리에게 그래야 한다고 가르쳤어!"

"맞아." 마인가스트는 주저하며 시인했고 자신을 예로 들면서 더 나아가지 말라고 경고했지만 허사였다. "넌 도대체 **무엇을** 원하지?"

"봐, 나는 네가 오기 전까지는 아무것도 원하지 않았어." 클라리세가 낮은 목소리로 말했다. "하지만 너무 끔찍해. 삶의 쾌락의 바다에서 약간의 성적 쾌락만을 퍼오는 이 삶이! 그리고 지금 나는 뭔가를 원해."

"그게 무엇인지 묻고 있는 거야." 마인가스트가 거들었다.

"세상에서 쓸모가 있어야 해. 어떤 것에 '좋아야' 해. 그렇지 않다면 모든 것은 끔찍이도 뒤죽박죽일 거야." 클라리세가 대답했다.

"네가 원하는 게 모스브루거와 관계가 있어?" 대가가 탐문했다.

"그건 설명할 수 없어. 결과가 어떻게 될지는 두고 봐야 해!" 클라리세가 대꾸했다. 이어 그녀는 신중하게 덧붙였다. "나는 그를 납치할 거야. 나는 스캔들을 일으킬 거야!" 이때 그녀의 표정은 불가사의하게 변했다. "난 널 관찰했어." 갑자기 그녀가 말했다. "알 수 없는 사람들이 널 찾아오지! 우리가 집에 없다고 생각되면 넌 그들을 초대해. 소년들, 젊은 남자들! 넌 그들이 무엇을 원하는지 말하지 않아!" 마인가스트는 당황해서 그녀를 응시했다. "넌 뭔가를 준비하고 있어." 클라리세가 계속했다. "넌 일을 추진해! 하지만 나는…." 그녀는 속삭이며 내뱉었다. "나도 여러 명과 동시에 우정을 유지할 수 있을 정도로 강해! 나는 남자의 성격과 의무를 습득했어! 나는 발터와 교제하면서 남성적 느낌들을 배웠어! …" 그녀의 손이 다시 마인가스트의 팔을 붙잡았다. 그녀 자신은 이 사실을 모른다는 것을 알 수 있었다. 손가락은 발톱의 자세를 취하며 소매 밖으로 튀어나왔다. "나는 이중존재야." 그녀가 속삭였다. "넌 이걸 알아야 해! 하지만 쉽지 않지. 이때 폭력을 꺼리지 않아야 한다는 네 말이 옳아!"

　마인가스트는 여전히 당황해서 그녀를 바라보고 있었다. 그는 이런 상태의 그녀를 본 적이 없었다. 그녀 말의 맥락을 그는 이해할 수 없었다. 이 순간 클라리세에게 이중존재라는 개념보다 더 간단한 것은 없었지만 마인가스트는 그녀가 그의 은밀한 교제에 대해 뭔가를 알아냈고 그것을 암시하는 것일까 자문했다. 알아낼 것이 아직은 많지 않았다. 그는 얼마 전에야 비로소 자신의 남성철학에 발맞추어 자신의 느낌의 변화를 인지했고 학생 이상의 의미가 있는 젊은 남자들을 끌어들이기 시작했다. 어쩌면 그 때문에 그는 체류지를 바꾸었고 관찰당하지 않는다고 느낄 수 있는 여기로 왔을 것이다. 그는 아직 한 번도 그런 가능성을 생각해 보지 못했는데, 불가사의해진 이 작은 인물이 그에게 무슨 일이 일어났는지를 예감하는 능력이 있는 듯했다. 그녀의 팔은 그것이 연결하는 두 육체 사이의 거리가 바뀌지도 않았는데도 어째서인지 점점 더 길게 원피스 소매에서 튀어나왔다. 그리고 맨살의 깡마른 이 아래팔은 거기에 달린, 마인가스트에 닿아 있는 손과 함께 한순간 너무나 비범한 형상이어서 이 남자의 환상 속에서는 그 전까지만 해도 경계를 지키던 모든 것이 뒤죽박죽이 되었다.

하지만 클라리세는 막 말하려 했던 것을, 그녀의 내면에서는 명명백백했지만, 이제 더 이상 발설하지 않았다. 이중단어들은 이에 대한 표시였고 은밀한 길을 찾게 하기 위해 부러뜨린 나뭇가지 또는 바닥에 뿌려 놓은 이파리처럼 언어 속에 흩어져 있었다. '쾌락살인'과 '옷을 입다', '빠르다' 그리고 많은, 어쩌면 심지어 다른 모든 단어들이 두 개의 의미를 지시했을 것이고 그 가운데 하나는 은밀하고 개인적인 의미였다. 하지만 이중의 언어는 이중의 삶을 의미한다. 평범한 언어는 분명 죄악의 삶이고 은밀한 언어는 빛 형상의 삶이다. 예를 들어 '빠르다'는 그 죄악형상에서는 평범하고 기진맥진한 일상의 서두름이지만 쾌락형상에서는 모든 것이 박차고 일어나서 즐겁게 뛰어오른다. 그러면 쾌락형상 대신 힘 형상이나 무죄 형상이라고도 말할 수 있고 다른 한편, 죄악 형상은 평범한 삶의 침울함, 부진, 미결정을 가진 모든 이름으로 명명할 수 있다. 그것은 사물과 나의 독특한 관계들이었고 그래서 행위는 전혀 예상치 못한 곳에서 그 영향력을 나타낸다. 그리고 클라리세가 이에 대해 발설할 수 있는 것이 적을수록 말들은 내면에서 더 활발하게 전개되었고 채집되는 것보다 더 빨리 나아갔다. 하지만 이제 그녀는 확신 하나를 벌써 오래 전부터 갖고 있었는데, 양심, 광기, 의지라고 부르는 것의 의무, 특권, 과제는 강한 형상, 빛 형상을 발견하는 것이라는 확신이었다. 이 형상에서는 어떤 것도 우연이 아니며 한 치의 공간도 흔들리지 않고 행복과 강요가 합쳐진다. 다른 사람들은 이것을 '본질적으로 살기'라고 불렀고 '예지적 성격'이라 말했고 본능을 순결이라고, 지성을 죄악이라고 명명했다. 클라리세는 이렇게 생각할 수는 없었지만, 사건은 일어나게 할 수 있고 가끔씩 그 후 저절로 빛 형상의 부분들이 거기에 연결되고 이런 식으로 실체화될 수 있음을 발견했다. 우선은 발터의 감상적 무위와 연관된 이유에서, 하지만 나아가 늘 수단이 결핍되었던 영웅적 야심에서 그녀는 인간은 누구나 폭력적으로 감행하는 뭔가를 통해 기념비를 세울 수 있고 그 후 그것을 쫓는다는 사고에 이르게 되었다. 그래서 그녀에게는 모스브루거를 어떻게 할 것인지는 아주 불분명했고 그녀는 마인가스트의 질문에 아무런 답도 할 수 없었다.

게다가 그녀는 그럴 마음도 없었다. 발터는 그녀에게 대가가 다시 변신한다고 말하는 것을 금지했지만 의심할 바 없이 그의 정신은 행위를 위한 은밀한 준비로 넘어갔고 이 행위에 대해 그녀는 아무것도 몰랐지만 그것은 그의 정신만큼이나 멋질 것이었다. 안 그런 척해도 그는 그녀를 이해했음이 틀림없었다. 그녀가 말을 적게 할수록 그녀는 그에게 자신의 지식을 더 많이 보여 주었다. 그녀는 그를 건드려도 되었고 그는 그것을 물리칠 수 없었다. 이로써 그는 그녀의 계획을 인정했고 그녀는 그의 계획 속으로 밀고 들어갔고 거기에 참여했다. 이것도 일종의 이중존재였는데, 그녀가 더 이상 이해할 수 없을 정도로 강력한 존재였다. 그녀가 가진 전례 없는 크기의 힘은 전부 거의 마르지 않는 강물이 되어 그녀의 팔을 통해 불가사의한 친구에게 흘러갔고 그녀를 무기력과 알맹이가 빠진 상태에 빠트렸는데, 그것은 모든 사랑의 느낌을 넘어서는 상태였다. 그녀는 미소를 지으며 자신의 손을 바라보거나 번갈아 그의 얼굴을 바라보는 것 말고는 아무것도 할 수가 없었다. 그리고 대가도 그녀와 그녀의 손을 번갈아 바라보는 것 말고는 아무것도 하지 않았다.

그리고 이때 갑자기, 처음에는 무방비의 클라리세에게 충격을 주었지만 이어 그녀를 바쿠스 여신도의 도취에 빠지게 하는 어떤 일이 발생했다. 즉, 마인가스트가 자신의 불확실성을 감추어 줄 우월한 미소를 얼굴에 지으려 했던 것이다. 하지만 이 불확실성은 매분 커져 갔고 이해할 수 없어 보이는 어떤 것에서 늘 새로이 생겨났다. 의구심을 품고 저지른 모든 행위 전에는 행위 후 후회의 순간에 상응하는 나약한 시간이 있으니까. 물론 나약함은 사건의 자연스런 진행과정에서는 거의 모습을 보이지 않는다. 완성된 행위를 보호해 주고 칭송해 줄 확신과 강렬한 공상이 이때 아직 완전한 모양을 갖추지 못했고 몰려드는 정열 속에서 불확실하고 위태롭게 동요하기 때문인데, 이것들은 아마 나중에, 역류하는 후회의 열정 속에서 떨고 붕괴될 것이다. 그의 의도들이 이런 상태인 와중에 마인가스트는 기습을 당했다. 그는 과거의 이유들과 그가 현재 발터와 클라리세에게서 누리는 명망이라는 이유에서 이중으로 곤혹스러웠다. 게다가 격렬한 흥분은 전부 현실의 상(像)을 자신의 의미에 맞게 변화시키고 거기서 새로운 상승을 받아들일 수 있다. 즉, 마인가스트가 겪은 섬뜩함은 그로 하여금 클라리세를 섬뜩하게 느끼도록 했고 두려움은 그녀에게 끔찍함을 부여했고 냉철하게 진실을 숙고해 보려는 시도들은 그 무기력을 통해 경악을 증대시킬 뿐이었다. 이렇게 미소는 우월한 평정심을 속여 믿게 하는 대신에 그의 얼굴에서 매 순간 더 뻣뻣해졌고 정말 뻣뻣하게 부유했고 결국에는 심지어 죽마 위에서처럼 뻣뻣하게 슬그머니 달아나는 듯 보였다. 이 순간 대가의 처신은 애벌레, 두꺼비 또는 뱀 같은 아주 작은 동물을 앞에 두었지만 감히 그것을 덮칠 수 없는 커다란 개와 다르지 않았다. 그는 긴 다리로 서서 몸을 점점 더 높이 곧추세웠고 입술과 등을 비틀었고 갑자기 밀려오는 불쾌감에 밀려 그것의 근원인 그 장소에서 멀어지는 자신의 모습을 보았다. 그는 자신의 도망을 한마디 말이나 몸짓을 통해 은폐할 수도 없었다.

클라리세는 그를 놓아주지 않았다. 그가 주저하며 처음 몇 발자국을 뗄 때 이는 아직 악의 없는 열성과 비슷했겠지만 나중에 그는 그녀를 질질 끌고 갔고 서둘러 방으로 돌아가서 일을 하고 싶다고 설명하는 몇 마디 말도 찾을 수가 없을 지경이었다. 그는 집 복도에서야 비로소 그녀에게서 완전히 벗어나는 데 성공했는데, 거기까지는 도망치려는 의지에 따라서만 움직였고 클라리세의 말에 주의를 기울이지도 않았고 동시에 발터와 지그문트에게 들키지 않으려고 조심하는 바람에 숨이 막혔다. 실제로 발터는 이 과정을 그 전반적 모양새에서 추측할 수 있었다. 그는 클라리세가 마인가스트에게 뭔가를 열정적으로 요구했고 마인가스트가 이를 거절했음을 알아차렸고 질투심이 이중으로 그의 가슴을 후볐다. 클라리세가 친구에게 호의를 보였다는 가정에 가장 심하게 고통을 겪었다고 해도 그는 마인가스트가 그녀를 물리치는 것을 보았다고 생각했을 때 거의 훨씬 더 심하게 모욕을 당했으니까. 끝까지 갔다면, 그는 마인가스트에게 클라리세를 받아들이라고 강요하고 싶었으리라. 그리고 그 후에는 동일한 내적 움직임에 휘둘려 절망 속으로 떨어졌으리라. 그는 서글펐고 영웅적으로 흥분했다. 그는 클라리세가 운명의 갈림길에 서 있는 와중에 지그문트에게서 '모종을 부드러운 흙 속에 심어야 하나, 모종 주변의 흙을 단단하게 다져야 하나'라는 질문을 받는 것을 참을 수가 없었다. 그는 뭔가를 말해야 했고 자신은 엄청나게 내리치기 위해 열 손가락을 휘두르는 순간과 건반의 포효 사이의 100분의 1초에 처한 피아노의 상태라고 느꼈다. 그의 목구멍에 빛이 있었다. 모든 것을 평소와는 아주 다르게 묘사해야 하는 말들이었다. 하지만 예기치 않게도, 그가 내뱉은 유일한 말은 그것과는 완전히 다른 것이었다. "나는 그걸 용인하지 않을 거야!" 그는 반복했는데, 지그문트를 향해서라기보다는 정원을 향해서였다.

그런데 이제 그냥 모종과 흙더미에 열중한 듯 보였던 지그문트도 그 과정을 관찰했고 심지어 이에 대해 고민했음이 드러났다. 지그문트는 자리에서 일어나더니 무릎을 깨끗이 털었고 매제에게 이렇게 충고했다. "그녀가 너무 멀리 간다고 생각되면 넌 그녀에게 다른 생각을 하게 해야 해." 그는 발터가 그에게 털어놓은 것을 당연히 내내 의사의 양심에 따라 숙고했다는 투로 말했다.

"도대체 어떻게 하라는 거지?!" 발터가 어리둥절해서 물었다.

"남자가 하는 대로지." 지그문트가 말했다. "여자들의 한탄은 늘 동일한 점으로부터 치료될 수 있어. 그게 무슨 말이든!" 그는 많은 부분 발터의 뜻에 따랐고, 삶은 한 사람이 다른 사람을 굴복시키고 배제하고 상대방은 거기에 저항하지 않는 그런 관계들로 가득 차 있다. 정확히 말해서 그리고 지그문트 자신의 확신에 따르면, 다름 아닌 건강한 삶이 그렇다. 모두가 마지막 피 한 방울까지 저항했다면 세상은 아마 벌써 민족대이동 시기에 몰락했을 테니까. 하지만 그 대신 늘 약한 자들은 순종적으로 물러났고 자신들에 의해 쫓겨날 수 있는 다른 이웃을 찾았다. 그리고 인간들의 관계 대다수가 오늘날까지도 이 모범에 따라 이루어지고 이때 모든 것은 시간이 흐르면 저절로 좋아진다. 지그문트는 발터를 천재로 여기는 가족 내에서 늘 약간 둔치로 취급되었고 또 그것을 인정했고 오늘날도 가족 내 순위가 문제되는 경우에는 언제나 순종하는 자, 칭송하는 자였다. 수년 전부터 이 옛 분류는 새로이 생겨난 삶의 관계에 비해 중요하지 않게 되었고 또 바로 그 때문에 관례처럼 그냥 두었으니까. 지그문트는 의사로서 꽤 좋은 병원을 갖고 있었을 뿐만 아니라 — 의사는 공무원과는 달리 다른 사람의 권력을 통해 지배되지 않고 자신의 개인적 능력을 통해 지배하고, 그에게 도움을 기대하고 순종적으로 도움을 받아들이는 인간들을 만난다 — 재력가인 부인도 있었는데, 그녀는 단시간에 그에게 자신과 세 아이를 선물했지만 그는 자주는 아니어도 자신의 편의대로 규칙적으로 다른 여자와 바람을 피워 그녀를 배신했다. 그래서 그는 원한다면 전적으로, 발터에게 스스로 확신하는 믿을 만한 충고를 줄 수 있는 처지였다.

이 순간 클라리세가 다시 집 밖으로 나왔다. 그녀는 집 안으로 쇄

도하는 동안 나눈 대화를 더 이상 기억할 수 없었다. 아마 그녀는 대가가 자신에게서 도망쳤다는 것을 알았을 것이다. 하지만 이 기억은 세부사항을 잃어버렸고 닫혔고 접혔다. 무슨 일이 일어났다! 기억에 남은 이 유일한 표상과 함께 클라리세는 자신이 뇌우(雷雨)에서 벗어났지만 아직 온몸이 관능적 힘으로 가득 찬 인간처럼 느껴졌다. 그녀가 발을 내딛은 작은 돌계단 발치에서 몇 미터 떨어진 곳에서 그녀는 불꽃색 주둥이를 가진 칠흑같이 검은 지빠귀가 앉아 있는 것을 보았는데, 지빠귀는 통통한 벌레를 먹고 있었다. 이 동물 또는 서로 반대되는 두 색채 속에는 엄청난 에너지가 들어 있었다. 클라리세가 이때 뭔가를 생각했다고는 말할 수 없으리라. 오히려 뭔가가 그녀 뒤쪽 사방에서 대답했다. 검은 지빠귀는 폭력을 행사하는 순간에 처한 죄악형상이었다. 벌레는 나비의 죄악형상이었다. 두 동물은 그녀가 행동해야 한다는 표시로서 운명에 의해 그녀에게 보내졌다. 어떻게 지빠귀가 그 불타오르는 오렌지빛 주둥이로 벌레의 죄악을 자신 안에 받아들이는지가 보였다. 지빠귀는 '검은 천재'가 아니었나? 비둘기가 '하얀 정신'이듯? 표시는 사슬을 형성하지 않나? 노출증 환자는 목수와, 대가의 도망과 … ? 이 착상들 가운데 어떤 것도 이런 발전된 형태로 그녀의 내면에서 소환되지는 않았지만 이것들은 눈에 보이지 않게 집의 벽들 속에 앉아 있었고 여전히 자신들의 대답을 흉중에 품고 있었다. 하지만 클라리세가 계단을 걸어 내려오면서 벌레를 먹고 있는 새를 보았을 때 실제로 느낀 것은 말로는 표현할 수 없는, 내적인 사건과 외적인 사건의 일치였다.

　그녀는 독특한 방식으로 스스로를 발터에게 전이했다. 그가 받은 인상은 당장에 그가 '신을 부른다'라고 명명했던 것에 상응했다. 그는 이번에는 어떤 불확실함도 없이 이를 알아냈다. 그는 클라리세의 내면에서 무슨 일이 진행되는지를 읽어낼 수 없었는데, 그러기에는 거리가 너무 멀었다. 하지만 그는 수영장 계단이 물에 가 닿듯 작은 계단이 가 닿는 세상 앞에 서 있는 그녀의 자세에서 어떤 '비(非)우연'을 인지했다. 그것은 고양된 어떤 것이었다. 평범한 삶의 자세는 아니었다. 갑자기 그는 클라리세가 "이 남자는 우연히 우리 집 창문 아래 있는 게 아니야!"라고 말했을 때 의미한 것이 이와 동일한 '비우연'이었음을 이해했다. 그는 아내를 바라보며, 낯설게 흘러가는 힘의 압력이 모습을 나타내고 그녀를 가득 채우는 것을 스스로 느꼈다. 그는 여기에, 클라리세는 대각선으로 저기에 서 있었고 그가 자기도 모르게 눈을 정원의 종축(縱軸)으로 향했고 클라리세를 선명하게 보기 위해 눈을 굴려야 했다는 이 사실 속에서, 이 단순한 상황 속에서 이미 갑자기 삶의 말 없는 복사판이 자연스런 우연을 압도했다. 눈앞에 몰려오는 풍부한 그림들에서 기하학적으로 선형적인 것과 평범하지 않은 것이 모습을 드러냈다. 한 남자가 그녀의 창문 아래 서 있고 다른 한 남자가 목수라는 정황처럼 거의 공허한 일치 속에서 클라리세가 어떤 의미를 발견했을 때 일은 이렇게 진행되었을 것이다. 그러면 사건들은 서로 자리를 잡는 방식이 평범한 방식과는 달랐고 하나의 낯선 전체에 속했는데, 이 전체는 사건들의 다른 측면들을 드러나게 했고, 이 측면들을 눈에 띄지 않는 그 은신처에서 끌어냈기 때문에 클라리세에게 그녀 자신이 사건을 끌어당기는 자라고 주장할 권한을 부여했다. 이를 냉철하게 표현하기는 어려웠지만 결국 발터의 주목을 끈 것은 이것이 바로 그가 잘 아는 어떤 것과, 말하자면, 그림을 그리면 일어나는 그 일과 너무나 유사하다는 것이었다. 그림도 미지의 방식으로 그것의 기본형식, 스타일, 팔레트에 어울리지 않는 색채와 선을 전부 배제하지만 다른 한편, 자연의 평범한 법칙과는 다른 천재적 법칙의 힘으로 그것이 필요로 하는 것을 그의 손에서 끌어낸다. 이 순간 그에게는 얼마 전까지만 해도 그가 칭송했던 것, 뭔가 필요한 게 있을까 싶어 삶의 기형을 살펴보는, 건강함의 그 단호한 쾌감이라고는 더 이상 없었다. 오히려 놀이를 할 용기가 없는 소년의 고통뿐이었다.

하지만 지그문트는 뭔가를 한번 손에 잡으면 재빨리 다시 내려놓는 남자는 아니었다. "클라리세는 지나치게 신경과민이야." 그가 확언했다. "그녀는 늘 머리로 벽을 뚫으려 했고 지금 뭔가에 머리가 박혀 있어. 그녀가 저항하더라도 넌 지금 제대로 손을 써야 해!"

"너희 의사들은 영적인 과정을 전혀 이해하지 못해!" 발터가 외쳤다. 그는 두 번째 공격점을 찾았고 발견했다. "넌 '표시'에 대해 말하지." 그가 계속했고 이때 그가 클라리세에 대해 말할 수 있다는 기쁨이 그의 짜증 위에 자리를 잡았다. "그리고 언제 표시가 장애인지, 언제 아닌지를 근심스럽게 살펴보지. 하지만 네게 말하는데, 인간의 진짜 상태는 모든 것이 표시인 상태야! 그냥 모든 것이! 넌 아마 진리의 눈을 바라볼 수 있겠지만 결코 진리가 네 눈을 들여다보지는 않을 거야. 넌 거룩하게 불확실한 이 감정을 결코 알지 못할 거야!"

"너희들은 정말 둘 다 미쳤어!" 지그문트가 무뚝뚝하게 말했다.

"그래, 물론 우리는 미쳤어!" 발터가 외쳤다. "넌 인간으로서는 창조적이지 못해. 넌 '자신을 표현하다'가 무슨 뜻인지 그리고 그것이 예술가에게는 무엇보다도 '이해하다'를 의미한다는 걸 경험해 보지 못했어! 우리가 사물에게 주는 표현이 그것을 올바로 수용할 수 있는 감각을 비로소 발전시키지. 나는 나 또는 다른 사람이 원하는 것을 내가 그것을 행함으로써 비로소 이해해! 넌 물론 이건 모순이고 원인과 작용의 혼동이라고 말할 거야. 너는, 너의 의학적 인과율(因果律)을 가지고!"

하지만 지그문트는 이 말을 하지 않았고 그냥 흔들림 없이 반복했다. "네가 너무 많이 그녀가 하고 싶은 대로 하도록 놔두면 확실히 그건 그녀의 이익이지. 신경과민인 인간들은 어느 정도 엄격함이 필요해."

"내가 창문을 열어 놓고 피아노를 치면", 처남의 경고를 흘려듣는 듯 보이는 발터가 물었다. "난 무엇을 하지? 인간들이 지나가. 그 가운데는 소녀들도 있겠지. 원하는 사람은 멈춰 서. 난 젊은 연인과 고독한 노인을 위해 연주해. 영리한 자도 있고 어리석은 자도 있어. 나도 사실 그들에게 이성을 주지는 않아. 내가 연주하는 것은 이성이 아니야. 난 그들에게 나를 전달하지. 나는 눈에 보이지 않게 내 방 안에 앉아 그들에게 표시를 주지. 음 두어 개를. 그리고 그건 그들의 삶이고, 그건 내 삶이야. 넌 정말로 이것도 미쳤다고 말할 수 있을 거야! …" 갑자기 그는 입을 다물었다. '아, 내가 너희 모두에게 뭔가를 말할 수 있다면!'이라는 감정, 자신을 전달하라고 강요당했다고 느끼는, 중간치 창조능력을 가진 지상시민의 이 '기본 명예욕 감정'은 탁 접혔다. 매번 발터가 열린 창문 뒤 부드러운 공허 속에 앉아 수천 명의 미지의 사람들을 행복하게 하는 예술가의 높은 의식을 가지고 자신의 음악을 공중으로 내보낼 때면 이 감정은 팽팽하게 펼쳐진 우산 같았고, 매번 그가 연주하기를 멈출 때면 그것은 헐렁하게 접힌 우산 같았다. 그러면 모든 경쾌함은 사라졌고 모든 사건은 일어나지 않은 것이나 마찬가지였다. 그리고 그는 그냥 예술이 대중과의 연관성을 잃어버렸고 모든 것이 나빠졌다는 식으로만 말할 수 있었다. 그는 이를 상기했고 풀이 죽었다. 그는 거기에 저항했다. 클라리세는 말했었다. 음악을 '끝까지' 연주해야 한다고. 클라리세는 말했었다. 스스로 같이 하는 동안만 그것을 이해할 수 있다고! 하지만 클라리세는 또 말했었다. 그래서 우리 스스로가 정신병원으로 가야 한다고! 발터의 '내면의 우산'은 반쯤 접힌 채 불규칙적으로 휘몰아치는 폭풍 속에서 펄럭거렸다.

지그문트가 말했다. "신경과민인 인간은 일정한 지도가 필요해. 그들을 위해서야. 너 스스로가 그걸 더 이상 용인하지 않겠다고 말했어. 나도 의사이자 남자로서 똑같은 것을 충고할 뿐이야. 네가 남자라는 걸 그녀에게 보여 줘. 난 그녀가 저항할 것임을 알아. 하지만 그건 그녀 마음에 들게 될 거야!" 지그문트는 믿을 만한 기계처럼 지칠 줄 모르고 한번 자신의 '결과'가 된 그것을 반복했다.

발터는 '휘몰아치는 폭풍우' 속에서 대답했다. "질서정연한 성 생활이라는 이 의학적 과대평가가 벌써 어제의 것이야! 내가 음악을 연주하거나 그림을 그리거나 사고를 하면 나는 근거리와 원거리에 작용을 해. 하나에서 뭔가를 뺏어 다른 하나에 주지 않으면서. 그 반대야! 이 말만 할게. 삶에 대한 사적 견해는 오늘날 아마 그 어디에서도 더 이상 정당성을 갖지 못할 거야! 결혼생활에서도!"

하지만 더 빡빡한 압력이 지그문트 측에서 왔고 발터는 이렇게 대화하는 가운데서도 눈을 떼지 않았던 클라리세에게 맞바람을 맞으며 항해해 갔다. 그는 그가 남자가 아니라고 수군거릴 수 있다는 사실이 불쾌했다. 그는 이 주장에 떠밀려 클라리세에게 나아감으로써 이 주장에 등을 돌렸다. 반쯤 갔을 때 그는 걱정스럽게 벌어진 이빨 사이에서 이런 질문으로 시작해야 함을 느꼈다. "표시에 대해 이야기한 거 무슨 뜻이지?"

클라리세도 그가 오는 것을 보았다. 그녀는 그가 서 있을 때에도 벌써 그 자리에서 흔들리고 있음을 보았다. 그 후 그의 두 발은 땅에서 떼어졌고 그를 이리로 날라 왔다. 클라리세는 야성적 쾌감을 느끼며 이 일에 동참했다. 지빠귀는 깜짝 놀라 날아올랐고 서둘러 벌레를 집어 올렸다. 길은 이제 끌어당김을 위해 완전히 열렸다. 하지만 갑자기 클라리세는 생각을 바꾸었고 이번에는 만남을 피했다. 그녀는 발터에게서 몸을 돌리지 않고 천천히 집 벽을 따라 집 밖으로 나가려 했는데, 머뭇거리는 자가 원거리 작용의 영역을 빠져나와 설득과 반박의 영역에 도달하는 것보다는 빨랐다.

27
아가테가 곧장 슈툼 장군에 의해 사교계에 발굴되다

아가테가 그와 합친 이후로, 울리히를 투치 집의 위대한 지인모임과 연결했던 관계들은 시간을 뺏는 사회적·과제임이 드러났다. 활기찬 겨울 사교는 닥쳐오는 계절에도 불구하고 아직 끝나지 않았고 아버지의 죽음 이후 울리히에게 쏠린 관심도 그 반대급부로 아가테를 숨기지 말 것을 요구했기 때문이었다. 물론 상중(喪中)이었기 때문에 커다란 향연에 참여하는 것은 면제되었지만. 심지어 이 애도 의무는 울리히가 이것이 그에게 제공하는 장점을 충분히 이용한다면 모든 사교적 교제를 오랜 기간 동안 피하도록 하기에, 그리고 이로써 그가 기적 같은 상태를 통해서만 함께할 수 있었던 모임에서 제외되도록 하기에 충분했으리라. 하지만 아가테가 그에게 그녀의 삶을 맡긴 이후로 울리히는 자신의 감정과는 반대로 행동했고 '오빠의 의무'라는 전통적 표상 속에 가두어 두었던 자신의 일부에 많은 결정들을 넘겼지만 전체 인격에서는 이 결정들에, 비난이 아니라면, 불특정한 태도를 취했다. 이 오빠의 의무에는 주로 남편 집으로부터 아가테의 도피는 더 나은 남자의 집에서 끝날 수밖에 없다는 계획이 들어 있었다. "너는", 그는 그들의 공동의 삶이 어떤 예비조치들을 요구한다는 데 대해 이야기를 나누게 되면 이렇게 답하곤 했다. "이렇게 계속된다면 곧 몇몇 청혼이나 적어도 구애를 받게 될 거야." 그리고 아가테가 몇 주 뒤의 계획을 구상하면 그는 대답했다. "그때는 모든 게 달라져 있을 거야." 오빠의 갈등을 알아차리지 못했다면 그녀는 훨씬 더 마음이 상했으리라. 그리고 이는 그가 그들이 헤매고 다닐 사교모임을 크게 확장하는 것이 이롭다고 여기는 데 대해 그녀가 격렬히 저항하는 것을 당분간은 막았다. 이런 식으로 아가테의 도착 이후 오누이는 울리히 혼자서 그랬을 것보다 훨씬 더 많이 사교모임에 참가하게 되었다.

사람들은 오랜 시간 울리히만을 알았고 그에게서 누이에 대해 한마디도 듣지 못했던 터라 그들이 나란히 등장한 것은 적잖은 선풍을 불러일으켰다. 어느 날 슈툼 폰 보르트베어 장군은 전령, 서류가방, 군용 빵을 대동하고 다시 울리히의 집에 모습을 나타냈고 불신에 찬 채 쿵쿵거리며 공기를 점검했다. 공기 중에는 뭐라 서술할 수 없는 냄새가 서려 있었다. 이어 폰 슈툼은 의자 등받이에 걸려 있는 여자 스타킹을 발견했고 비난조로 말했다. "물론이야, 젊은 신사들이란!" "제 여동생입니다." 울리히가 설명했다. "가보게! 자네는 누이가 없잖은가!" 장군이 그의 말을 바로잡았다. "저기서는 너무나 중요한 근심이 우리를 괴롭히는데 자네는 처녀와 함께 숨어 있군!" 그 순간 아가테가 방으로 들어왔고 그는 당황했다. 그는 닮은 점을 보았고 이 악의 없는 등장에서 울리히가 사실을 말하고 있음을 느꼈지만 물론 이해할 수 없이 그리고 혼동할 정도로 울리히와 닮아 보이는 울리히의 여자 친구를 눈앞에서 보고 있다는 생각에서 벗어나지는 못했다. "자비로운 부인, 그 순간 제게 무슨 일이 일어났는지 저도 모릅니다." 나중에 그는 디오티마에게 이렇게 설명했다. "하지만 제게는 울리히 본인이 갑자기 사관후보생으로 거기 제 눈앞에 서 있는 듯한 기분밖에 들지 않았습니다!" 슈툼은 아가테가 너무나 마음에 들었으므로 그녀를 보면서, 깊은 감동의 표시로 이해하라고 배운 그 무감각 상태를 느꼈던 것이다. 그의 연약하고 비만한 육체와 감상적인 본성은 그런 곤란한 상황에서는 도망치듯 후퇴하려는 경향이 있었고 울리히는 그를 머물게 하려고 온갖 노력을 다했지만 교양 있는 장군을 그에게로 데려온 중요한 근심에 대해 더 이상 많은 것을 들을 수는 없었다.

"아니네!" 장군은 자책했다. "그렇게 중요한 것은 없네. 내가 그 때문에 방해를 할 정도로!"

"하지만 장군님은 벌써 우리를 방해했습니다!" 울리히가 미소를 지으며 확인했다. "장군님이 대체 뭘 방해한다는 거지요?"

"아니네, 물론 아니네!" 이제 장군은 정말 뒤죽박죽이 되어 확인했다. "물론, 확실히 아니네. 하지만 그럼에도 불구하고! 자, 난 다른 기회에 다시 오겠네!"

"그럼 떠나시기 전에 적어도 왜 오셨는지만 말씀해 주세요!" 울리히가 요구했다.

"아무것도 아니네! 전혀 아니네! 사소한 거야!" 장군은 줄행랑을 치고 싶은 마음에서 이렇게 내뱉었다. "내 생각에, '위대한 사건'이 지금 시작되고 있네!"

"말을! 말을! 프랑스행 배로!" 울리히가 명랑한 흥분 속에서 뒤죽박죽 외쳤다.

아가테가 놀라서 그를 바라보았다. "죄송합니다." 장군이 그녀를 향해 말했다. "부인께서는 이게 무슨 말인지 전혀 모르실 겁니다."

"평행운동이 화룡점정(畵龍點睛)이 될 이념을 발견했군요!" 울리히가 보충했다.

"아니네." 장군이 이를 제한했다. "그런 말이 아니네. 난 그냥 말하려고 했네, 모두가 기다리던 사건이 지금 일어나기 시작한다고!"

"아, 그렇군요!" 울리히가 말했다 "그거야 벌써 처음부터 그랬지요."

"아니네." 장군이 진지하게 장담했다. "그런 것만은 아니네. 지금은 '무엇이지 모른다'의 아주 단호한 분위기가 있네. 곧 자네 사촌 집에서는 결정적 회동이 있을 거네. 드랑잘 부인은 ···."

"그게 누구죠?" 이 새 이름에 울리히가 장군의 말을 중단시켰다.

176

"자네는 아닌 게 아니라 관계를 끊었지!" 장군이 애석해하며 그를 질책했고 순간 이를 다시 보상하려고 아가테에게 몸을 돌렸다. "드랑잘 부인은 시인인 포이어마울을 돌봐 주는 부인입니다. 자네도 그를 알지 않는가?" 울리히 방향에서 아무런 확인도 받지 못하자 그는 살찐 몸을 다시 돌리며 물었다.

"압니다. 서정시인이죠."

"뭐 그렇고 그런 시들." 자신에게 익숙하지 않은 단어를 불신을 담아 피하며 장군이 말했다.

"심지어 좋은 시들입니다. 그리고 온갖 연극작품들이 있죠."

"그건 모르겠네. 지금 내 메모장도 없으니. 하지만 그는 '인간은 선하다'고 말한 사람이네. 한마디로, 드랑잘 교수는 인간은 선하다는 이 테제를 옹호하고 사람들은 이게 유럽적 테제라고 하고 포이어마울은 전도가 양양하지. 하지만 그녀의 남편은 세계적으로 유명한 의사였고 그녀는 포이어마울도 유명한 남자로 만들고 싶어 하는 것 같네. 어쨌든 자네 사촌은 주도권을 잃고, 원래 유명인사들이 드나드는 드랑잘 부인의 살롱이 그걸 넘겨받을 위험에 처했네."

장군은 이마의 땀을 닦았다. 울리히는 이 전망이 전혀 나쁘다고 생각하지 않는다고 말했다.

"허, 이보게!" 장군이 꾸짖었다. "자네는 자네 사촌을 이해하지 않나. 그런데 어떻게 그런 말을 할 수 있나! 자비로운 부인께서는 그가 그 감탄할 만한 부인을 너무나 불충하고 배은망덕하게 다룬다고 생각하시지 않나요?!" 그가 아가테를 향해 말했다.

"전 제 사촌을 전혀 모릅니다." 그녀가 털어놓았다.

"오!" 장군이 말했다. 그리고 기사도적 의도가 의도치 않았던 비기사도적임과 섞여 아가테에 대한 어렴풋한 양보가 된 단어들로 그는 이렇게 덧붙였다. "그녀는 물론 최근에 약간 느슨해졌습니다!"

울리히도, 그녀도 이에 답하지 않았고 장군은 자신의 말을 설명해야 한다는 감정이 들었다. "자네는 왜 그런지도 알지!" 그가 울리히에게 암시적으로 말했다. 그는 디오티마의 정신이 평행운동에서 빠져나와 성 과학에 열중한다는 것을 부인했고, 아른하임과의 관계가 개선되지 않아 걱정이었다. 하지만 그는 아가테 앞에서 이런 사안들에 대해 얼마나 많이 이야기를 해도 될지 몰랐고 아가테의 표정은 결국 점점 더 냉담해졌다. 반대로 울리히는 조용히 대답했다. "우리의 디오티마가 더 이상 아른하임에게 그녀의 옛 영향력을 갖지 못한다면 장군님의 유전(油田) 이야기도 진전을 보지 못하지요?"

슈툼은 울리히가 귀부인 앞에서 적절치 못한 농담을 하는 것을 막아야 한다는 듯 애처롭게 애원하는 몸짓을 했지만 동시에 날카롭게 경고하며 그의 눈을 들여다보았다. 또 그는 자신의 둔한 육체를 청년다운 날렵함으로 일으킬 힘을 찾았고 전투복을 매끄럽게 잡아당겼다. 아가테의 출신에 대한 원래의 불신이 아직도 크게 남아 있었으므로 그는 국방부의 비밀을 그녀 앞에서 털어놓고 싶지 않았다. 울리히가 그를 배웅한 대기실에서야 그는 울리히의 팔을 단단히 움켜쥐었고 미소를 지으며 쉰 목소리로 속삭였다. "맙소사, 국가기밀을 누설하지 말게!" 그리고 제3자 앞에서, 그 사람이 누이라고 해도, 유전에 대해서는 한마디도 새나가게 해서는 안 된다고 훈계했다. "알았어요." 울리히가 다짐했다. "하지만 제 쌍둥이 누이인 걸요." "쌍둥이 누이 앞

178

에서도 안 되네!" 장군이 강조했다. 그에게는 누이가 벌써 너무 신빙성 없게 여겨져서 쌍둥이 누이는 더 이상 그를 당황하게 하지 못했다. "약속하게!" "소용없습니다." 울리히가 한 술 더 떴다. "장군님이 제게 이 약속을 받아 내도. 우리는 샴쌍둥이니까요. 이해하시겠어요?" 물론 이제 슈툼은 울리히가 결코 단순한 '예'를 끌어낼 수 없는 나름의 방식으로 자신을 놀리고 있음을 이해했다. "자네는 예전에는 가끔씩 더 나은 농담을 했네. 그렇게 귀여운 부인을 두고, 그게 백 번 자네 누이라고 해도, 그녀가 자네와 붙어서 자랐다는 그런 역겨운 말을 꾸며 대다니!" 그는 울리히를 나무랐다. 하지만 울리히의 은둔에 대한 불신에 찬 흥분이 새삼 달아올랐기 때문에 그는 다시 한번 울리히가 무슨 짓을 하는지 살펴보려고 몇 개의 질문을 이어갔다. 새 비서가 자네 집에 왔나? 디오티마를 방문했나? 라인스도르프에게 가겠다던 약속은 지켰나? 자네 사촌과 아른하임 사이에 무슨 일이 벌어지는지 지금은 아는가? 물론 이 모든 것에 대해 보고를 받았던 터라, 이로써 통통한 의심자는 울리히의 정직을 감시했고 그 결과에 만족했다. "그럼 부탁 하나 들어주게. 운명적 회의에 너무 늦지 않게 오게." 소매에 억지로 팔을 끼우느라 아직 약간 숨이 찬 채 외투 단추를 여미면서 그가 청했다. "난 자네에게 미리 전화를 하고 그 후 자네를 태우러 오겠네. 그게 최선일 걸세!"

"이 지루한 일이 언제라고요?" 울리히가 딱 내켜하지는 않으며 물었다.

"글쎄, 내 생각엔 대충 14일 후가 될 걸세." 장군이 말했다. "우리는 상대편도 디오티마에게 데려오려 하네만 아른하임도 참석할 걸세. 지금은 아직 여행 중이지만." 그는 손가락으로 외투주머니에 매달린 황금색 술 장식끈을 두드렸다. "그자 없이는 '우리'가 즐겁지 않다는 걸 자네도 이해할 수 있지. 하지만 난 이렇게 말하겠네." 그는 한숨을 쉬었다. "그럼에도 불구하고 난 우리의 정신적 지도가 자네 사촌에게 남는 것 말고는 아무것도 원하지 않네. 완전히 새로운 상황에 적응해야 한다면 정말 소름끼칠 거야!"

이 방문의 공은 울리히가 누이와 함께 그가 혼자서 떠났던 사교계로 돌아왔다는 것이었고 그는 전혀 원하지 않았더라도 교류를 다시 시작해야 했으리라. 아가테와 함께 하루도 더 숨을 수가 없었고 폰 슈툼이 이런 이야깃거리가 되는 발견을 혼자만 간직하리라고 전제할 수 없었으니까. '샴쌍둥이'가 디오티마의 집을 방문했을 때 그녀는 벌써 이 비범하고도 의심스러운 작명에 대해, 물론 아직 매혹되지는 않았지만, 이미 들었음을 알 수 있었다. 늘 저명인사들과 기인들의 방문을 받는 것으로 유명한 이 여신 같은 여자는 아가테의 예고 없는 등장을 처음에는 아주 기분 나쁘게 받아들였는데, 마음에 들지 않는 여자 친척은 사촌보다 그녀 자신의 지위를 훨씬 더 위험하게 할 수 있었기 때문이었다. 그리고 그녀는 이 새 사촌에 대해 이전에 울리히에 대해서만큼이나 아는 것이 없었고 이 사실이 벌써 그 자체로, 그녀가 이를 장군에게 고백해야 했을 때, 모르는 게 없는 이 여자를 화나게 했다. 그래서 그녀는 아가테에게 '고아가 된 누이'라는 명칭을 썼는데, 부분적으로는 스스로를 달래기 위해, 부분적으로는 훨씬 더 큰 모임에서 예방적으로 사용하기 위해서였고, 약간은 이런 의미에서 또 오누이를 맞았다. 그녀는 아가테가 줄 수 있었던 사교적으로 완성된 인상에 기분 좋게 놀랐고, 경건한 기숙학교에서 받은 좋은 교육을 잊지 않았고 삶을 조소적으로 경탄하면서 순순히 받아들이는 자발성에 이끌린 아가테는 — 이 때문에 그녀는 울리히 앞에서 자신을 한탄했다 — 이 순간부터 거의 자기도 모르게, 막강한 젊은 부인의 자비로운 호의를 확보하는 데 성공했다. 위대함이라는 효과를 내는 이 부인의 명예욕은 그녀에게는 이해하기 어려웠고 상관도 없었다. 그녀는 거대한 전기설비를 보고 놀라듯 디오티마에게 악의 없이 경탄했고 빛을 확산시킨다는 이 설비의 이해할 수 없는 사업에 참견하지 않았다. 디오티마는 일단 한번 이긴 후에는, 더욱이 아가테가 전반적으로 사람들 마음에 든다는 것을 곧 알 수 있었기 때문에, 아가테의 사교적 성공에 계속 관심을 쏟았고 이를 자신의 명예를 위해서도 더 크게 조성했다. '고아가 된 누이'는 동정어린 선풍을 불러일으켰는데, 이는 가까운 지인들에게는 그녀에 대해 여태 아무것도 들은 바가 없다는 데 대한 솔직한 놀라움에서 시작되었고 인적 범위가 넓어짐에 따라, 영주의 집과 신문사를 연결시키는 바로 그 즐거움, 뜻밖의 것과 새로운 것에 대한 불특정한 즐거움으로 변했다.

이때 다수의 가능성 가운데 대중적 성공을 보증하는 그 최악의 가능성을 본능적으로 선택하는 딜레탕티슴적 능력을 소유한 디오티마가 손을 쓰는 일도 일어났고, 이를 통해 울리히와 아가테는 고상한 사교계의 기억 속에서 지속적으로 한 자리를 차지하게 되었다. 그들의 보호자가 자신이 처음에 들은 사실, 즉 사촌들이 거의 평생의 이별 후 낭만적 상황에서 다시 합쳐지게 되었고 앞으로는 자신들을 샴쌍둥이로 명명했다는 — 물론 그들은 운명의 맹목적 의지에 따라 지금까지는 거의 그 반대로 살았다 ─ 사실을 갑자기 매력적이라고 생각했고 또 곧장 다른 사람들에게 매력적이라며 계속 이야기했기 때문이었다. 왜 그것이 처음에는 디오티마, 그 후에는 다른 사람들의 마음에 들었는지, 그것이 어떻게 해서, 함께 살겠다는 오누이의 결심을 수긍이 가는 동시에 비범하게 보이게 했는지는 말하기 어려우리라. 그것은 순전히 디오티마의 지도자 재능이었다. 어쨌든 이 두 가지 일이 일어났고 그녀는 경쟁자의 온갖 술책에도 불구하고 자신이 여전히 부드러운 권력을 행사하고 있음을 입증했으니까. 다음번 귀환에서 이 이야기를 들은 아른하임은 엄선된 사람들 앞에서, 귀족적이면서도 민중적인 힘에 대한 경외심으로 끝나는 상세한 강연을 했다. 어떤 경로를 통해서인지, 심지어 아가테가 유명한 외국 학자와 불행한 결혼생활을 하다가 오빠에게 도망친 거라는 소문도 들렸다. 그리고 당시 지도층이 토지소유주 방식에 따라 이혼에 그다지 호의적이지 않았고 간통으로 견뎌 냈기 때문에 아가테의 결심은 다수의 나이 든 인물에게는 의지력과 교화가 섞인 보다 높은 삶의 이중가상 속에서 모습을 나타냈다. 오누이에게 특히 호의를 보였던 라인스도르프 백작은 이 가상을 한번은 이런 말로 분석했다. "저기 극장에서는 늘 혐오스러운 열정들이 공연됩니다. 하지만 부르크테아터가 오히려 이런 것을 모범으로 삼아야 합니다!"

자신의 면전에서 이 일이 일어나자 디오티마가 대답했다. "대개의 사람들은 유행에 따라, 인간은 선하다고 말합니다. 하지만 지금 저처럼 공부해서 성 생활의 갈등과 혼란을 배우게 되면 이런 예가 얼마나 드문지 알게 됩니다!" 그녀는 각하께서 기부한 칭찬을 제한하려고 했을까 아니면 강조하려고 했을까? 그녀는 아직 울리히를 용서하지 않았다. 그가 누이의 임박한 도착에 대해 그녀에게 아무것도 털어놓지 않은 이후로 그녀는 이를 그의 '신뢰 결핍'이라고 명명했다. 하지만 그녀는 자신이 함께 누리는 성공이 자랑스러웠고 이는 그녀의 대답 속에 섞여 있었다.

28
지나친 명랑함

아가테는 사교계에서 자신에게 제공된 장점을 자연스런 솜씨로 이용했고 최고로 교만한 사람들 가운데서도 동요하지 않는 그녀의 태도는 오빠의 마음에 들었다. 고등학교 교사의 아내로서 시골에서 보낸 해들은 그녀에게서 떨어져 나간 듯 보였고 아무 흔적도 남기지 않았다. 하지만 울리히는 그 결과를 우선은 어깨를 으쓱이며 이런 말로 요약했다. "우리가 한 몸으로 자란 쌍둥이로 불리는 게 고급 귀족들 마음에 들지. 그들은 늘, 예를 들어 예술보다는 동물곡예단에 관심이 더 많았거든."

그들은 암묵적인 합의 속에서, 일어난 모든 일을 그냥 막간극으로 취급했다. 그들이 당장 첫날 분명한 입장이었던 대로, 곧장 살림살이를 크게 바꾸거나 집을 새로 꾸미는 일이 꼭 필요했을 것이다. 하지만 그렇게 하지 않은 것은 끝을 알 수 없는 토론이 반복되는 것을 꺼렸기 때문이었다. 자신의 침실을 아가테에게 넘겨준 울리히는 의상실을 새로 꾸몄고 욕실을 가운데 두고 누이와 분리되었고 자신의 옷장들도 대부분 나중에 아가테에게 넘겼다. 그는 이 때문에 동정을 사는 것을 성 라우렌시우스의 석쇠15를 보라며 거부했다. 하지만 아가테는 자신이 총각인 오빠의 삶을 방해할 수 있다는 착상은 진정으로 할 수 없었다. 오빠가 아주 행복하다고 장담했고 그 전에 누렸을 오빠의 행복의 정도를 아주 막연하게만 상상할 수 있었기 때문이었다. 쓸모가 있고 이제는 꽉 차버린 소수의 방 주변에 쓸데없이 비용을 들인 장식용 방이나 곁방이 딸려 있는 비시민적 주거방식을 가진 이 집은 지금 그녀의 마음에 들었다. 집은 이전 시대의 번거로운 공손함이 있었는데, 이것은 개구쟁이처럼 이것을 깔보면서 즐거워하는 현시대에 무방비하다. 하지만 가끔씩 아름다운 공간이 침입한 무질서에게 쏟아 내는 말 없는 비난은 아름다운 곡선으로 조각된 현악기 몸통 위의 찢어지고 엉클어진 현처럼 슬프기도 했다. 그러면 아가테는 오빠가 한길에서 외떨어진 이 집을 아무런 관심이나 이해 없이 선택한 것이 아님을 알았고 ― 물론 오빠는 그렇다고 믿게 하려 했다 ― 오래된 내벽으로부터 완전히 침묵하지도, 온전히 들리지도 않는 열정의 언어가 흘러나왔다. 하지만 그녀도, 울리히도 무질서의 즐거움 말고는 아무것도 인정하지 않았다. 그들은 불편하게 살았고 아가테의 침입 이후로는 호텔에서 식사를 날라 오게 했고 모든 것에서 약간 지나친 명랑함을 얻어냈는데, 소풍을 가서 풀밭 위에서 식탁에서보다 불편하게 식사

15 　라우렌시우스(Laurentius) : 258년 로마에서 순교한 가톨릭 부주교로 교회의 재산을 황제에게 바치지 않고 신도들에게 나누어 준 죄로 불에 달군 석쇠 위에서 순교했다.

할 때 들어서는 명랑함이었다.

　이런 상황에서는 제대로 된 시중꾼도 없었다. 이 집으로 이사 왔을 때 단기간 고용한 경험 많은 하인에게 — 그는 노인이었고 이미 은퇴를 하려 했고 아직 정리해야 할 것이 있어 기다리는 중이었으므로 — 울리히는 너무 많은 것을 기대해서는 안 되었고 가능하면 그를 부리지 않았다. 몸종 역할도 울리히 스스로가 해야 했다. 정식 하녀를 기거하게 할 만한 공간은 그 밖의 모든 것처럼 아직 계획단계였고 이 단계를 넘어서려는 몇 번의 시도는 좋은 경험이 아니었기 때문이었다. 그래서 울리히는 자신의 여기사가 사교계를 점령하기 위해 무장할 때 종자(從者)로서 큰 진보를 했다. 게다가 아가테는 그사이 장비를 보충하는 데 착수했고 그녀가 구입한 물건들이 집 안을 가득 채웠다. 귀부인을 위해 지어지거나 꾸며진 집이 아니었으므로 그녀는 집 전체를 의상실로 사용하는 습관을 들였고 이로써 울리히는, 원했든 원하지 않았든, 새 구입품들에 관여하게 되었다. 방들의 문은 열려 있었고 그의 체조기구들은 옷걸이나 갈고리로 사용되었고 그는 쟁기질 중인 킨키나투스처럼[16] 책상에 앉아 결정을 내렸다. 울리히가 여전히 존재하는 작업의지를 이렇게 방해받으면서 이것도 지나갈 테니 그냥 기다려 보자는 식으로 인내한 것은 아니었고 이는 그에게 회춘처럼 새로운 즐거움도 주었다. 겉으로는 할 일이 없어 보이는 누이의 활기는 식

16　킨키나투스(Cincinnatus) : 5세기경 살았던 로마의 정치인으로, 은퇴 후 시골에서 농사꾼으로 살았으나 황제의 부름을 받아 집정관이 되어 국가를 위해 큰 공을 세웠고 이후 다시 농사꾼이 되었다.

어 버린 화덕 속 작은 불꽃처럼 그의 고독 속에서 탁탁거리며 탔다. 우아한 명랑함의 환한 파도, 인간적 신뢰의 어두운 파도가 그가 살고 있는 공간을 가득 채웠고 지금까지 그가 그냥 제멋대로 움직였던 한 공간의 본성을 없앴다. 하지만 무엇보다도 이 무진장한 현재에서 그를 깜짝 놀라게 한 것은 이를 생기게 한 합산될 수 없는 사소한 것들이 합산되어 완전히 다른 종류의 거액이 생겨났다는 특별함이었다. 시간을 빼앗긴다는 조바심, 결코 진정될 수 없는 이 느낌, 중요하고 위대하다고 통하는 일들에 사로잡혔을 때에도 평생 그에게서 떠나지 않던 이 조바심은 놀랍게도 완전히 사라졌고 처음으로 그는 일상의 삶을 아무 생각 없이 사랑했다.

그랬다. 심지어 그는 아가테가 여자들이 보여 주는 진지함으로, 자신이 구입한 가지각색의 우아한 물건들을 그가 감탄하도록 보여 주면 과장되게 마음에 들어 하며 숨을 멈추었다. 그는 똑같은 것을 보아도 여자의 본성이 남자의 본성보다 더 민감하고 바로 이 때문에 남자보다 훨씬 더 계획성 없이 노골적인 방식으로 자신을 치장하려는 착상을 더 쉽게 가지게 된다는 특이한 익살에 강요되어 어쩔 수 없이 관심을 가지게 된 척했다. 그리고 어쩌면 실제로도 그랬을 것이다. 그가 관여하게 된 다정하게 우스꽝스러운 수많은 작은 착상들, 즉 유리구슬, 지진 머리카락, 레이스와 자수의 어리석은 윤곽선, 무자비하다고 할 정도로 단호하게 유혹하는 색으로 치장하는 것, 오락 사격장의 별들과 유사한 이 아름다움, 영리한 여자라면 누구나 꿰뚫어 보지만 이로 인해 이것이 행사하는 매력은 조금도 줄어들지 않는 이 아름다움이 그 빛나는 미혹의 실들로 그를 휘감기 시작했기 때문이었다. 사실 모든 것은 바보 같고 몰취미하다고 해도 진지하게 거기에 몰두하고 눈높이를 맞추면 제 눈에 편안한 순서, 도취시키는 자기애의 향기, 그의 내면에 살고 있는 유희하고 타인의 호감을 사려는 의지를 전개시킨다. 울리히는 누이를 치장하는 것과 관련된 작업을 하면서 이를 경험했다. 그는 이리저리 날랐고 감탄했고 평가했고 조언했고, 신어 보고 입어 보는 일을 도왔다. 그는 아가테와 함께 거울 앞에 섰다. 여자의 외모가 요리하기 쉽게 살짝 털을 태운 닭의 모습을 상기시키는 현시대에, 한참 미룬 나머지 그사이 우스꽝스럽게 감퇴해 버린 식욕으로 그녀의 이전 모습을 상상하기란 어렵다. 재단사가 바닥에 꿰맨 듯 보이지만 그래도 기적처럼 이리저리 돌아다니는 긴 치마는 우선 은밀하고 가벼운 치마를 안에 품고 있었는데, 이는 알록달록한 비단 꽃잎이었고 조용하게 흔들리는 그 움직임은 이어 갑자기 훨씬 더 부드러운 하얀 천으로 넘어갔고 이 천의 부드러운 거품 속에서야 비로소 육체에 닿았다. 그리고 끌어당기며 유혹하는 것과 시선을 물리치는 것을 합친다는 점에서 이 옷이 파도와 유사했다면 이는 또 교묘하게 방어된 불가사의한 물건을 둘러싼 중간지지대와 중간고정물들의 인위적 체계였고, 너무나 부자연스러웠다 해도 영리하게 커튼이 드리워진 사랑의 극장이었고 극장의 숨 막히는 어둠은 희미한 환상의 빛에 의해서만 밝혀졌다. 이제 울리히는 매일 이 준비의 총체 개념이 허물어지고 분리되는 것을 흡사 안쪽에서 보았다. 여자의 비밀들이 더 이상 그를 위한 것이 아닌 지 오래였지만, 심지어 그가 평생 이것들을 그냥 대기실이나 앞마당처럼 서둘러 통과했다는 바로 그 이유 때문에 이것들은 통행허가와 목표가 없는 지금 완전히 다른 작용을 했다. 이 모든 것들 속에 놓인 긴장이 반격을 가했다. 울리히는 이 긴장이 어떤 변화를 초래했는지 말하기 어려웠으리라. 물론 그는 자신을 남성적으로 느끼는 남자로 간주했고, 너무나 자주 갈망했던 것을 다른 측면에서도 관찰하는 것이 남자를 유혹할 수 있음은 납득할 수 있어 보였지만 가끔씩 이는 거의 섬뜩해졌고 그는 웃으면서 이에 저항했다.

"밤사이 내 주변에 여자하숙집 담장이 하늘로 치솟아 나를 완전히 가둔 것 같아!" 그가 이의를 제기했다.

"그게 끔찍해?" 아가테가 물었다.

"모르겠어." 울리히가 대답했다.

이어 그는 그녀를 육식식물로, 자신을 그 식물의 빛나는 꽃받침 안으로 기어들어간 불쌍한 곤충이라고 불렀다. "넌 나를 안에 넣고 꽃받침을 닫았어." 그가 말했다. "그리고 이제 난 색, 향기, 광채 한가운데 앉아서 내 본성과는 반대로 벌써 너의 일부가 되어 우리가 유혹하게 될 수컷을 기다리고 있어!"

그가 누이가 남자들에게 준 인상의 증인이 되었을 때는 정말로 멋졌다. 그, 그의 배려는 바로 그녀를 '남자에게 데려가는' 데에 있었다. 그는 질투가 나지 않았다 ― 어떤 특성에서 그럴 수 있단 말인가! ― 그는 자신의 안녕을 그녀의 안녕 뒤로 물렸고 곧 적당한 남자가 나타나 그녀를 하가우어와의 결별로 인해 처하게 된 과도상태에서 해방시켜 주기를 바랐다. 그럼에도 불구하고, 구애하는 남자들 무리 한가운데 있는 그녀를 보면, 또는 길거리에서 어떤 남자가 그녀의 아름다움에 이끌려 동행인에도 아랑곳없이 그녀의 얼굴을 바라보면 그는 자신이 어떤 느낌이었는지 몰랐다. 이때에도 남성적 질투라는 단순한 탈출구가 금지되었기 때문에 그는 자주, 그가 여태 발을 들여놓지 못한 주변세계가 그를 감싸 안는 기분이었다. 그는 더 조심스러운 여자의 사랑기술과 꼭 마찬가지로 남자의 공중제비를 경험을 통해 잘 알았고 아가테를 남자에게 맡기고 그것이 실행되는 것을 보는 것이 괴로웠다. 그는 말이나 쥐의 구애에 함께한다고 생각했다. 콧김 내뿜기, 힝힝거리기, 입을 뾰족하게 하기와 옆으로 당기기, 낯선 인간들은 이로써 서로서로에게 자신을 뽐내고 호감을 사려고 자신을 연출하는데, 이것들은 마치 육체 내부에서 번져 오는 심한 마비처럼 역겨웠다. 그럼에도 불구하고 그가 자신의 감정의 깊은 욕구에 상응하는 대로 누이와 자신을 하나로 놓았으므로 그는 가끔씩 다시, 그런 관대함에 혼란스러워하며, 제대로 된 남자에게 그렇지 못한 남자가 핑계를 대고 접근했을 때 전자가 느끼는 수치심을 추체험하는 상황에 근접했다. 아가테에게 이를 털어놓자 그녀는 웃었다. "우리 모임에 오빠의 호감을 사려는 여자들도 몇몇 있어." 그녀의 대답이었다.

무슨 일이 벌어진 것일까?

울리히는 말했다. "근본적으로 이건 세상에 대한 반항이야!"

그리고 울리히가 말했다. "너도 발터를 알지. 우리는 한참 전부터 더 이상 서로를 좋아하지 않아. 하지만 난 그에게 화가 나고 또 내가 그를 화나게 한다는 걸 알지만 그를 보기만 해도 자주 사랑스런 감정이 들어. 마치 내가 그에게 동의하지 않는 것과 꼭 마찬가지로 그에게 동의하는 듯. 봐, 우리는 삶과 동의하지 않아도 삶에서 아주 많은 걸 이해해. 따라서 누군가에게 처음부터, 그를 이해하기도 전에, 동의

한다는 건 봄에 물이 사방에서 계곡으로 흘러들 듯 동화같이 아름다운 무의미성이야!"

그리고 그는 느꼈다. '지금이 그렇다!' 그리고 그는 생각했다. '아가테를 향해 어떤 자기애와 이기심도 더 이상 가지지 않고 추하고도 무관심한 감정도 조금도 가지지 않은 일이 내게 일어나자마자, 자석산이 배에서 못들을 뽑아내듯[17] 그녀는 내게서 특성들을 빼내. 나는 도덕적으로 근원적 원자상태로 해체될 거야. 이 상태에서 나는 나도 아니고 그녀도 아니야! 아마 지복(至福)이 이런 걸까?!'

하지만 그는 이렇게만 말했다. "너를 바라보는 것이 너무 재미있어!"

아가테는 진홍빛이 되었고 말했다. "왜 그게 '재미'있어?"

"아, 나도 모르겠어. 넌 가끔씩 내 앞에서 부끄러워해." 울리히가 말했다. "하지만 그 다음에는 내가 '그냥 오빠'일 뿐이라고 생각해. 또 다른 경우, 다른 남자에게는 아주 매력적일 상황에서 내게 발각되면 넌 전혀 부끄러워하지 않지만 갑자기 이건 나의 눈을 위한 것이 아니라는 생각이 들고 그러면 난 당장 눈을 돌려야 하지 … ."

"왜 그게 재미있지?" 아가테가 물었다.

"왜 그러는지 모르면서 다른 사람을 눈으로 쫓는 게 행복감을 줄 거야." 울리히가 말했다. "그건 아이가 자기 물건에 대해 가지는 애정을 상기시켜. 아이의 정신적 무력감 없이 … ."

---

17 동화나 전설에 나오는 자석산(Magnetberge)은 가까이 오는 배를 끌어당겨 배를 난파시킨다.

"어쩌면 오빠에게 재미있는 건 단지", 아가테가 대답했다 "오누이놀이를 하는 걸 거야. 오빠는 남자여자 놀이를 하는 데 진력이 났으니까!"

"사실", 울리히가 말하면서 그녀를 바라보았다. "사랑도 원래는 단순한 접근충동과 움켜잡기 본능이야. 그걸 사람들이 신사와 숙녀라는 두 극단으로 나누었지. 정신착란적 긴장, 정신적 압박, 움찔거림, 그동안에 발생한 변질과 함께. 오늘날 이 부풀어 오른 이데올로기는 너무나 많아서 음식사랑처럼 가소로울 정도야. 피부자극과 전 인간성의 연결이 다시 취소될 수 있다면 대부분의 사람들이 좋아할 거라고 난 확신해. 아가테! 곧 또는 나중에 더 단순한 성적 동지애의 시대가 올 거고 그러면 소년과 소녀는 예전에 남자와 여자가 쌓아 올렸지만 이제 박살난 낡은 충동태엽 더미 앞에서 의좋게 멍하니 서 있게 될 거야!"

"하지만 지금 하가우어와 내가 그런 시대의 개척자였다고 말한다면 오빠는 다시 나를 나쁘게 생각할 거야!" 아가테가 설탕을 치지 않은 좋은 와인처럼 떫은 미소를 지으며 대답했다.

"난 더 이상 아무것도 나쁘게 생각하지 않아." 울리히가 말했다. 그는 미소를 지었다. "갑옷을 벗어 버린 전사! 그는 까마득한 시간 이후 처음으로 자연의 공기를 피부 위에서 느끼고, 새들이 들어 올릴 수도 있을 만큼 지치고 부드러워진 자신의 육체를 본다!" 그가 강조했다.

그리고 이렇게 미소를 지으며 그리고 이를 그만두기도 그냥 잊은 채 그는, 탁자 모서리에 앉아 검은 비단스타킹을 신은 한 다리를 흔들거리는 누이를 바라보았다. 그녀는 셔츠와 짧은 속바지 외에는 아무것도 입지 않았다. 하지만 이는 흡사 그 목적에서 풀려나온 듯, 그림처럼 개별적인 인상들이었다. '그녀는 내 친구인데, 매력적으로 여자를 연기해.' 그는 생각했다. '그녀가 실은 여자라는 것은 얼마나 사실주의적인 갈등인가!'

그리고 아가테가 물었다. "정말 사랑이 없어?"

"있지!" 울리히가 말했다. "하지만 그건 예외적인 경우야. 그걸 분리해야 해. 첫째, 피부자극급에 속하는 육체적 체험이 있어. 이건 도덕적 부속물 없이도, 즉 감정 없이도 순전히 안락함으로써 일깨워질 수 있어. 둘째, 보통은 정서적 움직임이 있는데, 이는 물론 육체적 체험과 강하게 연결되지만 조금의 차이만 있을 뿐 모든 인간에게 동일해. 동일할 수밖에 없는 사랑의 이 주요 순간들은 아직 영혼이라기보다는 오히려 육체적이고 기계적인 것에 속한다고 말하고 싶어. 마지막으로, 사랑한다는 본래 영적인 체험이 있어. 이건 그냥 다른 두 부분들과 반드시 상관이 있을 필요가 없어. 신을 사랑할 수도 있고 세상을 사랑할 수도 있어. 심지어 신이나 세상만 사랑할 수 있을 거야. 어쨌든 한 인간을 사랑할 필요는 없어. 하지만 이렇게 하면 육체적인 것이 전체 세계를 장악하고 세상은 흡사 뒤집어지지 ⋯ ." 울리히는 말을 중단했다.

아가테는 진홍빛이 되었다.

울리히가 자신의 말들을, 이것들과 피할 수 없이 연결된 사랑의 과정에 대한 표상들을 위선적으로 아가테의 귀에 들려주려고 의도적으로 조절해서 투입했다면 그의 의지는 실현되었으리라.

그는 성냥을 찾았는데, 뜻하지 않게 생겨난 관계를 방해를 통해 중단시키기 위해서였다. "어쨌든", 그가 말했다. "사랑은, 그게 사랑이라면, 예외적인 경우고 일상적 사건을 위한 모범이 될 수는 없어."

아가테는 탁자보 끝을 붙잡았고 그것으로 다리를 감쌌다. "낯선 사람들이 우리를 보고 우리가 하는 말을 들으면, 이건 반(反)자연적 느낌이라고 말하지 않을까?" 갑자기 그녀가 물었다.

"터무니없는 소리!" 울리히가 주장했다. "우리 각자가 느끼는 것은 반대되는 본성을 지닌, 우리 자신의 그림자 같은 복제야. 나는 남자고 너는 여자야. 인간은 각각의 특성에 대해 그림자 같은 또는 억압된 반대 특성을 내면에 지니고 있다고들 하지. 어쨌든 절망적일 정도로 자신에게 만족해 있지 않다면 그는 이것을 동경해. 그러면 나의 드러난 반대인간은 네 속으로 깨고 들어가고 너의 그것은 내 속으로 깨고 들어오고 그들은 바뀐 육체 속에서 멋지다고 느끼는데, 단순히 그들의 이전 환경과 거기서 바라보는 전망에 대해 과도한 존경심을 품지 않기 때문이야!"

아가테는 생각했다. '그는 이 모든 것에 대해 이미 한 번 더 많은 것을 말했어. 왜 그는 약화시키지?'

울리히가 말한 것은 그들이 두 명의 동지처럼 꾸려 가는 삶에 잘 어울렸고 이 동지들은 때때로 다른 사람들과의 모임이 시간을 허락할 때면, 그들이 남자고 여자지만 동시에 쌍둥이라는 데 놀랐다. 두 인간 사이에 이런 합의가 있다면 세상과 분리된 그들의 관계는 은신처에서는 일체라는 눈에 보이지 않는 매력, 옷과 몸의 교환이라는 매력, 외적 현상의 두 가면 뒤에 숨겨진, 두 사람이면서 하나라는 명랑한 속임수의 매력을 이 속임수를 예감하지 못하는 다른 이들에게서 얻게 된다. 하지만 이 유희적이고 너무 강조된 명랑함은 ─ 아이들이 천성적으로 시끄럽지 않은데도 때때로 시끄러운 것처럼! — 진지함에 어울리지 않았다. 아주 높은 곳에서 떨어지는 진지함의 그늘이 가끔씩 의도치 않게 오누이의 가슴을 침묵하게 했다. 이렇게 어느 날 저녁 그들은 자러 가기 전 우연히 다시 한번 이야기를 나누었고 울리히가 긴 잠옷셔츠를 입은 누이와 마주쳤을 때 그는 농담을 하려 했고 그녀에게 말했다. "100년 전이라면 난 지금 '나의 천사여!'라고 외쳤을 거야. 이 말이 사장된 게 유감이야!" 이때 그는 말문을 닫았고 당혹해하며 생각했다. '이것이 내가 그녀를 위해 사용해야 하는 유일한 말이 아닐까?! 여자 친구도 아니고 여자도 아니야! 또 '천국 같은 당신!'이라고들 했지. 아마 이 말은 조금 우습고도 감격적일 테지만 그래도 자신을 믿을 용기가 없는 것보다는 나아!'

그리고 아가테는 생각했다. '잠옷을 입은 남자는 천사처럼 보이지 않는군!' 하지만 그는 넓은 어깨에 야성적으로 보였고 갑자기 그녀는 머리카락이 드리워진 이 강력한 얼굴이 그녀의 눈을 어둡게 만들었으면 하는 소망이 들어 부끄러웠다. 그녀는 육체적으로 순결한 방식으로 관능적으로 흥분되었다. 그녀의 피는 격렬히 파도치며 몸을 관통했고 내면에서 힘을 쫙 빼내면서 피부 속으로 퍼져 나갔다. 그녀는 오빠처럼 광신적인 인간이 아니었으므로 그녀가 느낀 것을 느꼈다. 그녀가 다감해졌다면 그녀는 다감했다. 그녀는 명료하게 사고하거나 도덕적으로 각성되지 않았다. 물론 그녀는 그의 이런 면을 혐오했고 또 마찬가지로 사랑했다.

그리고 거듭 매일매일 울리히는 모든 것을 이런 사고로 요약했다. 근본적으로 이건 삶에 대한 반항이다! 그들은 팔짱을 끼고 시내를 걸었다. 서로 키가 맞았고 나이도 맞았고 신조도 맞았다. 그들은 나란히 걸어갔으므로 서로를 많이 보지 못했다. 그들은 큰 키에 서로 편안한 모습으로, 즐기기 위해서만 거리로 나섰고 그들을 둘러싼 낯선 사람들 한가운데서 걸음걸음 접촉의 입김을 느꼈다. 우리는 하나야! 전혀 이례적이지 않은 이 느낌은 그들을 행복하게 했고 반쯤은 이 느낌 속에서, 반쯤은 이에 반대해서 울리히가 말했다. "우리가 오빠고 누이라는 사실에 이렇게 만족하고 있다는 게 우스워. 세상 사람들에게는 흔한 관계인데, 우리는 거기에 뭔가 특별한 것을 집어넣고 있어!"

어쩌면 그는 이로써 그녀의 마음을 상하게 했을 것이다. 그가 덧붙였다. "하지만 난 늘 그걸 원했어. 소년이었을 때 난 결심했어. 어린 소녀일 때 벌써 아이 대신 취해서 기를 수 있는 여자와만 결혼하겠다고. 물론 많은 남자들이 이런 착상을 가진다고 생각해. 이건 솔직히 진부해. 하지만 난 어른이 되어서도 실제로 한 번 그런 아이와 사랑에 빠졌어. 2, 3초 동안이긴 했지만!" 그는 계속 그녀에게 이야기했다. "전차 안에서 일어난 일이야. 어린 소녀가 차에 올라탔는데, 열두 살쯤 되었고 아주 젊은 아버지 또는 나이 많은 오빠와 함께였지. 그녀는 걸어가서 자리에 앉고 차장에게 두 사람의 차비를 건네는 모습이 완전히 숙녀였어. 하지만 아이의 무리한 동작이라고는 전혀 없었지. 그녀는 또 같은 방식으로 동행인과 이야기하거나 입을 다물고 그의 말에 귀를 기울었어. 그녀는 너무나 아름다웠어. 갈색 머리, 도톰한 입술, 짙은 눈썹, 약간 위로 들린 코. 아마 갈색 머리의 폴란드인 또는 남슬라브인이었을 거야. 그녀는 또 약간 민속의상을 상기시키는 옷을 입고 있었다고 생각돼. 긴 재킷, 잘록한 허리부분, 목과 손목에 작은 끈과 주름이 달린 그 옷은 그 작은 인물과 마찬가지로 완성되어 있었어. 알바니아인이었을까? 난 너무 떨어져 앉아 있어 그녀가 말하는 걸 들을 수가 없었어. 눈에 띈 것은 그녀의 진지한 얼굴특징이 그녀의 나이보다 앞섰고 완전한 어른이라는 느낌을 주었다는 거야. 그럼에도 불구하고 그녀는 난쟁이 여자 같은 용모는 아니었고 의심할 바 없이 아이의 얼굴이었어. 다른 한편 이 아이얼굴은 어른의 미성숙한 전 단계는 전혀 아니었어. 가끔씩 여자얼굴은 열두 살로 완성되는 듯, 영적으로도 첫 스케치에서 위대한 대가의 선들로 그려진 듯 보이고 그래서 나중에 집어넣은 세부사항은 전부 원래의 위대함을 망쳐버리기만 하지. 이런 외모와는 정열적인 사랑에 빠질 수 있어, 치명적으로, 사실 아무런 탐욕 없이. 나는 내가 수줍어하며 다른 사람들을 살펴보았다는 걸 알아. 모든 질서가 내게서 비켜나는 듯했거든. 나는 그 아이를 따라 차에서 내렸지만 혼잡한 거리에서 그녀를 놓쳐버렸어." 그는 자신의 짧은 이야기를 끝냈다.

한참을 더 기다린 후 아가테가 미소를 지으며 물었다. "사랑의 시간이 지나가고 성욕과 동지애만 남는다는 것과 이것이 어떻게 들어맞지?"

"전혀 들어맞지 않아!" 울리히가 웃으면서 외쳤다.

누이는 생각에 잠겼고 눈에 띄게 신랄하게 말했는데, 이는 그들이 재회했던 저녁 그 자신이 사용했던 말의 의도적인 반복처럼 작용했다. "모든 남자가 오누이놀이를 하려 해. 이건 정말 어리석은 짓일 거야. 오누이는 살짝 취하면 서로를 아버지와 어머니라고 부르거든."

울리히는 멈칫했다. 아가테가 옳았을 뿐 아니라, 재능 있는 여자들은 자신들이 사랑하는 남자의 가차 없는 관찰자이기도 하다. 그들은 그냥 이론이 없을 뿐이고 그 때문에, 화가 날 때를 제외하고는 자신들의 발견을 이용하지 않는다. 그는 약간 모욕을 당한 느낌이었다. "이건 당연히 이미 심리학적으로 설명되었어." 그가 주저하며 말했다. "우리 둘이 심리학적으로 의심을 살 만하다는 것보다 더 수긍이 가는 건 없어. 근친상간적 성향은 비사회적 기질, 삶에 대한 저항자세와 마찬가지로 어린 시절에 벌써 입증 가능해. 심지어 충분히 다져지지 못한 성 정체성도 그럴 거야. 물론 나는 …."

"나도 아니야!" 아가테가 이의를 제기했고 이제 다시 웃었다. 물론 원래 그럴 뜻은 없었지만. "나는 여자들을 좋아하지 않아!"

"모든 게 다 똑같아." 울리히가 말했다. "어쨌든 영적 오장육부지. 넌 이렇게도 말할 수 있어. 나머지 세상을 배제하고 온전히 혼자서 경배하고 경배받으려는 술탄의 욕구가 있다고. 이것은 고대 근동에서 하렘을 생기게 했고 오늘날은 그 대신 가족, 사랑, 개가 있어. 난 한 인간을 다른 인간이 아예 접근할 수 없도록 혼자 소유하려는 갈망은 인간 공동체 속 개인적 고독의 표시라고 말할 수 있어. 사회주의자들도 이걸 부인하는 경우는 드물어. 네가 그걸 이렇게 보려 한다면, 우리는 시민적 일탈일 뿐이야. 봐, 얼마나 멋져! …" 그는 말을 중단했고 그녀의 팔을 끌어당겼다.

그들은 오래된 집들 사이에 있는 작은 시장 언저리에 서 있었다. 한 위인의 의고주의적 동상 주변에는 알록달록한 야채들이 놓여 있었고 굵은 삼베로 만든 커다란 가판대 파라솔들이 펼쳐져 있었고 과일이 굴러 떨어졌고 바구니들은 끌려갔고 개들은 멋진 진열품 앞에서 쫓겨났고 우악스런 인간들의 붉은 얼굴들이 보였다. 공기는 덜컹거렸고 부지런함에 흥분된 목소리에 의해 날카롭게 울렸고 온갖 세속적 물건들 위에서 빛나는 태양 냄새가 났다. "바라보고 냄새 맡기만 해도 세상을 사랑해야 하지 않을까!" 울리히가 열광해서 물었다. "그런데 우리는 세상을 사랑할 수 없어. 세상의 머릿속에서 진행되는 일에 동의하지 않기 때문이지 … ." 그가 덧붙였다.

그것은 아가테의 취향에 딱 맞는 분리는 아니었고 그녀는 대답하지 않았다. 하지만 그녀는 몸으로 오빠의 팔을 눌렀고 둘은 이를 그녀가 그의 입에 손을 얹은 것으로 이해했다.

울리히가 웃으며 말했다. "난 사실 나 자신도 좋아하지 않아! 늘 인간들에게서 뭔가 트집을 잡으면 따르는 결과지. 하지만 나도 뭔가를 사랑할 수 있어야 하고 거기에 샴쌍둥이 누이가 있는데, 그녀는 나도 아니고 그녀도 아니며 나이기도 하고 그녀이기도 하지. 분명 모든 것의 유일한 교점(交點)이야!"

그는 다시 명랑해졌다. 그리고 보통 그의 기분은 아가테에게도 전염되었다. 하지만 그들은 더 이상 재회의 첫 밤 또는 그 이전처럼 대화하지는 못했다. 그것은 구름성처럼 사라졌다. 그리고 고독한 시골 대신 도시의 삶으로 충만한 거리에 서 있으면 구름성을 제대로 믿을 수가 없다. 아마 원인은 그저 울리히가 자신을 움직이는 이 체험에 어느 정도의 확고함을 부여해야 할지 모른다는 데서 찾을 수도 있었을 것이다. 하지만 자주 아가테는 그가 이 속에서 여전히 환상적인 탈선만을 본다고 생각했다. 그리고 그녀는 그에게 상황이 다르다는 것을 입증할 수 없었다. 그녀는 사실 그보다 적게 말했고 적당한 표현을 찾지 못했고 그럴 용기가 없었으니까. 그녀는 그가 결정을 피하고 있고 그래서는 안 된다고만 느꼈다. 이렇게 그들은 사실 둘 다 깊이와 무거움이 없는 재미있는 행복 속에 자신을 숨겼고 이 때문에 아가테는, 오빠만큼이나 자주 웃긴 했어도, 날마다 더 슬퍼졌다.

29
하가우어 교수가 펜을 들다

하지만 이는 이때 거의 고려되지 않았던 아가테의 남편을 통해 바뀌었다.

이 기쁨의 날들에 마침표를 찍은 어느 날 아침 그녀는 관청 용지 크기의 두꺼운 편지 한 통을 받았는데, 편지는 … 소재 k. k. 루돌프김나지움이라는 문구가 하얀색 글씨로 적힌 커다랗고 둥근 노란색 봉함지로 봉해져 있었다. 그녀가 편지를 개봉하지 않고 손에 들고 있는 동안 이미 갑자기 무(無)에서 2층짜리 집들이 다시 생겨났다. 잘 닦은 창들의 말 없는 거울들, 날씨를 알 수 있도록 층마다 하나씩 갈색 창문틀 바깥에 붙여 놓은 하얀 온도계들, 창문 위 그리스식 박공과 바로크식 조개문양들, 예술목공소에서 제작되어 돌로 채색된 듯한 두상들과 신화적 보초들이 튀어나온 외벽. 국도로 달려온 탓에 갈색이고 축축한 거리는 길게 패인 바퀴자국을 남기며 도시를 관통해서 달렸고 길 양편의 상점들은 진열창에 최신상품을 내놓고 서 있었지만 그럼에도 불구하고, 긴 치마를 들어 올리긴 했어도 인도에서 도로의 오물 속으로 발을 내디뎌야 할지 망설이는 서른 살 미만의 귀부인처럼 보였다. 아가테 머릿속 시골이었다! 아가테 머릿속의 유령! 이해할 수 없는

'완전히 사라지지 않음'이었다! 물론 그녀는 영원히 풀려났다고 믿었지만. 더욱더 이해할 수 없는 것은 언젠가 자신이 그것과 연결되어 있었다는 사실이었다! 그녀는 대문 앞 길이 옆집들의 벽을 따라 학교까지 이어짐을 보았는데, 그 길을 남편 하가우어는 하루에 네 번 걸어갔고 그녀도 처음에, 쓴 물약 한 방울도 세심하게 놓치지 않던 시절, 집에서 일터로 하가우어를 배웅하며 자주 걸었다. "하가우어는 지금 점심을 먹으러 호텔로 가겠지?" 그녀는 자문했다. "지금, 평소에는 내가 아침마다 뜯어내던 달력을 한 장 뜯어내고 있겠지?" 갑자기 이 모든 것은 결코 죽지 않을 것처럼 터무니없이 많은 현재성을 다시 획득했고 그녀는 조용한 공포를 느끼며, 위협이라는 익히 아는 감정이 내면에서 깨어나는 것을 보았는데, 이는 무관심, 잃어버린 용기, 포화상태인 추함, 입김처럼 불확실한 그녀 자신의 상태로 이루어져 있었다. 일종의 탐욕을 느끼며 그녀는 남편이 보낸 두꺼운 편지를 뜯었다.

하가우어 교수가 장인의 장례식과 짧은 수도 방문에서 다시 집과 직장이 있는 곳으로 돌아왔을 때 그의 주변 환경은 짧은 여행 후 늘 그랬던 것처럼 그렇게 그를 받아들였다. 사안을 제대로 처리했고 이제 여행신발을 실내화로 — 이 신발을 신으면 그는 일을 두 배로 잘할 수 있다 — 갈아 신는다는 편안한 의식을 가지고 그는 주변 환경에 관심을 기울였다. 그는 학교로 갔다. 수위에게서 공손한 인사를 받았다. 그는 자신의 휘하에 있는 선생들을 만나면 환영받는다고 느꼈다. 교무과에서는 그가 없는 동안 아무도 처리할 엄두도 내지 못했던 서류와 사안들이 그를 기다리고 있었다. 서둘러 복도를 걸어가면 그의 발걸음이 건물에 날개를 달아 준다는 감정이 그를 동반했다. 고틀립

하가우어는 존경받는 인물이었고 이를 알았다. 고무와 쾌활함이 그의 이마에서 나와 그의 휘하에 있는 학교건물을 관통해 빛을 발했고, 학교 밖에서 아내의 상태와 거처에 대한 질문을 받으면 그는 스스로 명예로운 결혼생활을 하고 있음을 아는 남자의 평온한 영혼으로 답했다. 잘 알려져 있다시피, 남성적 존재는 생산능력이 있는 한은 잠깐의 결혼생활 중단을 가벼운 멍에가 내려진 것과 비슷하게 느낀다. 물론 이 멍에는 어떤 나쁜 장면과도 연결되어 있지 않고 휴식이 지난 후 가뿐하게 다시 자신의 행복을 수용한다. 이런 식으로 하가우어도 처음에는 아가테의 부재를 아무 악의 없이 받아들였고 아내가 얼마나 오래 돌아오지 않았는지 우선은 전혀 알아차리지도 못했다.

사실 벽에 걸린 그 달력이 비로소 그의 주의를 여기로 향하게 했는데, 이 달력은 날마다 뜯어내어지던 낱장 탓에 아가테의 기억 속에서는 끔찍한 삶의 상징으로 비쳤다. 달력은 식당에서 벽의 일부가 아닌 얼룩으로 걸려 있었다. 문방구의 새해선물로 하가우어가 학교에서 집에 가져온 이후 달력은 벽에 붙어 있었고 그 암울함 때문에 아가테는 이것을 용인했을 뿐 아니라 심지어 보살폈다. 아내가 여행을 떠난 후 달력의 낱장을 뜯어내는 일을 하가우어 스스로 넘겨받았다면 이는 전적으로 하가우어다웠으리라. 벽의 이 부분이 황폐화되게 내버려두는 것이 그의 습관에 어긋났으니까. 다른 한편 그는 무한의 바다에서 자신이 어떤 주와 달에 위치해 있는지 늘 아는 남자였고 게다가 교무실에도 달력이 있었다. 그럼에도 불구하고 집의 시간측정을 정돈하기 위해 그가 마침내 손을 들어 올리려 했을 바로 그때 그는 독특한 멈춤이 미소 짓는 것을 느꼈고 이는, 나중에 드러난 바이지만, 운명이 모습을 드러내는 그런 동요였지만 그는 우선은 이를, 그를 놀라게 하고 스스로에 대해 만족감을 느끼게 하는 다정하고 기사도적인 느낌일 뿐이라고 간주했다. 그는 아가테가 떠난 그날의 낱장을 존중과 기억의 의미에서 그녀가 돌아오기 전에는 건드리지 않기로 결심했다.

이렇게 시간이 감에 따라 벽의 달력은 곪아 가는 상처가 되었고 하가우어는 이것을 볼 때마다 아내가 벌써 얼마나 오래 고향을 피하고 있는지를 떠올렸다. 감정과 살림을 아끼며 그는 엽서를 썼고 아가테에게 자신의 소식을 알렸고 그녀가 언제 돌아올지를 점점 더 절박하게 물었다. 그는 아무런 답도 받지 못했다. 곧 그는 지인들이 아내가 애도의무를 행하느라 아직 한참을 더 떠나 있을 거냐고 애석해하며 물으면 더 이상 환한 표정을 짓지 못하게 되었지만 다행히도 늘 할 일이 많았다. 매일 학교의무와 그가 소속된 협회의 과제가 있었고 그 외에도 우편을 통해 수많은 초대, 문의, 동의 성명, 공격, 수정, 잡지, 중요한 책들이 날아왔으니까. 하가우어의 인간적 개인은 시골에서 시골이 낯선 여행객에게 주는 아름답지 못한 인상들의 일부로 살았지만 그의 정신은 유럽에 거했고 이는 그가 오랜 시간 아가테의 부재를 그 전체 의미에서 이해하는 것을 방해했다. 그러던 어느 날 우편물에 울리히의 편지 한 통이 들어 있었고 편지는 그에게 전달할 것, 즉 아가테가 더 이상 그에게 돌아가지 않겠다는 의도임을 건조하게 전달했고 이혼에 동의하라고 청했다. 이 편지는 그 정중한 형식에도 불구하고 너무나 가차 없고 짧게 작성되어 하가우어는 울리히가 이파리에서 해충을 떼어내고 싶어 하는 딱 그만큼만 수신자인 그의 감정을 배려하고 있음을 분노하며 확인했다. 그의 첫 내적 방어 움직임은 '진지하게 여기지 말자, 변덕이야!'였다. 이 소식은 미룰 수 없는 일들과 명예롭게 밀려드는 인정들로 충만한 밝은 대낮 속에 조롱하는 유령처럼 놓여 있었다. 텅 빈 집을 다시 본 저녁이 되어서야 하가우어는 책상 앞에 앉았고 울리히에게 역시 짧게, 그의 전갈을 일어나지 않은 것으로 간주하는 것이 최상이라고 전했다. 하지만 이후 곧 울리히로부터 새 편지가 당도했는데, 그는 이 견해를 거절했고 아가테의 갈망을, 그녀는 모르는 가운데, 되풀이했고 그냥 조금 더 정중한 상세함으로, 자신이 취할 수 있는 모든 필요한 법적 조치를 하지 않게 해달라고 하가우어에게 촉구했다. 이는 하가우어 같은 도덕적 지위에 있는 사람에게 합당하고 공개적 대결이 가져올 불쾌한 부대상황을 피할 수 있으므로 바람직할 것이라고. 이제 하가우어는 상황의 심각함을 알아차렸고 나중에 더 이상 반박할 수 없고 더 개탄할 것도 없을 답을 찾기 위해 사흘의 시간을 자신에게 허락했다.

그는 이 사흘 가운데 이틀을 누군가가 그의 심장을 밀치기라도 한 듯한 감정에 시달렸다. "악몽이야!" 그는 스스로에게 여러 번 감상적으로 말했고 정신을 바싹 차리지 않으면 이혼 요구가 현실임을 믿을 수 없었다. 깊은 불편함은 이날들 내내 그의 가슴 속에서 가슴 아픈 사랑과 비슷하게 작용했고 불특정한 질투심도 보태졌는데, 그가 아가테의 태도의 원인이라고 추측하는 연인(戀人)을 향한 것은 아니었고 이해할 수 없는 어떤 것, 그 때문에 그가 뒷전으로 밀려난 뭔가를 향한 것이었다. 이는 일종의 창피함이었고 아주 착실한 남자가 뭔가를 깨버렸거나 잊어버렸을 때 느끼는 창피함과 비슷했다. 더 이상 알아차리지는 못하지만 아득한 옛날부터 머릿속에 확고한 자리를 차지한 어떤 것, 많은 것이 달린 어떤 것이 갑자기 두 동강이 났다. 창백하고 혼란에 빠진 채 실제로 고통을 느끼면서 — 아름다움이 빠져 있다고 해서 이 고통을 평가절하해서는 안 된다 — 하가우어는 배회했고 해야 할 해명 앞에서, 감수해야 할 수치심 앞에서 뒤로 멈칫하면서 인간들을 피했다. 세 번째 날에서야 마침내 그의 상태에 확고함이 찾아왔다. 하가우어는 자연스레 울리히에게 울리히가 그에게 품고 있는 것 못지않게 커다란 반감을 품었고 여태 한 번도 제대로 드러난 적이 없던 그것이 이제, 그가 뭔가를 예감하며 아가테의 태도에 대한 모든 책임을 처남에게 전가함으로써 갑자기 모습을 드러냈다. 그녀는 집시같이 불안정한 오빠 때문에 완전히 돌변한 것이 분명했다. 그는 책상에 앉았고 몇 마디 말로 아내의 즉각적인 귀향을 요구했고 그 이상의 것은 모두 남편으로서 그녀 본인과 해결할 것이라고 완강히 선언했다.

울리히로부터는 거절의 답이 왔는데, 마찬가지로 짧고 완강했다.

이제 하가우어는 아가테에게 직접 영향을 미치자고 결심했다. 그는 울리히와 교환한 서신의 사본을 작성했고 잘 숙고된 긴 편지 한 통을 동봉했는데, 이 두 편지가 아가테가 관청 봉함지가 날인된 커다란 봉투를 열었을 때 본 것이었다.

하가우어 스스로는 이 모든 것이 지금 벌어지는 일이 전혀 사실이 아닐 거라는 기분이었다. 직무상의 의무에서 돌아온 그는 저녁에 '황폐화된 집'에서 한 장의 편지지 앞에 앉았다. 울리히가 또 그 편에서 다른 편지지 앞에 앉아서 어떻게 시작해야 할지를 몰랐던 것처럼. 하지만 하가우어의 삶에서는 그 유명한 '단추의 처리과정'이 여러 번 성공을 거두었고 그는 이번에도 이것을 이용했다. 이것은 흥분되는 과제 앞에서도, 옷에 단추를 달 때와 비슷하게 자신의 사고에 방법론적으로 영향을 미쳐야 한다는 것이었다. 단추가 없으면 옷을 더 빨리 벗을 수 있다고 착각한다면 시간낭비만을 한탄할 테니까. 예를 들어, 하가우어가 그 연구를 원용한 영국 저술가 서웨이는 — 하가우어에게는 근심 속에서도 자신의 관찰과 이 연구를 비교하는 것이 중요했다 — 성공적인 사고 과정에서 이 단추 다섯 개를 구별했다. ⓐ 해석이 어렵다고 직접적으로 느껴지는 사건을 관찰하기, ⓑ 이 어려움을 자세히 한정하고 확정하기, ⓒ 가능한 해결책을 추정하기, ⓓ 이 추론의 결과를 이성적으로 전개시키기, ⓔ 이 추론을 수용하거나 거부하기 위해 계속 관찰하고 이로써 사고의 성과를 거두기가 그것이었다. 하가우어는 공무원 클럽에서 테니스를 배울 때 이와 비슷한 처리과정을 잔디구장 테니스와 같은 세계적인 사업에 적용해서 이미 득을 보았고 이로 인해 그 경기는 그에게 신중한 정신적 자극이 되었지만 그는 아직 순전히 감정적 사안에서 이를 사용해 본 적은 없었다. 그의 영혼의 일상적 체험이 대부분 전문분야에서의 인간관계로, 좀더 개인적 사건들에서는 바로 그 '당연한 감정'으로 이루어졌으니까. 이는 지역별로, 직업별로 또는 신분별로 가장 먼저 떠오르는 감정에 약간의 할증이 붙긴 해도 임의의 경우 백인종의 내면에서 가능하고 널리 유통되는 모든 감정들의 혼합이었다. 그래서 이 단추들은 이혼하려는 아내의 평범하지 않은 갈망에 연습부족도 없지 않게 적용되었고 심지어 '당연한 감정'도 개인적으로 당면한 곤경에서는 가볍게 분열된다는 특성을 보여 주었다. 즉, 한편으로 이 감정은 하가우어 같은 현

시대 인간은 신뢰관계의 해체에 대한 요구를 많은 것들을 통해 어렵게 해서는 안 될 의무가 있다고 말했다. 하지만 다른 한편, 자신이 원하지 않는다면 이것은 이런 의무에서 자유로운 것들도 많이 말하는데, 오늘날 이런 사안들에 파고든 경박함은 결코 좋다고 할 수가 없기 때문이다. 하가우어는 이런 경우 현대적 인간은 '긴장을 풀고', 즉 주의력을 흩뜨리고 이완된 육체자세를 취하고 내면의 가장 깊은 곳에서 들리는 소리에 귀를 기울여야 함을 잘 알았다. 그는 조심스럽게 숙고를 멈추었고 고아가 된 달력을 응시했고 내면에 귀를 기울였다. 한참 후 목소리 하나가 대답했는데, 의식적 사고 아래 내면 깊은 곳에서 나오는 이 목소리는 딱 그가 이미 생각했던 바를 말했다. 이 목소리는 아가테의 요구 같은 그런 이유 없고 부당한 요구는 결국 받아들일 필요가 없다고 말했다!

하지만 이로써 하가우어 교수의 정신은 벌써 뜻밖에도 ⓐ에서 ⓔ까지 서웨이의 단추 앞에 또는 이와 등가인 일련의 단추 앞에 내려졌고 그는 관찰한 사건들을 해석하는 어려움이 생생하게 되살아남을 느꼈다. "나 고틀립 하가우어는", 하가우어는 자문했다. "가령 이 곤혹스러운 사건에서 유죄인가?" 그는 자신을 살펴보았고 자신의 태도에 제기된 단 하나의 이의도 발견할 수 없었다. "그녀가 사랑하는 다른 남자가 원인일까?"라고 그는 있을 법한 해결책에 대한 추측을 계속했다. 하지만 이를 받아들이기는 어려웠다. 아무리 객관적으로 숙고해보아도, 다른 남자가 자신보다 더 나은 것을 아가테에게 제공할 수 있을지 정말 알 수가 없었으니까. 어쨌거나 이 질문은 다른 어떤 질문보다도 더 쉽게 개인적 허영심으로 인해 그 본질이 흐려질 수 있었고 그래서 그는 이 질문을 가장 정확하게 다루었다. 그러면서 여태 생각지 못했던 전망들이 열렸고 갑자기 하가우어는, 서웨이를 참조하자면 ⓒ에 따라, 가능한 해결책의 궤도에 올랐다고 느꼈으며 이는 ⓓ와 ⓔ로 이어졌다. 결혼 후 처음으로 일련의 현상들이 그의 눈에 띄었는데, 그가 알기로는, 다른 성에 대한 사랑이 전혀 깊거나 열정적이지 않은 여자들에게서만 보고되는 현상들이었다. 옛날 총각 시절, 의심할 바 없이 관능적 삶을 영위했던 여성들에게서 알던 그런 완전히 열려 있고 꿈속을 헤매는 듯한 헌신에 대한 단 하나의 증거도 기억 속에서 찾지 못했다는 것은 고통스러웠지만 이는 제3자가 그의 결혼의 행복을 파괴했음을 이제 완전히 과학적인 평온함으로 배제했다는 이점을 제공했다. 이로써 아가테의 태도는 저절로 이 행복에 대한 순전히 개인적인 반발에 기인하게 되었고 게다가 그녀가 뭔가를 미리 암시하는 표시라고는 조금도 없이 그리고 그렇게 단시간 내에 여행을 떠났기 때문에 결론적으로, 근거 있는 심경변화가 일어나기가 불가능했으므로 하가우어는 이해할 수 없는 아가테의 태도가 생의 거부라는 차츰 쌓여가는 그런 유혹 가운데 하나로만 설명될 수 있으리라는 확신에 도달했고 이 확신은 이제 거의 그를 떠나지 않았다. 자신이 무엇을 원하는지 모르는 인간들이 이런 유혹에 빠진다고들 한다.

하지만 아가테가 정말 그런 인간이었나? 좀더 살펴볼 필요가 있었고 하가우어는 생각에 잠겨 펜대로 수염을 쓰다듬었다. 그녀는 평소, 그가 명명한 바, '부담 없는 동료'라는 인상을 주었지만 그가 가장 관심을 가지는 질문과 관련해서는 — 굳이 게으름이라고 하지 않는다면! — 깊은 무관심을 보여 주었다. 사실 그녀에게는 그, 다른 인간들 그리고 그들의 이익에 맞지 않는 뭔가가 있었다. 그것은 저항하지도 않았다. 그녀는 사실 같이 웃거나 상황에 맞게 진지했지만, 지금 제대로 숙고해 보면, 그 모든 시간 동안 항상 약간 산만하다는 인상을 주었다. 그녀는 사람들이 그녀에게 알리거나 요구하는 것에 귀를 기울였지만 결코 믿지는 않는 듯했다. 그녀는, 정확히 관찰해 보면, 병이라고 할 만큼 무관심해 보였다. 가끔씩 그녀는 주변 환경에 전혀 신경을 쓰지 않는다는 인상을 주었다. … 그리고 갑자기 그의 펜은 그도 모르게 그 특유의 움직임으로 종이 위를 달리기 시작했다. "당신이 뭘 생각하는지 모르겠어."그는 이렇게 썼다. "내가 당신에게 제공할 수 있는 삶, 온갖 겸손함에도 불구하고 순수하고 완전한 이 삶을 사랑하기에 당신이 너무 좋다고 여긴다면. 당신은, 지금 드는 생각인데, 이 삶을 항상 부젓가락으로 잡으려 했어. 당신은 겸손한 삶도 제공할 수 있는 인간적인 것과 윤리적인 것의 부(富)를 거부했고, 내가 어째서인지 당신이 그럴 권리가 있다고 느꼈으리라고 인정한다 해도 당신은 윤리적 변화의 의지가 없고 대신에 오히려 인위적이고 환상적인 해결책을 택했을 거야!"

그는 다시 한번 숙고했다. 그는 자신의 교육자 손을 거쳐 간 학생들을 살펴보았다. 그에게 해명을 줄 수 있는 사례를 찾기 위해서였다. 하지만 제대로 시작하기도 전에 저절로, 지금까지 어렴풋한 불쾌감을 느끼며 놓치고 있었던 숙고의 빠진 조각이 떠올랐다. 이 순간 그에게 아가테는 일반적 접근을 아예 허용하지 않는 완전히 개인적인 경우는 더 이상 아니었다. 그녀가 특별한 정열에 눈이 멀지 않았는데도 얼마나 쉽게 포기할 태세였는지 생각해 보면, 기쁘게도, 필연적으로 현대의 교육학에 잘 알려진 기본가정에 다다랐으니까. 즉, 그녀에게는 초(超) 주관적 숙고능력과 주변 환경과의 확실한 정신적 접촉능력이 결핍되었다! 재빨리 그는 이렇게 적었다. "아마 당신은 지금 감행하려는 것이 무엇인지 분명히 의식하지 못할 거야. 하지만 당신이 최종 결심을 하기 전에 경고하지! 아마 당신은 삶을 지향하는 그리고 삶에 정통한 나 같은 사람들하고는 정반대지만 바로 그 때문에 내가 당신에게 제공하는 지지대를 경박하게 포기해서는 안 돼!" 원래 하가우어는 조금 다르게 쓰려고 했다. 왜냐하면 한 인간의 지성은 자족적이거나 맥락이 없는 능력이 아니고 이것이 결핍되면 도덕적 박약이라고 하는 윤리적 결핍이 초래되고, 물론 주목받는 경우가 드문 사항이긴 하지만, 이 윤리적 결핍도 이성의 힘을 임의의 방향으로 유도하거나 현혹할 수 있으니까! 하가우어는 자족적 유형을 그의 정신적 눈앞에서 보았다. 그는 이미 정립된 규정들과 연결해서 이를 '전체적으로 충분히 지성적이지만 특정한 결손증상에서만 표현되는 도덕적 박약의 별종'이라고 명명하고 싶었다. 하지만 그는 시사하는 바가 많은 이 표현을 사용할 용기가 없었는데, 한편으로는 달아난 아내를 더 자극하는 것을 피하고 싶었고 다른 한편으로는 문외한은 보통 자신에게 사용된 이런 명칭을 오해하기 때문이었다. 하지만 객관적으로 고수된 것은 흥을 잡힌 사람들이 전체적으로 '제정신이 아닌 자들'이라는 큰 족속에 속한다는 것이었다. 결국 하가우어는 이 양심과 기사도 간의 대립에서 하나의 탈출구를 생각해 냈는데, 아내에게서 관찰되는 결손현상들이 훨씬 더 널리 퍼진 여성적 열등에 기대어 심지어 '사회적 정신박약'으로도 명명될 수 있었기 때문이었다! 이런 견해 속에서 그는 감동적인 말로 편지를 끝냈다. 그는 거절당한 구애자와 교육자의 예언적 원한을 품은 채 아가테에게 그녀 본성의 비사회적이고 공동체 감각이 없는 위험한 성향을 '마이너스 유형'이라고 서술했다. 이 유형은 '오늘날의 시대'가 '오늘날의 인간들'에게 요구하는 바와는 반대로 결코 어디에서도 삶의 문제를 추진력을 가지고 창조적으로 대하지 못하고 '유리창을 사이에 두고 현실과 분리되어' 지속적으로 병적인 위험의 언저리에서 스스로 선택한 고독을 고수한다고. "내게 싫은 점이 있다면 당신이 그걸 고쳐야 해. 하지만 당신의 정서가 현재의 에너지를 감당할 수 없고 현재의 요구를 피하고 있다는 게 진실이야! 난 당신의 성격에 대해 당신에게 경고했어." 그는 끝을 맺었다. "그리고 반복하건대, 당신은 믿을 만한 지지대를 다른 사람들보다도 더 절실히 필요로 해. 당신 스스로의 이익을 위해 나는 당신에게 당장 돌아오라고 요구하는 바이며, 남편으로서 나의 책임감이 당신의 청을 받아들이기를 금한다고 선언하는 바야."

하가우어는 서명하기 전에 편지를 다시 한번 처음부터 끝까지 읽었고 의심스러운 유형이 이해하기에는 매우 불완전하다고 생각했지만 더 이상 아무것도 바꾸지 않았다. 단 하나 마지막에 — 아내에 대해 숙고한다는 낯설지만 자랑스럽게 해낸 노고를 수염 사이로 강력히 숨을 내쉼으로써 날려 버리며 '새 시대'라는 질문에도 얼마나 더 말해야 할지 숙고하면서 — 존경하는 선친의 귀중한 유산에서 나온 기사도적 관용구를 책임이라는 말이 있는 대목에 덧붙였다.

아가테가 이 모든 것을 읽었을 때, 그 상세한 내용이 그녀에게 아무런 인상을 남기지 못하지는 않았다는 기적이 일어났다. 앉을 시간도 없이 서서 편지를 다시 한번 한 마디 한 마디 읽은 후 그녀는 천천히 편지를 내렸고 누이의 흥분을 놀라 관찰하고 있는 울리히에게 건네주었다.

30
울리히와 아가테가 추후에 하나의 이유를 찾다

이제 울리히가 편지를 읽는 동안 아가테는 풀이 죽어 그의 표정을 관찰했다. 그는 편지 위에 얼굴을 숙였고 표정은 조소, 진지함, 근심, 또는 경멸 가운데 어떤 것을 선택해야 할지 망설이는 듯했다. 이 순간 무거운 추 하나가 그녀 위로 내려졌다. 이 추는 부자연스럽도록 달콤한 가벼움이 만연한 후 공기가 압축되어 참을 수 없이 답답해지듯 사방에서 밀려들었다. 아버지의 유언장에 한 일이 처음으로 아가테의 양심을 짓눌렀다. 하지만 그녀가 자신이 현실에서 누구에게 죄를 지었는지를 갑자기 판단했다고 말한다면 이는 충분치 못하리라. 오히려 그녀는 그런 현실적 판단을 모든 것과의 관계에서, 오빠와의 관계에서도 느꼈고 뭐라 설명할 수 없이 정신이 말짱해짐을 느꼈다. 그녀가 한 모든 일이 이해할 수 없어 보였다. 그녀는 남편을 죽이겠다고 말했다, 유언장을 위조했다, 오빠의 삶을 방해하는지 묻지도 않고 오빠와 합쳤다. 상상으로 가득 찬 도취상태에서 그녀는 그렇게 했다. 이 순간 특히 그녀를 부끄럽게 한 것은 그때 그녀에게 가장 가까이 있고 가장 자연스러운 생각이 완전히 결여되었다는 것이었다. 좋아하지 않는 남자를 떠나는 다른 여자들은 모두 더 나은 남자를 찾거나 다른 종류지만 역시 자연스러운 종류의 대책으로 손실을 보상하기 때문이다. 울리히조차도 너무나 자주 이를 언급했지만 그녀는 결코 그 말을 귀담아듣지 않았었다. 이제 그녀는 거기 서 있었고 그가 무슨 말을 할지 몰랐다. 그녀의 태도는 정말 아주 책임능력이 있는 사람의 태도로는 여겨지지 않았고 그녀가 어떤 사람인지 나름의 방식으로 질책하는 하가우어가 옳다고 할 정도였다. 울리히의 손에 있는 그의 편지에 그녀는, 안 그래도 비난을 받고 있는데 게다가 너를 경멸한다고 확언하는 옛 선생의 편지를 받아 든 사람과 비슷하게 충격을 받았다. 물론 그녀는 하가우어가 결코 그녀에게 영향력을 행사하는 것을 용인하지 않았다. 그럼에도 불구하고 이 편지는 그가 그녀에게 "난 당신에게 속았어!" 또는 "유감스럽게도 난 결코 당신에게 속지 않았고 항상 당신이 나쁜 결말을 얻을 거라는 느낌이었어!"라고 말해도 되는 듯한 작용을 했다. 그녀는 이 가소롭고도 걱정스런 인상을 떨쳐 버리려는 욕구에서 때 이르게 초조한 말들로 울리히를 중단시켰다. 그는 여전히 주의 깊게 편지를 읽었고 이를 결코 끝낼 수 없는 듯 보였다.

"사실 그는 나를 아주 정확하게 서술했어." 그녀는 아무렇지도 않은 척 말했지만 여기에는 그 반대로 들으라는 소망을 분명히 드러내는 강력한 도발이 들어 있었다. "그가 입 밖에 내지는 않았어도 사실이야. 어떤 절박한 이유 없이 그와 결혼했을 때 내가 책임능력이 없었거나 마찬가지로 빈약한 근거를 대며 그를 떠나려는 지금 책임능력이 없거나."

이 순간 울리히는 그의 상상재능을 억지로 하가우어와의 친밀한 관계의 증인으로 만들어 버린 편지대목들을 세 번째로 읽었고 정신을 딴 데 팔고는 알아들을 수 없는 대답을 했다.

"잘 좀 들어 줘!" 아가테가 그에게 청했다. "내가 시대에 맞는 여자야? 경제 활동이나 지적 활동을 하는? 아니지. 내가 사랑에 빠진 여자야? 그것도 아니야. 내가 균형 잡히고 단순화하는, 둥지를 짓는 좋은 아내이고 엄마야? 전혀 아니야. 그럼 뭐가 남지? 도대체 나는 왜 태어난 거지? 오빠에게 곧장 말할게. 우리가 속한 사회는 근본적으로 나와 전혀 상관이 없어. 나는 교양 있는 사람들을 황홀하게 하는 음악, 문학, 예술이 없이도 잘살 수 있을 거라는 생각이 들 정도야. 예를 들어, 하가우어는 아니지. 하가우어는 인용이나 참조 때문에라도 그것들이 필요해. 그는 적어도 기쁨을 주는 것, 단정한 것 모음을 늘 가지고 있지. 그가 나를 아무것도 행하지 않고 '미(美)와 윤리의 부(富)'를 거부하고 기껏해야 하가우어 교수 집에서나 이해와 관용을 얻을 수 있다고 비난하면 그가 옳지 않은 거지?!"

울리히는 그녀에게 편지를 돌려주었고 평온하게 답했다. "사안을 똑바로 바라보자. 한마디로, 넌 정말 사회적으로 정신박약이야!" 그는 미소를 지었지만 그의 어조에서는 이 사적인 편지가 그의 내면에 남긴 신경질이 느껴졌다.

하지만 아가테에게는 오빠가 이렇게 대답한 것이 옳지 않았다. 이것은 그녀의 근심을 키웠다. 이제 그녀는 소심한 조소(嘲笑)를 담아 물었다. "사실이 그렇다면 대체 왜 오빠는, 내게 말해 주지도 않고, 이혼해서 나의 유일한 보호자를 잃으라고 주장했지?"

"에이, 아마", 울리히가 피하며 말했다. "서로 확고한 남성적 어조로 소통하는 것이 멋지게 간단했기 때문일 거야. 난 주먹으로 탁자를 내리쳤고 그도 주먹으로 탁자를 내리쳤어. 당연히 난 그 다음 두 배나 더 세게 탁자를 내리쳐야 했어. 그래서 그렇게 한 것 같아."

기분이 상한 상태에서 스스로 알아차리지 못했지만 지금까지 아가테는 오빠가 농담으로 장난치던 오누이놀이 시간에 내보였던 것의 정반대를 은밀히 행했음에 매우, 사실 미친 듯이 기뻤다. 그가 하가우어를 모욕한 데에는 그녀가 절대 되돌아가지 못하도록 그녀 뒤에 장애물을 세우려는 목적만 있었을 테니까. 하지만 지금 이 숨겨진 기쁨의 자리에도 텅 빈 상실만이 있었고 아가테는 입을 다물었다.

"우리는", 울리히가 계속했다. "하가우어 같은 부류가 너를, 이렇게 말해도 된다면, 거의 정확하게 오해하는 일을 얼마나 잘 해냈는지 간과해서는 안 돼. 잘 들어 봐. 그는 자기 방식대로, 탐정사무소 없이, 그냥 인간에 대한 너의 태도의 약점들에 대해 숙고하기 시작함으로써 네가 아버지의 유언장에 한 일을 알아낼 거야. 그럼, 우리는 너를 어떻게 방어하지?"

이로써 다시 함께 있게 된 이후 처음으로 오누이 사이에, 아가테가 하가우어에 대항해 행한 불행하면서도 행복한 장난이 화제가 되었다. 그녀는 격하게 어깨를 으쓱였고 불특정한 방어동작을 했다.

"당연히 하가우어가 옳아!" 울리히가 부드럽고도 강하게 숙고를 요구했다.

"그는 옳지 않아!" 그녀는 움직이며 대답했다.

"그는 부분적으로 옳아." 울리히가 중재했다. "이런 위험한 상황에서 우리는 아주 분명한 자기고백으로 시작해야 해. 네가 한 일은 우리 둘을 감옥에 보낼 수 있어."

아가테는 경악에 찬 눈으로 그를 바라보았다. 사실 그녀도 이를 알았지만 이것이 이렇게 의심할 바 없이 발설된 적은 한 번도 없었다.

울리히는 친절한 몸짓으로 대답했다. "이게 아직 최악이 아니야." 그가 계속했다. "하지만 우리는 네가 한 일 그리고 그 방식을 이런 비난에서 구할 수 있을까, 그러니까 … ." 그는 스스로 만족할 만한 표현을 찾았지만 발견할 수 없었다. "자, 간단히 이렇게 말해 보자. 그게 조금 하가우어가 말하듯이 그렇다고. 그게 그늘진 면, 결손증상, 어떤 결핍으로 인해 생긴 실수의 측면으로 기울었다고? 하가우어는 세상의 목소리를 대변해. 그게 그의 입에서 가소롭게 울린다 해도."

"이제 담배 케이스가 오겠지." 아가테가 낮은 소리로 외쳤다.

"그래, 지금." 울리히가 완고하게 대답했다. "오랫동안 나를 짓눌렀던 걸 네게 말해야겠어."

아가테는 그가 말하지 못하게 하려 했다. "우리가 그것을 일어나지 않은 일로 하면 더 낫지 않을까?" 그녀가 물었다. "아마 내가 화해를 구하면서 그와 이야기를 하고 보상을 제공해야 할까?"

"그러기엔 너무 늦었어. 그는 지금 그걸 네가 돌아오도록 강제할 도구로 사용할 수 있을 거야." 울리히가 설명했다.

아가테는 침묵했다.

울리히는 부유한 남자가 호텔에서 훔친 담배 케이스로 시작했다. 그는 이런 소유권 침해에 관해서는 곤궁, 직업 또는, 이 두 개가 해당되지 않으면, 손상당한 영적 성향이라는 세 가지 근거만 있다는 이론을 정립했었다. "우리가 언젠가 이 이야기를 했을 때 넌 그가 확신 때문에 그럴 수도 있다고 이의를 제기했어." 그가 덧붙였다.

"난 그냥 그럴 수 있다고 했어!" 아가테가 이의를 제기했다.

"그래, 원칙 때문에."

"아니, 원칙 때문이 아니야!"

"그게 그거야!" 울리히가 말했다. "그런 일을 하면 적어도 확신이 그것과 연결되어 있어야 해! 난 그걸 외면할 수 없어! 아무것도 '그냥' 하지는 않아. 이유가 외부에 있든가 내부에 있어야 해. 이걸 그렇게 쉽게 분리할 수는 없겠지만 우리는 지금 이에 관해 철학을 하려는 게 아니야. 그냥 이렇게 말할게. 누군가 아주 근거가 없는 뭔가를 옳다고 간주하면 또는 어떤 결심이 무(無)에서 생겨나면, 그는 그 자신이 병적이거나 남에게 해를 끼치는 성향이라고 의심해야 해."

이로써 이제 물론 울리히는 의도했던 것보다 훨씬 더 많은 것을 그리고 더 나쁜 것을 말해 버렸다. 그런데 이것은 그 방향에서만 그의 의구심과 부합했다.

"그게 오빠가 내게 말할 전부야?"

"아니, 전부는 아니야." 울리히가 분개해서 말했다. "이유가 없으면 하나를 찾아야 해!"

둘 중 아무도 이유를 찾아야 함을 의심하지는 않았다. 하지만 울리히는 이를 다르게 원했고 잠시 침묵한 후 신중하게 말했다. "다른 사람들과 하나가 되어 세상으로 나가는 순간 너는 영원히 더 이상 무엇이 선이고 무엇이 악인지 모르게 될 거야. 선하고자 한다면 넌 세상이 선하다고 확신해야 하거든. 그런데 우리 둘은 그러지를 못해. 우리는 도덕이 해체나 경련에 처한 시대를 살고 있어. 하지만 앞으로 올 수 있는 세계를 위해 우리는 우리를 깨끗이 유지해야 해!"

"그게 그 시대가 올지 안 올지에 영향을 준다고 생각해?" 아가테가 반대했다.

"아니, 유감스럽게도 그렇다고 생각하지는 않아. 기껏해야 이렇게 생각할 거야, 그걸 아는 인간들도 올바르게 행동하지 않는다면 그 시대는 분명 오지 않고 몰락은 멈출 수 없다고!"

"500년 후에 달리 될지, 달리 되지 않을지가 오빠와 무슨 상관이야!"

울리히는 망설였다. "난 내 의무를 이행해, 이해하겠어? 아마 군인처럼."

이 불행한 아침 아가테는 울리히가 준 것과는 다른 위로, 더 다정한 위로가 필요했다는 것이 원인이었을 터인데, 그녀가 대답했다. "결국에는 그냥 오빠의 장군처럼?"

울리히는 침묵했다.

아가테는 멈추고 싶지 않았다. "오빠도 그게 오빠의 의무인지 확실치 않잖아." 그녀가 계속했다. "오빠는 오빠가 그런 사람이고 그게 기쁨을 주니까 그렇게 해. 나도 이와 다른 걸 한 게 아니야!"

그녀는 갑자기 자제력을 잃었다. 뭔가가 아주 슬펐다. 갑자기 눈에는 눈물이 고였고 목구멍에서는 격렬한 훌쩍임이 목을 졸랐다. 이를 숨기기 위해 그리고 오빠의 눈에 보여 주지 않기 위해 그녀는 그의 목에 팔을 두르고 그의 어깨에 얼굴을 숨겼다. 울리히는 그녀가 울고 있음을, 그녀의 등이 떨림을 느꼈다. 성가신 당황이 살그머니 그를 덮쳤고 그는 자신이 차가워짐을 알아차렸다. 누이를 향해 품고 있다고 믿었던 너무나 많은 다정하고 행복한 감정들, 이것들은 그가 감동을 받아야 하는 이 순간 거기에 없었다. 그의 느낌들은 방해를 받았고 활성화되지 못했다. 그는 아가테를 쓰다듬었고 몇 마디 위로의 말을 속삭였지만 거부감이 들었다. 정신적 공감이 없었으므로 두 육체의 접촉은 두 개의 짚 빗자루의 접촉처럼 여겨졌다. 그는 아가테를 의자로 데리고 갔고 그녀에게서 몇 발자국 떨어져서 자신도 다른 의자 위에 앉음으로써 이를 끝냈다. 그러면서 그는 그녀가 제기한 이의에 이런 말로 답했다. "유언장 이야기는 네게 어떤 기쁨도 주지 않았어! 그리고 결코 기쁨을 주지도 않을 거야. 그것이 질서에 어긋나는 것이었기 때문이야!"

"질서?" 아가테가 눈물을 흘리며 외쳤다. "의무?"

울리히가 너무나 냉정하게 행동했기 때문에 그녀는 사실 아주 당황했다. 하지만 그녀는 벌써 다시 미소를 지었다. 그녀는 그녀 혼자 이 일을 감당해야 함을 이해했다. 그녀는 자신이 짜낼 수 있었던 미소가 얼음 같은 입술에서 아주 멀리 떨어져 부유한다는 느낌을 받았다. 이와 반대로 울리히는 이제 당황에서 벗어났고 심지어 평범한 육체적 감동이 더 이상 자신에게 나타나지 않는 것이 좋게 여겨졌다. 그는 그들 둘 사이에서는 이것도 달라야 함을 깨달았다. 하지만 그는 이를 숙고할 시간이 없었다. 아가테가 매우 괴로워하고 있음을 보았으니까. 그래서 그는 말을 하기 시작했다. "내가 사용한 말들로 너를 괴롭히지 마." 그가 청했다. "그리고 나쁘게 생각하지 마! 아마 내가 질서와 의무라는 이런 단어를 고른 것은 부당할 거야. 설교 같은 느낌을 주니까. 하지만 왜지?" 그는 이 말을 다시 중단했다. "도대체 왜 설교가 경멸을 받지? 이것들이 우리의 최고의 행복이어야 하지 않을까!"

아가테는 대답할 마음이 조금도 들지 않았다. 울리히는 질문을 그만두었다.

"내가 네 앞에서 정의로운 자인 체하고 싶어 한다고 생각하지는 마!" 그가 청했다. "난 내가 나쁜 짓을 하지 않는다고 말하려는 게 아니야. 그냥 그걸 남몰래 해야 한다는 것, 난 이걸 좋아하지 않아. 나는 도덕의 도적 떼를 사랑하지만 도둑은 싫어. 난 너를 도덕의 도적으로 만들고 싶어." 그가 농담했다. "그리고 난 네가 나약함 때문에 실수를 저지르는 걸 허락하지 않겠어!"

"나는 거기서 명예롭게 내세울 수 있는 입장이 없어!" 누이가 스스로에게서 아주 멀리 떨어진 미소 뒤에서 말했다.

"우리 시대 같은 시대가 있다는 게 끔찍이도 웃겨. 젊은 인간들은 모두 나쁜 것에 사로잡혀 있거든!" 그는 대화를 개인적인 것에서 떼어 놓으려고 웃으며 지적했다. "도덕적으로 섬뜩한 것에 대한 오늘날의 이런 애호는 물론 나약함이야. 어쩌면 선에 대한 시민적 포만이겠지. 선이 미끄러져 넘어지는 것이지. 나조차도 원래는 모든 것에 '아니오'라고 말해야 한다고 생각했어. 오늘날 25세와 45세 사이의 사람들은 모두 그렇게 생각했어. 물론 이건 일종의 유행일 뿐이야. 나는 이제 곧 선회가 오리라고 그리고 이와 더불어 부도덕 대신에 다시 도덕을 단춧구멍에 꽂을 젊은이들이 오리라고 상상할 수 있어. 그러면 삶에서 결코 도덕의 흥분을 느껴 보지 못하고 경우에 따라 도덕적 상투어나 말하던 최고령 당나귀들은 갑자기 새로운 특성의 선구자나 개척자가 될 거야!"

울리히는 자리에서 일어나 불안하게 서성거렸다. "우리는 이렇게 말할 수 있을 거야." 그가 제안했다. "선은 이미 그 본성에 따라 거의 상투어가 돼버렸고 악은 비판으로 남지! 부도덕한 것은 도덕적인 것의 강력한 비판으로서 천상의 권리를 얻게 돼! 이것은 삶이 달라질 수 있다는 걸 우리에게 보여 줘. 이것은 삶이 더 좋게 될 수도 있다는 걸 보여 줘. 우리는 관용을 베풀며 이에 감사하지! 모든 의심을 초월해서 매력적인 유언장 위조범이 있다는 것이 재산권 불가침에 뭔가가 맞지 않음을 입증할 거야. 사실 이건 증거도 필요 없을 거야. 하지만 여기서 숙제가 시작돼. 우리는 어떤 종류의 범죄를 저지르더라도 용서받는 범죄자가 있을 수 있다고 생각해야 하거든. 그게 아이살해나 그 외 어떤 잔인한 것이라도 …."

그는 유언장을 언급함으로써 누이를 조롱했지만 그녀의 시선을 붙잡는 데는 실패했다. 이제 그녀는 자기도 모르게 방어동작을 취했다. 그녀는 이론가가 아니었고 그녀는 자신의 범죄는 용서받았다고만 생각할 수 있었고 사실 그녀는 그의 비교를 통해 또다시 모욕을 당했다.

울리히는 웃었다. "놀이처럼 보이지만 의미가 있어." 그가 장담했다. "우리가 이렇게 곡예를 한다는 것 말이야. 이건 우리 행위의 판단에 뭔가가 맞지 않는다는 걸 입증해. 그리고 사실 뭔가가 맞지 않아. 너 스스로 유언장 위조범의 모임에서는 분명 법적 규정의 불가침에 찬성일 거야. 하지만 이건 정의로운 사람들의 모임에서만 지워지고 뒤집어져. 그래, 넌 심지어 하가우어가 무뢰한이라면 불같이 정의로울 거야. 그 또한 바르다는 것이 딱 불행이지. 이렇게 우리는 이리저리 떠밀려!"

그는 대답을 기다렸지만 답은 나오지 않았다. 그는 어깨를 으쓱이며 반복했다. "우리는 너를 위해 이유를 하나 찾고 있어. 우리는 예의

바른 인간들조차 너무나 자주, 물론 그냥 환상 속에서긴 하지만, 범죄를 저지른다는 것을 확인했어. 이에 비해 범죄자들은, 그들 스스로가 하는 말을 들어 보면, 거의 예외 없이 예의바른 인간으로 통하고 싶어 한다고 덧붙여도 될 거야. 자, 이렇게 정의할 수 있을 거야. 범죄는 다른 인간들이 작은 불규칙성 속에서, 즉 환상 속에서, 수천 개의 일상적인 악의 속에서, 기회주의적 신조 속에서 흘려보내는 모든 것이 죄인들 속에서 합일되는 것이라고. 이렇게도 말할 수 있어. 범죄들은 대기하고 있고 그냥 특정한 인간들에게로 가는, 저항이 가장 적은 길을 찾는다고. 심지어 이렇게도 말할 수 있어. 이것들은 도덕적이지 못한 개개인의 행동이긴 하지만 주로 선과 악을 잘 구별하지 못하는 일반적이고 인간적인 태도들이 뭉쳐진 표현이라고. 이것이 우리를 이미 청소년 시절부터 비판으로 가득 채웠던 것이고 우리의 동시대인들은 이 비판을 넘어서지 못했어!"

"그런데 도대체 선과 악이 뭐지?" 아가테가 툭 내뱉었고 울리히는 자신이 그녀를 그의 공평무사함으로 괴롭히고 있음을 알아차리지 못했다.

"맞아. 나도 그걸 모르겠어!" 그가 웃으며 대답했다. "방금 난 우선 그리고 처음으로 내가 악을 혐오한다고 말했어. 난 정말로 오늘까지도 이 정도까지는 몰랐어. 아, 아가테, 그게 어떤지 넌 정말 몰라." 그가 생각에 잠겨 한탄했다. "예를 들어, 학문! 수학자에게는, 아주 간단히 말하자면, 마이너스 5는 플러스 5보다 나쁘지 않아. 연구자는 그 무엇도 혐오해서는 안 되고 상황에 따라서는 아름다운 여인을 볼 때보다 아름다운 암덩어리에 더 흥분하지. 지식을 추구하는 자는 알아, 어떤 것도 참이 아니며 전체 진리는 최후의 날에 드러난다는 걸. 학문은 도덕이 없어. 미지의 것으로의 이 멋진 침입은 우리에게서 양심에 개인적으로 몰두하는 습관을 없애 버렸고 사실 이 습관을 매우 진지하게 여기는 만족조차도 허락하지 않아. 그리고 예술은? 지속적으로 이것은 삶의 그림과 일치하지 않는 그림들을 창조하는 것이지 않아? 난 잘못된 이상주의나 코끝까지 의복으로 감추고 살았던 시대의 풍만한 누드화를 말하는 게 아니야." 그는 이제 다시 농담을 했다. "하지만 진짜 예술작품을 하나 생각해 봐. 뭔가가 숫돌에 칼을 갈 때 나는 냄새를 상기시킨다는 의아한 감정을 가져 본 적이 없니? 그건 우주, 운석, 뇌우의 냄새야, 멋지게 섬뜩하지!?"

여기가 아가테가 자발적으로 그의 말을 중단시킨 유일한 대목이었다. "예전에 오빠 자신도 시를 쓰지 않았어?" 그녀가 물었다.

"그걸 아직도 기억해? 내가 언제 고백했어?" 울리히가 물었다. "그래, 우리 모두 언젠가 한 번은 시를 쓰지. 심지어 난 수학자일 때도 그랬어." 그가 인정했다. "하지만 시들은 나이가 들어갈수록 나빠졌어. 재능이 없어서라기보다는 이 감정 탈선의 방탕함과 집시 같은 낭만주의에 대한 거부감이 점점 더 커졌기 때문이라고 생각해 …."

누이는 그냥 조용히 머리만 설레설레 흔들었지만 울리히는 이를 알아차렸다. "맞아!" 그가 고집했다. "시도 선행처럼 단순한 예외상태는 아니어야 해! 하지만 이렇게 물어도 된다면, 고양(高揚)의 순간은 다음 순간 도대체 어디로 가지? 너는 시를 사랑해. 난 그걸 알아. 하지만 내가 말하고 싶은 건, 휘발해 버릴 때까지 그냥 불 냄새만 맡아서는 안 된다는 거야. 이 불완전한 태도는 도덕 속에 든, 절반의 비판으로 끝나는 태도의 대응물이야."그는 갑자기 본론으로 돌아오며 누이에게 답했다. "만약 내가 이 하가우어 사안에서 네가 오늘 내게 기대하는 대로 행동한다면 난 회의적이고 태만하고 아이러니해야 할 거야. 그러면 너나 내가 앞으로 가질 수도 있는 아이들, 분명 아주 품행이 바를 아이들은 진짜로 우리가 아무 근심도 없었거나 적어도 근심이 불필요한 시민적으로 아주 안락한 시대에 살았다고 말하게 될 거야. 그리고 우리는 확신을 얻는 데 벌써 애를 너무 많이 썼어 … !"

울리히는 더 많이 말하려 했을 것이다. 사실 그는 망설이기만 했을 뿐 누이를 위해 뛰어들 만반의 태세가 되어 있었고 그녀에게 그것을 털어놓았더라면 좋았으리라. 갑자기 그녀가 자리에서 일어났고 피상적인 이유를 대며 외출할 채비를 했으니까. "결론은 내가 도덕적으로 정신박약이라는 거지?" 그녀는 억지로 농담을 시도하며 물었다. "난 오빠가 이에 반대해 말하는 모든 걸 더 이상 이해하지 않을 거야!"

"우리 둘이 도덕적으로 정신박약이야!" 울리히가 공손히 장담했다. "우리 둘 다!" 그리고 그는 누이가 언제 돌아올지 말하지 않고 서둘러 그를 떠난 것에 약간 기분이 상했다.

31
아가테가 자살하려 하고 한 신사를 알게 되다

사실 그녀는 주체할 수 없이 흐르는 눈물을 또 다시 오빠에게 보이지 않으려고 급히 자리를 떴다. 그녀는 모든 것을 잃은 인간처럼 슬펐다. 왜인지는 몰랐다. 울리히가 말하는 동안 그렇게 되었다. 왜인지는 몰랐다. 그는 말 말고 다른 것을 해야 했으리라. 그것이 무엇인지 그녀는 몰랐다. 그가 그녀의 흥분과 편지의 그 '어리석은 일치'를 중요하게 여기지 않고 평소처럼 계속 그렇게 말한 것은 사실 옳았다. 하지만 아가테는 달아나야 했다.

그녀는 우선은 걷고 싶은 마음밖에 없었다. 그녀는 집을 나와 직선으로 걸었다. 전차 때문에 어쩔 수 없이 길을 꺾으면 그 방향으로 계속 걸었다. 그녀는 도망쳤다. 인간과 동물이 불행으로부터 도망치는 것과 같은 방식으로. 왜인지 그녀는 스스로에게 묻지 않았다. 피로해졌을 때에야 비로소 자신이 무엇을 계획하는지가 분명해졌다. 더 이상 돌아가지 않기!

그녀는 저녁이 될 때까지 걷고 싶었다. 매 걸음걸음 집에서 더 멀리. 그녀는 저녁이라는 차단기에서 멈추면 자신의 결심도 완성될 것이라고 전제했다. 자살하려는 결심이었다. 사실 자살하려는 결심이 아니었고 이 결심이 저녁에는 완성되리라는 기대였다. 이 기대 뒤 그녀의 머릿속에는 절망적인 소용돌이와 혼란이 있었다. 그녀는 자살도구를 갖고 있지도 않았다. 그녀의 작은 독약캡슐은 서랍 속 어딘가에 아니면 여행가방 속에 들어 있었다. 그녀의 죽음은 돌아가지 않아야 한다는 요구만 충족시켰다. 그녀는 삶을 떠나고자 했다. 걷기는 거기서 왔다. 그녀는 매 걸음걸음 벌써 삶에서 벗어나기라도 하듯 걸었다.

피로가 몰려오자 그녀는 풀밭과 숲에 대한 동경, 교외의 적막 속에서 걷고 싶은 동경을 느꼈다. 하지만 거기까지는 차를 타야 했다. 그녀는 전차를 탔다. 그녀는 낯선 사람들 앞에서는 자제하도록 교육을 받았다. 그래서 차표를 사고 정보를 구할 때에도 그녀의 목소리에서는 어떤 흥분도 알아차릴 수 없었다. 그녀는 조용히 똑바로 앉아 있었고 손가락 하나 움직이지 않았다. 그리고 이렇게 앉아 있는 동안 생각들이 찾아왔다. 물론 미쳐 날뛸 수 있었다면 더 좋았으리라. 손발이 꽁꽁 묶인 상태에서 이 생각들은 열린 틈으로 밀어 넣으려 해도 허사인 커다란 꾸러미 같았다. 그녀는 울리히가 말한 것을 고깝게 여겼다. 그녀는 그의 말을 고깝게 여기지 않으려 했다. 그녀는 스스로에게 그럴 권리를 박탈했다. 도대체 그가 그녀에게서 얻는 게 뭐지?! 그녀는 그의 시간을 빼앗았고 그 대가로 아무것도 주지 않았다. 그녀는 그의 일과 삶의 습관을 방해했다. 그의 습관을 생각하자 그녀는 고통스러웠다. 그녀가 집에 있는 한, 다른 여자는 이 집에 들어올 수 없는 듯 보였다. 아가테는 오빠에게 늘 여자가 있음이 틀림없다고 확신했다. 그러니까 그는 그녀 때문에 구속을 받았다. 그리고 그 무엇을 통해서도 이를 보상할 수 없었으므로 그녀는 이기적이고 나빴다. 이 순간 그녀는 그에게 되돌아가서 다정하게 용서를 구하고 싶었으리라. 하지만 이때 다시 그가 얼마나 냉정했는지가 떠올랐다. 그녀를 받아들인 것을 후회하는 것이 분명했다. 그녀에게 싫증이 나기 전 그가 모든 것을 구상하고 말하지 않았던가! 이제 그는 더 이상 거기에 대해 말하지 않았다. 편지의 도착과 함께 너무나 말짱해진 정신이 다시 아가테의 심장을 고문했다. 그녀는 질투가 났다. 무의미하고 비열하게 질투가 났다. 그녀는 오빠에게 자신을 떠맡기고 싶었고 물리침에도 아랑곳없이 안기는 인간의 열정적이고 무기력한 우정을 느꼈다. '난 그를 위해 도둑질을 할 수 있고 거리로 나갈 수도 있을 거야!' 그녀는 이렇게 생각했고 이것이 가소롭다는 것을 통찰했지만 어쩔 수가 없었다. 농담, 공평무사해 보이는 우월함으로 점철된 울리히의 대화는 이에 대한 조소처럼 작용했다. 그녀는 이 우월함, 그녀의 욕구를 능가하는 모든 정신적 욕구에 감탄했다. 하지만 그녀는 왜 모든 생각들이 늘 곧장 모든 인간들에게 적용되어야 하는지 통찰하지 못했다! 수치심에 몸부림치는 그녀가 원했던 것은 개인적 위안이었지 일반적 교훈이 아니었다! 그녀는 용감하고 싶지 않았다! 한참 후 그녀는 자신의 이런 상태를 스스로 꾸짖었고 자신은 울리히에게서 무관심보다 더 나은 것을 받을 자격이 없다고 상상하며 자신의 고통을 키웠다.

울리히의 행동도, 하가우어의 곤혹스러운 편지도 충분한 동기가 되지는 못한 이 자기비하(自己卑下)는 타고난 기질의 표출이었다. 더 이상 아이가 아니게 된 이후로 지금까지 그다지 길지 않은 기간 동안 아가테가 공동체 삶의 요구 앞에서의 실패라고 느낀 모든 것은 그녀가 이 시기를 내면 깊숙이 숨겨진 자신의 성향을 발현하지 못하고 또는 그 성향에 반하여 산다는 감정 속에서 보냈다는 사실에서 연유했다. 그것은 헌신과 신뢰의 성향이었다. 왜냐하면 그녀는 결코 오빠처럼 고독이 편안하지 않았으니까. 하지만 그녀가 지금까지 한 인간 또는 한 가지 일에 온 영혼을 바쳐 헌신하는 것이 불가능했다고는 해도 이는 그녀가 더 큰 헌신의 가능성을 내면에 품고 있다는 데서 연유했고 이 가능성은 이제 세상이나 신을 향해 두 팔을 내밀 수 있었다! 이웃과 잘 지낼 수 없다는 것은 전 인류에 대한 헌신으로 가는 잘 알려진 길이고, 감추어져 있지만 신에 대한 열렬한 갈망은 비사회적 인간이 커다란 사랑을 갖추고 있다는 데서 생겨날 수도 있다. 따라서 이런 의미를 가진 독실한 범죄자는 평생 결혼하지 못한 독실한 노파보다 더 불쾌한 부조리는 아니며 하가우어에 반대하는 아가테의 태도는 사욕을 챙기는 방책이라는 아주 터무니없는 형태를 취하긴 했지만 조급한 의지의 표출이었고 오빠로 인해 삶으로 깨어났는데 자신의 나약함 때문에 다시 삶을 잃어야 한다는 데 대한 격렬한 한탄의 표출이었다.

느긋하게 굴러가는 전차 안에서 그녀는 오래 견디지를 못했다. 길 양편의 집들이 더 낮아지고 시골풍이 되자 그녀는 차에서 내려 남은 길을 걸어갔다. 농가의 마당들은 열려 있었고 시선은 대문을 통해서, 낮은 울타리를 통해서 일꾼들, 동물들, 놀고 있는 아이들에 가 닿았다. 공기는 평화로 가득 찼고 이 평화가 미치는 곳 어디서나 목소리들이 말을 했고 기구들이 쿵쿵거렸다. 이 소리들은 환한 공중에서 나비의 불규칙적이고 부드러운 동작으로 움직인 반면 아가테는 자신이 그림자인 양 살그머니 그곳을 빠져나가 가까이에서 오르막을 이루는 일련의 포도밭과 숲을 향해 가고 있음을 느꼈다. 하지만 그녀는 한 번 멈춰 섰는데, 나무통을 두드리는 듣기 좋은 망치질 소리가 들리는 통장이들의 작업장 앞이었다. 그녀는 평생 이런 좋은 노동을 지켜보기를 좋아했고 소박하게 의미 있고 잘 고안된 수공품에서 기쁨을 느꼈다. 이번에도 망치질의 박자와 이리저리 돌아다니는 남자들의 동작을 아무리 듣고 보아도 질리지 않았다. 이것은 한동안 그녀의 근심을 잊게 했고 그녀를 세상에 대한 편안하고도 아무 생각 없는 소속감 속으로 빠져들게 했다. 그녀는 일반적으로 필요하다고 인정받는 다양한 물건들을 만들어 낼 수 있는 인간들에게 늘 경탄을 금치 못했다. 그녀도 여러 가지 정신적이고 유용한 자질이 있었지만 그냥 아무 일도 하고 싶지 않았다. 삶은 그녀 없이도 완벽했다. 갑자기, 연관성이 분명해지기도 전에 그녀는 종이 울리는 소리를 들었고 다시 터지는 울음을 힘겹게 막았다. 교외의 작은 교회는 내내 그 두 개의 종을 울렸겠지만 아가테는 지금에서야 이것에 주목했고 같은 순간, 풍요롭고 당당한 대지에서 배제되어 열정적으로 공중으로 날아가는 이 무용지물인 소리가 그녀라는 존재와 너무나 닮았음에 즉각 압도당했다.

그녀는 서둘러 다시 길을 갔고 이제 더 이상 귀에서 떠나지 않는 종소리가 그녀와 동행하는 가운데 마지막 두 집 사이에서 재빨리 언덕 위로 빠져나갔는데, 언덕의 경사면 아랫부분은 포도나무와 오솔길 가장자리에 드문드문 서 있는 수풀들로 이루어졌지만 윗부분에서는 연초록 숲이 손짓하고 있었다. 이제 그녀는 길이 자신을 어디로 데려가는지 알았고 이는 마치 매 걸음걸음 더 깊숙이 자연 속으로 가라앉는 듯 아름다운 감정이었다. 가끔씩 멈춰 설 때면 그리고 종소리가, 물론 공중 높은 곳에 감춰져 거의 들리지 않았지만, 여전히 그녀를 따라오고 있음을 확인할 때면 그녀의 심장은 황홀함과 힘겨움에 두근거렸다. 그녀는 여태 한 번도 일상에서 종소리를 들어 본 적이 없는 듯 여겨졌는데, 특별히 축하할 일이 없는 가운데 이 소리가 자연스럽고 자명한 일들 속에 민주적으로 섞여 버린 듯했다. 하지만 수천 개의 목소리를 내는 도시의 모든 혀들 가운데 이 혀는 이제 마지막 것으로서 그녀에게 말을 했고 거기에는 그녀를 들어 올려 산 위로 넘겨 버리려는 듯 움켜잡는 뭔가가 있었지만 이어 매번 다시 놓아주었고 찌르륵 찌르륵, 웅웅 또는 쏼쏼거리는 시골의 다른 소음들보다 나을 것이 없는 작은 금속성 소음이 되어 사라졌다. 이렇게 한 시간 정도 더 오르고 걸었을 때 갑자기 그녀는 기억 속에 간직하고 있던 그 작은 야생 수풀 앞에 서 있는 자신을 발견했다. 수풀은 숲 가장자리에 있는 버려진 무덤을 둘러싸고 있었는데, 거의 100년 전에 한 시인이 여기서 자살했고 그의 마지막 소원에 따라 여기에 안치되었다. 칭송받긴 했으나 좋은 시인은 아니었다고 울리히는 말했다. **전망대에 묻어** 달라는 요구 속에 표현된 여하간 약간 근시안적인 시를 울리히는 예리하게 비판했다. 하지만 산책길에서 그들이 비에 씻긴 아름다운 비더마이어 글씨를 함께 해독한 이후 아가테는 커다란 석판 위에 새겨진 그 비문을 사랑했고 그녀는 죽음의 사각형을 삶과 분리하는, 커다란 네모고리로 이루어진 검은 쇠사슬 위로 몸을 숙였다.

생에 불만이었던 그 시인은 "나는 너희들에게 아무것도 아니었다"라고 무덤 위에 쓰게 했고 아가테는 자신에 대해서도 이렇게 말할 수 있으리라 생각했다. 이 생각은 숲 전망대의 가장자리에서, 초록색 포도밭과, 오전의 태양 속에서 구불구불 천천히 연기를 피워 올리는 낯설고 거대한 도시 위에서 새삼 그녀를 감동시켰다. 그녀는 자기도 모르게 무릎을 꿇었고 사슬거치대로 사용되는 돌기둥에 이마를 갖다 댔다. 익숙지 않은 자세와 차가운 돌의 느낌은 그녀로 하여금 자신을 기다리는 약간 뻣뻣하고 의지 없는 죽음의 평화가 이러리라 믿게 했다. 그녀는 마음을 가라앉히려 애썼다. 하지만 곧장 그러지는 못했는데, 새소리가 귀를 파고들었고 새소리가 너무나 많고 다양해서 깜짝 놀랄 정도였기 때문이었다. 나뭇가지들이 움직였고, 바람이 이는 것을 알아차리지 못했으므로 그녀는 나무가 스스로 가지를 움직인 듯 여겨졌다. 갑자기 들어선 고요함 속에서 나지막한 후드득 소리가 들렸다.

그녀가 앉으면서 건드린 돌은 너무나 매끄러워, 돌과 이마 사이에 얼음조각이 있어 그녀의 접근을 막는다는 느낌이 들 정도였다. 한참 후에야 그녀는 자신의 시선을 끈 것 속에 바로 자신이 떠올리려는 그것, 자신이 잉여물이라는 기본감정이 표현되고 있음을 알았다. 아주 간단하게 묘사하자면, 이는 삶이 그녀 없이도 완벽하므로 그녀는 삶에서 아무것도 찾을 것이 없고 바랄 것이 없다는 말로만 발설될 수 있는 것이었다. 이 잔인한 감정은 근본적으로 의심되지도 않았고 손상되지도 않았고 아가테가 늘 알던 경청하기와 관망하기였으며 그냥 스스로 개입하고 싶은 충동도, 가능성도 없었다. 질문을 싹 잊게 만드는 경악이 있는 것처럼 이 배제 속에는 안전함마저 있었다. 마찬가지로 그녀는 가버릴 수도 있었다. 어디로? 어디로든 갈 데는 있을 터였다. 아가테는 모든 공상이 부질없다는 확신에서도 일종의 만족감을 느낄 수 있는 그런 사람은 아니었다. 이는 불만스러운 자신의 운명을 받아들일 때 보이는 전투적인 또는 음흉한 절제와 다름없는 만족감이다. 그녀는 이런 질문들에 관대했고 신중하지 못했는데, 검증을 견디지 못하는 감정들에는 온갖 장애물을 설치해서 이를 금지하는 울리히와는 달랐다. 그러니까 그녀는 어리석었다! 바로 이 말을 그녀는 스스로에게 했다. 그녀는 숙고하려 하지 않았다! 그녀는 깊이 숙인 이마를 얼음 같은 사슬에 반항적으로 눌렀고 사슬은 약간 내려앉았다가 다시 팽팽하게 버텼다. 지난 몇 주 동안 그녀는 신을 생각하지는 않았지만 어째서인지 다시 신을 믿기 시작했다. 세계가 겉보기와는 다른 모습으로 그녀에게 나타났고 그녀도 더 이상 배제되지 않은 채 빛나는 확신에 가득 차서 살았던 특정한 상태들이 울리히를 통해 내적 변신과 완전한 변화에 근접했다. 그녀는 자신의 세계를 은신처처럼 열어 주는 신을 생각할 준비가 되어 있었으리라. 하지만 울리히는 이건 불필요하고 경험할 수 있는 것보다 더 많이 공상하는 것은 기껏해야 해로울 뿐이라고 말했다. 이런 것을 결정하는 것이 그의 일이었다. 그러면 그는 그녀를 혼자 두지 말고 인도했어야 했다. 그는 두 삶의 문턱에 있었고 그녀가 그중 하나를 향해 느낀 모든 동경, 다른 하나로부터의 모든 도피는 우선 그에게 가 닿았다. 그녀는 사람들이 삶을 사랑하듯 그렇게 부끄럼 없는 방식으로 그를 사랑했다. 아침에 눈을 뜨면 그가 그녀의 사지에서 깨어났다. 지금도 그는 그녀의 근심이라는 어두운 거울로부터 그녀를 보고 있었다. 그리고 이때 비로소 아가테는 자신이 자살하려 했음을 다시 상기했다. 자살을 계획하고 집을 떠났을 때 그녀는 그에 대한 반항으로 집에서 신에게로 달아난다는 감정이었다. 하지만 그 계획은 이제 사라졌고 울리히에게 상처를 받았다는 그 근원으로 다시 가라앉았다. 그녀는 그에게 화가 나 있었고 이를 여전히 느끼고 있었지만 새들은 노래했고 그녀는 이 소리를 다시 들었다. 그녀는 좀 전과 똑같이 혼란스러웠지만 이제 기쁘게 혼란스러웠다. 그녀는 뭔가를 하려 했지만 그 일은 그녀뿐만 아니라 울리히에게도 해당되어야 했다. 쪼그린 자세에서 온 끝없는 경직은 그녀가 몸을 일으키는 동안 활발히 사지로 흘러들어간 피의 온기로 인해 점점 사라졌다.

그녀가 위를 쳐다보았을 때 그녀 앞에는 신사가 한 명 서 있었다. 그녀는 당황했다. 그가 얼마나 오랫동안 자신을 바라보고 있었는지 몰랐으니까. 흥분 때문에 훨씬 더 어두워진 그녀의 시선이 그의 시선

위로 미끄러져 갔을 때 그녀는 그가 노골적인 관심으로 그녀를 관찰했고 그녀에게 진심어려 보이는 신뢰를 심어 주려 함을 알아차렸다. 신사는 키가 크고 말랐고 어두운 색 옷을 입었고 짧은 금발 수염이 턱과 뺨을 덮었다. 이 수염 아래로는 살짝 들린 부드러운 입술이 보였고 곳곳에서 벌써 금발 속으로 섞여드는 회색과 독특하게 소년다운 대립을 이루고 있었는데, 마치 나이가 털 때문에 이를 간과한 듯했다. 아무튼 이 얼굴은 그리 간단히 해독할 수가 없었다. 첫인상은 고등학교 선생을 생각나게 했다. 이 얼굴 속 엄격함은 단단한 나무로 깎은 것은 아니었고 오히려 어떤 무른 것이 매일매일의 소소한 짜증으로 인해 단단해진 것과 비슷했다. 하지만 이 연약함을 — 이 위에서 남자의 수염은 그 소유자가 찬성하는 질서를 충족시키기 위해 심어진 듯한 인상을 주었는데 — 전제하더라도, 원래 여성적인 이 성향 속에서 단단하고 거의 금욕적이라 할 개별형태들, 분명 끊임없이 활동하는 의지가 무른 재료에서 만들어 낸 개별형태들을 알아볼 수 있었다.

아가테는 이 모습에서 더 많은 것을 알아내지 못했고 그녀의 내면에서는 이끌림과 거부감도 엇비슷했고 그녀는 이 남자가 그녀를 도우려한다는 것만 이해했다.

"삶은 의지 약화와 마찬가지로 의지 강화에도 많은 계기를 제공합니다. 절대 어려움 앞에서 도망쳐서는 안 되고 이를 극복하려고 해야 합니다!" 낯선 사람이 말했고 더 잘 보기 위해 김이 서린 안경을 닦았다. 아가테는 놀라서 그를 바라보았다. 그가 벌써 한참 전부터 그녀를 보고 있었음이 분명했다. 이 말들은 전적으로 내면의 대화 한가운데서 나왔으니까. 이때 그는 소스라쳤고 모자를 살짝 들어 올렸는데,

잊어서는 안 되는 이 행동을 만회하기 위해서였다. 하지만 그는 재빨리 다시 침착해졌고 새로 똑바로 전진했다. "송구하지만, 제가 당신을 도울 수 있을까요?" 그가 말했다. "고통은, 제가 지금 보고 있듯이, 정말 자주 자아의 깊은 충격이라 하더라도 낯선 사람에게 더 쉽게 털어놓을 수 있다고 생각됩니다!"

낯선 사람이 애를 써서 말하고 있음이 보였다. 그는 이 아름다운 여인에게 간섭함으로써 박애(博愛)의 의무를 수행하는 듯했고 그들이 나란히 걸어가는 지금 정말이지 말을 찾으려고 분투했다. 아가테가 그냥 일어서서 천천히 그와 함께 무덤에서 멀어져 나무들 너머 언덕 가장자리에 있는 공터를 향해 움직이기 시작했기 때문이었다. 그런데 그들은 내리막 가운데 어느 길을 택할지 결정하지 못했다. 도리어 그들은 대화를 하며 능선을 따라 한참을 걸었고 그 후 돌아서서 다시 한번 첫 번째 방향으로 걸었다. 둘 중 아무도 상대방이 어디로 가려 했는지 몰랐지만 그래도 이를 배려하려 했다. "왜 당신이 울었는지 말씀하시지 않으시렵니까?" 어디가 아픈지 묻는 의사의 온화한 목소리로 낯선 사람이 반복했다. 아가테는 머리를 저었다. "쉽게 설명할 수가 없습니다." 그녀가 말했고 갑자기 그에게 청했다. "하지만 다른 질문에 답해 주세요. 저를 알지도 못하면서 저를 도울 수 있다는 확실성을 당신께 주는 것이 무엇인가요? 아무에게도 도움을 줄 수 없다는 게 제 생각입니다만!"

동행자는 곧장 답하지는 않았다. 그는 여러 번 입을 뗐지만, 기다리라고 스스로에게 강요하는 듯 보였다. 마침내 그가 말했다. "아마 그 사람의 고통을 스스로 겪어 본 다음에야 도울 수 있을 것입니다."

그는 침묵했다. 아가테는 알게 되면 혐오감을 불러일으킬 게 분명한 자신의 고통을 그가 함께 겪으려 한다는 착상에 웃었다. 동행자는 이 웃음을 흘려들은 듯 또는 버릇없는 신경질로 간주하는 듯했다. 그는 숙고했고 조용히 말했다. "물론 그걸 어떻게 하는지 누군가에게 보여 줄 수 있다고 착각해도 된다는 뜻은 아닙니다. 하지만 보십시오, 파국에 직면했을 때 공포는 전염되고 탈출도 전염됩니다! 화재가 났을 때와 같은 단순한 탈출 말입니다. 모두가 제정신이 아니게 되고 불 속으로 뛰어듭니다. 한 사람이라도 밖에 서서 손짓을 한다면 그건 엄청난 도움입니다! 손짓하고, 탈출구가 있다고 이해할 수 없는 소리만 지른다고 해도…."

아가테는 이 선량한 남자가 내면에 품고 있는 끔찍한 상상에 다시한번 웃을 뻔했다. 하지만 이 표상들이 그와 딱 합치되지는 않았으므로 이것들은 밀랍같이 부드러운 그의 얼굴을 거의 섬뜩하게 부각시켰다. "꼭 소방관처럼 말씀하시는군요!" 그녀가 대답했고 호기심을 감추려고 의도적으로 귀부인의 야유와 경솔함을 모방했다. "하지만 그래도 제가 처한 파국에 대해 뭔가 상상을 하셨겠지요?" 이때 의도치않게 조소의 진지함이 새어나왔는데, 이 남자가 그녀를 도우려 한다는 단순한 표상이 그녀의 내면에 생긴 이에 대한 역시 단순한 감사를 통해 그녀를 격노하게 했기 때문이었다. 낯선 사람은 깜짝 놀라 그녀를 바라보았고 이후 마음을 가라앉혔으며 꾸짖다시피 대답했다. "당신은 우리의 삶이 아주 단순하다는 것을 알기에는 아직 너무 젊을 것입니다. 삶은 우리가 우리 자신만을 생각하면 극복할 수 없을 정도로 복잡합니다. 하지만 자신을 생각하지 않는 순간, '어떻게 다른 사람을 도울 수 있을까'라고 자문하면 그러면 아주 간단합니다!"

아가테는 침묵했고 숙고했다. 그녀의 침묵 때문인지, 그의 말들이 퍼져 가는 공간의 광대함에 고무된 탓인지 낯선 사람은 그녀를 바라보지 않고 계속해서 말했다. "개인적인 것의 과대평가는 현대의 미신입니다. 개인 문화, 마음껏 펼치기, 삶을 긍정하기에 대해 오늘날 정말이지 너무나 많이 말을 하지요. 하지만 그 신봉자들은 이런 불분명하고 다의적인 말들을 통해 그들은 자신들의 반항의 본래 의미를 은폐하기 위해 안개가 필요하다는 것을 폭로할 뿐입니다. 도대체 무엇이 긍정되어야 하나요? 사이좋게 뒤죽박죽 모든 것인가요? 발전은 항상 반대압력과 연결되어 있다고 미국의 한 사상가가 말했지요. 우리는 우리 본성의 한 측면을 다른 한 면의 성장을 억누르지 않고서는 아예 발전시킬 수가 없습니다. 그리고 도대체 무엇이 마음껏 펼쳐져야 한다는 것입니까? 정신, 아니면 충동이요? 변덕, 아니면 특성이요? 이기주의, 아니면 사랑이요? 우리의 고상한 본성이 마음껏 펼쳐져야 한다면 비천한 본성은 체념과 복종을 배워야 합니다."

아가테는 자신보다 다른 사람들을 돌보는 것이 왜 더 간단하다는 것인지 곰곰이 생각했다. 그녀는 끊임없이 자신에 대해 생각하지만 자신을 돌보지는 않는, 전혀 이기적이지 않은 천성을 가진 부류였다. 그리고 이것은 동료인간을 걱정하는 사람들의 만족스런 몰아(沒我)와 동떨어진 것이었지만 이익을 얻으려고 근심하는 평범한 이기심과는 더욱 동떨어진 것이었다. 그래서 그녀의 이웃이 말한 것은 그녀에게는 뿌리부터 낯설었지만 그래도 어째서인지 그녀를 감동하게 했고 너무나 힘차게 내뱉은 단어 하나하나는, 마치 그 의미가 들린다기보다는 공중에서 보이는 듯, 그녀의 눈앞에서 불안하게 움직였다. 그들이 두둑을 따라 걸어간 것도 여기에 한몫했는데, 두둑은 아가테에게는 깊이 파인 계곡의 멋진 풍경을 선사한 반면 이 위치는 동행인에게 교회설교단 또는 성당 같은 느낌을 불러일으켰음이 분명했다. 그녀는 멈춰 섰고 내내 아무렇게나 손에 들고 흔들고 있던 모자로 모르는 사람의 연설 한가운데 선을 하나 그었다. "당신은", 그녀가 말했다. "저에 대해 어떤 상상을 하셨군요. 그게 드러나 보입니다. 기분이 썩 좋지는 않군요!"

키 큰 신사는 경악했다. 그녀의 마음을 상하게 하고 싶지 않았으니까. 아가테는 친절히 웃으며 그를 바라보았다. "당신은 저를 자유로운 개인의 권리와 혼동하고 있는 듯합니다. 게다가 약간 신경질적이고 정말 불쾌한 개인 말입니다!" 그녀가 주장했다.

"저는 개인적 삶의 기본조건에 대해 말했을 뿐입니다." 그가 사과했다. "물론 제가 당신을 만난 상황으로 보아, 충고를 드려 당신을 도울 수 있을 거라는 감정이 들었습니다. 삶의 기본조건은 오늘날 다중으로 오인되고 있습니다. 현대의 신경과민과 그것이 초래한 온갖 탈선은 모두 의지가 결핍된 느슨한 내면의 분위기에서만 옵니다. 그 누구도 의지의 전력투구 없이는 생명체의 어두운 혼란 너머로 자신을 데려가 줄 그 통일성과 항상성을 얻을 수 없습니다!"

여기서 다시 통일성과 항상성이라는 두 단어가 등장했는데, 이는 아가테의 동경과 자기비난에 대한 회상 같았다. "구체적으로 그게 무엇인지 설명해 주세요." 그녀가 청했다. "의지란 본래 목표가 있을 때에만 있을 수 있지요?!"

"구체적으로 그게 무엇인지는 중요하지 않습니다!" 그녀는 쌀쌀맞고도 온화한 어조의 대답을 들었다. "인류의 위대한 기록들이 벌써 더할 나위 없이 명확하게 우리가 무엇을 해야 할지, 하지 말아야 할지를 말하고 있지 않습니까?" 아가테는 당황했다. "삶의 기본 이상들을 정립하기 위해서는", 그녀의 동행인이 설명했다. "삶과 인간에 대한 철두철미한 지식과 더불어 정열과 이기심의 영웅적 극복이 필요합니다. 이는 수천 년이 흐르는 동안 극소수의 개인에게만 허락된 일이지요. 그리고 이 인류의 선생들은 어느 시대에나 동일한 진리를 인정했습니다."

죽은 현자의 뼈보다 자신의 젊은 육체와 피가 더 낫다고 여기는 인간이 모두 그렇듯, 아가테는 자기도 모르게 방어했다. "하지만 수천 년 전에 생긴 인간법칙들이 오늘날의 상황에 적합하기는 불가능합니다!" 그녀가 외쳤다.

"살아 있는 경험과 자기인식을 버린 회의주의자들이 주장하는 것처럼 그렇게 동떨어지지는 않았습니다!" 그녀의 우연한 동행자는 쓰디쓴 만족감을 느끼며 대답했다. "삶의 깊은 진리는 논쟁을 통해 전달되는 것이 아니라고 이미 플라톤이 말했지요. 인간은 이것을 살아 있는 해석과 자기실현을 통해 인지합니다! 제 말을 믿으십시오. 인간을 진정으로 자유롭게 하는 것, 그에게서 자유를 빼앗는 것, 그에게 참된 행복을 주는 것, 그 행복을 파괴하는 것, 이것은 진보에 굴복하지 않습니다. 정직하게 살아가는 인간이라면, 귀를 기울이기만 한다면 누구나 이것을 매우 정확히 가슴으로 압니다!"

'살아 있는 해석'이라는 말은 아가테의 마음에 들었지만 뜻밖의 착상이 떠올랐다. "당신은 아마 신앙심이 깊으시겠지요?" 그녀가 물었다. 그녀는 호기심에 차서 동행자를 바라보았다. 그는 대답하지 않았다. "결국 성직자는 아니지요?!" 그녀가 되풀이했고 그의 수염을 보고 마음을 진정시켰는데, 갑자기 나머지 외모가 이 깜짝 발견을 지지하는 듯 보였기 때문이었다. 곁에 있는 이 낯선 사람이 대화 중에 '우리의 귀하신 지배자, 성 아우구스투스'라고 말했더라도 그녀가 더 놀라지 않았을 것임은 감안해 주어야 한다. 그녀는 종교가 정치에서 큰 역할을 한다는 것을 알고 있었다. 하지만 공공에 봉사하는 이념들을 진지하게 여기지 않는 데 너무나 익숙해진 나머지, 믿음의 당파들이 신앙심 있는 인간들로 이루어진다는 추측은 우체국 서기가 우표 애호가여야 한다는 요구처럼 약간 과장되어 보일 수 있다.

약간 동요하는 긴 휴지기 후 낯선 사람이 대답했다. "저는 당신의 질문에 차라리 대답하지 않겠습니다. 당신은 이 모든 것에서 너무 멀어져 있습니다."

하지만 아가테는 활기찬 욕망에 사로잡혔다. "이제 알고 싶습니다. 당신이 누구인지!" 그녀는 알려 달라고 요구했고 이는 물론 전적으로 거부할 수 없는 여성의 특권이었다. 좀 전에 모자로 인사를 추가했을 때와 똑같은 약간 우스꽝스러운 불확실성이 다시 낯선 사람에게서 감지되었다. 팔이 간지러운 듯 그는 머리쓰개를 다시 한번 형식적으로 살짝 들어 올렸지만 그 후 뭔가가 뻣뻣해졌는데, 놀이처럼 쉬운 일이 놀이처럼 일어나는 대신 사고의 군대가 다른 군대와 전투를 하고 마침내 이긴 듯했다. "저는 린트너라고 합니다. 프란츠 페르디난트 김나지움 선생입니다." 그가 대답했고 잠시 숙고한 후 덧붙였다. "대학

강사이기도 합니다."

"그럼 아마 제 오빠를 아시겠군요?" 아가테가 기뻐하며 물었고 울리히의 이름을 말했다. "제 기억이 틀리지 않다면, 얼마 전 교육학회에서 수학과 인도주의 또는 그 비슷한 것에 대해 강연했습니다."

"이름만 압니다. 사실, 저도 강연에 있었습니다." 린트너가 고백했다. 이 대답 속에는 거부가 들어 있는 듯 보였지만 그녀는 다음과 같은 말 때문에 이를 잊었다.

"당신 아버님께서는 유명한 법학자시지요?" 린트너가 물었다.

"예, 최근에 돌아가셨고 전 지금 오빠 집에 살고 있어요." 아가테가 솔직하게 말했다. "저희를 한 번 방문하시지 않으시겠어요?"

"유감이지만 전 사교를 할 시간이 없습니다." 린트너가 불안하게 눈을 내리깔고 쌀쌀맞게 대답했다.

"그럼 당신은 반대하지 않으셔야 합니다." 아가테가 그의 저항에 전혀 개의치 않고 계속했다. "제가 한번 당신을 찾아가면 말입니다. 저는 조언이 필요합니다!" 그는 그녀를 다시 한번 '프로일라인'이라고 불렀다. "저는 유부녀입니다." 그녀가 덧붙였다. "그리고 하가우어라고 합니다."

"그럼 당신은 결국", 린트너가 외쳤다. "공로가 많으신 교육자, 하가우어 교수의 아내시군요?" 그는 이 문장을 환하게 감격하며 시작했고 마지막에는 주저하며 약화시켰다. 하가우어는 두 가지였으니까. 그는 교육자였다. 그리고 진보적 교육자였다. 린트너는 사실 그에게 적대감을 품고 있었지만, 방금 한 남자의 집을 찾아오겠다는 불가능한 착상을 한 여성의 심리라는 불확실한 안개 속에서 이런 낯익은 적을 발견한다는 것은 얼마나 생기를 북돋아 주는지. 두 번째 느낌에서 첫 번째 느낌으로의 이반(離叛), 이것이 그의 질문의 어조에서 반복된 것이었다.

아가테는 이를 알아차렸다. 그녀는 자신과 남편의 관계가 어떤 상태인지 린트너에게 알려야 할지 몰랐다. 그것을 말하는 순간 그녀와 이 새 친구 사이에는 모든 것이 끝일 수 있었다. 그녀는 이 인상을 아주 분명히 받았다. 그녀는 이것이 애통했으리라. 린트너가 여러 모로 그녀의 조소욕구를 자극했다는 딱 그 이유로 또 신뢰감도 심어 주었으니까. 그의 외모를 통해 신빙성을 얻게 된 인상, 이 남자가 스스로를 위해서는 아무것도 원하지 않는 듯 보인다는 그 인상은 독특하게도 그녀에게 솔직할 것을 강요했다. 그는 모든 욕구를 잠재웠고 이때 솔직함이 저절로 솟아올랐다. "저는 이혼을 하려 합니다!" 그녀는 결국 고백했다.

침묵이 뒤따랐다. 린트너는 낙심한 인상을 주었다. 아가테는 이제 그가 너무 불쌍하다고 생각했다. 마침내 린트너는 상처 입은 미소를 지으며 말했다. "당신을 보았을 때, 곧장 그 비슷한 걸 생각했습니다!"

"당신은 결국 이혼 반대자시죠?!" 아가테가 소리쳤고 분노를 터트렸다. "물론이죠, 그럴 겁니다! 하지만 보세요, 당신은 정말 구식입니다!"

"적어도 저는 당신처럼 그것이 당연하다고는 생각하지 않습니다." 린트너는 신중하게 자신을 방어했고 안경을 벗어 닦았고 다시 썼으며 아가테를 관찰했다. "저는 당신이 너무 의지가 없다고 생각합니다." 그가 확정했다.

"의지라고요? 저는 이혼하려는 의지가 있습니다!" 아가테가 소리쳤고 이것이 분별 있는 대답이 아님을 알았다.

"그렇게 이해해서는 안 됩니다." 린트너가 부드럽게 비난했다. "전 당신에게 타당한 이유가 있다고 가정하고 싶습니다. 하지만 제 생각은 다릅니다. 오늘날 우리가 누리는 자유로운 도덕은 그것이 사용될 때는 여전히 늘, 개인은 꼼짝 없이 자신의 자아에 묶여 있고 보다 더 큰 지평에서 살고 행동할 수 없다는 표시에 이릅니다. 시인들은", 그는 아가테의 열정적인 순례를 조롱하려고 시도하며 ― 이 시도는 이제 그의 입에서 제대로 떨떠름해져 버렸다 ― 질투심에 차서 덧붙였다. "젊은 부인들의 감각에 아첨하고 그 대가로 그들에 의해 과대평가되며 그래서 당연히, 결혼이란 책임의 제도이고 인간이 열정을 지배하는 제도라고 말하는 저보다 유리합니다! 하지만 한 개인은 올바른 자기인식을 한 인류가 스스로를 믿을 수 없어 만든 외적 보호수단을 벗어던지기 전에 스스로에게 말해야 합니다. 드높은 전체에 대항한 고립과 복종중단은 우리가 너무나 겁내는 육체의 실망보다 더 나쁜 손해라고!"

"그 말은 대천사를 위한 전쟁조례처럼 들립니다." 아가테가 말했다. "하지만 전 당신이 옳은지는 모르겠어요. 잠시 당신을 동행하겠습니다. 어떻게 그런 생각을 할 수 있는지 제게 설명해 주셔야 합니다. 지금 어디로 가시나요?"

"집으로 가야 합니다." 린트너가 대답했다.

"제가 집까지 동행한다면, 부인께서 반대하실까요? 저 아래 시내에서 마차를 탈 수 있습니다. 전 시간이 있어요!"

"아들이 학교에서 돌아옵니다." 린트너는 품위 있게 방어하며 말했다. "우리는 항상 정시에 식사합니다. 그래서 집에 가야 합니다. 게다가 제 아내는 벌써 몇 년 전에 갑자기 죽었습니다." 그는 아가테의 잘못된 가정을 고쳤고 시계를 보더니 걱정스럽게, 화를 내면서 덧붙였다. "서둘러야 합니다!"

"그럼 다음번에 설명해 주셔야 합니다. 제게는 중요한 일입니다!" 아가테가 활기차게 강조했다. "우리 집에 오시기를 원치 않으시면, 제가 당신을 방문할 수도 있습니다."

린트너는 공기를 들이마셨지만 대답은 나오지 않았다. 마침내 그가 말했다. "하지만 여자인 당신이 저를 방문할 수는 없습니다!"

"아닙니다!" 아가테가 장담했다. "어느 날 제가 나타나는 걸 보실 겁니다. 언제인지는 아직 모르겠습니다. 분명 나쁜 일은 아닙니다!" 이 말로 그녀는 그와 작별했고 그와 헤어지는 길을 잡았다.

"당신은 의지가 없다!" 그녀는 반쯤 소리 내어 말했고 린트너를 따라하려 해보았지만 이때 의지라는 단어는 그녀의 입속에서 신선하고 차가웠다. 자부심, 엄격함, 신뢰와 같은 감정들이 이것과 연결되어 있었다. 자부심에 찬 심장의 말투였다. 그 남자는 그녀에게 도움이 되었다.

32
그사이 장군이 울리히와 클라리세를 정신병원으로 데려가다

울리히가 혼자 집에 있는 동안, 군사 및 일반교육과 과장께서 30분 후에 도착하시면 친히 이야기할 수 있겠느냐는 문의가 국방부에서 왔고 35분 후 폰 슈툼 장군의 업무용 마차가 작은 경사로를 달려 올라왔다.

"정신 나간 짓이야!" 장군이 친구를 보고 소리쳤고, 이번에는 정신의 빵을 든 전령이 빠졌음이 곧장 친구의 눈에 띄었다. 장군은 제복을 입고 심지어 훈장까지 차고 있었다. "참 정신 나간 짓을 저질렀더군!" 그가 반복했다. "오늘 저녁 자네 사촌 집에서 대회의가 있네. 아직 상관께 이걸 보고도 할 수 없었네. 그런데 지금 우리가 정신병원으로 가야 한다는 소식이 들이닥친 거지. 늦어도 한 시간 안에 거기 당도해야 하네!"

"도대체 왜죠?!" 울리히가 짐작되는 대로 물었다. "보통은 약속을 잡으면 되지 않나요!"

"그렇게 많이 묻지 말게!" 장군이 사정했다. "그냥 당장 자네 여자 친구 또는 사촌에게, 아니 그게 누구든, 데리러 간다고 전화하게!"

이제 울리히는 클라리세가 가끔 물건을 사는 잡화상에 전화를 걸었고 그녀가 전화를 받기를 기다리는 동안, 장군이 하소연하는 불행에 대해 들었다. 그는 울리히가 중재한 클라리세의 소원을 들어주기 위해 군병원 원장에게 문의했고 이 사람은 다시 유명한 민간인 동료에게 연락을 취했는데, 그는 모스브루거가 상급소견서를 신청해 놓은 대학병원 원장이었다. 하지만 이때 두 신사의 오해로 인해 곧장 날짜와 시간이 합의되었고 슈툼은 여러 가지 죄송한 사정 탓에 이를 마지막 순간에야 알게 되었고 게다가 장군 자신도 방문하리라고 통지가 되어 그 유명한 정신병리학자께서 즐거운 마음으로 장군의 방문을 기다리게 되는 착오도 있었다.

"속이 울렁거리네!" 그가 선언했다. 이는 소주를 마시고 싶다는 오래되고 굳어진 표현이었다.

소주를 한잔 마시자 그의 날카로운 신경이 풀렸다. "정신병원이 나와 무슨 상관인가? 거기 가는 건 오직 자네 때문이네!" 그가 불평했다. "그 멍청한 교수가 왜 내가 같이 왔느냐고 물으면 대체 뭐라고 대답해야 하나?"

이 순간 전화기의 다른 편에서 환호하는 전투구호가 들렸다.

"좋아!" 장군이 짜증을 내며 말했다. "하지만 난 그 밖에도 오늘 저녁에 관해 자네와 긴급히 이야기를 나눠야 하네. 그리고 각하께 이에 대해 보고도 해야 하네. 네 시에 떠나실 거거든!" 그는 시계를 들여다보았고 절망한 나머지 의자에서 일어나지도 못했다.

"자, 이제 저는 준비가 됐습니다!" 울리히가 선언했다.

"자네 누이는 같이 가지 않나?" 장군이 놀라며 물었다.

"누이는 집에 없습니다."

"유감이군!" 장군이 애석해했다. "자네 누이는 내가 만나 본 가장 훌륭한 여자일세."

"전 그게 디오티마일 거라고 생각했습니다만?" 울리히가 말했다.

"그렇기도 하네." 장군이 대답했다. "디오티마도 훌륭하지. 하지만 디오티마가 성 과학에 푹 빠진 이후로 난 내가 초등학생처럼 여겨지네. 나는 사실 그녀를 우러러보는 게 좋네. 맙소사, 전쟁은, 내가 늘 말하지만, 단순하고 거친 수작업이거든. 하지만 성 분야에서 문외한으로 취급되는 건 이른바 장교의 명예심에 저촉되네!"

그사이 그들은 마차에 올라탔고 최고 속도로 출발했다.

"자네 여자 친구는 적어도 예쁘기는 한가?" 슈툼이 의심적게 물었다.

"독특합니다. 장군님도 곧 보시게 될 겁니다." 울리히가 대답했다.

"자, 오늘 저녁에", 장군이 한숨을 쉬었다. "뭔가가 시작되네. 난 사건을 기대하네."

"장군님은 제게 오실 때마다 매번 그렇게 말씀하셨어요." 울리히가 미소를 지으며 항의했다.

"그럴 수 있네. 그럼에도 불구하고 이건 사실이네. 오늘 저녁 자네는 자네 사촌과 드랑잘 교수 간 회견의 증인이 될 걸세. 바라건대, 내가 이미 이야기한 모든 걸 잊지는 않았겠지? 드랑잘18 — 우리는, 그러니까 자네 사촌과 나는 그녀를 이렇게 부르네 — 드랑잘은 자네 사촌이 그렇게 할 때까지 들들 볶았네. 그녀는 모든 사람들에게 장광설을 늘어놓았네. 오늘 두 사람이 담화를 나눌 것이네. 우리는 그냥 아른하임만 기다렸네. 그도 판결을 내릴 수 있도록."

"그래요?" 울리히는 오랫동안 보지 못했던 아른하임이 돌아온 것도 몰랐다.

"물론일세. 이틀간이지." 장군이 설명했다. "그때 우리는 일에 착

---

18 'Drangsal'은 괴롭히다, 치근대다, 들들 볶다라는 뜻의 'drangsalieren'의 명사형이다.

수해야 했네 … ." 갑자기 그는 말을 중단했고 흔들리는 좌석에서 튕겨 아무도 그에게 기대하지 않았을 속도로 마부석에 가 부딪혔다. "멍청이!" 그는 민간인 마부 복장을 하고 국방부의 말을 몰고 있는 전령의 귀에 대고 울부짖었고 마차의 흔들거림 때문에 속수무책으로, 욕을 먹은 자의 등에 매달렸다. "이런, 우회로를 잡았군!" 민간인 복장을 한 군인은 판자처럼 등을 꼿꼿이 했고 장군이 취하는 업무외적인 구조 시도에는 냉담하게 머리를 정확히 90도로 돌렸으므로 그는 장군도, 말도 볼 수 없었지만 자랑스럽게, 최단거리 길은 도로공사 때문에 이 구간에서는 통행할 수 없지만 곧 다시 그 길로 돌아갈 거라고 허공에 가닿는 수직선에게 보고했다. "거 봐, 내 말이 맞지!" 슈툼이 원래 자리에 앉으면서, 쓸데없이 조급함을 내보인 것을 부분적으로는 전령 앞에서, 부분적으로는 울리히 앞에서 미화하며 외쳤다. "저 녀석이 우회로를 잡아야 했고 난 각하께 오늘 보고해야 해. 각하께서는 네 시에는 퇴근하시려 하고 그 전에 장관께 보고도 드리셔야 하네! … 장관 각하는 오늘 저녁 친히 투치 집에 오실 거라고 예고했거든!" 그는 울리히의 귀에만 조용히 덧붙였다.

"말씀하시지 않은 게 뭐죠?!" 울리히가 이 소식에 놀란 모습을 보였다.

"벌써 한참 전부터 자네에게 말하고 있네, 뭔가 일어날 조짐이라고."

이제 울리히는 무엇이 일어날 조짐인지 알고 싶어 했다. "장관이 뭘 원하는지 말씀해 주세요!" 그가 요구했다.

"그건 장관 자신도 모르네." 슈툼이 말했다. "각하께서는 지금이 적기라고 느끼고 계시지. 늙은 라인스도르프도 그렇고 참모부장도 역시 지금이 적기라고 느끼고 있어. 많은 사람들이 이렇게 느끼면 거기에 벌써 뭔가 참된 것이 있을 수 있어."

"하지만 무엇에 적기라는 거죠?" 울리히가 계속해서 탐문했다.

"그 때문에 아직 그걸 알 필요가 없네!" 장군이 그를 훈계했다. "그건 그냥 절대적인 인상들이야! 그런데 오늘 우리는 몇 명이 될까?" 이제 정신이 딴 데 팔린 것인지 걱정스러운 것인지 그가 물었다.

"그걸 어떻게 제게 물으시죠?" 울리히가 놀라서 대답했다.

"지금 내 말은", 장군이 설명했다. "오늘 정신병원으로 가는 일행이 몇 명이냐는 거야? 미안하네! 우습지, 이런 오해라니? 일이 너무 많이 몰려드는 날이 있네! 자, 우리가 오늘 몇 명이지?"

"누가 동행하는지 저는 모릅니다. 상황에 따라 셋에서 여섯까지입니다."

"내가 하고 싶었던 말은", 장군이 걱정스럽게 말했다. "셋 이상이면 차를 한 대 더 잡아야 하네. 이해하겠지, 내가 군복 차림이기 때문이네."

"그럼요, 물론입니다." 울리히가 그를 진정시켰다.

"나는 멸치통조림 같은 차를 타고 가서는 안 되네."

"물론입니다. 하지만 어떻게 그 절대적인 인상에 도달하게 된 것이죠?"

"그런데 우리가 저기 외곽에서도 마차를 잡을 수 있을까?" 장군이 골똘히 생각했다. "거긴 여우들이 밤인사를 하는 곳인데!"

"도중에 한 사람을 더 태울 거예요." 울리히가 단호히 대답했다. "이제 설명해 주세요, 제발, 왜 당신들이 지금이 뭔가에 적기라는 절대적인 인상을 받았는지?"

"설명할 게 전혀 없네." 슈툼이 말했다. "내가 뭔가에 대해 그게 절대적으로 그러하고 달리는 아니라고 말한다면, 이건 내가 그걸 설명할 수 없다는 뜻이네! 기껏해야 드랑잘이 일종의 평화주의자라는 건 덧붙일 수 있네. 아마 그녀가 미는 포이어마울이 '인간은 선하다'라는 시를 쓰기 때문이겠지. 지금 많은 사람들이 그렇게 믿고 있네."

울리히는 그의 말을 믿으려 하지 않았다. "하지만 장군님은 최근에 그 반대를 이야기하셨습니다. 애국운동이 지금 행동에 찬성이라고, 강한 손, 뭐 그 비슷한 것에 찬성이라고요!"

"그것도 맞아", 장군이 인정했다. "영향력 있는 사람들은 드랑잘을 지지하네. 이런 일을 그녀는 정말 탁월하게 해내지. 사람들은 애국운동에 인간적 선의 행위를 요구하네."

"그래요?" 울리히가 말했다.

"그래. 자네는 역시 더 이상 어떤 것에도 신경을 쓰지 않는군! 다른 사람들은 그 때문에 걱정인데. 예를 들어 1866년에 있었던 독일인 간의 형제전쟁이 프랑크푸르트 의회에서 독일인은 모두 형제라고 선언했기 때문에 발발했음을 자네에게 상기시키는 바네. 물론 국방부 장관이나 참모부 사령관이 이 걱정을 하고 있을 거라고 말하는 것은 절대 아니네. 그건 터무니없는 말일 걸세. 하지만 그냥 어떤 일이 있어나고 또 다른 일이 초래되지, 꼭 그래! 내 말 이해하겠는가?"

그건 명확하지 않았지만 그래도 옳았다. 그리고 장군은 여기에 아주 현명한 말을 덧붙였다. "보게, 자네는 늘 명확함을 요구하지." 그는 옆 사람을 비난했다. "그래서 난 자네에게 감탄하네만 자네도 한

번 역사적으로 생각해야 하네. 사건에 직접 관여하는 사람들이 그것이 큰 사건이 될지 어떻게 미리 알겠나? 기껏해야 그들이 그것을 큰 사건이라고 공상하기 때문일 테지! 역설적이네만, 나는 세계사는 일어나기 전에 쓰인다고 주장하고 싶네. 세계사는 우선은 늘 일종의 허튼소리야. 그래서 원기왕성한 인간들은 매우 어려운 과제를 앞에 두고 있네."

"옳은 말씀입니다." 울리히가 칭찬했다. "당장 모든 것을 이야기해 주세요!"

장군 자신도 그 이야기를 하고 싶었지만 말발굽이 벌써 바닥이 부드러운 도로 위를 딛기 시작한 이 부담스러운 순간, 갑자기 다시 다른 걱정에 사로잡혔다. "장관이 호출할 경우를 대비해서 난 벌써 크리스마스트리처럼 옷을 입었네." 그는 외쳤고, 밝은 푸른색 군복과 거기 달린 훈장을 가리키며 이를 강조했다. "이렇게 군복을 입고 바보들 앞에 나타나면 곤혹스러운 돌발 사태가 생길 거라고 생각지 않나? 예를 들어, 누군가 내 외투를 모욕하면 어쩌지? 군도를 뽑을 수는 없지 않나. 나 자신에게도 매우 위험하다는 건 차치하고서라도!"

울리히는 유니폼 위에 흰색 의사가운을 걸치게 될 것이라고 예상하면서 친구를 진정시켰다. 하지만 슈툼이 이 해결책에 만족한다고 선언하기도 전에 풍성한 여름 원피스를 입은 클라리세가 그들을 맞았다. 그녀는 지그문트를 동행하고 조바심을 내며 마차로 다가왔다. 그녀는 울리히에게 발터와 마인가스트는 같이 가기를 거부했다고 이야기했다. 그리고 두 번째 차가 조달된 후 장군은 만족해하며 클라리세에게 말했다. "부인께서는 길을 내려오시는 모습이 천사 같았습니다!"

33
정신병자들이 클라리세를 맞이하다

울리히가 차비를 지불하는 동안 클라리세는 장갑을 손가락 사이에서 돌렸고 창을 올려다보았고 한순간도 가만히 서 있지 않았다. 슈툼 폰 보르트베어는 울리히가 그렇게 하지 못하게 하려 했고 마부는 마부석에 앉아 기다렸으며 두 신사가 서로를 만류하는 동안 흡족하게 미소를 지었다. 지그문트는 평소처럼 손가락 끝으로 외투에서 먼지 한 톨을 털거나 허공을 응시했다. 장군이 낮은 목소리로 울리히에게 말했다. "자네 친구는 이상한 부인이야. 차를 타고 오는 동안, 의지가 무엇인지 내게 설명했네. 난 한마디도 이해하지 못했네!"

"원래 그렇습니다." 울리히가 말했다.

"아름답긴 하네." 장군이 속삭였다. "열네 살짜리 발레리나 같아. 하지만 왜 그녀는 우리가 우리의 '광기'에 몸을 맡기기 위해 여기로 와야 한다고 말하는 건가? 그녀는 세상은 너무 '광기가 없다'고 말하지? 거기에 대해 더 자세한 것을 아는가? 그녀의 말에 한마디도 답할 수 없었다는 게 사실 창피했네."

장군은 마차를 보내는 것을 분명 망설이고 있었는데, 이 질문을 제기하고 싶었기 때문이었다. 하지만 대답하기도 전에 울리히는 마중 나온 사람으로 인해 대답을 면제받았다. 그는 도착하신 분들을 병원장의 이름으로 환영했고 병원장님께서 급하신 볼 일이 있어 잠시 동안 자리를 비우신 데 대해 슈툼 장군님께 사과하며 일행을 대기실로 안내했다. 클라리세는 계단과 복도의 돌 하나도 놓치지 않았고 빛바

랜 초록색 벨벳 의자들이 있는 작은 응접실에서도 — 이 방은 기차역의 구식 일등석 대기실을 떠올리게 했다 — 그녀의 시선은 거의 내내 천천히 움직였다. 마중 나온 사람이 떠난 후 네 사람은 거기에 앉아 있었고 처음에는 한마디 말도 하지 않았다. 마침내 울리히가 침묵을 깨면서, 모스브루거를 대면하게 된다는 것이 벌써부터 오싹하지 않느냐는 질문으로 클라리세를 놀렸다.

"에이!" 클라리세가 물리치며 말했다. "그는 사실 여자 대용품만 알았을 뿐이야. 그러니 그런 일이 일어난 거야!"

장군은 자신의 명예를 회복하려 했다. 추후에 뭔가가 떠올랐으므로, "의지는 지금 아주 현대적입니다." 그가 말했다. "애국운동에서도 우리는 이 문제에 심히 골몰하고 있습니다."

클라리세는 그에게 미소를 보냈고 팔을 뻗어 그 속의 긴장을 풀려 했다. "이렇게 기다릴 때면, 난 다가오는 것을 사지에서 느껴요. 망원경을 통해 보듯이." 그녀가 대답했다.

슈툼 폰 보르트베어는 숙고했고 다시 뒤처지고 싶지 않았다. "맞습니다!" 그가 말했다. "그건 아마도 현대적 육체문화와 관련 있을 겁니다. 이것도 우리는 다루고 있습니다!"

그 후 궁정고문이 조수와 여자실습생 행렬을 이끌고 들어왔고 특히 슈툼에게 아주 다정하게 굴었고 뭔가 급한 일에 대해 조금 이야기했으며 자신의 뜻과는 반대로 이 환영으로 만족해야 하고 직접 안내할 수 없음을 애석해 했다. 그는 자신을 대신해 이 일을 하게 될 프리덴탈 박사를 소개했다. 프리덴탈 박사는 키가 크고 날씬하고 약간 여성적인 체격의 남자로 두발이 풍성했는데, 소개를 받자, 죽음의 다이빙을 시연하기 위해 사다리를 기어 올라가는 곡예사 같은 미소를 지었다. 병원장이 작별을 고하고 물러가자 가운이 날라져 왔다.

"환자들을 불안하게 하지 않기 위해서입니다." 프리덴탈 박사가 설명했다.

클라리세는 가운을 입는 동안 독특하게도 힘이 증가하는 것을 느꼈다. 작은 의사처럼 그녀는 거기 서 있었다. 그녀는 스스로가 아주 남자답게, 아주 하얗게 여겨졌다.

장군은 거울을 달라고 했다. 그의 독특한 기장과 품의 비율에 맞는 가운을 찾기가 어려웠다. 마침내 몸을 완전히 감추는 데 성공하자 그는 너무 긴 잠옷을 입은 아이처럼 보였다. "권총혁대를 벗어야 한다고 생각지 않나요?" 그가 프리덴탈 박사에게 물었다.

"군의관들도 권총혁대를 찹니다!" 울리히가 반박했다.

슈툼은 심하게 주름이 잡힌 의사가운이 권총혁대 위에서 불룩해진 자신의 등을 한 번 보기 위해 한참이나 하릴없는 복잡한 노력을 했다. 그 후 그들은 이동했다. 프리덴탈 박사는 무슨 일이 있어도 당황하지 말라고 부탁했다.

"지금까지는 모든 게 그럭저럭 견딜 만하네!" 슈툼이 친구에게 속삭였다. "하지만 사실 난 이것에 전혀 관심이 없네. 난 이 시간을 자네와 오늘 저녁에 관해 대화를 나누는 데 잘 활용할 수 있네. 잘 듣게, 자네는 모든 걸 솔직하게 이야기해 달라고 했지. 아주 간단하네. 온 세계가 무장하고 있네. 러시아인들은 아주 최신식 야전포병대를 보유하고 있네. 잘 듣고 있지? 프랑스인들은 2년의 복무기간을 이용하여 군대를 엄청나게 강화했네. 이탈리아인들은⋯."

그들은 막 올라온 호사스럽지만 구식인 계단을 다시 내려갔고 여하튼 옆으로 돌았고 흰색으로 칠한 들보들이 천장에서 튀어나와 있는 작은 방들과 구불구불한 복도들이 뒤엉킨 곳에 있었다. 그들이 통과한 방들은 대부분 관리실이거나 사무실이었지만 옛 건물에 만연한 공간부족으로 인해 약간 비정상적이고 우중충한 면이 있었다. 일부는 병원복을 입고 일부는 민간인 복장을 한 으스스한 인물들이 이 공간에 있었다. 어떤 문 위에는 '접수', 또 다른 문 위에는 '남자'라고 씌어 있었다. 장군은 말문이 막혔다. 그는 언제라도 일어날 수 있고 그 비교할 수 없는 성질 때문에 정신을 바짝 차릴 것을 요구하는 돌발 사태에 대한 예감이 들었다. 그는 또 자신의 의지와는 반대로 '생리적 욕구 때문에 어쩔 수 없이 일행과 떨어지고 그 후 혼자 전문적인 동행자 없이 모든 인간이 평등한 장소에서 정신병자와 맞닥뜨리게 되면 어떻게 행동해야 할까'라는 질문에 골몰했다. 이와 반대로 클라리세는 늘 프리덴탈 박사보다 반걸음 앞서 걸었다. 환자들을 놀라게 하지 않기 위해 흰색 가운을 입어야 한다고 그가 말했다는 사실은 인상들의 물결 속에서 구명조끼처럼 그녀를 들어올렸다. 그녀는 자신이 가장 좋아하는 사고에 몰두했다. 니체였다. '강한 비관주의가 있는가? 가혹한 것, 소름끼치는 것, 악한 것, 문제적 존재에 대한 지적 선호가 있는가? 반도덕적 경향의 심연? 품위 있는 적보다는 무서운 적에 대한 요구? 광기가 반드시 타락의 징후는 아니지 않을까?' 그녀는 말 그대로 생각지는 않았지만 이를 전체적으로 기억했다. 그녀의 사고는 이를 아주 작은 꾸러미로 압착했고 강도의 침입 연장처럼 너무나 멋지게 최소한의 공간으로 밀어 넣었다. 그녀에게 이 길은 반은 철학이었고 반은 간통이었다.

프리덴탈 박사는 철문 앞에 멈춰 섰고 바지주머니에서 열쇠를 꺼냈다. 문을 열자 눈부신 밝음이 방랑자들에게 쏟아져 들어왔고 그들은 집의 보호에서 벗어났으며 같은 순간 클라리세는 평생 들어 본 적이 없는 날카롭고 끔찍한 외침을 들었다. 용감한 그녀도 흠칫했다.

"그냥 말〔馬〕이에요!" 프리덴탈 박사가 말했고 미소를 지었다.

실제로 그들은 도로의 일부 위에 서 있었는데, 도로는 진입로에서 시작해서 공공건물을 따라 뒤쪽 병원의 관리실로 이어졌다. 이 도로를 오래된 바퀴자국과 아늑한 잡초로 덮인 다른 도로와 구별하는 것은 아무것도 없었고 태양은 그 위로 뜨겁게 내리쬐고 있었다. 그럼에도 불구하고 프리덴탈을 제외한 나머지 사람들은 이상하게도 이에 깜짝 놀랐고 긴 모험의 길을 극복한 후에 건강하고 평범한 거리 위에 있다는 데 대해 심지어 당황스럽고 혼란스런 방식으로 분노했다. 자유는, 물론 대단히 쾌적하긴 했지만, 첫 순간에는 약간 낯선 것을 담고 있었고 그들은 우선 거기에 다시 익숙해져야 했다. 모든 충돌들이 훨씬 더 직접적이었던 클라리세의 내면에서는 긴장이 덜거덕거리더니 큰 소리의 킥킥거림이 되었다.

프리덴탈 박사는 미소를 지으며 앞장서서 길을 건넜고 건너편에서 공원 담장에 붙어 있는 작고 무거운 쇠문을 열었다. "이제 도착했습니다!" 그가 부드럽게 말했다.

이제 정말로 그들은 클라리세를 벌써 몇 주 동안 이해할 수 없이 매혹했던 그 세계에 있었다. 비교할 수 없는 것과 고립된 것의 전율 때문만은 아니었고 마치 여기서 이전에는 상상할 수 없던 뭔가를 체험하는 것이 그녀에게 예정된 듯했다. 하지만 입장한 자들은 처음에는 어디에서도 이 세계를 오래된 큰 공원과 구별할 수 없었다. 공원은 한 방향에서 완만히 상승했고 우람한 나무 그룹들 사이에 있는 언덕 위에 작고 하얀, 빌라 같은 건물들이 있었다. 그 뒤로 높이 솟은 하늘이 아름다운 전망을 미리 맛보게 했고 클라리세는 이 전망대 중 하나에서 감시자들과 같이 있는 환자들을 알아보았는데, 그들은 그룹으로 서 있거나 앉아 있었고 하얀 천사처럼 보였다. 폰 슈툼 장군은 이 시점이 울리히와 대화를 재개할 적기라고 간주했다. "자, 난 자네를 오늘 저녁 모임을 위해 준비시키고 싶네." 그가 시작했다. "이탈리아인들, 러시아인들, 프랑스인들, 게다가 영국인들도, 자네도 이해하지, 그들은 모두 군비를 확충하고 있네. 그리고 우리는 … ."

"당신들은 포병대를 갖기를 원하지요. 그건 저도 이미 알고 있습니다." 울리히가 그의 말을 중단시켰다.

"그것도 하나일세!" 장군이 계속했다. "내가 말을 끝내지 못하게 하면 우리는 곧 다시 바보들과 같이 있게 되고 조용히 이야기를 할 수 없을 걸세. 나는 우리가 한가운데 앉아 있고 군사적으로 아주 위험한 위치에 있다고 말하려 했네. 이런 처지인데, 우리나라에서는 ─ 지금 난 애국운동에 대해 말하는 것이네 ─ 인간적 선만을 요구하고 있네!"

"당신들은 거기에 반대라는 거지요! 그걸 저는 이미 이해했습니다."

"아니 그 반대일세!" 폰 슈툼이 강조했다. "우리는 반대하지 않네! 우리는 평화주의를 아주 진지하게 여기네! 그저 우리의 포병대 안을 통과시키고 싶을 뿐이지. 이걸 평화주의와 이른바 손에 손을 맞잡고 할 수 있다면 우리는, 당장 평화를 어지럽힌다고 주장할 모든 제국주의적 오해에서 가장 잘 보호를 받게 되네! 우리가 드랑잘과 실제로 약간은 한통속이라는 걸 인정하네. 하지만 다른 한편으로 조심스럽게 해야 하네. 왜냐하면 다른 한편으로, 정말 그녀에게 반대하는 세력, 지금 우리 운동에도 있는 민족주의 조류는 평화주의에는 반대지만 군사력 강화에는 찬성이거든!"

장군은 끝에 이르지 못했고 그 계속을 쓰디쓴 얼굴로 집어삼켜야 했다. 그들이 거의 언덕 위에 다다랐고 프리덴탈 박사가 일행을 기다리고 있었기 때문이었다. 천사들의 광장은 엉성한 격자울타리로 둘러싸여 있었고 안내자는 이 광장에 아무 의미도 부여하지 않고 그냥 서곡으로서 통과했다. "'평화로운 구역'이지요." 의사가 설명했다.

거기에는 여자들만 있었다. 풀어 헤친 머리카락은 어깨까지 왔고 살이 찌고 찌그러지고 윤곽이 뭉개진 얼굴들은 불쾌했다. 이 여자들 가운데 한 명이 곧장 의사에게 달려오더니 편지 한 통을 내밀었다. "늘 같은 일입니다." 프리덴탈은 설명했고 편지를 읽어 주었다. "아돌프, 내 사랑! 언제 오실 거죠?! 저를 잊으셨나요?!" 60세가량의 노파는 멍한 얼굴을 하고 그 옆에 서서 듣고 있었다. "편지를 곧장 보내실 거지요?!" 그녀가 청했다. "물론입니다!" 프리덴탈 박사가 약속했고 그녀의 눈앞에서 편지를 찢었고 감시간호사에게 미소를 지어 보였다. 클라리세는 곧장 해명을 요구했다. "어떻게 그럴 수 있죠?!" 그녀가 말했다. "병자들을 진지하게 여겨야 합니다!"

"이리 오세요!" 프리덴탈이 대답했다. "여기서 시간을 허비할 가치가 없습니다. 원하신다면 나중에 이런 편지를 수백 통 보여 드리겠습니다. 당신도 제가 편지를 찢었을 때 노파가 전혀 동요하지 않았음을 알아차렸지요."

클라리세는 망연자실했다. 프리덴탈의 말이 맞았으니까. 하지만 이것이 그녀의 사고를 방해했다. 그리고 이것을 정리하기도 전에 그녀는 다시 한번 방해를 받았다. 그들이 그 장소를 떠나는 순간 거기서 매복하고 있던 다른 노파 하나가 치마를 들어 올렸고 지나가는 남자들에게 거친 모직 스타킹을 신은 흉한 노파허벅지를 배까지 보여 주었기 때문이었다.

"저런 늙은 돼지 같으니!" 슈툼 폰 보르트베어가 나지막이 말했고 분노와 메스꺼움 때문에 한동안 정치를 잊었다.

하지만 클라리세는 그 다리가 얼굴과 비슷하게 보인다는 사실을 발견했다. 얼굴도 다리와 마찬가지로 살찐 육체의 붕괴라는 낙인을 보여 주었지만 클라리세의 내면에는 여기서 처음으로, 낯선 종류의 연관성이라는 인상, 평범한 개념으로는 파악할 수 없이 일이 다르게 진행되는 세계라는 인상이 생겨났다. 이 순간 그녀는 또 흰색 천사가 이 여자들로 변신한 것을 자신이 인지하지 못했다는 생각이 들었다. 물론 그들 한가운데를 지나가면서 그들 가운데 누가 병자이고 누가 감시자인지를 구별할 수 없었지만. 그녀는 몸을 돌렸고 뒤를 돌아보았지만 길이 건물을 끼고 돌았으므로 더 이상 아무것도 보지 못했고 머리를 다른 쪽으로 돌린 아이처럼 일행 뒤에서 비틀비틀 걸어갔다. 그런데 이와 더불어 시작된 연속적인 인상들로부터는, 우리가 삶이라고 받아들이는 사건들의 투명하게 흘러가는 개울은 더 이상 형성되지 않았고 거품이 이는 소용돌이가 생겨났는데, 이 소용돌이로부터는 그냥 가끔씩 매끄러운 표면들만이 떠올라 기억에서 떠나지 않았다.

"마찬가지로 '조용한 구역'입니다. 이번에는 남자들입니다." 프리덴탈 박사는 건물의 정문 옆에서 일행을 모았고 설명했다. 그리고 그들이 첫 번째 환자병상 앞에 멈춰 섰을 때 그는 공손하게 낮춘 목소리로 자신의 입원자를 '우울성 치매, 진행성 마비 환자'라고 방문객들에게 소개했다. "늙은 매독환자야. 죄악을 저질렀다는 허무주의적 망상이지." 지그문트가 단어를 설명하며 속삭였다. 클라리세는 한 노인과 마주보고 있었는데, 어느 모로 보나 한때 상류층에 속했던 남자였다. 그는 똑바로 침대 위에 앉아 있었고 50대 후반쯤이었으며 새하얀 얼굴피부를 갖고 있었다. 마찬가지로 하얗고 풍성한 머리카락이 그의 잘 손질된 총명한 얼굴을 감쌌는데, 그 얼굴은 최악의 소설들에서나 읽을 수 있을 정도로 너무나 믿을 수 없이 고상해 보였다. "저 사람을 그리게 할 수 없나요?" 슈툼 폰 보르트베어가 물었다. "정신의 아름다움의 체현이군. 그 그림을 자네 사촌에게 선물하고 싶네!" 그가 울리히에게 설명했다. 프리덴탈 박사는 침울하게 미소를 지으며 설명했다. "고상한 표정은 얼굴 근육의 긴장감소에서 오는 것입니다." 이어 그는 재빠른 손동작으로 반사동작 없는 동공경직을 방문자들에게 보여 주었고 계속 그들을 이끌었다. 재료는 풍부한데 시간이 부족했다. 자신의 침대 옆에서 나온 말들에 침울하게 고개를 끄덕였던 노인이 나직이 그리고 걱정스럽게 대답했을 때 다섯 명은 벌써 몇 개의 침대들을 건너 뛰어 프리덴탈이 선정한 다음 사례에서 멈추었다.

이번 사례는 직접 예술에 종사하는 사람으로 쾌활하고 뚱뚱한 화가였는데, 그의 침대는 밝은 창가에 놓여 있었다. 그는 종이와 연필을 담요 위에 수북이 쌓아 놓고 하루 종일 작업을 했다. 곧장 클라리세의 눈에 띈 것은 그 동작의 명랑한 부단함이었다. '발터도 이렇게 그려야 해!' 그녀는 생각했다. 그녀의 관심을 알아차린 프리덴탈은 그 뚱뚱한 사람에게서 재빨리 종이 한 장을 빼앗아 클라리세에게 건넸다. 화가는 킥킥거렸고 꼬집힌 계집처럼 행동했다. 하지만 클라리세는 제법 의미가 있고— 사실 진부한 의미였다 — 전체적으로 안정된 터치의 큰 유화 밑그림을 보고 깜짝 놀랐다. 원근법적으로 서로 복잡하게 얽힌 많은 인물들과 홀 그림이었는데, 홀의 모습이 곤혹스러울 정도로 정확히 묘사되어서 전체 그림은 국립아카데미에서 왔다고 할 정도로 건강하고 전문적으로 보였다.

하지만 프리덴탈은 우쭐대는 미소를 지었다.

"용용!" 화가는 그럼에도 불구하고 그에게 약을 올렸다. "봐, 그림이 신사분 마음에 들지! 더 많이 보여 드려. 놀랍도록 좋다고 말씀하셨어! 보여만 줘! 나는 이미 알아, 당신은 나를 비웃기만 하지만 그림이 이분 마음에 들어!" 그는 기분 좋게 말했고 다른 그림들도 의사에게 들이댔는데, 자신의 예술의 진가를 인정하지 않는 의사와도 좋은 관계를 유지하는 듯 보였다.

"오늘은 자네를 위한 시간이 없네." 프리덴탈이 그에게 말했고 클라리세에게 몸을 돌리면서 자신의 비평을 이런 말로 표현했다. "그는 정신분열증이 아닙니다. 유감스럽게도 지금은 다른 예술가가 없지만 위대하고 아주 현대적인 예술가들인 경우가 많습니다."

"그리고 아픈가요?" 클라리세가 의심했다.

"왜 아닌가요?" 프리덴탈이 침울하게 대답했다.

클라리세는 입술을 깨물었다.

그 사이 슈툼과 울리히는 이미 다음 방 문턱에 서 있었고 장군이 말했다. "저걸 보니 좀 전에 전령에게 멍청이라고 욕한 게 정말 미안하네! 앞으로는 절대 그러지 않겠네!" 그들은 중증 백치들의 방을 들여다보고 있었던 것이다.

클라리세는 아직 이들을 보지 못했고 이렇게 생각했다. '심지어 아카데미 예술처럼 존경할 만하고 인정받는 예술도 정신병원에 그와 혼동할 정도로 닮았지만 부인당하고 약탈당한 누이가 있다?!' 이는 다음 기회에 표현주의 예술가 한 명을 보여 줄 수 있다는 프리덴탈의 언급보다 더 큰 인상을 그녀에게 남겼다. 하지만 그녀는 이것도 재론할 작정이었다. 그녀는 머리를 떨구었고 여전히 입술을 깨물고 있었다. 뭔가가 맞지 않았다. 이렇게 재능 있는 인간들을 가두어 둔다는 것이 명백한 잘못으로 보였다. 의사들은 아마 병을 이해할 테지만 예술을 그 전체 파급력에서 이해할 수는 없을 것이라고 그녀는 생각했다. 그녀는 무슨 일이 일어나야 한다는 감정이 들었다. 하지만 그게 무엇인지는 아직 분명하지 않았다. 하지만 그녀는 확신을 잃지 않았다. 그 뚱뚱한 화가가 그녀를 곧장 "신사분"이라고 불렀으니까. 이것은 좋은 표시로 여겨졌다.

프리덴탈은 호기심을 가지고 그녀를 관찰했다.

그의 시선을 느끼자 그녀는 특유의 가느다란 미소를 지으며 올려다보았고 그에게로 갔지만 뭔가를 말하기 전 끔찍한 인상 하나가 모든 숙고를 지워 버렸다. 새 방의 침대들에는 일련의 공포들이 매달려 있었고 앉아 있었다. 몸에 붙은 것은 모두 뻐딱했고 더러웠고 찌그러졌거나 마비되었다. 뒤틀린 이빨. 기우뚱거리는 머리. 너무 크고 너무

260

작고 완전히 기형인 머리들. 침이 뚝뚝 떨어지는 축 늘어진 턱. 음식도, 말도 없는 데도 동물적으로 갈고 있는 입. 수 미터 넓이의 납 가로대가 이 영혼들과 세계 사이에 놓여 있는 듯했고 다음 방에서는 낮은 웃음소리와 웅웅거림이 있은 후에는 둔중한 침묵이 귀에 와 닿았는데, 이 침묵 속에는 어렴풋이 꿀꿀대고 투덜대는 소리들만 있었다. 중증 백치들이 있는 이런 홀들은 정신병원의 추함 속에서 얻는 충격적 인상들이었고 클라리세는 자신이 그냥 더 이상 아무것도 구별되지 않는 끔찍한 암흑 속으로 추락했다고 느꼈다.

하지만 안내자 프리덴탈은 어둠 속에서도 보았고 여러 침대들을 가리키며 설명했다. "저건 백치입니다. 그리고 여기 이건 크레틴19입니다."

슈툼 폰 보르트베어는 귀를 기울였다. "크레틴과 백치는 같은 것이 아닌가요?!" 그가 물었다.

"아닙니다. 의학적으로 다른 것입니다." 의사가 그를 가르쳤다.

"흥미롭군요." 슈툼이 말했다. "평범한 삶에서는 그런 생각을 전혀 못 합니다!"

클라리세는 침대에서 침대로 갔다. 그녀는 환자들을 뚫어져라 바라보았고 무지하게 애를 썼지만, 그녀에게 아랑곳하지 않는 이 얼굴들을 조금도 이해하지 못했다. 거기서는 상상력이 싹 사라졌다. 프리덴탈 박사는 조용히 그녀를 쫓아가며 설명했다. "흑내장성 가족성 백

---

19 크레틴병: 유전적 갑상선 기능저하증으로 임신 중 요오드 결핍으로 인해 발생하며 정신박약, 갑상선종, 소인증의 증세를 보인다.

치", "결핵성 비대 경화증", "흥선 백치" ….

그동안 '멍청이들'을 충분히 보았다고 생각했고 울리히도 그럴 것이라고 전제한 장군은 시계를 쳐다보았고 말했다. "어디까지 이야기했지? 우리는 이 시간을 잘 활용해야 하네!" 그리고 약간 예기치 않게 그는 시작했다. "기억해 보게. 국방부는 한편에서는 평화주의자들을, 다른 한편에서는 민족주의자들을 인지하네 …."

장군처럼 그렇게 유연하게 주변 환경의 속박에서 풀려날 수 없었던 울리히는 그를 멍하니 바라보았다.

"농담이 아니네!" 슈툼이 설명했다. "내가 이야기하는 것, 이건 정치야! 뭔가가 일어나야 하네. 이 대목까지 이야기했군. 곧 뭔가가 일어나지 않으면 황제 탄신일이 올 거고 우리는 웃음거리가 될 걸세. 하지만 무슨 일이 일어나야 하지? 이 질문은 논리적이네, 그렇지 않나? 내가 이미 말한 것을 전부 지금 대충 요약한자면, 일부는 우리에게 모든 인간들을 사랑하는 데 도움을 달라고 요구하고 다른 일부는 더 고상한 피가 승리하도록, 또는 그걸 어떻게 부르든 간에, 다른 사람들을 닦달하는 것을 허락해 달라고 요구하지. 둘 다 일리가 있어. 그래서 자네가, 간단히 말해, 어떻게든 그걸 통합해서 해가 생기지 않도록 해야 하네!"

"제가요?" 친구가 그런 식으로 폭탄을 터트린 후 울리히가 반항했고, 장소가 허락했다면 장군을 실컷 놀렸으리라.

"당연히 자네야!" 장군이 확고하게 대답했다. "나는 기꺼이 자네를 돕겠지만 자네가 운동의 비서고 라인스도르프의 오른손이네!"

"여기에 장군님 자리를 하나 마련해 드리겠습니다!" 울리히가 단호히 선언했다.

"좋아!" 뜻밖의 저항에는 당황함을 보이지 말고 피하는 게 상책임을 전쟁기술로부터 아는 장군이 말했다. "여기에 내 자리를 하나 마련해 준다면 난 아마 세상에서 가장 위대한 이념을 발명한 누군가를 사귀게 될 거야. 저 밖에서는 안 그래도 위대한 사고에 대한 기쁨이 더 이상 없거든." 그는 다시 시계를 보았다. "교황이거나 우주인 사람들이 여기 있다고들 말하잖나. 우리는 아직 한 명도 보지 못했지만. 바로 그 사람들을 보고 싶었는데! 자네의 여자 친구는 끔찍이도 철저하군." 그가 한탄했다.

프리덴탈 박사는 정신박약자들의 모습에서 조심스럽게 클라리세의 시선을 떼어냈다.

지옥은 흥미롭지 않다, 끔찍하다. 지옥을 인간화하지 않고 — 거기에 문필가들과 저명인사들을 거주하게 하고 이로써 처벌기술에 주목하지 못하게 한 단테처럼 — 거기에 대한 원래의 표상을 주려고 시도한다면, 아무리 상상력이 풍부한 사람이라도 유치한 고통, 현세적인 속성들의 창의성 없는 비틀기를 넘어서지 못한다. 하지만 상상할 수 없고 그 때문에 피할 수도 없는 무한한 처벌과 고통에 대한 바로 그 알맹이 없는 사고, 모든 반대노력에 무심한, 악화의 이 전제는 심연 같은 매력을 갖는다. 정신병원들도 그렇다. 이것들은 빈민구호소다. 이것들은 지옥의 상상력 결핍 같은 것이 있다. 하지만 정신병의 원인을 통찰하지 못하는 많은 인간들은 돈을 잃을 수 있다는 가능성 다음으로 어느 날 이성을 잃을 수 있다는 가능성을 가장 두려워한다. 그리고 갑자기 제정신을 잃을지도 모른다는 상상에 시달리는 이런 인간들이 얼마나 많은지 놀라울 따름이다. 하지만 그들의 과장된 자기평가는 아마 건강한 사람들이 병자들의 집을 둘러싸고 있다고 생각하는 그 전율의 과대평가로 이어질 것이다. 클라리세도 가벼운 실망을 겪었는데, 이는 교육과 더불어 받아들인 불특정한 기대치에서 온 것이었다. 이는 프리덴탈 박사에게는 거꾸로였다. 그는 이 길에 익숙했다. 군대막사나 다른 모든 집단시설에서처럼 질서, 절박한 고통과 통증의 완화, 피할 수 있는 악화의 방지, 약간의 호전 또는 치료, 이것들은 그의 일과의 요소들이었다. 연관성에 대한 충분한 설명은 갖지 못하면서도 많이 관찰하고 많이 안다는 것이 그의 정신의 일부였다. 회진하면서 기침약, 코감기약, 변비약, 연고 말고는 약간의 진정제를 처방하는 것이 그가 매일하는 치료 작업이었다. 그는 자신이 살고 있는 세상의 허깨비 같은 흉악함을 평범한 세상과의 접촉이 그 반대를 일깨울 때만 느꼈다. 매일 그럴 수는 없지만 면회가 그런 계기들이고 따라서 클라리세가 보게 된 것은 일종의 연출 감각이 없지는 않게 구축되었고 그가 그녀를 몰입에서 깨운 후 곧장 다시 새로운 것과 더 상승된 극적인 것으로 이어졌다.

그들이 그 공간을 떠나자마자 실팍한 어깨와 친절한 상사(上士)의 얼굴에 깨끗한 가운을 입은 덩치 큰 남자들이 다수 그들을 뒤따랐으니까. 이 일은 한마디 말도 없이 일어나서 마치 마구 북을 쳐대는 것과 같은 효과를 냈다. "이제 불안정한 구역입니다." 프리덴탈이 예고했고 그들은 벌써 무시무시한 새장에서 나오는 듯한 외침과 꽥꽥거림에 접근하기 시작했다. 그들이 문 앞에 섰을 때, 문에 손잡이가 없음이 보였지만 간수 한 명이 끌로 문을 열었고 클라리세는 지금까지 그랬던 것처럼 첫 번째로 들어가려 했다. 하지만 프리덴탈 박사는 그녀를 확 잡아당겼다. "여기서는 기다려야 합니다!" 그는 사과도 하지 않고 의미심장하게, 피곤하게 말했다. 문을 딴 간수는 문을 살짝 틈만 보이도록 열었고 이 틈을 건장한 몸으로 가렸으며 안으로 귀를 기울였고 이어 잘 살펴본 후 서둘러 몸을 밀어 넣었으며 입구의 다른 편에 자리를 잡고 있던 두 번째 간수가 그를 뒤따랐다. 클라리세의 심장이 쿵쿵거리기 시작했다. 장군이 인정하며 말했다. "선봉, 후위, 측면 엄호!" 이렇게 호위를 받으며 그들은 안으로 들어갔고 거인간수들에 의해 침대에서 침대로 데려가졌다. 침대에 앉은 것들은 흥분해서 소리를 지르며 팔과 눈을 푸드덕거렸다. 이는 그들이 각자 자신만을 위해 존재하는 공간 안에서 소리를 지른다는 인상을 주었지만 그래도 모두는 미쳐 날뛰는 대화에 사로잡혀 있는 듯 보였다. 한 새장 안에 갇힌 서로 낯선 새들이 각자 다른 섬의 언어로 말하듯이. 어떤 이들은 자유롭게 앉아 있었고 어떤 이들은 침대 모서리에 올가미로 묶여 있어 손을 조금밖에 움직일 수 없었다. "자살위험 때문입니다." 의사가 설명했고 병명을 말했다. 마비, 편집증, 조발성 치매 그리고 다른 병들이 이 낯선 새들이 속한 종족이었다.

클라리세는 처음에는 혼란스러운 인상들에 다시 주눅이 든다고 느꼈지만 기댈 곳이 없었다. 이때 친절한 표시처럼 멀리서 한 사람이, 그녀가 아직 많은 침대들을 사이에 두고 그와 떨어져 있는데도, 그녀에게 활기차게 손짓했고 뭐라고 소리쳤다. 그는 그녀에게 달려오기 위해 풀려나려고 안간힘을 쓰는 듯 자기 침대에서 이리저리 움직였고 자신의 한탄과 분노의 고함으로 합창을 눌렀고 점점 더 강하게 클라리세의 주의를 끌었다. 그에게 가까이 다가갈수록 점점 더 그녀를 불안하게 한 인상은, 그가 그녀에게만 이야기를 하는 듯 보였지만 그녀는 그가 무슨 말을 하려는지 전혀 이해할 수 없다는 것이었다. 마침내 그들이 그의 곁에 오자 간수장은 클라리세가 이해할 수 없을 정도로 낮은 목소리로 의사에게 뭔가를 이야기했고 프리덴탈은 아주 진지한 얼굴로 뭔가 지시를 내렸다. 하지만 그 후 그는 농담을 하나 했고 환자에게 말을 걸었다. 이 미친 자는 곧장 대답하지는 않았지만 갑자기 "저 신사는 누구죠?"라고 물었고 손짓으로 클라리세를 말한다고 알렸다. 프리덴탈은 그녀의 오빠를 가리키며 이분은 스톡홀름에서 본 의사라고 대답했다. "아니오, 이분 말입니다!" 환자가 대답하며 클라리세를 고집했다. 프리덴탈은 미소를 지으며 그녀는 빈에서 온 여의사라고 주장했다. "아닙니다. 신사분입니다." 환자는 반대했고 침묵했다. 클라리세는 자신의 심장이 뛰는 것을 느꼈다. 자, 이자도 그녀를 남자라고 여겼다!

그때 환자가 천천히 말했다. "이분은 황제의 일곱째 아들입니다."

슈툼 폰 보르트베어는 울리히를 밀쳤다.

"그건 사실이 아닙니다." 프리덴탈이 대답했고 클라리세에게 이렇게 요구하며 놀이를 계속했다. "직접 말해 주세요, 그가 틀렸다고."

"사실이 아닙니다, 친구여." 흥분해서 한마디도 내뱉을 수 없었던 클라리세가 환자에게 말했다.

"당신은 일곱째 아들입니다!" 그가 완고하게 대답했다.

"아니, 아닙니다." 클라리세가 장담했고 흥분해서 그에게 미소를 지었다.

"맞아요!" 환자는 반복했고 뭐라고 불러야 할지 모를 시선으로 그녀를 바라보았다. 그녀는 또 어떻게 대답해야 할지 아예 아무 생각도 떠오르지 않았다. 그녀는 그녀를 왕자로 간주하는 정신병자의 눈을 어찌할 바를 모르고 친절하게 들여다보았고 계속 미소를 지었다. 이때 그녀의 내면에서 독특한 일이 일어났다. 그가 옳다고 할 가능성이 형성되었다. 반복되는 그의 주장의 압력하에서 뭔가가 그녀의 내면에서 풀어졌고 그녀는 뭔가 속에서 그녀의 사고에 대한 지배권을 상실했고 새로운 연관성들이 형성되어 그 윤곽을 안개 밖으로 내밀었다. 그는 그녀가 누구인지를 알고 싶어 하고 그녀를 '신사'로 간주한 첫 번째 사람이 아니었다. 하지만 이상한 결속감에 사로잡혀 여전히 그의 얼굴을 바라보고 있는 동안 — 그녀는 그 얼굴의 나이, 아직 그 속에 각인되어 있는 자유로운 삶의 다른 잔재를 짐작할 수 없었다 — 그 얼굴 속에서 그리고 그 인간 전체에 뭔가 아주 이해할 수 없는 일이 일어났다. 그녀의 시선은 그것이 고정된 그 눈에는 갑자기 너무 무거운 듯 보였는데, 그의 눈 안에서 미끄러짐과 추락이 시작되었기 때문이었다. 입술도 활발하게 움직이기 시작했고 점점 더 빽빽이 모여드는 커다란 물방울들처럼 알아들을 수 있는 외설스런 말들이 달아나는 재잘거림 속으로 섞여들었다. 클라리세는 탈선하는 이 변화에 뭔가가 그녀의 통제에서 빠져나가는 듯 당황했고 자기도 모르게 그 불행한 자를 향해 두 팔을 흔들었다. 그리고 이때 아직 누군가 제지하기 전에 병자도 그녀를 향해 뛰어올랐다. 그는 이불을 치웠고 같은 순간 침대 끝에 무릎을 꿇더니 갇힌 원숭이가 자위하듯 손으로 자신의 성기를 만졌다. "추잡한 짓 하지 마!" 의사가 재빨리 엄하게 말했고 같은 순간 간수들이 그 남자와 이불을 붙잡더니 순식간에 이 둘을 꼼짝도 않고 놓여 있는 하나의 꾸러미로 만들어 버렸다. 하지만 클라리세는 얼굴이 검붉어졌다. 그녀는 승강기 안에서 갑자기 발밑의 감각을 잃어버릴 때처럼 어지러웠다. 갑자기 그녀가 이미 지나쳐 온 환자들이 모두 뒤에서 소리를 지르고 아직 방문하지 않은 다른 환자들도 그녀에게 소리를 지르는 듯 여겨졌다. 그리고 우연인지 아니면 흥분의 전염력 탓인지, 방문객들이 아직 옆에 있을 때 그들에게 선량한 농담을 했던 친절한 노인인 그 옆 사람도 클라리세가 그의 옆을 지나가는 그 순간 뛰어올라서는 역겨운 거품을 입에 물고 음란한 말들로 욕을 하기 시작했다. 모든 저항을 으스러뜨리는 무거운 도장 같은 간수들의 주먹이 이 사람도 붙잡았다.

하지만 마술사 프리덴탈은 자신의 공연을 한층 더 상승시킬 줄 알았다. 그들은 들어설 때와 마찬가지로 수행원들의 보호를 받으며 그 홀을 다른 끝에서 떠났고 갑자기 귀가 부드러운 고요 속으로 가라앉는 듯했다. 그들은 리놀륨이 깔린 깨끗하고 쾌적한 복도에 서 있었고 주말복장의 인간들과 예쁜 아이들을 마주쳤는데, 이들은 의사에게 신뢰감을 보이며 공손하게 인사했다. 이들은 가족과의 면회를 기다리는 방문객들이었고 다시 마주한 건강한 세계의 인상은 아주 낯선 것이었다. 가장 좋은 옷을 입고 겸손하고 공손히 처신하는 이 인간들은 첫눈에는 인형 또는 잘 만든 조화(造花) 같은 작용을 했다. 하지만 프리덴탈은 재빨리 여기를 통과했고 친구들에게 이제 살인자 또는 그와 비슷한 중범죄를 저지른 정신병자 구역으로 안내하려 한다고 통고했다. 그 후 금방 그들이 새 철문 앞에 섰을 때, 수행원들의 조심과 표정은 나쁜 것을 예고했다. 그들은 폐쇄된 안뜰로 들어섰는데, 뜰은 회랑으로 둘러싸여 있었고 돌은 많고 식물은 적은 현대적 인공정원과 비슷했다. 침묵으로 만든 주사위처럼 우선은 텅 빈 공기가 그 안에 서 있었다. 한참 후에야 그들은 말없이 벽에 기대 앉아 있는 인간들을 발견했다. 입구 근처에는 백치 같은 소년들이 웅크리고 앉아 있었는데, 콧물이 줄줄 흐르고 더럽고 꼼짝도 하지 않는 것이 마치 그로테스크한 조각가 착상이 이들을 대문 문설주에 붙여 놓은 듯했다. 그들 곁에는 벽에 기댄 첫 사람으로서 다른 이들에게서 조금 떨어져서 한 평범한 남자가 칼라만 없을 뿐 여전히 어두운 색의 주말복장으로 앉아 있었다. 그는 최근에 수용되었음에 틀림없었고 어디에도 속하지 못한 그의 처지가 말할 수 없이 불쌍해 보였다. 클라리세는 갑자기 자신이 떠난다면 발터에게 가해질 고통을 상상했고 거의 울 뻔했다. 처음으로 일어난 일이었지만 그녀는 재빨리 이를 극복했는데, 그들이 안내를 받으며 지나쳐 간 다른 사람들이 감옥에서 익히 아는 그 침묵하는 적응의 인상만을 풍겼기 때문이었다. 그들은 수줍고 공손하게 인사했고 작은 부탁을 했다. 그들 가운데 한 사람만이, 젊은 사람이었는데, 치근댔고 불평을 시작했다. 그가 어떤 망각에서 빠져나왔는지 신만이 아시리라. 그는 의사에게 내보내 달라고, 그가 왜 여기에 있는지 알려 달라고 요구했고 의사가 자신이 아니라 소장만이 그런 결정을 할 수 있다고 회피하는 대답을 했을 때도 질문자는 이 일을 그만두지 않았다. 그의 부탁은 점점 더 빨리 이어지는 사슬처럼 반복되기 시작했고 차츰 압박의 톤이 목소리로 들어왔고 위협으로까지 상승했으며 마침내 동물같이 무지한 위험수위에 도달했다. 그가 이 정도까지

나가자 거인들이 그를 벤치 위에 눌러 앉혔고 그는 대답을 듣지 못한 채 말없이 개처럼 자신의 침묵 속으로 도로 기어들어 갔다. 클라리세는 이를 익히 알았고, 이 상황은 그냥 일반적인 흥분으로 넘어갔으며 그녀는 이 흥분을 느꼈다.

그녀는 다른 어떤 사람에게도 시간을 쓸 수 없었다. 안뜰의 끝에 두 번째 철갑문이 있었고 이제 간수들이 이 문을 두드렸기 때문이었다. 이는 새로웠다. 지금까지 그들은 문을 그냥 조심스럽게 하지만 아무런 통고 없이 열었으니까. 이와 반대로 그들은 이 문을 주먹으로 여러 번 두드렸고 새어나오는 소요에 귀를 기울였다. "이 표시를 들으면 안에 있는 사람들은 모두 벽에 붙어서야 합니다." 프리덴탈이 설명했다. "아니면 벽 옆에 나란히 놓여 있는 벤치에 앉든가." 실제로 문이 천천히 조금씩 열리자, 그 전에 일부는 말없이, 일부는 소리를 내면서 뒤섞여 돌던 사람들 모두가 잘 훈련된 수감자처럼 복종했음이 드러났다. 그럼에도 불구하고 들어갈 때 간수들이 여전히 너무나 조심했으므로 클라리세는 갑자기 프리덴탈 박사의 소매를 잡더니 흥분해서 모스브루거도 여기 있느냐고 물었다. 프리덴탈은 말없이 머리를 가로저었다. 그는 시간이 없었다. 그는 서둘러 방문객들에게 환자들로부터 최소한 두 걸음 간격을 유지하라고 엄명을 내렸다. 아닌 게 아니라 이 일의 책임감이 그를 약간 압박하는 듯했다. 그들은 30 대 7 이었다. 그것도 세상과 멀어지고 담장이 둘러쳐지고 거의 모두 이미 살인을 저지른 정신병자들이 살고 있는 안뜰에서. 무기를 지니고 다니는 데 익숙한 사람들은 이게 없으면 다른 사람들보다도 더 많이 불안을 느낀다. 따라서 군도를 대기실에 두고 온 장군이 의사에게 이런 질문을 하는 것을 비난해서는 안 된다. "혹시 무기를 갖고 다니시나요?" "주의와 경험이 무기지요!" 이 알랑대는 질문이 반가웠던 프리덴탈이 대답했다. "어떤 반항이든 그 싹부터 잘라 버린다는 것에 모든 게 달려 있습니다."

그리고 실제로 누군가 열에서 벗어나려는 움직임을 조금만 보여도 벌써 간수들이 덤벼들어 너무나 빨리 그를 그 자리에 내리눌렀으므로 이런 습격들이 유일하게 발생한 폭력행위로 보일 정도였다. 클라리세는 이런 방식에 동의하지 않았다. "의사들이 아마 이해하지 못하는 것은", 그녀는 혼잣말을 했다. "이 사람들이 여기에 하루 종일 감시 없이 함께 갇혀 있어도 서로에게 아무 짓도 안 한다는 거야. 낯선 세상에서 온 우리에게만 그들은 위험해!" 그리고 그녀는 한 사람에게 말을 걸려 했다. 그녀는 그와 올바른 방식으로 소통하는 것이 가능할 거라고 번연히 상상했다. 문 바로 옆 구석에 한 사람이 서 있었는데, 갈색 수염이 얼굴을 덮고 찌르는 듯한 눈을 가진 건장한 중키의 남자였다. 그는 팔짱을 끼고 벽에 기대 있었고 아무 말도 하지 않았고 방문객들이 하는 짓을 악의를 가지고 지켜보고 있었다. 클라리세는 그에게 다가갔다. 하지만 그 순간 프리덴탈 박사가 그녀의 팔 위에 손을 얹었고 그녀를 말렸다. "이 사람은 안 됩니다." 그가 낮은 목소리로 말했다. 그는 클라리세에게 다른 살인자를 한 명 골라 주었고 그에게 말을 걸었다. 머리를 홀랑 민, 뾰족한 수감자 두상을 한 땅딸막한 남자로 의사가 붙임성이 있다고 알고 있는 자였다. 말을 걸자 그는 당장 차렷 자세로 의사 앞에 섰고 성실히 대답하는 가운데 두 줄의 치열을 보였으니까. 치열은 심상치 않은 방식으로 두 줄의 묘비석을 상기시켰다.

"그가 왜 여기 있는지 한번 물어보세요." 프리덴탈 박사가 클라리세의 오빠에게 속삭였고 지그문트는 넓은 어깨의 뾰족 두상에게 "왜 여기 있지요?"라고 물었다.

"당신이 아주 잘 알고 있지요!" 짧은 대답이었다.

"나는 모릅니다." 곧장 고삐를 늦추고 싶지는 않았던 지그문트가 상당히 뚱하게 대답했다. "왜 여기 있는지 말해 보시죠?!"

"당신이 아주 잘 알고 있지요!" 대답은 더 단호하게 반복되었다.

"왜 내게 불손하지요?" 지그문트가 물었다. "난 정말 모릅니다!"

'이 거짓말!' 클라리세는 생각했고 병자가 그냥 이렇게 대답했을 때 기뻤다. "내가 원하니까! 나는 내가 원하는 걸 할 수 있어!" 그는 반복했고 이빨을 드러내 보였다.

"하지만 아무 이유 없이 불손해서는 안 됩니다!" 불운한 지그문트가 반복했다. 사실 정신병자와 마찬가지로 그에게도 아무 생각도 떠오르지 않았다. 클라리세는 동물원의 동물을 자극하는 어리석은 인간 역을 연기하는 그에게 격분했다.

"상관 말아요! 나는 내가 원하는 걸 합니다. 이해하겠어요? 내가 원하는 것을!" 정신병자는 하급장교처럼 호통을 쳤고 그의 얼굴에 있는 뭔가가 웃었지만 그건 입도, 눈도 아니었는데, 이 둘은 오히려 무시무시한 분노로 가득 차 있었다.

울리히조차도 이렇게 생각했다. '지금 이 녀석과 단둘이 있고 싶지 않아.' 지그문트는 정신병자가 가까이 다가왔기 때문에 그 자리에 머무르기가 어려웠고 클라리세는 이자가 오빠의 목을 붙잡고 얼굴을 물어 버렸으면 하고 바랐다. 프리덴탈은 만족감을 느끼며 이 장면이 전개되게 놔두었는데, 같은 의사에게 뭔가를 기대해도 되었기 때문이었고 지그문트가 당황하는 것이 고소했다. 그는 대가답게 이 일이 절정에 이르도록 놔두었고 동료 의사가 한 마디도 하지 못할 때 비로소 멈추라는 신호를 줄 참이었다. 하지만 그때 간섭하려는 소망이 클라리세의 내면에 다시 일었다! 어째서인지 이 소망은 대답들의 연타와 함께 점점 더 강렬해졌고 갑자기 그녀는 더 이상 자제하지 못하고 환자에게 다가가서 말했다. "난 빈에서 왔어요!" 이 말은 트럼펫에서 끌어낸 임의의 소리처럼 아무 의미도 없었다. 그녀는 자신이 이 말로 무엇을 원했는지도, 이 말이 어떻게 떠올랐는지도 몰랐고 그 남자가 자신이 어느 도시에 있는지 아는지도 자문하지 않았다. 그가 이를 알았더라면 그녀의 언급은 그야말로 아무런 의미가 없었을 것이다. 하지만 그녀는 이때 커다란 자신감을 느꼈다. 그리고 정말로 때때로 기적도 일어난다. 물론 정신병원에서 특히 자주 있는 일이긴 하지만. 그녀가 이 말을 하고 흥분에 이글거리며 살인자 앞에 섰을 때 갑자기 그의 얼굴 위로 광채가 퍼져나갔다. 그의 암석 파쇄기 이빨들은 입술 아래로 쑥 들어갔고 찌르는 듯한 시선 위로는 호의가 퍼져 나갔다. "오, 황금색 빈! 아름다운 도시지요!" 적당한 상투어를 아는 예전 중산층의 명예욕으로 그가 말했다.

"축하드립니다!" 프리덴탈 박사가 웃으며 말했다.

하지만 클라리세에게 이 장면은 매우 중요해졌다.

"이제 우리는 모스브루거에게 가려 합니다!" 프리덴탈이 말했다.

하지만 그 일은 일어나지 않았다. 그들이 조심스럽게 다시 두 뜰을 빠져나와 공원의 언덕 위에 있는 외져 보이는 정자를 향해 가고 있을 때 어디선가 간수 한 명이 그들을 향해 달려왔는데, 그는 벌써 한참이나 그들을 찾았던 모양이었다. 그는 프리덴탈 옆으로 다가오더니 속삭이는 톤으로 상당히 긴 전갈을 전했다. 의사의 표정을 보니 — 그는 간간이 질문으로 전갈을 끊기도 했다 — 중요하고 불쾌한 전갈임이 분명했다. 프리덴탈은 진지하고 애석해하는 몸짓을 하며 기다리는 사람들에게 다가왔고 한 구역에서 발생한, 끝을 예상할 수 없는 돌발 사태가 그를 부르므로 유감스럽게도 안내를 중단해야 한다고 알렸다. 그는 일차적으로는 의사가운 아래 장군 유니폼을 입은 명사(名士)에게 이 말을 했다. 하지만 슈툼 폰 보르트베어는 감사하면서, 병원의 탁월한 규율과 질서는 안 그래도 이미 충분히 보았고 이 체험을 한 후에 살인자 한 명을 더 보는 것이 중요하지도 않다고 선언했다. 이에 반해 클라리세는 너무나 실망하고 놀란 얼굴이어서 프리덴탈은 모스브루거와 몇몇 다른 사람들의 방문을 다음번에 하자, 날짜가 정해지는 대로 지그문트에게 전화로 알리겠다는 제안을 덧붙였다. "아주 친절하십니다." 장군은 모든 것에 감사했다. "제 개인적으로는 저의 다른 과제들이 제가 같이 오는 것을 허락할지 정말 모르겠습니다."

다음번 약속은 이 유보에 머물렀고 프리덴탈은 그를 금방 언덕 너머로 사라지게 하는 길을 잡았고 반면에 다른 사람들은 의사가 그들에게 남겨 둔 간수의 안내를 받으며 출구를 향해 갔다. 그들은 길을 벗어났고 아름다운 밤나무와 플라타너스가 심어진 비탈을 넘어 직선 거리로 내려갔다. 장군은 가운을 벗어 소풍 갈 때 입는 먼지막이 외투처럼 기쁘게 팔 위에 걸쳤지만 대화는 더 이상 이루어지지 않았다. 울리히는 다시 한번 임박한 저녁을 대비시킬 마음이 아니었고 슈툼 자신도 이미 너무 깊이 귀가에 몰두해 있었다. 클라리세에게만 — 그는 그녀의 왼편에서 정중히 걸어가고 있었다 — 그는 몇 마디 재미있는 말을 할 의무가 있다고 느꼈다. 하지만 클라리세는 정신이 나가 있었고 말이 없었다. '결국 그 돼지 때문에 난처해졌나?' 그는 자문했고 그 특별한 상황에서는 기사도를 발휘하여 그녀를 위해 나서는 것이 불가능했음을 어떻게든 설명하고 싶었다. 하지만 다른 한편, 다시 그 이야기를 하지 않는 것이 최선이었다. 이렇게 해서 귀갓길은 침묵 속에서 그늘이 드리워진 채 지나갔다.

슈툼 폰 보르트베어가 자신의 차에 올라타고 클라리세와 그녀의 오빠를 데려다주는 일을 울리히에게 맡겼을 때에야 그의 좋은 기분이 다시 돌아왔고 더불어 그를 옥죄는 체험을 어느 정도 질서 지우는 아이디어도 하나 떠올랐다. 그는 지니고 있던 커다란 가죽 케이스에서 시가를 한 대 꺼냈고 좌석에 앉기가 무섭게 첫 번째 푸른 구름송이를 태양이 비치는 공중으로 불었다. 그는 기분 좋게 말했다. "저런 정신병은 분명 끔찍할 거야! 이 순간에야 저 안에 있는 내내 담배 피우는 사람을 한 명도 보지 못했다는 게 떠오르는군! 건강하다는 게 얼마나 큰 장점인지 정말 몰라!"

34
위대한 사건이 일어나는 중이다.
라인스도르프와 인강

이 파란 많은 날은 투치의 집에서 '위대한 저녁'으로 이어졌다.

　평행운동은 빛과 광채 속에서 모습을 드러냈다. 눈들이 빛났고 장식이 빛났고 이름들이 빛났고 정신이 빛났다. 정신병자라면 여기서 상황에 따라서는 이런 사교모임 저녁에는 눈들, 장식, 이름들, 정신이 결과적으로 다 똑같다고 추론할 수 있을 테고 그가 아주 틀린 것도 아니리라. 리비에라나 북부 이탈리아 호수에 체류하고 있지 않은 모든 것들이 모습을 나타냈다. 시즌이 끝나 가는 이 시기에 '사건들'을 원칙적으로 더 이상 인정하지 않는 소수의 사람들만 제외하고.

　이들 대신 아직 한 번도 보지 못한 사람들이 많이 왔다. 긴 휴지기가 참가자 명단에 공백을 만들었고 이를 채우기 위해 새 사람들이 디오티마의 신중한 습관에 어울리지 않게 서둘러 초대되었다. 라인스도르프 백작까지 여자 친구에게 인물 명단을 건네면서 정치적 고려에서 초대해 달라고 부탁했고 그녀는 배타성이라는 자신의 살롱의 원칙이 보다 높은 고려에 한번 희생된 후로 그 밖의 것에 더 이상 평소와 같은 비중을 두지 않았다. 사실 오직 각하 한 사람만이 이 화려한 회동의 원인이었다. 디오티마는 인류는 둘이서만 서로 도울 수 있다는 견해였다. 하지만 라인스도르프 백작은 다음과 같은 주장을 고수했다. "소유와 교양이 역사적 발전에서 그 책무를 하지 못했어요. 우리는 이들과 함께 마지막 시도를 해야 합니다!"

라인스도르프 백작은 매번 이 주장으로 돌아왔다. "사랑하는 친구여, 아직도 결심을 못 했군요?" 그는 질문하곤 했다. "딱 적기입니다. 가능한 모든 사람들이 벌써 파괴적인 경향을 가지고 등장하고 있어요. 우리는 교양이 이들과 균형을 잡을 수 있도록 마지막 기회를 주어야 해요." 하지만 디오티마는 인간의 짝짓기의 풍부한 형식들에 정신이 팔려 다른 것은 전부 깨끗이 잊어버렸다.

결국 라인스도르프 백작이 경고했다. "보세요, 사랑하는 친구여, 당신의 그런 면에 난 전혀 익숙하지가 않아요. 지금 우리는 모든 사람들에게 행동이라는 구호를 보냈어요. 내가 개인적으로 내무부 장관을, 당신에게 털어놓지요, 내가 그를 물러나게 했어요. 저 위에서는 그 일이 일어났어요. 아주 높은 곳 말이오. 그건 정말 큰 스캔들이었고 아무도 그걸 끝낼 용기가 없었지요! 이걸 당신에게 털어놓소." 그가 계속했다. "그리고 이제 국무총리는 국내 행정개혁 관련 참여국민들의 소망을 파악하기 위한 연구회에 우리 스스로가 더 적극적으로 참여해 달라고 청했어요. 새 장관은 아직 상황을 잘 모를 수 있으니까. 그런데 지금 딴 사람도 아닌 당신이 나를 곤경에 빠뜨리려고 하나요, 제일 끈기 있었던 당신이? 우리는 소유와 교양에 마지막 기회를 주어야 해요! 보세요, 이렇게, 아니면 저렇게!"

그가 약간 불완전한 이 마지막 문장을 너무나 위협적으로 발설했으므로 그가 자신이 원하는 바를 알고 있다는 데는 오해의 소지가 없었고 디오티마도 서두르겠다고 사무적으로 약속했다. 하지만 그 후 그녀는 이것도 잊어버렸고 아무것도 하지 않았다.

그러던 어느 날 라인스도르프 백작은 익히 잘 알려진 그의 추진력에 사로잡혔고 40마력에 추동되어 그녀의 집에 들렀다.

"지금 무슨 일이 일어났나요?!" 그가 물었고 디오티마는 이를 부인해야 했다.

"인강을 알지요, 사랑하는 친구여?" 그가 물었다. 물론 디오티마는 이 강을 알았는데, 도나우를 제외하고는 가장 유명한 강이었고 조국의 지리와 역사에 여러 번 얽힌 강이었다. 그녀는 미소를 지으려고 애를 쓰긴 했지만 약간 회의적으로 방문객을 관찰했다.

하지만 라인스도르프 백작은 여전히 죽도록 심각했다. "인스부르크를 제외하면", 그가 말문을 열었다. "인 계곡에 있는 것들은 얼마나 가소로운 둥지들인지, 이에 반해 인강은 우리나라에서 얼마나 위풍당당한 강인지! 나 자신도 결코 그 생각을 못 했어요!" 그가 머리를 설레설레 흔들었다. "더 자세히 말하자면, 난 오늘 우연히 자동차 지도를 보게 되었어요." 마침내 그가 자신의 뜻을 전부 설명했다. "그때 나는 인강이 스위스에서 발원한다는 것을 알아차렸어요. 물론 이걸 이미 알고 있었을 거요. 이건 우리 모두 알지만 결코 이 생각을 안 하지요. 강은 말로야 근처에서 발원하는데, 가소로운 하천이지요. 내 눈으로 거기서 보았어요. 우리나라의 캄프강이나 모라바강처럼. 하지만 스위스인들은 이 강으로 무엇을 만들었지요? 엥가딘입니다! 세계적으로 유명한 엥가딘 말입니다! '엥가드-인', 사랑하는 친구여!! 이 엥가딘이 인이라는 단어에서 왔다는 것을 지금껏 생각해 본 적이 있나요! 나는 오늘 이 생각을 하게 되었소. 그리고 우리의 참을 수 없는 오스트리아적 겸손함은 우리가 가진 것에서 당연히 절대 뭔가를 만들어 내지 않아요!"

이 대화 후 디오티마는 서둘러 소망된 모임을 소집했는데, 부분적으로는 각하께 도움을 주어야 함을 통찰했기 때문이었고 부분적으로는 지금 계속 거부한다면, 그녀의 고위급 친구를 극단으로 몰아갈까 염려되었기 때문이었다.

하지만 그녀가 이를 약속했을 때 라인스도르프가 말했다. "부탁인데, 존경하는 그대여, 당신이 '드랑잘'이라고 부르는 X를 초대하는 것을 이번에는 잊지 말아 주시오. 그녀의 친구인 바이덴이 이 인물 때문에 벌써 몇 주째 나를 가만히 놔두지를 않고 있어요!"

이것조차도 디오티마는 약속했다. 다른 때 같았으면 경쟁자를 용인하는 것을 조국에 대한 의무위반이라고 여겼을 테지만.

35
위대한 사건이 일어나는 중이다. 서기관 메저리처

방들이 축제조명과 모임의 광채로 꽉 찼을 때, '사람'은 각하와 귀족계급의 다른 정상들 — 이들이 나타나도록 각하가 손을 썼다 — 뿐만 아니라 국방부 장관 각하, 그의 수행원들 속에서 슈툼 폰 보르트베어 장군의 정신으로 충만한 약간 과로한 머리를 인지했다. 파울 아른하임도 인지했다. [간단히 그리고 가장 효과적으로 아무런 타이틀 없이. '사람'은 이를 깊이 숙고했었다. 이는 완곡어법20이라고 부르는, 표현의 정교한 단

---

20 Litotes: '아주 좋다' 대신에 '나쁘지 않다'라는 말하는 수사법이다.

순성인데, 왕이 손가락에서 반지를 빼듯 이른바 자신의 육체에서 무(無)를 뽑아 그것을 다른 사람에게 꽂아 줄 때 보이는 것이다.〕 이어 행정부서들에서 언급할 가치가 있는 모든 것이 (교육문화부 장관은 귀족원에서 각하로부터 친히 출석을 면제받았다. 이날 큰 제단울타리 제막식 때문에 린츠로 가야 했으므로) 언급되었다. 이어 외국의 대사관과 대표부들이 '엘리트'를 파견했다고 언급되었다. 이어 '산업, 예술, 학문분야에서' 유명한 이름들도 언급되었고 이 세 시민적 활동의 변경할 수 없는 조합 속에는 부지런함에 대한 옛 알레고리가 들어 있었고 이것이 글을 쓰는 펜을 저절로 장악했다. 그 후 이 능숙한 펜은 귀부인들의 존재를 알아보았고 이렇게 알렸다. 베이지색, 분홍색, 버찌색, 크림색…. 수놓아지고 휘감기고 세 겹 주름이 잡히거나 허리 아래에서 펼쳐지고. 그리고 아들리츠 백작부인과 상업고문관 백후버 중간에 유명한 멜라니 드랑잘 부인이 '세계적으로 유명한 외과의사의 미망인', '그녀 자신이 사랑스런 방식으로 자신의 집에 정신의 작업장을 마련해 주는 데 익숙하다'고 언급되었다. 마침내 별도로 이 구역의 끝에 울리히 폰 모모가 누이와 함께 왔는데, '사람'이 '고도로 정신적이고 국가를 위해 너무나 반가운 사업에 봉사하는 데 있어 그의 희생적인 활동을 잘 알려진 바이며' 또는 심지어 'coming man이다'라고 적어야 할지 고민했기 때문이었다. 많은 사람들이 라인스도르프 백작의 이 총아가 자신의 후원자를 다시 한번 매우 경솔한 행동으로 오도할 수 있다고 전제한다는 말을 오래전부터 들어 왔고, 스스로가 제때에 내막을 잘 아는 사람임을 입증하려는 유혹은 너무 컸지만, 아는 자의 가장 깊은 만족감은, 게다가 그가 조심스럽다면, 늘 침묵이고 이 침묵 덕분에 울리히와 아가테는 사교계와 정신의 꼭대기 바로 직전 자리에 낙오자로서 맨 이름만 올렸다. 이 꼭대기는 더 이상 이름으로 열거되지 않았고 그냥 '지위와 명성이 있는 모든 것'의 집단무덤을 위해 배정되었다. 거기로 많은 사람들이 들어갔는데, 그 가운데는 행정부 연구회 참가자로 잠시 수도에 체류하고 있는 유명한 형법학자 궁정고문관 슈붕 교수가 있었고 이번에는 젊은 시인 프리델 포이어마울도 있었는데, 그의 정신이 이 저녁을 성사시키는 데 도움을 주었다는 것은 잘 알려져 있었지만 이브닝드레스와 직함에 부여되는 더 확고한 종류의 유효성이 획득되었다는 것과는 엄격히 구별해야 했기 때문이었다. 가족을 동반한 은행지점장 직무대행인 레오 피셸과 같은 사람들은 — 그들의 디오티마 집 입장은 아주 애를 쓴 끝에 그리고 게르다의 재촉하에, 울리히의 힘은 빌리지 않고, 그러니까 당시에 만연했던 태만 덕분에만 성사될 수 있었다 — 그냥 눈 한구석에 묻혔다. 유명하지만 아직 이런 모임에서는 인지문턱을 넘지 못한 법률가의 아내, — 그녀는 그 '사람'에게조차 알려지지 않았다 — 보나데아라는 은밀한 이름을 가진 부인만이 추후에 다시 발굴되어 이브닝드레스 아래로 옮겨졌다. 그녀의 외모가 전반적으로 눈에 띄었고 감탄어린 반향을 얻었기 때문이었다.

이 '사람', 공공의 감시하는 호기심은 물론 인간이었다. 보통 이런 사람들은 많지만 당시 카카니아의 수도에서는 한 사람이 나머지를 모두 능가했는데, 서기관 메저리처였다. 왈라키아[21]의 메저리치에서 태어난 — 그의 이름이 이 흔적을 담고 있다 — 이 발행인, 편집장,

---

21 Walachia: 오늘날의 루마니아 남부에 있는 지역이다.

자신이 설립한 '의회 및 사교계 통신'의 주필은 젊은이였던 지난 세기 1860년대, 당시 열기를 발산한 자유주의의 광채에 이끌려, 왈라키아 메저리치에 있는 부모님의 대폿집을 넘겨받을 전망을 기자라는 직업을 위해 버리고 대도시로 왔다. 그리고 곧장 통신사를 설립하여 경찰서에서 나오는 소소한 지방 소식들을 신문사들에 보내기 시작함으로써 이 시대에 기여했다. 그의 통신사의 이 전신은 소유자의 근면, 신용, 양심 덕분에 신문들과 경찰을 만족시켰을 뿐만 아니라 곧 다른 고위 관청들의 주목을 받았고 이들이 스스로 책임지려고 하지는 않지만 바람직하다고 생각되는 소식들을 싣는 데 이용되었고, 결국 우대를 받았으며 많은 자료들을 공급받았고 공적 출처에서 나온 비공식 보고라는 영역에서 독보적 위치를 점하게 되었다. 엄청난 추진력과 일에 대한 지칠 줄 모르는 열의를 가진 남자 메저리처는 이 성공이 펼쳐지는 것을 보자 자신의 활동을 궁정 및 사교계 보고로 확대했는데, 사실 이것이 항상 눈앞에 어른거리지 않았더라면 그는 결코 메저리치에서 대도시로 오지도 않았을 것이다. 빈틈없는 참가자 명단이 그의 전문 분야로 통했다. 인물들과 그들에 관한 이야기에 대한 그의 기억력은 비상했고 덕분에 그는 쉽게 살롱과도 형무소와의 관계와 똑같은 탁월한 관계를 맺게 되었다. 그는 '큰 세계'를 거기 속한 사람들보다 더 잘 알았고 마르지 않는 사랑으로, 사교계에 모이는 사람들이 다음 날 서로에 대해 알게 해줄 수 있었다. 사람들이 수십 년 전부터 결혼계획과 의상과 관련된 모든 일을 다 털어놓는 늙은 기사처럼. 이렇게 결국 축제와 잔치들에서 부지런하고 민첩하고 늘 협조적이고 호의적인 작은 신사는 도시의 유명인사였고 생의 말년에는 이런 행사들은 그와 그의 출현을 통해서만 논란의 여지없는 유효성을 얻었다.

　이 이력의 정점은 메저리처의 서기관 임명이었는데, 이 칭호에는 나름의 특별함이 있었기 때문이었다. 카카니아는 사실 세계에서 가장 평화로운 나라였지만 한때 더 이상 전쟁이 없을 것이라는 천진난만한 확신을 갖게 되었고 공무원을 장교에 해당하는 지위계급으로 분류하자고 착상하여 이들에게 심지어 그런 제복과 계급장도 부여했다. 그 이후로 서기관이라는 지위는 k. & k. 중령의 지위에 상응했다. 그 자체로 높은 지위는 아니었지만 이것이 메저리처에게 부여되었을 때 그 특별함은, 깨어질 수 없는 것이 전부 그렇듯이 카카니아에서 예외적으로만 깨어지는 깰 수 없는 전통에 따르면 사실 그가 황제의 고문관이 되어야 했을 것이라는 데 있었다. 황제의 고문관은, 가령 단어의 내용에 따라 판단하자면, 서기관 이상이 아니라 그 이하였으니까. 황제의 고문관은 그냥 상사의 지위에 상응했다. 그리고 메저리처는 황제의 고문관이 되어야 했을 것이다. 이 칭호는 사무공무원 이외에는 자유직업인에게만, 가령 궁정 미용사와 마차 공장주, 그리고 같은 이유에서 저술가와 예술가에게 수여되었으니까. 이와 반대로 서기관은 당시 실제로 공무원 칭호였다. 그럼에도 불구하고 메저리처가 처음으로 그리고 유일하게 이 칭호를 받았다는 데는 칭호의 높이보다 더 많은 것이, 심지어 이 나라에서 일어나는 일을 너무 진지하게 여기지 말라는 일상적인 요구보다도 더 많은 것이 표현되었다. 즉, 정당성 없는 칭호를 통해 이 지칠 줄 모르는 연대기 서술자에게 그가 궁정, 국가, 사교계의 중요한 일원임이 세련되고 신중한 방식으로 확인되었다.

메저리처는 이 시대의 많은 기자들에게 모범으로 작용했고 권위 있는 저술가협회의 이사였다. 그가 황금칼라가 달린 제복을 맞추었지만 가끔씩 집에서만 입는다는 전설도 돌았다. 하지만 그건 사실일 리가 없었다. 본질적으로 메저리처라는 사람은 항상 메저리치에 있는 술집에 대한 기억들을 일정 정도 보존하고 있었고 좋은 술집주인은 술을 마시지 않으니까. 좋은 술집주인은 모든 손님들의 비밀도 알고 있지만 아는 것을 다 사용하지는 않는다. 그는 결코 자신의 견해를 가지고 논쟁에 끼어들지 않는다. 하지만 이야기를 하고 일화 또는 농담인 모든 것을 기분 좋게 명심한다. 아름다운 부인들과 고귀한 남자들의 정평이 난 보고자로서 만나게 되는 메저리처 개인은 좋은 양복쟁이에게 옷을 맞추려는 시도를 결코 하지 않았고, 정치의 무대 뒤 비밀을 모두 알았지만 정치적인 글은 한 줄도 쓰지 않았고, 그 시대의 발명과 발견을 모두 다 알았지만 단 하나도 이해하지 못했다. 그는 이 모든 것이 존재하고 진행 중임을 아는 것으로 아주 충분했다. 그는 진심으로 자신의 시대를 사랑했고 있는 그대로의 시대에 대해 매일 보고했기 때문에 그 시대도 일정한 사랑으로 그에게 보답했다.

그가 입장했고 디오티마가 그를 알아보았을 때 그녀는 즉시 그에게 가까이 오라고 손짓했다. "친애하는 메저리처!", 최대한 다정하게 그녀가 말했다. "각하께서 귀족원에서 하신 연설을 가령 우리 신조의 표현으로 여기시거나 말 그대로 받아들이지는 않았겠지요?"

자세히 말하자면, 각하는 장관 퇴진과 관련해서 그리고 근심으로 지나치게 예민해진 상태에서 상원에서 협조심과 엄격함이라는 고무적인 참된 정신이 없다고 자신의 희생자인 장관을 비난하는 연설을 해서 구설수에 올랐을 뿐 아니라 이때 너무 열성을 보이다 보니 일반적인 관찰사항도 언급하고 말았는데, 이는 불가해한 방식으로 언론의 중요성을 인정하면서 정점을 찍었다. 여기서 그는 '권력의 위치로 옮아간 이 제도'에 대충, 신사적으로 사고하는 독립적이고 공평무사한 기독교인이, 그의 견해에 따르면, 어떤 식으로든 그 본인 같지 않은 이 제도에 대해 비난할 수 있는 모든 것을 비난했다. 이것이 디오티마가 외교적으로 만회하려 시도한 것이었고 그녀가 라인스도르프 백작의 참된 신조를 표현할 더 아름답고 더 이해하기가 어려운 말들을 찾는 동안 메저리처는 신중하게 귀를 기울였다. 하지만 갑자기 그는 그녀의 팔 위에 손을 얹더니 너그럽게 그녀의 말을 끊었다. "자비로우신 부인! 왜 그 일에 이렇게 흥분하십니까?", 그가 요약하며 말했다. "각하께서는 우리의 좋은 친구인데요. 그분은 크게 과장하셨습니다. 기사로서 그분이 왜 그래서는 안 됩니까?" 그는 백작과의 변함없는 관계를 당장 그녀에게 입증하려고 덧붙였다. "제가 지금 그분께 가겠습니다!"

이것이 메저리처였다! 하지만 그는 떠나기 전 다시 한번 허물없이 디오티마에게 말했다. "도대체 포이어마울은 어떤가요, 자비로우신 부인?"

디오티마는 미소를 지으며 아름다운 어깨를 들어올렸다. "충격적인 것은 정말 없어요, 서기관님. 우리는 선한 의지로 우리에게 접근하는 누군가를 거절했다는 말을 듣고 싶지 않습니다!"

"'선한 의지'는 좋지!' 메저리처는 라인스도르프 백작에게 가는 길에 생각했다. 하지만 그가 백작에게 당도하기 전, 심지어 그가 생각을 끝까지 다 하기도 전에 — 그 끝을 그 자신도 알고 싶었을 테지만 — 집의 남자주인이 친절하게 그를 막아섰다. "친애하는 메저리처! 공적 소식통은 다시 한번 실패했어요."투치 국장이 미소를 지으며 말을 시작했다. "반(半) 공적인 통신에 물어보는 바입니다. 오늘 우리 집에 온 포이어마울에 대해 뭔가 이야기를 해줄 수 있나요?"

"제가 무슨 이야기를 할 수 있을까요, 국장님!"메저리처가 한탄했다. "그가 천재라고들 합니다!"

"듣기 좋군요!"메저리처가 대답했다. 새로운 것이 있다는 것을 재빨리 그리고 확실히 보도할 수 있으려면 새로운 것이 이미 알고 있는 낡은 것과 너무 달라서는 안 된다. 천재도 예외는 아니다. 즉, 그 의미에 대해 그의 시대가 재빨리 의견의 일치를 본 실제의 인정받는 천재 말이다. 누구나 당장 천재로 간주하지 않는 천재는 다르다. 이 천재는 이른바 아주 비천재적인 것을 갖고 있지만 이것조차도 그 혼자만 가진 것이 아니라서 모든 면에서 그를 잘못 판단할 수 있다. 서기관 메저리처에게는 확고한 천재재고가 있었고 그는 여기에 사랑과 주의를 기울였지만 추가구입은 좋아하지 않았다. 나이가 들고 경험이 많아질수록 그의 내면에서는, 치고 올라오는 예술가 천재를 그리고 주로 직업적으로 그와 가까운 문학의 천재를 그냥 자신의 통신업무의 경솔한 방해시도로 간주하는 습관이 점점 더 많이 형성되었고 그는 선량한 마음으로 그 천재를, 그가 인물 소식란에 실을 만해질 때까지, 미워했다. 하지만 포이어마울은 당시 아직 그 정도까지는 아니었고 그렇게 되도록 밀어 주어야 했다. 서기관 메저리처는 즉시 이에 찬성하지는 않았다.

"그가 위대한 시인이라고들 합니다."투치 국장이 자신 없이 반복했고 메저리처는 확고하게 대답했다. "누가 그런 말을 하지요? 신문의 문예오락란 비평가들이 그런 말을 합니다! 그게 무슨 의미가 있습니까, 국장님!"그는 계속했다. "전문가들이 그런 말을 합니다. 전문가들은 누구인가요? 몇몇 전문가들은 그 반대를 말합니다. 전문가들이 오늘은 이렇게, 내일은 저렇게 말한다는 예들이 있습니다. 도대체 그들이 중요한가요? 진짜 명성은 비전문가들에게까지 가 닿아야 합니다. 그 후 그 명성은 비로소 믿을 만합니다! 제가 생각하는 바를 말씀드리자면, 위대한 남자에 대해서는 그가 도착하고 떠난다는 것 말고 그가 무엇을 하는지 우리는 몰라야 합니다!"

그는 침울하게 열변을 토했고 두 눈은 투치 국장에게 매달려 있었다. 국장은 포기하고 침묵했다. "도대체 오늘 무슨 일이 있는 거지요, 국장님?"메저리처가 물었다.

투치는 미소를 지었고 멍하니 어깨를 으쓱였다. "아무것도 아닙니다. 사실 아무것도 아닙니다. 약간의 명예욕이지요. 포이어마울의 책을 읽으신 적이 있나요?"

"무슨 내용인지 압니다. 평화, 우정, 선 등."

"그를 대수롭지 않게 생각하시는군요?"투치가 말했다.

"맙소사!"메저리처가 시작했고 이렇게 반론했다. "제가 전문가인가요? …"하지만 그 순간 드랑잘 부인이 둘을 향해 다가왔고 투치는 그녀에게 공손하게 몇 걸음 다가가야 했다. 라인스도르프 백작을 둘러싼 무리에서 빈틈을 엿보던 메저리처는 재빠른 결심으로 이 순간을 이용했고 또 다시 붙잡히는 일 없이 각하 옆에 닻을 내렸다. 라인스도르프 백작은 장관과 몇몇 다른 신사들과 대화를 나누며 서 있었지만 메저리처 서기관이 모두에게 자신의 크나큰 존경심을 발설하자마자 즉시 약간 몸을 돌렸고 그를 한옆으로 끌어당겼다. "메저리처!" 각하가 절박하게 말했다. "어떤 오해도 하지 않는다고 약속하게. 신문사 양반들은 자신들이 무엇을 써야 하는지 결코 모르네. 자, 일의 진행 상황은 지난번 이후 조금도 변한 게 없네. 아마도 무언가가 달라질 걸세. 우리는 그걸 모르네. 우선 우리는 방해를 받아서는 안 되네. 부탁하네, 자네 동료 가운데 누가 질문해도 오늘 밤은 전부 그냥 투치 국장 부인 집안의 일이네!"

메저리처의 눈꺼풀이 천천히 그리고 걱정스럽게, 전달된 최고사령 관의 명령을 이해했음을 확인했다. 신뢰는 또 다른 신뢰를 받아 마땅하므로 그의 입술은 원래 눈에 있어야 할 광채로 젖었고 그가 물었다. "그런데 포이어마울은 뭐지요, 각하, 그걸 아는 게 허용된다면?"

"그게 왜 허용되지 않아야 하나?" 라인스도르프 백작이 놀라서 대답했다. "포이어마울은 아무것도 아닐세! 그냥 초대된 것뿐이네. 바이덴 남작부인이 그러기 전에는 날 가만히 놔두지 않았으니까. 그 밖에 뭐가 있겠나? 혹시 자네가 아는 게 있나?"

서기관 메저리처는 포이어마울 건을 지금까지는 전혀 중요하게 여기지 않으려 했고 오히려 그냥 매일매일 듣는 수많은 사교계의 경쟁 관계 가운데 하나라고만 여겼다. 하지만 지금 라인스도르프 백작도 이렇게 열심히 이 건이 중요하다는 것을 부인한다는 사실은 그가 더 이상 이 견해에 머무는 것을 허락하지 않았고 이제 그는 여기서 뭔가 중요한 일이 준비되고 있다고 확신했다. '무엇을 하려는 거지?' 그는 계속 이리저리 돌아다니는 동안 곰곰이 생각했고 국내정치와 외교의 가장 대담한 가능성들을 하나하나 되뇌어 보았다. 하지만 한참 후 그는 결연히 생각했다. '아무 일도 일어나지 않을 거야!' 그리고 자신의 통신원 활동에서 더 이상 한눈을 팔지 않았다. 그의 삶의 내용과 너무나 모순되는 듯 보일 수도 있지만, 메저리처는 위대한 사건들을 믿지 않았으니까. 사실 그는 이것들을 좋아하지 않았다. 매우 중요하고 매우 아름답고 매우 위대한 시대에 살고 있다고 확신하면, 그 시대에 또 특히 중요한 것, 아름다운 것, 위대한 것이 일어날 수 있다는 생각은 견딜 수가 없다. 메저리처는 알프스 등산가는 아니었지만 만약 그랬다면 그는 이는 전망탑을 고산 정상이 아니라 중간 높이의 산 위에 세운다는 사실만큼이나 옳다고 말했으리라. 이런 비교들이 떠오르지 않았으므로 그는 불쾌감을 느끼는 것으로, 그리고 그 대가로 포이어마울이라는 이름을 자신의 기사에서 절대 언급하지 않겠다는 결심으로 만족했다.

36
위대한 사건이 일어나는 중이다.
그 와중에 지인들을 만나다

사촌이 메저리처와 이야기하는 동안 그녀 곁에 서 있던 울리히는 그들이 잠시 둘만 있게 되자 그녀에게 물었다. "제가 유감스럽게도 너무 늦게 당도했습니다. 드랑잘과의 첫 만남은 어땠나요?"

디오티마는 무거운 눈썹을 들어 올려 단 한 번 세상에 지친 시선을 보냈고 다시 내렸다. "물론 매력적이었어요." 그녀가 말했다. "그녀가 나를 알현했어요. 우리는 오늘 뭔가 합의를 할 거예요. 사실 아무려나 상관이 없어요!"

"보십시오!" 울리히가 말했다. 이 말은 옛 대화들에서처럼 들렸고 그 결론을 이끌어 내려는 듯 보였다.

디오티마는 머리를 옆으로 돌렸고 물음을 담아 사촌을 바라보았다.

"예전에 제가 이 말을 당신께 했지요. 모든 것이 벌써 거의 다 지나갔고 아무 일도 없었군요." 울리히가 주장했다. 그는 말을 하고 싶은 욕구를 느꼈다. 그가 오후에 집에 갔을 때 아가테는 집에 있었는데 곧 다시 집을 나갔다. 이리로 차를 타고 오기 전에 그들은 그냥 몇 마디 말만 짧게 주고받았다. 아가테는 정원사 아내를 불렀고 그녀의 도움을 받아 옷을 입었다. "제가 당신께 경고했지요!" 울리히가 말했다.

"무엇을요?" 디오티마가 천천히 물었다.

"에이, 모르겠습니다. 모든 것을요!"

그건 사실이었다. 그 자신도 무엇을 경고했는지 더 이상 몰랐다. 그녀의 이념들, 그녀의 명예욕, 평행운동, 사랑, 정신, 세계의 해, 사업, 그녀의 살롱, 그녀의 열정, 감상주의, 태만한 내버려두기, 무절제, 올바름, 결혼과 간통. 그가 그녀에게 경고하지 않은 것은 아무것도 없었다. '그녀의 모습이지!' 그는 생각했다. 그는 그녀가 행한 모든 것이 가소롭다고 느꼈고 그래도 그녀는 너무나 아름다워서 그게 슬플 정도였다. "당신께 경고했습니다." 울리히가 반복했다. "당신은 지금 성 과학적 질문에만 관심이 있다지요!?"

디오티마는 이 말을 무시했다. "드랑잘의 이 총아가 재능이 있다고 여기시나요?" 그녀가 물었다.

"물론입니다." 울리히가 대답했다. "재능 있고 젊고 완성되지 않았지요. 그의 성공과 드랑잘 부인이 그를 망칠 겁니다. 우리나라에서는 젖먹이까지도 망쳐 놓지요. 그를 동화 같은 본능인간이라고 말하고, 이건 지적 발달을 통해서는 없어지기만 할 뿐이라고 말하니까요. 그는 가끔씩 아름다운 착상들을 가지지만 10분도 기다리지 못하고 터무니없는 소리를 합니다." 그는 디오티마의 귀에 다가갔다. "그 부인을 더 자세히 아시나요?"

디오티마는 거의 알아볼 수 없는 방식으로 머리를 가로저었다.

"그녀는 위험할 정도로 명예욕이 강합니다." 울리히가 말했다. "하지만 그녀는 당신의 새 연구에서는 흥미로울 겁니다. 아름다운 여자들이 이전에는 무화과 잎으로 가린 그곳을 그녀는 월계수 잎으로 가리니까요! 나는 그런 여자들을 미워합니다!"

디오티마는 웃지 않았다. 미소조차 짓지 않았다. 그녀는 그냥 '사촌에게' 귀를 내맡기고 있었다. "그를 남자로서는 어떻게 생각하나요?" 그가 물었다.

"슬픕니다." 디오티마가 속삭였다. "너무 일찍 비만증에 걸린 새끼 양 같아요."

"왜 아니겠어요? 남자의 아름다움은 부차적인 성징(性徵)일 뿐입니다." 울리히가 말했다. "사람들이 그에게 흥분하는 것은 일차적으로 그의 성공에 대한 희망 때문입니다. 포이어마울은 10년 후면 세계적 명사가 되어 있을 겁니다. 드랑잘의 인맥이 그렇게 해줄 것이고 그후 그녀는 그와 결혼할 겁니다. 명성이 그에게 머무른다면, 행복한 결혼이 될 겁니다."

디오티마는 생각에 잠겼고 진지하게 그 말을 정정했다. "결혼의 행복은 자기 자신에 대한 훈육작업 없이 그 자체로는 판단할 수 없는 조건들에 달려 있습니다!" 이어 그녀는 자랑스러운 배가 정박했던 부두를 뒤로 하듯 그를 뒤로 했다. 집의 여주인으로서의 과제가 그녀를 떠나게 했고 닻을 올릴 때 그녀는 그를 쳐다보지도 않으면서 알아볼 수 없을 정도로 살짝 고개를 까닥였다. 하지만 악의로 그런 것은 아니었다. 그 반대였다. 울리히의 목소리는 옛 청소년 시절 음악처럼 여겨졌다. 심지어 그녀는 그라는 인물을 사랑의 과학으로 조명해 보면 어떤 결과가 나올까 하고 묵묵히 자문했다. 특이하게도 그녀는 이 문제의 철저한 연구를 지금까지 한 번도 그와 연결시켜 본 적이 없었다.

울리히는 위를 올려다보았고 이 사교의 움직임들 속 빈틈을 통해서, 조금은 급작스레 자리를 떠나기 전 디오티마의 눈이 아마 이미 쫓고 있었을 일종의 시각적 운하를 통해서 그 다음다음 방에서 포이어마울과 대화하고 있는 파울 아른하임을 인지했고, 드랑잘 부인은 호의를 가지고 그 옆에 서 있었다. 그녀가 두 남자를 연결시켜 줬었다. 아른하임은 시가를 든 손을 쳐들고 있었는데, 무의식적인 방어동작처럼 보였지만 그는 매우 사랑스럽게 미소를 짓고 있었다. 포이어마울은 활기차게 이야기를 했고 두 손가락으로 시가를 잡고는 문장 사이사이에, 주둥이를 엄마젖에 부딪히는 송아지처럼 탐욕스럽게 시가를 빨았다. 울리히는 그들의 대화 내용을 짐작할 수 있었을 테지만 그런 수고는 하지 않았다. 그는 행복한 고독 속에 서 있었고 그의 눈은 누이를 찾았다. 그는 상당히 낯선 남자들 무리 속에서 누이를 발견했고 약간 싸늘한 결빙(結氷)이 그의 방심을 뚫고 지나갔다. 이때 슈툼 폰 보르트베어가 손가락 끝으로 가볍게 그의 갈비뼈 사이를 찔렀고 같은 순간 다른 편에서는 궁정 고문관 슈붕 교수가 접근했지만 몇 걸음 앞에서 그사이에 끼어 든, 수도에 있는 동료에게 붙들렸다.

"마침내 자네를 찾았군!" 장군이 안심하며 속삭였다. "장관님이 '지향상'이 무엇인지 알고 싶어 하시네."

"왜 지향상이지요?"

"왜인지는 나도 모르네. 그런데 지향상이 뭔가?"

울리히가 정의했다. "참도 아니고 영원하지도 않지만 한 시대에 통용되는 영원한 진리입니다. 시대는 뭔가를 지향해야 하니까요. 그건 철학적, 사회학적 표현이고 별로 사용되지 않습니다."

"아하, 맞아." 장군이 말했다. "아른하임은 인간은 선하다는 학설은 지향상일 뿐이라고 주장했거든. 이와 반대로 포이어마울은 무엇이 지향상인지는 자기도 모르지만 인간은 선하고 그건 영원한 진리라고 주장했네! 이에 라인스도르프가 말했어. '정말 옳은 말입니다. 나쁜 인간은 사실 전혀 존재하지 않아요. 악은 누구도 원하지 않으니까요. 악은 길을 잃은 자들일 뿐이지요. 오늘날은 신경과민이니까요. 오늘날과 같은 시대에는 확고한 것을 믿지 않는 회의론자들이 너무나 많이 생기기 때문이지요.' 난 백작이 오늘 오후에 우리와 함께 갔어야 했다고 생각했네. 하지만 백작도 지향상을 통찰하려 하지 않는 사람들에게 통찰하도록 강요해야 한다고까지 말했네! 그때 장관께서 지향상이 무엇인지 지금 당장 알고 싶어 하셨네. 빨리 그분께 돌아갔다가 곧 다시 오겠네. 자네는 그동안 여기 서 있게, 내가 자네를 다시

찾을 수 있도록! 난 긴급히 자네와 또 다른 것에 대해 이야기를 나눠
야 하고 그 후 자네를 장관께 데려가야 하거든!"

울리히가 설명을 요구하기도 전에, "당신을 오랫동안 우리 집에서
보지 못했군요!"라는 말과 함께 투치가 스쳐 지나가면서 그의 팔 안
에 손을 밀어 넣었고 계속해서 말했다. "기억나세요, 우리가 평화주
의의 침입을 받게 될 거라고 내가 예언했죠?!"그러면서 그는 장군의
눈도 친절하게 바라보았지만 슈툼은 서둘렀고 그냥 이렇게 대답했
다. 자신은 장교로서 다른 지향상을 갖고 있지만 명예로운 확신에 대
해서는 전혀 반대하지 않으며 ⋯ 이 문장의 나머지는 그와 함께 사라
졌다. 그가 매번 투치에게 화가 났기 때문이었고 이건 사고의 도야에
유리하지 않다.

국장은 장군 뒤에서 명랑하게 눈을 깜빡였고 이어 다시 '사촌'에게
말했다. "유전(油田)은 물론 속임수입니다." 그가 말했다.

울리히는 놀라서 그를 바라보았다.

"당신은 결국 이 유전이야기에 대해 아무것도 모르지요?" 투치가
물었다.

"압니다." 울리히가 대답했다. "저는 그냥 국장님께서 그걸 아셔서
놀랐습니다." 그리고 무례함을 드러내지 않기 위해 덧붙였다. "국장
님은 그걸 탁월하게 숨기셨습니다!"

"난 이미 오래전에 알았어요." 투치가 우쭐해서 설명했다. 이 포이
어마울이 오늘 우리 집에 있는 것은 물론 아른하임이 백작을 통해 유
발한 일입니다. 그런데 그의 책들을 읽어보셨나요?"

울리히가 그렇다고 했다.

"골수 평화주의자입니다!" 투치가 말했다. "그리고 드랑잘은, 아내는 그녀를 이렇게 부르지요, 꼭 그래야 한다면 평화주의를 위해 사람이라도 죽일 명예욕으로 그를 보살핍니다. 선천적으로 거기에는 전혀 관심이 없고 예술가들에게만 관심이 있는데도 말입니다." 투치는 잠시 숙고했고 그 후 울리히에게 털어놓았다. "물론 평화주의가 주안점이고 유전은 양동작전일 뿐이지요. 그래서 평화주의자인 포이어마울을 전면에 내세우는 겁니다. 그러면 누구나 '아하, 저게 양동작전이구나!'라고 생각하고 뒷전에서는 '유전이 문제구나'라고 믿습니다! 탁월한 작전이지만 그걸 알아차리지 못할 정도로 우리가 바보는 아닙니다. 아른하임이 갈리치아의 유전을 차지하고 군대와 공급계약을 맺게 되면 우리는 당연히 국경을 지켜야 하니까요. 또 아드리아해에 해군을 위한 석유기지를 건설해야 하고 이탈리아를 불안하게 해야 합니다. 하지만 우리가 이런 식으로 이웃들을 자극하면 물론 평화욕구와 평화선전이 증가하고 그 후 차르가 영원한 평화를 위한 어떤 아이디어를 가지고 나서면 그는 심리적으로 준비된 토대를 발견하게 됩니다. 이게 아른하임이 원하는 것입니다!"

"그럼 거기에 반대하시나요?"

"물론 반대하지 않습니다." 투치가 말했다. "기억할지 모르겠지만, 난 당신에게 무조건적인 평화보다 더 위험한 것은 없다고 이미 한 번 말했지요. 우리는 딜레탕티슴에서 우리를 보호해야 합니다!"

"하지만 아른하임은 군수산업가입니다." 울리히가 미소를 지으며 대답했다.

"물론 그렇지요!" 투치가 약간 짜증을 내며 속삭였다. "맙소사, 이 일을 그렇게 단순하게 생각하지 마십시오! 그러면 그는 그의 계약서를 가지게 됩니다. 이웃들도 최고로 무장을 합니다. 두고 보세요, 결정적인 순간에 그가 평화주의자임이 들통날 겁니다! 평화주의는 지속적이고 확실한 군수사업이고 전쟁은 위험요소지요!"

"군대 쪽은 그걸 그렇게 나쁘게 보지는 않는다고 생각합니다." 울리히가 방향을 바꾸었다. "그들은 그저 아른하임과의 거래를 통해 포병대를 신식으로 재무장하는 일을 용이하게 하려는 것이지, 그 이상은 아닙니다. 그리고 결국 오늘날 전 세계가 오로지 평화를 위해서 무장을 합니다. 그러니 군대는 이걸 한 번 평화의 친구들의 도움으로 한다 해도 그냥 옳다고 생각하는 거지요!"

"그럼 그 양반들은 도대체 그걸 어떻게 실행하려고 하지요?" 농담에 응하지 않고 투치가 캐물었다.

"제 생각에, 아직 그 정도까지 가지는 않았습니다. 우선 감정적으로 입장을 취하는 겁니다."

"물론이지요!" 다른 것은 기대도 하지 않았다는 듯 투치가 화를 내며 강조했다. "군대는 전쟁만 생각해야 하고 다른 것들은 모두 관할부서에 물어보아야 합니다. 하지만 군대가 그렇게 하기 전에 이 양반들은 오히려 그들의 딜레탕티슴으로 전 세계를 위험에 빠뜨립니다. 반복하건대, 외교에서 평화에 대한 객관성 없는 말들만큼 위험한 것은 없습니다! 평화에 대한 욕구가 일정한 높이에 도달하고 더 이상 멈출 수 없어질 때마다 전쟁이 일어났어요! 이건 문서로 입증할 수 있어요!"

이 순간 궁정 고문관 슈봉 교수가 동료 교수에게서 벗어났고 집주인에게 소개되기 위해서 진심을 다해 울리히를 이용했다. 울리히는 선선히 그의 뜻을 들어주면서, 형법 분야에서 유명하신 이 학자분께서도 권위 있는 국장님이 정치 영역에서 하는 것과 유사하게 평화주의에 유죄 판결을 내린다고 말할 수 있노라고 말했다.

"맙소사", 투치는 웃으며 저항했다. "나를 완전히 잘못 이해했군요!" 잠시 기다린 후 슈뭉도 확신이 생겼고 감소된 책임능력에 대한 자신의 견해가 결코 피에 굶주렸다거나 비인도적이라고 명명되는 것을 보고 싶지 않다는 언급으로 이 이의제기에 찬성했다. "그 반대입니다!" 오래된 강단 배우인 그는 강조를 위해 팔 대신에 목소리를 펼치며 외쳤다. "바로 인간의 평화화가 우리를 일정한 엄격함으로 내몹니다! 국장님께서는 현재 제가 이 사안에 들이고 있는 노력에 대해 들어 보신 적이 있다고 전제해도 될까요?" 그는 이제 직접 투치에게 말했고 투치는 '병자인 범죄자의 감소된 책임능력이 그의 표상 속에서만 또는 그의 의지 속에서만 근거를 가질 수 있는가'라는 질문을 둘러싼 논쟁에 대해 들은 바는 없었지만 그래서 더욱더 정중하게 모든 것에 동의했다. 자신이 야기한 효과에 아주 만족한 슈뭉은 이어 진지한 삶의 견해가 자신에게 준 인상을 오늘밤이 그 견해의 증거라며 칭찬하기 시작했고, 여기저기서 대화에 귀를 기울여 보니 매우 자주 '남성적 엄격함'과 '도덕적 건강'이라는 말을 들었노라고 이야기했다. "우리의 문화는 열등한 사람들, 도덕적으로 의지박약한 사람들에 의해 너무나 많이 오염되었습니다." 그는 개인적으로 덧붙였고 이렇게 물었다. "하지만 도대체 오늘밤의 목적이 무엇인가요? 여러 그룹들을 돌아다녀 보니, 인간의 타고난 선에 대한 거의 루소적이라고 할 견해를 특히 자주 들었습니다만?"

이 질문이 우선적으로 향한 투치는 미소를 지으며 침묵했고 그때 막 장군이 울리히에게 돌아왔고 그에게서 벗어나고 싶었던 울리히는 슈붕에게 그를 소개했고 그를 모든 참가자들 가운데 이 질문에 대답해 줄 적임자라고 칭했다. 슈툼 폰 보르트베어는 활기차게 이를 부인했지만 슈붕과 투치도 그를 놓아주지 않았다. 그리고 울리히는 몇 걸음 뒷걸음질을 치면서 벌써 쾌재를 불렀는데, 그때 오랜 지인이 "아내와 딸도 여기 있어요"라는 말로 그를 붙잡았기 때문이었다. 은행지점장 레오 피셸이었다.

"한스 젭이 국가시험을 봤어요." 그가 이야기했다. "이제 뭐라 할 말이 없지요? 이제 빠진 건 그냥 박사시험뿐이니! 우리 모두는 저 건너편 구석에 앉아 있어요." 그는 가장 먼 방을 가리켰다. "우리는 여기에 아는 사람이 너무 없어요. 게다가 당신은 오랫동안 우리 집에 오지 않았지요! 부친 때문이지요, 그렇지 않나요? 한스 젭이 오늘 저녁 모임의 초대장을 구해 왔어요. 아내가 꼭 오고 싶어 했거든요. 그렇게 보면 이 녀석이 아주 무능한 건 아니지요. 그들은 지금 반쯤 공식적으로 약혼했어요, 게르다와 그 말이요. 이것도 아마 모르겠지요? 하지만 게르다는, 보세요, 그 계집애는, 난 그 애가 그를 사랑하는지 그냥 그렇다고 믿는 것인지 모르겠어요. 잠시 우리에게 건너오세요…!"

"그럼 나중에 가겠습니다." 울리히가 약속했다.

"좋아요, 그래요!" 피셸은 반복했고 침묵했다. 이어 그는 속삭였다. "이분이 집주인이겠군요? 나를 소개해 주지 않겠어요? 우리는 아직 그럴 기회가 없었거든요. 그도, 그녀도 우리는 몰라요."

298

울리히가 막 그러려는 참에 피셸이 그를 만류했다. "그리고 위대한 철학자? 그는 뭘 하지요?" 그가 물었다. "아내와 게르다는 물론 그에게 아주 푹 빠졌어요. 하지만 유전은 어떻게 되나요? 지금은 그게 헛소문이라는 말이 들리거든요. 난 믿지 않지만! 부정이야 늘 하지요! 보세요, 그건 이래요, 아내가 하녀에게 화가 나면 하녀가 거짓말을 한다, 부도덕하다, 버릇이 없다고 하지요. 이른바 영적인 약점투성이죠. 시끄러운 게 싫어서 내가 계집애에게 몰래 임금상승을 보장하면 영혼은 갑자기 사라져요! 영혼에 대해서는 더 이상 아무 말이 없고 모든 것이 갑자기 정상이 되지요. 그리고 아내는 왜 그런지 몰라요. 그렇지 않나요? 그렇지요? 부정을 믿기에 유전은 그 자체로 상업적 개연성이 너무 커요."

울리히는 침묵을 지켰고 피셸은 내막을 아는 자의 제복을 입고 아내에게 돌아가려 했으므로 다시 한번 시작했다. "여기가 참 멋지다는 건 인정해야겠군요. 하지만 아내는 알고 싶어 해요, 너무 이상한 말들이 나오니까? 도대체 이 포이어마울이 누군가요?" 그는 곧장 덧붙였다. "게르다는 그가 위대한 시인이라고 말해요. 한스 젭은 그는 혹세무민하는 출세주의자 말고는 아무것도 아니라고 하지요!"

울리히는 진실은 대충 그 중간일 거라고 말했다.

"그거 한번 좋은 말이군요!" 피셸이 감사했다. "진실은 항상 중간에 있지요. 그런데 모두가 극단적이기만 한 오늘날 모두 그걸 잊고 있지요! 난 한스 젭에게 매번 말하지요, 견해는 누구나 가질 수 있지만 지속적으로 남는 것은 돈을 벌게 해주는 것들이라고. 그건 다른 사람들에게도 이해가 되거든요!" 눈에 띄지 않게 피셸에게 뭔가 중요한 변화가 있었지만 유감스럽게도 울리히는 이를 추적하기를 소홀히 했고 그냥 서둘러 게르다의 아버지를 투치 국장 그룹에 넘겨주었다.

여기서는 그사이 슈툼 폰 보르트베어가 말이 많아졌는데, 울리히를 붙잡을 수 없게 되었고 말을 하고 싶은 활기찬 욕구가 쌓였다가 가장 가까운 경로로 터져 나왔기 때문이었다. "오늘 저녁을 어떻게 설명해야 할까요?" 궁정 고문관 슈봉의 질문을 반복하면서 그가 외쳤다. "저는 이른바 오늘밤 특유의 심사숙고된 의미에서 이렇게 주장하고 싶습니다. 아무것도 하지 않는 것이 최선입니다! 농담이 아닙니다, 여러분!"이라고 그가 겸손한 자부심이 없지는 않게 설명했다.

"저는 오늘 오후에 어떤 젊은 부인과 ─ 그 부인께 우리 대학의 정신병원을 보여 드려야 했거든요 ─ 대화하다가 우연히, 도대체 거기서 무엇을 원하느냐고 그녀에게 물었습니다. 그래야 모든 것을 설명할 수 있으니까요. 그때 그녀는 아주 재치 있는 대답을 했는데, 특별히 숙고를 자극하는 답이었습니다. 그녀는 이렇게 말했거든요. '모든 걸 설명해야 한다면 인류는 결코 세상을 바꿀 수 없을 것입니다!'"

슈봉은 머리를 설레설레 흔들며 이 주장에 동의하지 않았다.

"무슨 뜻으로 한 말인지 저는 모릅니다." 슈툼이 방어했다. "그리고 그녀와 저를 동일시하고 싶지도 않습니다. 하지만 뭔가 참된 것이 거기서 직접적으로 느껴집니다! 보세요, 예를 들어, 저는 제 친구 덕분에, 그는 이미 자주 각하께 그리고 이로써 운동에 조언을 했습니다만", 그는 정중히 울리히를 가리켰다. "아주 많은 가르침을 얻었지만 오늘 여기서 형성된 것, 그것은 가르침에 대한 어떤 거부감입니다. 이렇게 해서 저는 제가 처음에 주장했던 것으로 돌아갑니다!"

"하지만 당신이", 투치가 말했다. "제 말은, 국방부 양반들이 오늘 애국적 결의를 선동할 것이라고들 합니다. 포병대의 신식무장을 위한 공공자금 모금이나 그와 비슷한 것을 말이죠. 물론 이건 그냥 공공의 의지를 통해 국회를 압박하려는 시위적인 가치가 있다고 하더군요."

"저도 오늘 들은 것을 대부분 그렇게 이해하고 싶습니다!" 궁정 고문관 슈붕이 동의했다.

"이건 훨씬 더 복잡합니다. 국장님!" 장군이 말했다.

"아른하임 박사는요?" 투치가 꾸밈없이 물었다.

"제가 터놓고 이야기해도 되겠지요, 장군님은 아른하임도, 대포문제와 연동되었다고 하는 갈리치아 유전 말고는 아무것도 원하지 않는다고 확신합니까?"

"저는 저에 대해서만 그리고 제가 관계하는 것에 대해서만 말할 수 있습니다, 국장님", 슈툼이 다시 한번 방어했다. "그리고 모든 게 훨씬 더 복잡합니다!"

"물론 더 복잡하지요!" 투치가 미소를 지으며 응수했다.

"물론 우리는 대포가 필요합니다." 장군이 열을 올렸다. "그리고 이때 국장님이 암시한 방식으로 아른하임과 협업한다면 유리할 수도 있겠지요. 하지만 다시 한번 말하지만, 저는 교육담당자로서 저의 입장만을 말할 수 있습니다. 그러니 국장님께 묻습니다. 정신이 없는데 대포가 무슨 소용입니까!"

"그럼 왜 포이어마울 씨의 관계에 그렇게 큰 가치를 두지요?" 투치가 조소하며 물었다. "이건 살아 있는 패배주의입니다!"

"죄송합니다만, 저는 반대입니다." 장군이 결연히 말했다. "이건 시대정신입니다! 오늘날 시대정신에는 두 가지 조류가 있습니다. 각하께서는 — 저기 장관님과 함께 서 계시는군요. 저는 막 저기서 오는 길입니다만 — 각하께서는 예를 들어, 행동이라는 구호를 외쳐야 한다고 말씀하십니다. 시대발전이 이를 요구한다고. 그리고 실제로 오늘날도 모든 사람들이 인류의 위대한 사고에 대한 기쁨을, 이렇게 말해 봅시다, 100년 전보다도 훨씬 적게 누리고 있습니다. 물론 다른 한편 인간사랑의 신조도 나름의 장점이 있습니다만 각하께서는 그냥 누군가가 행복을 원하지 않으면 상황에 따라서는 그가 행복하도록 강요해야 한다고 말씀하시지요! 각하께서는 한 조류에 동의하시지만 다른 조류에서도 벗어나지 않으십니다! …"

"전 그걸 완전히 이해하지 못했습니다." 슈붕 교수가 이의를 제기했다.

"쉽게 이해할 수가 없지요." 슈툼이 자발적으로 시인했다. "제가 두 시대조류를 알아차렸다는 사실로 다시 한번 되돌아가 볼까요. 한 조류는 인간의 천성은 선하다고 말합니다. 이른바 그냥 가만히 내버려두기만 하면 … ."

"왜 선하지요?" 슈붕이 그의 말을 끊었다. "누가 오늘날 그렇게 순진하게 생각합니까? 우리는 더 이상 18세기의 이념세계에 살고 있지 않습니다!"

"저는 거기에 반대합니다." 장군이 마음이 상해 방어했다. "그냥 생각해 보십시오. 평화주의자, 생식주의자, 폭력반대자, 자연주의적 삶 개혁자, 반지성주의자, 전쟁복무 거부자 … . 급한 마음에 모든 것이 다 떠오르지가 않습니다만, 이른바 이런 신뢰를 인간에게 심어

302

준 사람들이 모두 다 함께 하나의 큰 조류를 형성합니다. 하지만 당연히", 그가 너무나 사랑스럽게 선뜻 덧붙였다. "원하신다면, 우리는 그 반대에서 출발할 수도 있습니다. 자, 인간이 혼자고 자발적으로는 결코 올바른 것을 행할 수 없으므로 압제해야 한다는 사실에서 출발해 봅시다. 여기서 우리는 같은 의견이기가 더 쉬울 겁니다. 대중은 강한 손을 필요로 합니다. 대중은 그들을 적극적으로 다루는, 말만 하지 않는 지도자를 필요로 합니다. 한마디로, 그들은 자신들 위에 행위의 정신을 필요로 합니다. 인간 사회는 필수적 사전교육을 받은 이른바 소수의 자발적인 자들과 더 높은 명예욕은 없고 강제로 봉사하는 수백만 명의 사람들로 이루어지니까요. 대충 그렇지요? 쌓여 온 경험에 근거하여 차츰 이 인식이 우리 운동에서도 관철되었기 때문에 이제 첫 번째 조류는(제가 지금 서술한 것은 시대정신의 두 번째 조류였으니까요) 자, 첫 번째 조류는 이른바 사랑과 인간에 대한 믿음이라는 위대한 이념이 완전히 사라질 수도 있다는 두려움에 경악했고 그때 포이어마울을 우리 운동에 파견한 세력이, 아직 구할 수 있는 것을 마지막 순간에 구하기 위해 작업했습니다. 이렇게 해서 모든 것은 처음에 보이는 것보다 훨씬 더 간단히 이해가 됩니다. 그렇지 않나요?" 슈툼이 말했다.

"그런데 무슨 일이 일어날까요?" 투치가 물었다.

"제 생각에는 아무 일도 일어나지 않을 겁니다." 슈툼이 대답했다. "우리 운동에는 이미 많은 조류들이 있었습니다."

"하지만 이 둘 사이에는 참을 수 없는 모순이 있습니다!" 법률가로서 이런 불명료함을 참을 수 없었던 슈붕 교수가 이의를 제기했다.

"정확히 말해서, 아닙니다." 슈툼이 반박했다. "다른 조류도 물론 인간을 사랑하고자 합니다. 단지 그 전에 그가 그렇게 하도록 그를 강제로 재교육해야 한다는 뜻입니다. 이건 그냥 이른바 기술적인 차이입니다."

여기서 피셸 지점장이 말을 가로챘다. "제가 나중에 합류했기 때문에 유감스럽게도 전체 맥락을 다 알지는 못합니다. 그럼에도 불구하고 양해해 주신다면, 이렇게 말하고 싶습니다. 인간에 대한 존중은 원칙적으로 그 반대보다 더 높은 곳에 있다고 여겨집니다! 저는 오늘 저녁 몇몇 측에서, 분명 예외들일지도 모릅니다만, 이와는 생각이 다른, 그리고 주로 타민족 인간들에 대한 황당무계한 견해들을 들었습니다!" 매끄러운 턱으로 나누어진 구레나룻을 기르고 코안경을 비스듬히 걸친 그의 모습은 인간과 무역의 자유라는 위대한 이념들을 고수하는 영국 귀족처럼 보였고, 그는 '시대정신의 두 번째 조류'를 제대로 타고 있는 미래의 사위 한스 젭에게서 이 책망받는 견해를 들었다는 말은 하지 않았다.

"조야한 견해들인가요?" 장군이 안내를 자청하며 물었다.

"대단히 조야해요." 피셸이 확인했다.

"'단련'에 대한 이야기도 있었을 겁니다. 서로 쉽게 혼동할 수 있지요." 슈툼이 말했다.

"아닙니다, 아니에요!" 피셸이 외쳤다. "존경심이라고는 전혀 없는, 가히 혁명적이라고 할 견해들입니다! 장군님께서는 선동을 당한 우리의 청년들을 모르실 겁니다. 이런 사람들을 여기에 입장시켰다는 게 놀랍습니다."

"혁명적 견해들이라고요?" 이것이 마음에 들지 않았던 슈툼이 물었고 자신의 통통한 얼굴이 허락하는 한 최대로 냉정하게 미소를 지었다. "지점장님, 유감스럽게도 저는 혁명적인 것에 전혀 반대하지 않는다고 말해야 합니다! 물론 정말로 혁명을 일으키지 않는 한 말입니다! 사실 그 안에 아주 많은 이상주의가 들어 있는 경우가 많으니까요. 그리고 입장(入場)과 관련해서는, 조국 전체를 요약해야 하는 운동은 건설의지를 가진 힘들을, 그것이 어떤 양상으로 표현되든, 물리칠 권한이 전혀 없습니다!"

레오 피셸은 침묵했다. 슈붕 교수에게는 민간 행정부에 속하지 않는 고위 관리의 의견은 크게 중요하지 않았다. 투치는 꿈을 꾸었다. '첫 번째 조류, 두 번째 조류.' 이는 이와 비슷한 두 단어조합을 상기시켰다. '첫 번째 정체, 두 번째 정체.' 하지만 이것들이 떠올랐다거나 이것들이 등장했던 울리히와의 대화가 떠오른 것은 아니었다. 그냥 아내에 대한 이해할 수 없는 질투심이 그의 내면에서 깨어났고 이것은 그가 결코 풀 수 없는 눈에 보이지 않는 중간고리를 통해 이 위험하지 않은 장군과 연결되어 있었다. 침묵이 그를 깨웠을 때 그는 무절제한 말들로 자신을 미혹하도록 놔두지 않겠다는 것을 군대의 대표자에게 보여 주고 싶었다. "요약하자면, 장군님", 그가 시작했다. "군대파는…!"

"하지만 국장님, 군대파는 없습니다!" 슈툼이 당장 그를 중단시켰다. "우리는 항상 군대파라는 말을 듣습니다. 그런데 군대는 그 전 존재로 보아 초당파적입니다!"

"그럼, 군대 관할권으로 하지요." 투치가 상당히 무뚝뚝하게 이 중단에 대답했다. "장군님은 군대는 대포로만 봉사하는 것이 아니고 거기에 딸린 정신도 필요하다고 말씀하셨습니다. 장군님은 그럼 어떤 정신을 장군님의 대포들 위에 싣고 싶으신 겁니까?"

"너무 멀리 나가셨습니다. 국장님!" 슈툼이 강조했다. "우리는 제가 이분께 오늘밤을 설명해야 한다는 데서 출발했고 저는 사실 아무것도 설명할 수 없다고 말했습니다. 이것이 제가 견지하고 싶은 유일한 것입니다! 시대정신이 정말로 이 두 조류라면, 제가 말했듯이, 둘 다 사실 '설명'을 위해 있는 게 아니니까요. 오늘날은 충동력, 피의 힘과 비슷한 것이 지지를 받고 있습니다. 저는 분명 이에 동조하지는 않지만 거기엔 뭔가가 있습니다!"

이 말에 피셀 지점장이 다시 한번 격앙했고 군대가 대포를 확보하기 위해 상황에 따라서는 반(反) 유대주의자들과도 협상하려 하는 것은 부도덕하다고 말했다.

"하지만 지점장님!" 슈툼이 그를 진정시켰다. "첫째, 약간의 반유대주의는 정말로 중요한 것이 아닙니다. 사람들은 이미 전반적으로 무언가에 반대하고 있으니까요. 독일인은 체코인과 마자르인에 반대하고 체코인은 마자르인과 독일인에 반대하고 이렇게 계속해서 각자 모든 것에 반대합니다. 둘째, 다름 아닌 오스트리아 장교군단은 항상 국제적이었습니다. 수많은 이탈리아식, 프랑스식, 스코틀랜드식 등의 이름들을 보기만 하면 됩니다. 폰 콘22이라는 보병대 장군도 있는데, 올뮈츠에 있는 군단사령관이지요!"

---

22 von Kohn: 귀족 칭호를 받은 유대인 이름이다.

"그럼에도 불구하고 장군님이 너무 많은 것을 기대하는 게 아닌가 염려스럽군요." 투치가 중단을 중단시켰다. "장군님은 국제적이고 전투적이지만 민족적 조류들 그리고 평화주의적 조류들과 거래하고 싶어 합니다. 이건 거의 전문 외교가 할 수 있는 것 이상입니다. 평화주의와 함께 군대정책을 추진하는 것에 오늘날 유럽에서 가장 노련한 전문가들이 전념하고 있습니다!"

"하지만 정치를 하는 건 절대 우리가 아닙니다!" 너무나 많은 오해에 지친 한탄의 어조로 슈툼이 다시 한번 방어했다. "각하께서는 소유와 교양에, 그들의 정신을 합일시킬 마지막 기회를 주고자 하십니다. 그래서 이 저녁이 있는 겁니다. 물론 민간정신이 전혀 합의할 수 없다면 우리의 상황은 … ."

"자, 어떤 상황인가요? 딱 그게 알고 싶습니다!" 이어서 올 말을 성급히 부추기면서 투치가 외쳤다.

"물론 어려운 상황이지요." 슈툼이 조심스럽고 겸손하게 말했다.

네 명의 신사가 이렇게 대화를 나누는 동안 울리히는 오래전에 눈에 띄지 않게 그 자리를 떴고, 불려가지 않도록 각하와 국방부 장관의 그룹을 빙 둘러 피하면서 게르다를 찾았다.

벌써 멀리서 그는 벽 옆에, 뻣뻣하게 살롱을 바라보는 엄마 곁에 앉아 있는 그녀를 보았다. 한스 젭은 불안하게 그리고 반항적으로 그녀의 다른 편에 서 있었다. 울리히와의 지난번 그 불행한 만남 이후로 그녀는 더 말랐고 울리히가 그녀에게 접근할수록 점점 더 매력을 잃었지만 어째서인지 바로 그 때문에 치명적인 매력을 발산했고 힘없는 어깨 위 그녀의 머리는 방과 대조를 이루었다.

울리히를 보자 갑작스런 홍조가 그녀의 두 뺨 위로 쏟아졌고 훨씬 더 깊은 창백함이 그 뒤를 따랐으며 그녀는 자기도 모르게 상체를 움직였는데, 심장에 통증을 느끼는 사람이 어떤 상황들로 인해 손으로 가슴을 움켜잡지 못하는 모양새였다. 그가 그녀의 육체를 흥분시킨다는 동물적 우월함에 야만적으로 몸을 맡기고 그녀의 의지를 오용했던 그 장면이 그의 머리를 스쳐 갔다. 그런데 저기에 그 육체가 ― 그의 눈에는 그것이 옷 아래에서 보였다 ― 의자 위에 앉아 있었고 지금은 자랑스럽게 행동하라는, 상처 입은 의지의 명령을 받았고 동시에 떨고 있었다. 게르다는 그에게 화가 나 있지 않았고 그도 그것을 보았지만 그녀는 어떤 일이 있어도 그와 '끝장을 보고' 싶었다. 그는 가능하면 오래 이 모든 것을 음미하려고 눈에 띄지 않게 발걸음을 늦추었고 이 음탕한 지연은 결코 완전히 합치될 수 없는 이 두 인간의 서로에 대한 관계에 상응하는 듯했다.

울리히가 그녀에게 벌써 가까워졌고 그를 기다리는 얼굴에서 진동밖에 보지 못했을 때, 그늘처럼 또는 한 줄기 온기처럼 무게 없는 뭔가가 그를 덮쳤고 그는 보나데아를 알아보았는데, 그녀는 말없이 하지만 의도적으로 그의 옆을 스쳐 지나갔다. 아마 그를 뒤쫓았을 것이고 그는 그녀에게 인사했다. 세상은 있는 그대로 받아들이면 아름답다. 1초 동안 그에게는 이 두 여자에게서 표현되는 풍성함과 헐벗음의 단순한 대조가 바위 경계에서 볼 수 있는 풀밭과 돌의 대조처럼 크게 여겨졌고 그는 자신이 평행운동에서 하차한다는 감정이 들었다. 물론 죄의식이 담긴 미소를 짓고서. 이 미소가 천천히 이쪽으로, 게르다가 내민 손 쪽으로 깔리는 것을 보았을 때 게르다의 눈꺼풀이 떨렸다.

이 순간 디오티마는 아른하임이 젊은 포이어마울을 각하와 국방부장관 그룹으로 데리고 가는 것을 알아차렸고 노련한 전술가로서, 시중꾼 전원에게 음료를 방으로 날라 오게 함으로써 모든 접촉을 무산시켰다.

37
비교

서술한 것과 같은 이런 대화들은 수십 개나 있었고 모두, 간단히 서술할 수도, 묵과할 수도 없는 공통점이 있었다. 이를 서기관 메저리처처럼 누구누구가 있었고 이런저런 옷을 입었고 이런저런 말을 했다는 식으로 하나하나 열거하며 휘황찬란한 사교모임을 서술하는 것으로 이해하지 않는다면 말이다. 물론 많은 사람들이 진짜 서사예술이라고 간주하는 것은 여기에 귀착된다. 그러니 프리델 포이어마울은 불쌍한 아첨꾼이 아니었고 결코 그랬던 적이 없었으며, 그가 메저리처 앞에서 메저리처에 대해 "그는 사실 우리 시대의 호메로스입니다! 아니, 진심입니다"라고 말한다면 그는 그저 적합한 장소에서 시대에 적합한 착상들을 가진 것뿐이었고 메저리처가 사양하는 동작을 보이면 그는 이렇게 덧붙였다. "서기관님께서 모든 인간과 사건을 나열할 때 사용하시는 서사적으로 확고한 '그리고'에는 저의 내면의 눈에는 아주 위대해 보이는 뭔가가 있습니다!" 그는 의회 및 사교계통신의 장을 붙잡아 둘 수 있었는데, 이자가 아른하임을 알현하지 않고서는 집을 떠나지 않으려 했기 때문이었다. 그럼에도 불구하고 메저리처는 그를, 이름을 불러 가며 소개한 손님들 밑으로 옮겨 주지 않았다.

　백치와 크레틴의 섬세한 차이는 논외로 하고, 이제 일정 정도의 백치는 '아버지 그리고 어머니'라는 표상에는 익숙하지만 '부모'라는 개념을 형성하는 데는 실패한다는 것을 상기시키고 싶다. 하지만 이 단순하고 나열하는 '그리고'는 메저리처가 사교계 현상들을 연결하는 데 사용하는 것이기도 했다. 또 하나 상기시켜야 할 것은 백치는 사고의 단순한 구체성 때문에, 모든 관찰자들의 경험에 따르면, 불가사의한 방식으로 정서에 호소하는 뭔가를 갖고 있다는 점 그리고 시인도 주로 정서에 호소한다는 점이다. 시인도 최대한 구체적 종류의 정신이라는 특징을 지니기 때문에 심지어 그 방식도 동일하다. 그러니 프리델 포이어마울이 시인 메저리처에게 말을 걸었다면 마찬가지로 — 즉, 그에게 어렴풋이 어른거린, 즉 그의 경우에는 다시 갑작스런 깨달음 속에서 어른거린 동일한 느낌에서 — 백치 메저리처에게 말을 걸었을 수도 있으리라. 물론 인류를 위해서도 의미심장한 방식으로. 왜냐하면 여기서 논의되고 있는 공통점은 어떤 폭넓은 개념들로도 포괄될 수 없고 어떤 구분이나 추상으로도 정제되지 않는 정신상태, 가장 수준 낮은 합산의 정신상태이기 때문이다. 이 정신상태는 가장 간단한 연결어, 무기력하게 나열하는 '그리고'에 자신을 국한하는 것에서 가장 뚜렷하게 표현되는데, 이는 정신박약자들에게 너무 복잡한 관계들을 대체해 준다. 그리고 세상도, 이 속의 정신을 모두 도외시하면, 이런 정신박약과 유사한 상태에 처해 있다고 주장해도 된다. 심지어 이 세상 속에서 벌어지는 사건들을 전체로부터 이해하려 한다면 이 주장은 불가피하기조차 하다.

그런데 이는 가령 이런 관찰의 장본인이나 참가자가 유일하게 영리한 자들이라서가 아니다! 이때 개인은 전혀 중요하지 않고 개인이 추진하는 그리고 이 저녁 디오티마의 집에 온 모두에 의해 다소 교활하게 추진되는 많은 사업들도 중요하지 않다. 예를 들어, 폰 슈툼 장군은 휴식시간에 곧장 각하와 대화를 하게 되었고 대화가 진행되면서 친절하지만 완고하게, 공손하지만 솔직하게 이런 말로 반박했으니까. "죄송합니다만, 각하! 저는 그것에 매우 강력히 항의합니다. 하지만 인종에 대한 자부심 속에는 불손뿐만 아니라, 호감을 주는 귀족적인 것이 있습니다!" 이렇게 그는 자신이 이 말들로 하고 싶은 말이 무엇인지 정확히 알았지만, 그가 정확히 몰랐던 것은 자신이 이 말들로 무슨 말을 했는가 였다. 이런 민간적 말들 주위를 어떤 플러스가 두꺼운 장갑처럼 감싸고 있고 우리는 이 장갑을 끼고 성냥갑 속에서 성냥개비 하나를 잡으려고 하기 때문이다. 그리고 슈툼과 헤어지지 못한 레오 피셸은 장군이 조바심을 내며 각하께 다가가려는 것을 보자 이렇게 덧붙였다. "인간을 인종에 따라 구별해서는 안 됩니다. 공로에 따라서 해야 합니다!" 그리고 각하의 대답도 일관성이 있었다. 각하는 막 소개받은 피셸 지점장을 무시하고 폰 슈툼에게 대답했다. "왜 시민계급은 인종이 필요하지요? 시종장이 열여섯 명의 귀족 조상을 가져야 한다는 것, 이를 시민계급은 늘 오만이라며 비난했는데 지금 스스로는 무엇을 하고 있지요? 이것을 모방하고 싶어 하고 과장해서 모방합니다. 열여섯 명 이상의 조상은 사실 간단히 벌써 속물주의입니다!" 각하는 짜증이 나 있었고 그가 이렇게 말하는 것은 아주 논리적이었다. 인간이 이성을 지니고 있다는 것은 전혀 논란의 여지가 없지만 그것을 공동체에서 어떻게 사용하느냐는 논란의 여지가 있다.

각하는 '민족적' 요소가 평행운동 속으로 스며든 것에 화가 나 있었지만 이는 그 스스로 야기한 일이었다. 다양한 정치적, 사회적 고려들이 그에게 강요했다. 그 스스로는 '국가민족'만 인정했다. 그의 정치적 친구들은 그에게 충고했다. "그들이 종족과 순결과 피에 대해 말하는 것을 들어 보는 게 손해는 아니야. 누군가 말하는 것을 대체 누가 진지하게 여기나!" "하지만 거기서는 사실 인간에 대해 가축에 대해 말하듯이 말한다네!"라며 인간존엄에 대해 가톨릭적 견해를 가지고 있었던 라인스도르프 백작은 이를 거부했고 이 견해는 그로 하여금, 그가 대지주였음에도, 닭과 말사육의 이상을 신의 아이들에게도 적용할 수 있음을 통찰하지 못하게 했다. 이에 친구들이 말했다. "당장 그렇게 심오하게 관찰할 필요는 없네! 그리고 지금까지 늘 일어난 바이지만, 이것이 그들이 인도주의나 그런 외국의 혁명개념들에 대해 말하는 것보다 심지어 나을 거네!" 결국 이것은 각하에게도 이해가 갔다. 하지만 각하는 또 디오티마를 강요해서 초대한 이 포이어마울이 평행운동에 새로운 혼란만 초래했고 그를 실망시킨 데 화가 나 있었다. 바이덴 남작부인은 그를 두고 기적이라고 이야기했고 각하는 결국 그녀의 압박에 굴복하고 말았다. "부인께서 옳게 보신 점은", 라인스도르프가 시인했다. "우리가 지금의 노선에서는 게르만화한다는 평판을 얻기가 쉽다는 것입니다. 그리고 모든 인간을 사랑해야 한다고 말하는 시인을 한 명 초대하는 것이 해롭지 않을 거라는 점도 옳게 보셨어요. 하지만 보세요, 나는 그런 짓을 투치 부인에게 할 수는 없어요!" 하지만 바이덴은 고삐를 늦추지 않았고 결국 명쾌한 새 근거들을 찾아냈음이 틀림없었다. 담화의 끝에 라인스도르프는 그녀에게 디오티마에게 초대를 요구하겠다고 그녀에게 약속했으니까. "기꺼운 마음은 아닙니다." 그가 말했다. "하지만 강한 손은 사람들에게 자신을 이해시키기 위해서 아름다운 말도 필요하지요. 이 점에서는 부인께 동의합니다. 그리고 최근에는 모든 게 너무나 천천히 진행되고 있다는 점도 옳게 보셨어요. 그 뒤에는 더 이상 제대로 된 열의가 없어요!"

하지만 이제 그는 만족스럽지가 않았다. 각하는 결코 다른 인간들을 어리석다고 여기지는 않았다. 물론 그들보다 자신이 더 영리하다고 여기기는 했지만. 그리고 왜 이 영리한 인간들이 다 함께 모이면 그렇게 나쁜 인상을 주는지 이해할 수가 없었다. 심지어 전체 삶이 이런 인상을 주었다. 마치 개개인 그리고 관청의 예방책들에서 보이는 — 잘 알려져 있다시피, 그는 여기에 신앙과 학문을 포함시켰다 — 영리함의 상태와 나란히 전체적으로는 완전한 책임불능의 상태가 존재하는 듯. 여기서는 늘 지금껏 몰랐던 이념들이 나타나 정열에 불을 지폈고 해와 날이 지나면 다시 사라졌다. 여기서는 가끔은 이 이념, 가끔은 저 이념을 추종했고 이 미신에서 저 미신으로 빠져들었다. 여기서는 한번은 황제폐하를 향해 환호했고 다음번에는 국회에서 혐오스러운 선동연설을 했다. 하지만 이때 뭔가가 나온 적은 한 번도 없었다! 그래서, 이를 수백만 배 축소할 수 있고 이른바 개인의 머리 크기로 축소할 수 있다면 딱 예측불가능성, 건망, 무지, 바보 같이 이리저리 뛰어다니기라는 상이 생기리라. 이것은 라인스도르프 백작이 항상 미친 자에 대해 품었던 상이었다. 물론 지금까지 그는 이에 대해 숙고할 기회가 적었지만. 그는 언짢은 기분으로 자신을 둘러싼 신사들 한가운데 서 있었고 그래도 다름 아닌 평행운동이 참된 것을 드러내야 한다고 숙고했지만 믿음에 대한 어떤 사고를 해낼 수는 없었고 이 사고에 대해 높은 담장의 그늘처럼 편안하게 진정시키는 것만을 느꼈는데, 그것은 아마 교회 담장이었을 것이다. "이상해!" 그는 한참 후 이 사고를 포기하며 울리히에게 말했다. "어느 정도 거리를 두고 보면 이 모든 것은 어째서인지 가을에 떼를 지어 과실나무 속에 앉아 있는 찌르레기를 생각나게 하네."

울리히는 게르다에게서 돌아왔다. 대화는 서두가 약속했던 바를 주지는 못했다. 게르다는 가슴 속에 도끼처럼 앉아 있는 뭔가에 의해 힘겹게 가지가 쳐내진 짧은 대답 이상을 하지 않았다. 그럴수록 한스 젭은 말이 많아졌는데, 그는 그녀의 파수꾼을 자처했고 이 썩은 환경에서 주눅 들지 않았음을 즉시 보여 주었다.

"위대한 인종연구가 브렘스후버를 모르지요?" 그가 울리히에게 물었다.

"그가 어디에 살지요?" 울리히가 물었다.

"라아 강변 세르딩이죠." 한스가 말했다. "지금은 새로운 사람들이 등장하고 있습니다. 그는 약사입니다!"

울리히는 게르다에게 말했다. "들은 대로, 당신들은 이제 정말로 약혼했군요!"

그리고 게르다가 대답했다. "브렘스후버는 다른 인종 사람들은 모두 가차 없이 억압해야 한다고 요구하죠. 이건 분명 보호와 경멸보다는 덜 잔인합니다!" 깨어진 조각들을 엉터리로 압축한 이 문장을 입 밖으로 밀어내는 동안 그녀의 입술은 다시 떨렸다.

울리히는 그냥 그녀를 바라보았고 설레설레 머리를 흔들었다. "난 그걸 이해하지 못합니다!" 그는 그녀에게 작별의 손을 내밀며 말했다. 그리고 이제 그는 라인스도르프 곁에 서 있었고 스스로가 무한한 공간 속의 별처럼 무고하게 여겨졌다.

"하지만 거리를 두지 않고 보면", 라인스도르프 백작이 한참 후 천천히 자신의 새로운 생각을 이어갔다. "그건 한 사람의 머릿속에서, 자신의 꼬리를 물려는 개처럼 도네! 보시게", 그가 덧붙였다. "난 내 친구들의 말을 들어주었고 바이덴 남작부인의 말을 들어주었네. 하지만 우리가 말하는 것에 귀를 기울여 보면, 이건 사실 개별적으로는 아주 영리한 인상을 주지만 우리가 찾고자 하는 바로 그 고상한 정신적 관계들 속에서는 광범위한 자의와 거대한 지리멸렬이라는 인상을 주네!"

국방부 장관과, 아른하임이 그에게 데려간 포이어마울 주위에는 한 그룹이 생겨났고 여기서 포이어마울은 활기차게 대화를 주도했고 모든 인간을 사랑했다. 반면에 여기서 다시 물러난 아른하임 본인 주위에는 조금 떨어진 장소에서 두 번째 그룹이 형성되었고 울리히는 이 그룹에서 나중에 한스 젭과 게르다도 알아보았다. 포이어마울이 외치는 소리가 들렸다. "삶은 배움이 아니라 선을 통해 이해됩니다. 삶을 믿어야 합니다!" 드랑잘 교수는 그의 뒤에 꼿꼿이 서서는 이렇게 확인했다. "괴테도 박사가 되지 않았어요!" 아무튼 그녀의 눈에 포이어마울은 괴테와 닮은 점이 많았다. 국방부 장관 역시 아주 꼿꼿이 서서 끊임없이 미소를 짓고 있었다. 감사하는 뜻으로 한 손을 오래토록 모자챙에 대고 있는 열병식에서 늘 그러듯이.

라인스도르프 백작이 물었다. "말해 보게, 도대체 이 포이어마울이 누군가?"

"아버지는 헝가리에서 공장을 여러 개 운영하고 있습니다." 울리히가 대답했다. "인(燐)을 가지고 하는 사업이라고 생각되는데, 어떤 노동자도 40세를 넘기지 못한다고 합니다. 골저라는 직업병 때문입니다."

"그렇군, 그런데 저 아들은?" 노동자의 운명은 라인스도르프의 마음에 와 닿지 않았다.

"아버지는 그를 대학에 보내려 했답니다. 법학이라고 생각됩니다. 아버지는 자수성가한 사람이고 아들이 배움에 의욕이 없어 상심했다고 합니다."

"왜 배움에 의욕이 없었지?" 이날따라 매우 꼼꼼한 라인스도르프 백작이 물었다.

"맙소사", 울리히가 어깨를 으쓱이며 말했다. "아마 '아버지와 아들들' 문제겠지요. 아버지가 가난하면 아들들은 돈을 사랑합니다. 아빠가 돈이 있으면 아들들은 다시 모든 인간을 사랑합니다. 각하께서는 아직 우리 시대 아들의 문제에 대해 아무것도 듣지 못하셨나요?"

"아니, 들었네. 하지만 왜 아른하임이 포이어마울을 비호하는가? 그게 유전(油田)과 관계가 있나?" 라인스도르프 백작이 물었다.

"각하께서도 그걸 아시나요?" 울리히가 외쳤다.

"물론 난 모든 걸 아네." 라인스도르프가 참을성 있게 대답했다.

"하지만 내가 이해하지 못하는 건 이런 걸세. 인간들이 서로 사랑해야 한다는 것, 그러기 위해서 정부가 강한 손이 필요하다는 것, 그걸 우리는 항상 알고 있었네. 그런데 왜 갑자기 그것이 '양자택일'이어야 하지?"

울리히는 대답했다. "각하께서는 항상 전체로부터 일어나는 선언을 원하셨습니다. 그건 이런 모양일 겁니다!"

"아, 그건 사실이 아니네 … !" 라인스도르프는 활기차게 반대했다. 하지만 그가 계속하기 전에 그들의 대화는 슈툼 폰 보르트베어에 의해 중단되었는데, 그는 아른하임 그룹에서 왔고 흥분해서 서두르며 울리히에게서 뭔가를 알고 싶어 했다. "방해해서 죄송합니다, 각하!", 그가 청했다. "하지만 말해 주게", 그는 울리히에게 말했다. "인간은 자신의 감정만을 쫓을 수 있을 뿐, 결코 이성은 쫓지 않는다고 정말 주장할 수 있나?"

울리히는 무슨 허튼소리냐는 듯 그를 바라보았다.

"저 건너에 마르크스주의자가 한 명 있네." 슈툼이 설명했다. "그는 이른바 인간의 경제적 하부구조가 전적으로 그의 이데올로기적 상부구조를 결정한다고 주장하네. 그리고 한 정신분석학자가 반박하네. 이데올로기적 상부구조는 전적으로 그의 충동적 하부구조의 산물이라고."

"그건 그렇게 간단하지가 않습니다." 그에게서 벗어나기를 바라며 울리히가 말했다.

"그건 나도 늘 주장하는 바네! 그래 봐야 소용이 없었네!" 장군이 즉각 대답했고 그에게서 눈을 떼지 않았다. 하지만 라인스도르프도 다시 말을 시작했다. "자, 보게", 그가 울리히에게 말했다. "나도 막 그와 비슷한 것을 토론해 보려 했네. 지금 하부구조가 경제적이든 성적이든 간에 내가 좀 전에 말하려고 했던 바는 이것이네. 왜 사람들의 상부구조는 그렇게 신뢰할 수가 없나? 세상이 말 그대로 미쳤다고들 하니까. 그리고 난 결국 가끔씩 그게 사실이라고 믿을 수 있을 정도네!"

"그건 대중심리입니다, 각하!" 학식 있는 장군이 다시 끼어들었다. "대중과 관련된 일이라면 저는 매우 잘 이해합니다. 대중은 충동에 따라서만 움직이는데, 당연히 그건 대부분의 개인이 공통으로 갖는 충동입니다. 이건 논리적입니다! 즉, 이건 당연히 비논리적입니다. 대중은 비논리적이고 대중은 논리적 사고를 겉치레에만 사용하니까요! 그들을 실제로 이끄는 것, 그것은 그냥 암시입니다! 제게 신문, 방송, 영화산업, 몇몇 다른 문화수단들을 위임해 주신다면 저는 몇 년 안에 — 제 친구 울리히가 한번 말했듯이 — 인간을 식인종으로 만들 수 있다고 맹세합니다! 바로 그 때문에 사실 인류는 또 강한 지도자를 필요로 합니다! 게다가 각하께서는 이를 저보다 더 잘 알고 계십니다! 하지만 상황에 따라서는 너무나 고상한 개별 인간이 논리적이지 않다는 것, 이것을, 물론 아른하임도 이렇게 주장합니다만, 저는 믿을 수가 없습니다."

울리히가 이 아주 우연적인 논쟁을 위해 친구의 손에 무엇을 쥐어 주어야 했단 말인가? 낚싯대에 물고기 대신 뒤엉킨 풀다발이 걸린 듯, 장군의 질문에는 뒤엉킨 이론다발이 매달려 있었다. 오늘날 가정하듯이, 인간은 자신의 감정만을 쫓아야 하는가, 욕구의 무의식적 흐름이나 쾌락의 더 부드러운 미풍이 그를 몰아대는 그것만을 행하고 느끼고 심지어 생각하는가? 마찬가지로 오늘날 가정하듯이, 오히려 그는 이성과 의지를 쫓지 않는가? 오늘날 가정하듯이, 그는 성적 감정과 같은 특정한 감정들을 특히 더 쫓는가? 아니면 마찬가지로 오늘날 가정하듯이, 그는 무엇보다도 성적인 것이 아니라 경제적 조건들의 심리적 작용을 쫓는가? 보다시피, 인간이라는 이렇게 복잡한 형성물을 많은 측면에서 관찰하고 이론적인 상 속에서 이것 또는 저것을 축으로 선택할 수 있다. 그러면 부분진리들이 생겨나고 이들의 상호침투에서 천천히 진리가 더욱더 높이 자란다. 하지만 진리가 정말로 더욱더 높이 자라는가? 부분진리를 유일하게 유효한 것으로 간주하면 매번 보복이 돌아왔다. 하지만 다른 한편, 이들을 과대평가하지 않았다면 이런 부분진리에도 도달하지 못했으리라. 이렇게 진리의 역사와 감정의 역사는 다중으로 연관되어 있지만 이때 감정의 역사는 어둠 속에 남아 있다. 사실, 울리히의 확신에 따르면, 이는 전혀 역사가 아니고 뒤죽박죽이다. 예를 들어, 인간에 대한 중세의 종교적이고 그래도 열정적일 사고들은 인간의 이성과 의지를 단단히 확신했던 반면 오늘날 기껏해야 너무 많이 담배를 피우는 데 열정이 있는 많은 학자들은 감정을 모든 인간적인 것의 근원으로 본다는 것은 우스울 뿐이다. 이런 생각들이 울리히의 머리를 지나갔고 물론 그는 슈툼의 연설에 답할 마음이 없었다. 게다가 장군도 이를 전혀 기다리지 않았고, 돌아가기로 결심하기 전에 그냥 조금 머리를 식히고 있었다.

"라인스도르프 백작님!" 울리히가 부드럽게 말했다. "제가 언젠가 영혼만큼이나 정확성을 요하는 모든 질문들을 위한 총사무국을 설립하시라는 충고를 드린 걸 기억하시나요?"

"물론 기억하네." 라인스도르프가 대답했다. "나는 그걸 예하께도 이야기했네. 예하께서는 진심으로 웃으셨지. 하지만 자네가 너무 늦게 왔다고 말씀하셨어!"

"그래도 바로 이것이 좀 전에 백작님께서 결핍되었다고 한탄하셨던 바로 그것입니다, 각하!" 울리히가 계속했다. "각하께서는 오늘날 세상이 더 이상 그것이 어제 원했던 그것을 상기시키지 않는다고, 충분한 근거 없이 변화하는 분위기 속에 있다고, 세상이 영원히 흥분해 있다고, 세상이 결코 결과에 이르지 못한다고 말씀하셨습니다. 그리고 인류의 머리들 속에서 진행되는 것이 한 사람의 머릿속에서 합쳐졌다고 생각해 보면 그는 정말로 오인할 수 없이 정신적 저능이라고 치부되는 일련의 잘 알려진 결손증상을 보여줄 거라고 …."

"탁월하게 옳네!" 오후에 얻은 지식에 대한 자부심에 새삼 사로잡힌 자신을 보면서 슈툼 폰 보르트베어가 외쳤다. "그게 정확히 저 … 상, 그 정신병을 뭐라고 하는지 다시 잊어버렸지만 그건 바로 그 상이네!"

"아닙니다." 울리히가 미소를 지으며 말했다. "이건 분명 특정한 정신병의 상이 아닙니다. 왜냐하면 건강한 자를 정신병자와 구별하는 것은 다름 아니라 건강한 자는 모든 정신병을 갖고 있지만 정신병자는 단 하나의 정신병만 갖고 있다는 것이니까요!"

"너무나 총명하네!" 물론 조금 다른 단어이긴 했지만 슈툼과 라인스도르프가 한입으로 외쳤고 이어 그들은 또 이렇게 덧붙였다. "그런데 그게 도대체 무슨 뜻인가?"

"즉", 울리히가 주장했다. "만약 도덕을 감정, 환상 등을 포함하는 모든 관계들의 규정이라고 이해하면 이 속에서 개개인은 다른 사람들을 따라하고 이런 식으로 몇 개의 불변하는 듯 보이는 것을 가지지만 그들 모두 다 함께는 도덕에서 광기의 상태를 넘어서지 못합니다!"

"이보게, 너무 멀리 가는군!" 라인스도르프 백작이 친절하게 말했고 장군도 말했다. "하지만 들어 보게, 개개 인간은 스스로 자신의 도덕을 가져야 하네. 누군가에게 고양이를 개보다 더 좋아해야 한다고 정해 줄 수는 없거든!"

"정해 줄 수 있다면요, 각하?!" 울리히가 집요하게 물었다.

"그래, 이전에는 그랬지." 모든 영역에 '참된 것'이 있다는 독실한 확신에 사로잡혀 있었지만 라인스도르프는 외교적으로 말했다. "이전이 더 나았네. 하지만 오늘날은?"

"그럼 영원한 믿음의 전쟁만 남습니다." 울리히가 말했다.

"자네는 그걸 믿음의 전쟁이라고 부르나?" 라인스도르프가 호기심을 갖고 물었다.

"달리 뭐라고 불러야 하죠?"

"그래, 나쁘지 않군. 오늘날의 삶을 표현하는 아주 좋은 명칭이야. 게다가 난 항상 자네 내면에 전혀 나쁘지 않은 가톨릭 신자가 몰래 숨어 있다는 걸 알았네!"

"저는 아주 나쁜 가톨릭 신자입니다." 울리히가 대답했다. "저는 신이 있었다고 믿지 않고 이제 올 것이라고 믿습니다. 하지만 우리가 그에게 지금까지보다 길을 더 단축시켜 줄 때만요!"

각하는 품위 있는 말로 이를 물리쳤다. "그건 내게 너무 어렵네!"

38
위대한 사건이 일어나는 중이다.
하지만 아무도 이를 알아차리지 못하다

이에 반대하여 장군이 외쳤다. "유감스럽지만 난 이제 지체 없이 각하께 돌아가야 하지만 자네는 이 모든 걸 무조건 다시 설명해 줘야 하네. 난 자네를 놓아주지 않겠네. 그럼 다시 오겠습니다. 여러분 양해해 주십시오!"

라인스도르프는 무슨 말인가를 하려 한다는 인상을 주었고 그의 내부에서는 사고가 엄청나게 작업을 했지만 울리히와 그는 거의 한순간도 둘만 있을 수가 없었고 사람들에 둘러싸였는데, 사람들은 끊임없이 돌았고 구심점인 각하를 놓아주지 않았다. 울리히가 방금 말했던 것에 대해서는 물론 더 이상 말이 없었고 그 말고는 아무도 이에 대해 생각하지 않았다. 그때 뒤쪽에서 팔 하나가 그의 팔 안으로 밀고 들어왔고 아가테가 그의 곁에 서 있었다. "나를 방어할 근거를 벌써 찾았어?" 그녀가 애무하는 악의를 가지고 물었다.

울리히는 그녀의 팔을 놓아주지 않았고 그녀와 함께, 곁에 서 있는 사람들을 외면했다.

"우리, 집으로 갈 수 없을까?" 아가테가 물었다.

"아니", 울리히가 대답했다. "난 아직 떠날 수가 없어."

"다가오는 시대가 오빠를 놓아주지 않는 거겠지. 그 시대 때문에 오빠는 자신을 깨끗하게 유지해야 하지?" 아가테가 그를 조롱했다.

울리히가 그녀의 팔을 눌렀다.

"내가 여기가 아니라 교도소가 어울린다는 게 나에게 아주 유리하다고 생각해!" 아가테가 그의 귀에 속삭였다.

그들은 단둘이 있을 수 있는 장소를 찾았다. 모임은 이제 정말로 격앙되었고 천천히 참가자들을 뒤섞었다. 여전히 전체적으로는 두 그룹을 구별할 수 있었다. 국방부 장관을 둘러싸고는 평화와 사랑에 관한 말이 오갔고, 아른하임을 둘러싸고는 이 순간 독일의 자비는 독일의 힘의 그늘에서 가장 잘 번성한다는 말이 오갔다.

그는 솔직한 의견을 결코 물리치지 않았고 새로운 의견에 특별한 애정이 있었으므로 호의를 갖고 듣고 있었다. 그는 유전사업이 국회에서 난관에 부딪힐까 걱정했다. 그는 슬라브인 정치가들의 반대를 결코 피할 수 없으리라 예상했고 독일인들 사이의 분위기를 확인하고 싶었다. 정부 쪽에서 이 사안은 외무부에서의 일정한 적대감을 ─ 그는 여기에 큰 의미를 부여하지 않았다 ─ 제외하면 상황이 좋았다. 며칠 내로 그는 부다페스트로 떠나야 했다.

적대적인 '관찰자'들은 그의 주변에 그리고 다른 주요인물들 주변에 충분했다. 그들은 모든 일에 '예'라고 말한 가장 친절한 사람들이라는 데서 가장 빨리 알아볼 수 있었던 반면 나머지 사람들은 대개 다양한 의견이었다.

투치는 이들 가운데 한 명을 이런 말로 설득하려 애쓰고 있었다. "말을 한다고 해서 무슨 의미가 있는 것은 아닙니다. 그건 결코 뭔가를 의미하지 않습니다!" 이 다른 사람은 그의 말을 믿었다. 그는 국회의원이었다. 하지만 그럼에도 불구하고 그는 여기서 사악한 일이 진행되고 있다는, 자신이 이미 가져 온 의견을 바꾸지는 않았다.

이에 반해 각하는 다른 한 질문자와의 대화에서 오늘 저녁의 의미를 이런 말로 방어했다. "선생님, 1848년 이후로는 심지어 혁명들도 그냥 수많은 연설을 통해서만 이루어집니다!"

이런 차이점들에서, 삶이 안 그래도 갖고 있는 단조로움의 표준오차 밖에 보지 않으려 한다면 이는 잘못이리라. 그래도 이 심각한 오류는 "그건 감정상의 문제입니다!"와 같은 문장이 사용되는 것과 거의 같은 빈도로 저질러졌다. 이 문장이 없는 우리 정신의 실내장식은 생각조차 할 수 없을 것이다. 이 필수불가결한 문장은 삶에서 있어야만 하는 것과 있을 수 있는 것을 분리한다. "이것은", 울리히는 아가테에게 말했다. "정해진 질서를 개인에게 허락된 자유공간에서 분리하지. 이것은 합리화된 것을 비합리적이라고 간주되는 것과 분리하지. 평범한 방식으로 사용되면 이것은 인간성이란 중요한 사안에서는 강요이며 부수적인 사안에서는 의심스러운 자의라는 데 대한 고백이야. 포도주가 더 좋은지, 물이 더 좋은지, 무신론자가 될지, 신앙심인 깊은 척하는 자가 될지, 이것이 우리의 취향에 달려 있지 않으면 삶은 교도소라고들 말하지. 그리고 그래도 감정상의 문제라는 것이 정말로 취향에 내맡겨져 있다는 뜻은 절대 아니라고 말하지. 오히려 사실 경계가 분명하지는 않지만, 허용된 감정상의 문제와 허용되지 않은 감정상의 문제가 있어."

울리히와 아가테 사이의 감정상의 문제는 허용되지 않는 것이었다. 물론 서로 팔짱을 끼고 숨을 곳을 찾아 헛되이 주위를 둘러보고 있는 두 사람은 모임에 대해서만 말을 했고 동시에 자신들이 둘로 쪼개진 후 다시 하나가 되었다는 데 대해 격렬하고 암묵적인 방식으로

324

기쁨을 느꼈다. 이에 반해, 동료인간 모두를 사랑해야 하는가 아니면 그 전에 그들 가운데 일부를 섬멸해야 하는가의 선택은 분명 이중으로 허용된 감정상의 문제였다. 그렇지 않다면 이 문제가 디오티마의 집에서 각하가 참석한 가운데 그렇게 열심히 다루어질 수 없었을 테니까. 물론 이 문제는 게다가 모임을 서로 미워하는 두 편으로 갈라놓았다. 울리히는 '감정상의 문제'라는 발명이 감정상의 문제에 지금껏 이루어진 어떤 봉사보다도 더 나쁜 봉사를 했다고 주장했고, 이 저녁이 그의 내면에 일깨운 모험적 인상을 누이에게 설명하려고 시도했을 때 그는 오전에 중단되었던 대화를 자신의 의지와는 상관없이 계속하고 아마 정당화해 줄 방식으로 말했다. "물론 난 모르겠어. 너를 지루하게 하지 않으려면 어떻게 시작해야 할지. 내가 도덕을 무엇이라고 이해하는지 말해도 될까?"

"응", 아가테가 대답했다.

"도덕은 한 사회 내에 존재하는, 태도에 대한 규정이야. 하지만 주로 이미 이 태도의 내적 추동력, 그러니까 감정, 사고에 대한 규정이지."

"몇 시간 만에 엄청난 진보를 했군!" 아가테가 웃으며 말했다. "오늘 아침까지만 해도 오빠는 도덕이 무엇인지 모른다고 말했거든."

"물론 몰라. 그럼에도 불구하고 난 네게 수십 개의 설명을 할 수 있어. 가장 오래된 설명은 신이 우리에게 삶의 질서를 모든 세부사항과 함께 계시했다는 거야 ⋯."

"가장 아름다운 설명이야!" 아가테가 말했다.

"하지만 가장 그럴 듯한 설명은", 울리히가 강조했다. "도덕은 모든 다른 질서처럼 강요와 폭력을 통해 생겨난다는 거야! 지배권을 얻게 된 한 인간그룹이 자신들의 지배권을 공고히 해주는 지시와 원칙들을 그냥 다른 사람들에게 부과하지. 하지만 동시에 도덕은 자신을 키워준 사람들에게 매달려. 동시에 이로써 도덕은 예(例)로서 작용해. 동시에 반작용을 통해 변화돼. 이건 당연히 단시간에 서술할 수 있는 것보다 복잡할 테고 이 일이 결코 정신이 없이는 진행되지 않지만 또 결코 정신을 통해서도 진행되지 않고 실천을 통해서 진행되기 때문에 결국 신의 하늘처럼 독립적으로 모든 것 위에 펼쳐진 듯 보이는 간과할 수 없는 직조물이 생겨나지. 이제 모든 것은 이 천구(天球)와 관련되지만 이 천구는 어떤 것과도 관련되지 않아. 다른 말로 하면, 모든 것은 도덕적이지만 도덕 그 자체는 도덕적이지 않아! …"

"도덕은 매력적이야." 아가테가 말했다. "하지만 오빠는 모르지, 내가 오늘 선인을 한 명 발견했다는 걸?"

울리히는 이 중단에 약간 놀랐지만 아가테가 린트너와의 만남에 대해 이야기하기 시작했을 때, 처음에는 이 만남을 그의 사고과정 속에 끌어들이려 했다. "선한 인간들을 너는 오늘 여기서도 수십 명 발견할 수 있어." 그가 말했다. "하지만 내가 조금 더 계속하도록 놔둔다면, 넌 왜 나쁜 인간들이 여기 있는지도 알게 될 거야."

그들은 이 말을 하면서 혼잡을 피해 대기실까지 갔고 울리히는 어디로 갈까 고민해야 했다. 디오티마의 방이 떠올랐다. 라헬의 작은 방도. 하지만 그는 그 두 방을 다시 밟고 싶지 않았으므로 아가테와 그는 한동안 현관복도에 걸린 사람 없는 옷가지들 사이에 서 있었다. 울리히는 연결점을 찾지 못했다. "난 사실 다시 한번 처음부터 시작해야 할 것 같아." 그가 조급하고 당황한 몸짓으로 설명했다. 그리고 갑자기 그가 말했다. "넌 네가 선을 행했는지 악을 행했는지 알고 싶지 않고, 네가 그 두 가지를 확고한 근거 없이 행한다는 게 너를 불안하게 하지."

아가테가 고개를 끄덕였다.

그는 그녀의 두 손을 잡았다.

그가 모르는 식물의 냄새를 가진 누이의 광택 없이 빛나는 피부는 그의 눈앞에서 살짝 파진 원피스 밖으로 나와 있었고 한순간 현세적인 개념을 잃었다. 맥박 치는 피가 한 손에서 다른 한 손을 두드렸다. 속세의 것이 아닌 깊은 해자(垓字)가 그녀와 그를 유토피아로 끌어들이는 듯 보였다.

갑자기 그에게는 이것을 표현할 표상이 부족했다. 그가 이미 자주 사용했던 표상들조차도 사용할 수가 없었다. "우리는 순간의 착상으로부터가 아니라 최후까지 지속되는 상태로부터 행동하고자 해." "그것이 우리를 더 이상 돌아올 수 없는, 번복이 불가능한 중심으로 데려가도록." "변두리와 변화하는 상태들에 의해서가 아니라 단 하나의 변경할 수 없는 행복으로부터." 이런 문장들이 그의 입안에 맴돌았고, 만약 이것이 대화로서 일어났다면 이 문장들을 사용하는 것이 가능해 보였으리라. 하지만 그 순간 그와 누이 사이에 이 문장들이 직접적으로 사용되어야 했을 때, 이것은 갑자기 불가능했다. 이것이 그를 하릴없이 흥분시켰다. 하지만 아가테는 그를 분명히 이해했다. 그리고 처음으로 그를 둘러싼 껍데기가 완전히 깨지고 그녀의 '단단한 오빠'가 바닥에 떨어진 알처럼 내면을 보여 주는 것이 그녀를 행복하게 해야 했으리라. 하지만 뜻밖에도 그녀의 감정은 이번에는 완전히 그의 감정과 함께 갈 준비가 되어 있지 않았다. 아침과 저녁 사이에 린트너와의 기적 같은 만남이 있었고, 물론 이 남자가 그녀의 경악, 그녀의 호기심을 자극했을 뿐이었다 해도, 이런 알갱이들도 세상을 등진 사랑의 무한한 반사를 생겨나지 못하게 하기에 충분했다.

울리히는 그녀가 대답하기도 전에 그녀의 손에서 이를 느꼈고 아가테는 … 대답하지 않았다.

그는 이 예기치 못한 실패가 앞서 자신이 보고받아야 했던 그 체험과 연관되어 있음을 짐작했다. 창피하고, 화답받지 못한 자신의 감정의 반동에 당황한 그는 머리를 설레설레 흔들면서 말했다. "그런 인간의 선에 네가 뭔가를 기대한다는 게 화가 나!"

"아마 그럴 거야." 아가테가 시인했다.

그는 그녀를 바라보았다. 그는 누이에게 이 체험이 그녀가 지금까지 그의 보호 아래 경험했던 구애들보다 더 많은 것을 의미함을 이해했다. 그는 심지어 이 사람을 조금 알았다. 린트너는 대중에게 알려진 사람이었다. 그는 당시 애국운동의 첫 회의에서 '역사적 순간' 또는 그 비슷한 것을 주제로, 곤혹스러운 침묵으로 수용된 짧은 연설을 했던 남자였다. 서투르게, 솔직하게, 무의미하게 … . 자기도 모르게 울리히는 주위를 살펴보았다. 하지만 참가자들 가운데서 이 남자를 알아보았는지 기억할 수 없었고 그가 더 이상 초대되지 않았다는 것도 알았다. 울리히는 다른 곳에서, 아마 학자들 모임에서 가끔씩 그를 만났을 것이고 그의 글을 이것저것 읽었을 것이다. 그가 기억을 수집하는 동안 초미시적 기억의 흔적들에서 끈질기고 역겨운 물방울처럼 판결이 형성되었으니까. "싱거운 당나귀야!23 일정한 높이가 있는 상태의 삶을 살고자 한다면, 이런 인간을 하가우어 교수만큼이나 진지하게 여겨서는 안 돼!"

그가 아가테에게 말했다.

아가테는 침묵했다. 그녀는 심지어 그의 손을 꽉 잡았다.

그는 이런 감정이 들었다. 여기에 뭔가 아주 터무니없는 것이 있지만 이걸 막을 수가 없다!

이 순간 사람들이 대기실로 나왔고 오누이는 서로 떨어져서 뒤로 물러났다. "다시 안으로 데려다줄까?" 울리히가 물었다.

아가테는 아니라고 말했고 출구를 찾아 주위를 둘러보았다.

갑자기 울리히에게 다른 사람들을 피하려면 그냥 부엌으로 물러나면 된다는 생각이 떠올랐다.

거기서는 쭉 늘어선 잔들이 가득 채워졌고 접시들에는 케이크가 얹혔다. 요리사는 엄청난 열성으로 일했고 라헬과 졸리만은 그들의 쟁반이 채워지기를 기다리고 있었지만 예전에 이런 계기에 그랬던 것처럼 서로 속삭이지도 않았고 꼼짝도 않고 서로 좀 떨어진 자리에 서 있었다. 작은 라헬은 오누이가 들어서자 무릎을 꺾어 절을 했고 졸리만은 그냥 그의 검은 눈을 차렷 자세로 만들었다. 울리히가 말했다. "저 안이 너무 더워. 여기서 음료수를 얻을 수 있을까?" 그는 아가테와 함께 창가의 긴 의자에 앉았고 누군가 그들을 발견할 경우 이 집의 친척 둘이 작은 장난을 하는 것처럼 보이기 위해 접시와 유리잔을 보란 듯이 세워 두었다. 그들이 자리에 앉자 그는 짧게 한숨을 쉬며 말했다.

---

23 '멍청이', '바보'라는 뜻이다.

"린트너 교수 같은 사람을 선하다고 여길지, 참을 수 없다고 여길지는 그냥 감정의 문제야!"

아가테는 종이에 싸인 사탕을 손가락으로 까는 일에 몰두했다.

"즉", 울리히가 계속했다. "감정은 참이거나 거짓이 아니야! 감정은 사적 문제로 남아! 그건 암시에 맡겨져 있어, 상상과 설득에! 너와 나는 저기 저 안에 있는 사람들과 다르지 않아! 저 안에 있는 사람들이 무엇을 원하는지 알아?"

"아니. 하지만 그건 상관없지 않아?"

"아마 상관없지 않을 거야. 그들은 두 파고, 그중 한 파는 옳거나 옳지 않을 테니까. 다른 한 파도 마찬가지야."

아가테는 대포나 정치만 믿는 것보다 인간의 선을 믿는 것이 조금 더 낫게 여겨진다고 말했다. 그 일이 일어나는 방식이 가소롭다고 해도.

"네가 사귄 그 인간은 어때?" 울리히가 물었다.

"에이, 그건 말할 수 없어. 그는 선해!" 누이가 대답했고 웃었다.

"너는 라인스도르프에게 선하게 여기지는 것에 의미를 부여할 수가 없듯이 네게 선하게 여겨지는 것에 의미를 부여할 수 없어!" 울리히가 화가 나서 대답했다.

웃고 있는 둘의 얼굴은 뻣뻣하게 흥분되어 있었다. 정중하게 명랑한 표현의 가벼운 흐름이 더 깊은 곳의 반대흐름에 막혔던 것이다. 라헬은 작은 보닛 아래서 모근까지 이를 감지했다. 하지만 스스로 너무나 비참한 기분이었으므로 이 일은 이전보다 훨씬 더 둔감하게 일어났다. 더 좋았던 시절에 대한 기억처럼. 그녀의 아름다운 둥근 뺨은 눈에 띄지 않게 꺼졌고 불타는 검은 눈은 의기소침함에 흐려졌다. 울리히가 그녀의 아름다움을 누이의 아름다움과 비교할 기분이었다면, 라헬의 예전의 검은 광채가 무거운 마차가 뭉개고 가버린 한 조각 숯처럼 부서졌음이 눈에 띄었으리라. 하지만 그는 그녀에게 주의를 기울이지 않았다. 그녀는 임신을 했고 졸리만 말고는 아무도 몰랐다. 졸리만은 이 재앙의 현실성을 이해하지 못했고 낭만적이고 유치한 계획들로 이에 답했다.

"수백 년 전부터", 울리히가 계속했다. "세상은 사고진리를 그리고 이에 합당하게 일정 정도 사고자유를 알아. 같은 기간에 감정은 엄격한 진리의 학교도, 움직임의 자유의 학교도 가지지 못했어. 각각의 도덕이 통용되는 기간 동안 감정을 일정 원칙들과 기본감정에 따라 행동하는 데 필요한 만큼만 조절했기 때문이야. 게다가 이 반경 내에서 융통성 없이. 하지만 그 밖의 것들은 의견, 개인적 감정유희, 예술과 학문적 설명의 불확실한 노력에 맡겨 두었어. 즉, 도덕은 감정을 도덕의 필요에 적응시켰고 그러면서 감정을 발전시키기를 소홀히 했어. 스스로 감정에 의존해 있었지만 말이야. 도덕은 감정의 질서고 통일이야." 하지만 그는 여기서 멈추었다. 그는 라헬의 매료된 시선이 그의 열성적인 얼굴에 머무는 것을 느꼈다. 물론 그녀는 위대한 사람들의 사안들에 더 이상 이전처럼 완전히 열광할 수는 없었지만. "내가 여기 부엌에서까지 도덕을 논하는 것이 우스꽝스러울 거야." 그가 당황해서 말했다.

아가테는 긴장한 채 생각에 잠겨 그를 바라보았다. 그는 누이에게 더 가까이 몸을 굽혔고 움찔 장난하는 미소를 지으며 덧붙였다. "하지만 이건 전 세계에 대항하여 무장한 열정의 상태에 대한 다른 표현일 뿐이야!"

　의도치 않게 이제 그가 선생님처럼 보이는, 호감이 가지 않는 모습으로 등장했던 아침의 대립이 반복되었다. 어쩔 수가 없었다. 도덕은 그에게는 복종해야 할 것도, 사고지혜도 아니었고 삶의 무한한 가능성 전체였다. 그는 도덕의 상승능력을 믿었고 도덕적 체험의 단계들을 믿었지만 보통 그러듯이, 도덕이 어떤 완성된 것이고 인간이 충분히 순수하지 못해 이를 지키지 못한다고 여기는 도덕적 인식의 단계들은 믿지 않았다. 그는 특정한 도덕을 믿지 않고 도덕을 믿었다. 보통 사람들은 도덕을 삶에 질서를 잡아 줄 경찰의 요구 같은 것이라고 생각한다. 그리고 삶이 이 요구들에 복종하지 않기 때문에 도덕은 완전히 수행될 수 없다는 허상을 갖게 되며 이런 옹색한 방식으로 도덕은 이상이라는 허상도 갖게 된다. 하지만 도덕을 이 단계로 가져가서는 안 된다. 도덕은 환상이다. 이것이 그가 아가테에게 보여 주려던 것이었다. 그리고 두 번째는, 환상은 자의라는 것이었다. 환상을 자의에 넘겨주면 보복이 돌아온다. 울리히의 입에서는 말들이 움찔거렸다. 그는 너무 적게 주목을 받는 차이에 대해 말할 참이었다. 이는 다양한 시대들이 이성을 그 나름의 방식대로 발달시켰지만 도덕적 환상을 그 나름의 방식대로 고정시켰고 폐쇄해 버렸다는 것이었다. 그는 이에 대해 말할 참이었다. 왜냐하면 그 결과는 온갖 의심에도 불구하고 모든 역사의 굴곡을 관통해 다소간 똑바로 상승하는 이성과 이성의 형성물이 만든 직선 그리고 이와 반대로 감정, 이념, 삶의 가능성들의 파편더미이기 때문이다. 이곳에서 이들은 영원한 부수사항으로 생겨나서 다시 버려진 모습 그대로 층층이 쌓여 있다. 왜냐하면 또 다른 결과는, 결국 이런저런 의견을 가질 수 있는 가능성은 많지만, 원칙적인 삶의 영역에 이르면 이 의견들을 합일시킬 단 하나의 가능성은 없다는 것이기 때문이다. 왜냐하면 그 결과는 이 의견들이 서로 소통할 가능성이 없기 때문에 서로 치고받고 싸운다는 것이기 때문이다. 한마디로, 그 결과는 인류 속에 있는 감정이, 흔들리는 양동이 안의 물처럼 이리저리 요동친다는 것이기 때문이다. 그리고 울리히는 이미 저녁 내내 어떤 생각에 쫓기고 있었다. 이는 오래전부터 가지고 있던 생각이었고 이날 저녁 내내 입증되었다. 그리고 그는 아가테에게 어디에 실수가 있으며 모두가 원했다면 이 실수를 어떻게 만회할 수 있었을지 보여 주려 했고 이로써 사실, 오히려 우리는 우리 자신의 환상의 발견들도 신뢰해서는 안 된다는 것을 입증하려는 고통스러운 의도만 가졌을 뿐이었다.

그리고 아가테가 짧게 한숨을 쉬며 말했다. 궁지에 몰린 여자가 굴복하기 전에 재빨리 다시 한번 저항하듯이. "그럼 모든 걸 '원칙'에 따라 해야 하는 거지!" 그리고 그녀는 그의 미소에 답하며 그를 바라보았다.

하지만 그가 대답했다. "그래. 하지만 **하나**의 원칙에 따라서만!" 그런데 이것은 그가 말하려고 의도했던 것과는 완전히 다른 것이었다. 이것은 다시, 삶이 마법 같은 고요함 속에서 꽃처럼 성장하는 샴쌍둥이와 천년왕국의 영역에서 왔다. 그리고 이것이 그냥 공상은 아니겠지만 그래도 고독하고 기만적인 사고의 경계를 딱 가리키고 있었다. 아가테의 눈은 깨진 마노24 같았다. 그가 이 순간 조금만 더 말을 했거나 그녀에게 손을 댔더라면 그 직후 그녀가 더 이상 말로 할 수 없는 — 왜냐하면 다시 침몰했으니까 — 어떤 일이 일어났으리라. 하지만 울리히는 더 이상 말하려고 하지 않았다. 그는 과일 하나와 칼을 들었고 껍질을 벗기기 시작했다. 그는 조금 전까지만 해도 자신을 누이와 떼어 놓던 거리가 측량할 수 없는 가까움으로 녹아 버린 것이 행복했지만 이 순간 그들이 방해를 받았을 때에도 기뻤다.

장군이었다. 그는 야영 중인 적을 급습하는 정찰대 지휘관의 간교한 눈으로 부엌을 탐색했다. "방해해서 죄송합니다!" 그가 들어서면서 외쳤다. "하지만 오빠와의 밀회 중에, 자비로운 부인, 이게 큰 범죄일 수는 없겠지요!" 그리고 "사람들이 자네를 바늘 찾듯이 찾고 있네!"라고 울리히에게 말했다.

그리고 그 후 울리히는 장군에게 자신이 아가테에게 말하려던 바를 말했다. 하지만 우선 그가 물었다. "'사람들'이라는 게 누구지요?"

"자네를 장관님께 데려오라는군!" 슈툼이 그를 비난했다.

울리히는 거절했다.

"그래, 벌써 늦었어." 마음 좋은 자가 말했다. "노인네는 막 떠났어. 하지만 나는 내 실력을 키우기 위해, 자비로우신 부인께서 자네보다 더 나은 말벗을 고르시는 즉시 자네를 더 심문해야 하네, '믿음의 전쟁' 이라는 말이 무슨 뜻인지. 자네가 한 말을 기억해 주면 좋겠네."

"우리는 막 그 이야기를 하고 있습니다." 울리히가 대답했다.

"정말 흥미롭군!" 장군이 외쳤다. "부인께서도 도덕에 몰두하시나요?"

---

24 석영, 단백석, 옥영의 혼합물로 보석의 일종이다.

"오빠는 항상 도덕에 대해서만 말합니다." 아가테가 미소를 지으며 수정했다.

"이건 오늘 그냥 일상이 되었어요!" 슈툼이 한숨을 쉬었다. "예를 들면, 라인스도르프는 몇 분 전에 도덕은 음식만큼이나 중요하다고 말했어요. 그런데 그걸 찾을 수가 없군요!" 장군은 이렇게 말하고는 아가테가 건네준 케이크 위로 기쁘게 몸을 굽혔다. 이건 농담이어야 했다. 아가테가 그를 위로했다. "저도 그걸 찾을 수가 없습니다." 그녀가 말했다.

"장교와 부인은 도덕이 있어야 합니다만 이에 대해 이야기하는 것은 좋아하지 않습니다!" 장군이 계속해서 즉흥적으로 말했다. "제 말이 옳지 않나요, 자비로운 부인?"

라헬은 그에게 부엌의자를 가져다주었고 열심히 앞치마로 닦았고, 그의 말들은 그녀의 심장을 명중했다. 그녀는 거의 눈물이 날 지경이었다.

하지만 슈툼은 다시금 울리히를 격려했다. "자, 믿음의 전쟁이 뭔가?" 그렇지만 울리히가 무슨 말을 하기도 전에 그는 벌써 다시 이렇게 말하며 그를 중단시켰다. "나는 자네 사촌도 자네를 찾아 이 방 저 방 헤매고 있다는 느낌이 드네. 난 내 군사적 훈련 덕분에 그녀를 앞질렀지. 그러니 난 시간을 잘 활용해야 하네. 말하자면, 저 안에서 벌어지는 일은 더 이상 아름답지가 않거든! 우리가 거의 웃음거리가 되었네. 그리고 그녀는, 어떻게 말해야 할까? 그녀는 고삐를 늦추었네! 자네 아는가, 무엇이 결의되었는지?"

"누가 결의했나요?"

"많은 사람들이 벌써 떠났네. 몇몇은 남아서 이 진행과정에 아주 정확히 귀를 기울이고 있네." 장군이 이를 돌려서 말했다. "누가 결의 했는지 말할 수가 없네!"

"먼저 그들이 무엇을 결의했는지 말씀하시면 더 좋을 것 같군요." 울리히가 말했다.

슈툼 폰 보르트베어는 어깨를 으쓱했다. "그렇지. 하지만 다행히도 규정적 의미에서의 결의는 아니네." 그가 설명했다. "왜냐하면 책임자 들은 다행히도 모두 이미 적기에 물러났거든. 부분결의, 제안 또는 소 수의견이라고 말할 수 있네. 나는 우리가 공식적으로 이에 주의를 기 울여서는 안 된다는 의견을 낼 걸세. 그러므로 자네는 회의록에 아무 것도 들어가지 않도록 하라고 비서에게 말해야 하네. 죄송합니다. 부 인!", 그가 아가테에게 말했다. "제가 너무 사무적으로 말을 했군요!"

"그런데 도대체 무슨 일이 일어났나요?" 그녀도 물었다.

슈툼은 많을 것을 포괄하는 몸짓을 했다. "포이어마울, 자비로운 부인께서는 이 젊은 남자를 기억하시는지요, 우리가 그를 초대한 것 은 사실 … 어떻게 말해야 할까요? 그가 시대정신의 대표자이기 때문 이고 안 그래도 우리는 반대편 대표자들을 초대해야 했기 때문이지 요. 그럼에도 불구하고 우리는 심지어 일정한 정신적 자극을 즐기면 서, 유감스럽지만 이제 중요하게 되어 버린 이 일들에 대해 이야기할 수 있기를 바랐던 거지요. 오빠는 그걸 잘 압니다, 자비로운 부인! 이로써 장관이 라인스도르프와 아른하임과 회동하게 될 예정이었지 요. 라인스도르프가 어떤 … 애국적 견해에 반대하지는 않는지 알기 위해서지요. 절대적으로 보면 나도 전혀 불만이지는 않네." 그는 이제 다시 울리히에게 터놓았다. "일은 여기까지는 정상이었네. 하지만 이 일이 일어나는 동안 포이어마울이 다른 사람들과 …." 여기서 슈툼은 아가테의 이해를 돕기 위해 뭔가를 덧붙여야 할 필요성을 느꼈다. "포이어마울이 다른 사람들과, 즉 인간은 어느 정도 평화롭고 사랑스런 창조물이며 선하게 대해야 한다는 견해의 대표자가 대충 그 반대를 주장하면서 질서를 위해서는 강한 손과 그 밖에 거기에 딸린 것이 필요하다고 보는 대표자들과 논쟁에 휘말렸고 누가 말릴 새도 없이 그들은 공동결의를 했네!"

"공동결의라고요?" 울리히가 확인했다.

"그렇다네. 난 이걸 그냥 농담인 것처럼 이야기했네." 슈툼이 다짐했고 자신의 묘사의 의도치 않은 익살이 눈에 띄어 추후에 기분이 좋아졌다. "이건 그 누구도 기대할 수가 없었네. 내가 어떤 결의인지 이야기해도 자네는 믿지 않을 걸세! 내가 오늘 오후에 공무를 핑계로 모스브루거를 방문해야 했기 때문에 국방부 전체가 내가 바로 그 배후라고 철석같이 믿을 걸세!"

여기서 울리히는 폭소를 터트렸고 이어지는 슈툼의 설명을 같은 방식으로 가끔씩 중단시켰는데, 이를 완전히 이해한 것은 아가테뿐이었고 반면에 그의 친구는 거듭 조금 마음의 상처를 입었으므로, 그가 신경질적으로 보인다고 언급했다. 하지만 이 사건은 울리히가 방금 누이에게 그려 보였던 견본에 꼭 맞았으므로 그는 기뻐하지 않을 수 없었다. 포이어마울 그룹은 마지막 순간에 구출할 수 있는 것은 구출해 보려고 출전했다. 이런 경우, 목표는 의도보다 덜 분명하기 마련이다. 젊은 시인 프리델 포이어마울은 — 친한 사람들 사이에서는 '페피'라고도 불렀는데, 헝가리의 소도시에서 태어났지만 유서 깊은 빈을 꿈꾸었고 젊은 슈베르트와 비슷하게 보이려고 애를 썼기 때문이었다25 ─ 오스트리아의 사명을 믿었고 게다가 인류도 믿었다. 평행운동과 같은 사업이 그의 도움을 청하지 않는다면 그것이 처음부터 그를 불안하게 했을 것임은 자명했다. 오스트리아적 악보를 가진 인류의 사업 또는 인류라는 악보를 가진 오스트리아의 사업이 어떻게 그 없이 번영할 수 있겠는가! 물론 그는 이 말을 어깨를 으쓱이며 여자 친구 드랑잘에게만 했지만 조국에 영광을 가져오는 미망인이며 게다가 작년에야 디오티마의 살롱에 밀려나게 된 정신적 미의 살롱의 소유자인 이 여자는 자신이 접촉하는 모든 영향력 있는 사람들에게 이 말을 했다. 이렇게 해서, 평행운동이 만약… 아니라면 위험하다는 소문이 생겨났다. 이때 이 '만약… 아니라면'과 그 위험이 약간 불특정하게 머문 것은 수긍이 간다. 우선 디오티마가 포이어마울을 초대하도록 강요해야 하고 그 다음에는 두고 볼 일이었으니까. 하지만 애국운동이 초래한다고 하는 위험의 고지는 조국을 인정하지 않는, 오로지 국가와 강제결혼을 해서 살아야 하고 국가에 의해 학대를 받은 어머니 민족만을 인정하는 그 깨어 있는 정치가들에 의해 인지되었는데, 이들은 이미 오래전부터 평행운동에서는 새로운 억압만이 생겨날 것이라고 의심해 왔다. 그리고 이러한 의심을 정중히 숨겼다고는 해도 이들은 억압을 막으려고 하기보다는 ─ 절망한 인도주의자들은

─────

25 작곡가 슈베르트(Franz Peter Schubert)는 페피라 불린 하녀 요제파 푀클호퍼(Josepha Pöcklhofer)와 염문이 있었다.

독일인 중에도 늘 있어 왔지만 전체적으로 그들은 압제자고 국가에 기생해서 살아가는 자들일 뿐이니까! — 독일인들 스스로 자신들의 민족성이 위험하다는 것을 인정했다는 유용한 암시에 더 큰 가치를 두었다. 이로 인해 드랑잘 교수와 시인 포이어마울은 자신들의 노력에 대한 공감에 들떴고 자신들의 노력이 유익하다고 느꼈고, 인정받는 감정인간이었던 포이어마울은 국방부 장관에게 직접 사랑과 평화를 권해야 한다는 착상에 사로잡혔다. 이때 왜 하필 국방부 장관에게인지, 장관에게 어떤 역할이 배정되었는지는 다시 불분명했지만 이 착상 자체가 너무나 멋지고 극적이어서 그는 어떤 다른 지지가 정말 필요하지도 않았다. 슈툼 폰 보르트베어, 본인의 교양열성 때문에 가끔씩 디오티마 모르게 드랑잘 부인의 살롱도 드나들었던 이 불충한 장군도 같은 의견이었다. 게다가 그는 군수산업가 아른하임이 위험요소라는 원래의 견해 대신에 철학자 아른하임이 모든 선의 중요한 구성요소라는 견해가 자리 잡도록 했다.

이처럼 모든 일은 참가자들의 뜻에 맞게 진행되었고, 오늘 있었던 장관과 포이어마울의 대담이 드랑잘 부인의 도움에도 불구하고 포이어마울적인 정신의 몇몇 기적과 각하의 인내심 있는 청취 말고는 아무런 결과도 가져오지 않았다는 사실도 인간사의 통상적 진행과정의 일부였다. 하지만 그 후에도 포이어마울은 아직 내면에 여력이 있었다. 그리고 그가 총동원한 군대는 젊은 문인들과 중견 문인들, 궁정 고문관, 도서관 사서, 몇몇 평화의 친구들, 간단히 말해, 유서 깊은 조국과 조국의 인간적 사명에 대한 감정이 — 이는 역사적인 세 마리 말이 끄는 지금은 폐지된 버스나 빈 도자기의 부활에 투입될 수 있었으리라 ─ 하나로 모은 온갖 연령과 온갖 지위의 사람들로 구성되었기 때문에 그리고 이 추종자들이 저녁 내내 다양한 관계를 통해 적들과 연결되었고 적들도 곧장 공공연히 손에 칼을 들지 않았기 때문에 많은 대화가 있었고 다양한 의견들이 뒤죽박죽 섞였다. 포이어마울은 국방부 장관이 그와 작별하고 드랑잘 부인의 감시가 어떤 알려지지 않은 상황으로 인해 잠시 소홀해졌을 때 이 유혹에 직면했다. 슈툼폰 보르트베어는 포이어마울이 어떤 젊은 남자와 매우 활기찬 대화를 했다고만 보고할 수 있었지만 그 서술로 보아 그 남자가 한스 젭이었을 가능성은 배제할 수 없었다. 어쨌든 그 남자는 자신들이 감당할 수 없는 모든 악에 대한 책임을 전가하는 데 희생양을 이용하는 사람들 중 한 명이었다. 그 가운데 민족적 우월감은 사실 그저, 피가 섞이지 않고 가능하면 자기 자신과 덜 유사한 희생양을 순수한 확신에서 고르는 특별한 경우일 뿐이다. 화가 나는데 자신의 분노를 아무 책임도 없는 다른 사람에게 터트릴 수 있다면 이것이 아주 홀가분하다는 것은 잘 알려진 사실이니까. 이보다 덜 알려졌지만, 사랑도 마찬가지다. 사랑도 종종 아무 책임도 없는 다른 사람에게 터트려져야 한다. 그렇지 않으면 기회가 없을 테니까. 이처럼 포이어마울은 이득을 위한 싸움에서 제대로 악할 수 있는 부지런한 젊은이였지만 그의 사랑의 희생양은 '인간'이었고, 일반적으로 인간에 대해 생각하자마자 그는 충족되지 못한 선을 행하는 일을 그칠 수가 없었다. 이와 반대로 피셸 지점장도 속일 수 없는 한스 젭은 근본적으로 선한 녀석이었고 그의 희생양은 '독일인'이었고 여기에 그가 바꿀 수 없는 모든 것에 대한 원한을 실었다. 그들이 처음에 서로 어떤 말을 주고받았는지는 하늘만이 아시리라. 아마 그들은 당장 자신들의 양을 타고 서로를 향해 돌진했을 것이다. 슈툼은 이렇게 이야기했다. "난 정말 그 일이 어떻게 일어났는지 이해할 수가 없네. 갑자기 다른 사람들이 거기에 있었고 그 후 눈 깜짝할 사이에 정말로 사람들이 몰려들었거든. 결국 방안에 있던 모든 사람들이 그 둘을 둘러싸고 서 있었어!"

"그들이 무엇을 두고 언쟁했는지 아십니까?" 울리히가 물었다.

슈툼은 어깨를 으쓱했다. "포이어마울이 상대방에게 외쳤네. '당신은 미워하고 싶어 하지만 전혀 그럴 수가 없습니다! 사랑은 모든 인간이 타고난 것이니까요!' 뭐 그 비슷했어. 그러자 상대방이 그에게 외쳤네. '당신은 사랑하고 싶어 하나요? 하지만 당신은 그럴 수 없습니다. 당신, 당신은…' 정확히는 정말 말할 수가 없네. 군복 때문에 나는 일정한 거리를 유지해야 했거든."

"오", 울리히가 말했다. "그게 벌써 주안점이군요!" 그리고 그는 아가테에게, 그녀의 시선을 찾는 시선으로 몸을 돌렸다.

"하지만 주안점은 결의였네!" 슈툼이 상기시켰다. "그들이 서로 거의 잡아먹을 듯했다는 사실, 여기서 뜬금없이 아주 평범한 공동결의가 이루어졌네!"

슈툼은 그 빵실빵실한 몸으로, 완결된 진지함이라는 인상을 주었다. "장관은 당장 자리를 떴네." 그가 보고했다.

"그래, 그들은 도대체 무엇을 결의했나요?" 오누이가 물었다.

"정확히 말할 수가 없네." 슈툼이 대답했다. "물론 나도 즉시 사라졌거든. 그래도 그들은 그걸로 끝이 아니었네. 그런 것은 전혀 기억할 수도 없네. 모스브루거에 찬성하는 뭔가가 있었고, 군대에 반대하는 뭔가가 있었네!"

"모스브루거라고요? 대체 어떻게?" 울리히가 웃었다.

"대체 어떻게?!" 장군이 독기를 품고 반복했다. "자네는 가볍게 웃지만 이 일로 나는 **심히** 조롱을 받을 것이네! 적어도 며칠이나 보고서를 써야 할 거야. 대체 이런 사람들에게서 '대체 어떻게'를 알 수가 있나! 어쩌면 오늘 어디서나 교수형에 찬성하고 관용에 반대한 그 늙은 교수 때문이었을 거야. 아니면 지난 며칠 동안 신문들이 다시 이 괴물 문제를 다루었기 때문에 일어난 일이던가. 어쨌든 갑자기 그가 화제가 되었어. 이건 없었던 일로 해야 해!" 그는 그에게서 잘 볼 수 없는 단호함으로 선언했다.

이 순간 짧은 간격을 두고 아른하임, 디오티마, 심지어 투치, 라인스도르프 백작까지 부엌으로 들어섰다. 아른하임은 대기실에서 목소리를 들었다. 그는 몰래 물러나려던 참이었다. 발생한 소요가 그를 이번에는 디오티마와의 담화를 피할 수 있으리라는 희망으로 유혹했기 때문이었다. 다른 날에는 그는 다시 한동안 여행을 떠나고 없으리라. 하지만 호기심은 그로 하여금 부엌을 들여다보도록 오도했고 그러면서 그는 아가테에게 목격되었고 공손함은 그가 물러나는 것을 막았다. 슈툼은 일의 상태에 대한 정보를 달라고 곧장 그를 공략했다.

"심지어 원문 그대로 전달해 드릴 수 있습니다." 아른하임이 미소를 지으며 대답했다. "많은 것들이 너무나 우스워서 은밀히 적어 두고 싶은 유혹에 저항할 수가 없었습니다."

그는 서류가방에서 메모지들을 꺼냈고 자신의 속기록을 해독하며 천천히, 계획된 선언의 내용을 낭독했다. "'애국운동은 포이어마울과'— 다른 사람의 이름은 이해하지 못했습니다 —'신청에 따라 결의하노니, 자신의 이념을 위해서는 누구나 자신을 죽게 해도 되지만, 인간들을 타인의 이념을 위해 죽게 만드는 자는 살인자다!' 이렇게 제안되었고", 그가 덧붙였다. "뭔가가 더 변경될 거라는 인상은 받지 못했습니다."

장군이 외쳤다. "그런 말들이었어요! 나도 그렇게 들었어요! 이 정신적 논쟁들은 정말 역겨워요!"

아른하임이 온화하게 말했다. "오늘날 청년들이 가진, 확고함과 지도에 대한 소망입니다."

"하지만 거기에는 청년들만 있었던 건 아니고", 슈툼이 진저리를 치며 대답했다. "심지어 대머리들도 동의하며 서 있었습니다!"

"그럼 전반적인 지도요구군요." 아른하임이 말했고 친절하게 고개를 끄덕였다. "이건 오늘날 보편적입니다. 게다가 이 결의는 동시대인의 책에서 나온 것입니다. 제가 제대로 기억하는 것이라면."

"그런가요?" 슈툼이 말했다.

"그렇습니다." 아른하임이 말했다. "물론 이 결의를 일어나지 않은 것으로 취급해야 합니다. 하지만 거기서 표현된 영적 요구를 이해하는 것도 가치가 있을 겁니다."

장군은 약간 안심이 된 모습이었다. 그는 울리히에게 말했다. "우리가 무엇을 할 수 있을지 아이디어가 있나?"

"물론입니다!" 울리히가 대답했다.

아른하임의 주의력이 디오티마로 인해 흐트러졌다.

"자, 부탁하네!" 장군이 나지막이 말했다. "말해주게! 난 그 지도가 우리 수중에 있으면 더 좋겠네!"

"장군님께서는 사실 무슨 일이 일어났는지를 떠올리셔야 합니다."
울리히가 서두르지 않고 말했다. "사랑할 수 있다면 사랑하고 싶을
거라고 한 사람이 다른 한 사람을 비난하고, 다른 한 사람이 똑같은
것이 미움에도 해당된다고 그에게 응수하면 이 사람들은 전혀 부당하
지 않습니다. 이는 사실 모든 감정에 해당됩니다. 오늘날 미움은 부
담을 주지 않는 뭔가를 갖고 있습니다. 다른 한편, 사랑이라고 하는
것을 정말 한 인간에게 느끼기 위해서는… 저는 주장하건대", 울리히
가 짧게 말했다. "그런 두 인간은 지금까지는 없었습니다!"

"그건 분명 아주 흥미롭네." 장군이 재빨리 그의 말을 중단시켰다.
"자네가 어떻게 그런 주장을 할 수 있는지 나는 절대로 이해할 수가
없네. 하지만 난 내일 오늘의 돌발 사태에 대해 시말서를 써야 하고
이를 감안해 달라고 애원하네! 군대에서 제일 중요한 것은 항상 진척
이 있다고 보고할 수 있다는 거야. 여기서는 일말의 낙관주의가 패배
에서도 필수불가결하거든. 분야가 그러하네. 일어난 일을 내가 어떻
게 하면 진보로 묘사할 수 있나?!"

"이렇게 쓰십시오", 울리히가 눈을 깜박이며 충고했다. "그건 도덕
적 환상의 복수였다!"

"하지만 군대에서는 그런 걸 쓸 수가 없네!" 장군이 화가 나서 대답
했다.

"그럼, 그 말을 빼십시오." 울리히가 진지하게 계속했다. "그리고
이렇게 쓰십시오. 모든 창조적 시대는 진지했다. 깊은 도덕 없이 깊
은 행복은 없다. 확고한 것에서 유도되지 않으면 도덕은 없다. 확신

에 근거하지 않는 행복은 없다. 도덕 없이는 동물조차도 살 수 없다. 하지만 인간은 오늘날 더 이상 알 수가 없다, 어떤 ….”

슈툼은 침착하게 흘러가는 듯 보이는 이 구술도 중단시켰다. “사랑하는 친구! 난 한 부대의 도덕에 대해 말할 수 있네, 전투의 도덕이나 여자의 도덕에 대해. 하지만 항상 개별적으로네. 이런 조심 없이 군대의 공문서에서 도덕에 대해 말할 수는 없네. 환상이나 사랑하는 신에 대해 말할 수 없는 것처럼. 자네 스스로 알지 않는가!”

디오티마는 부엌의 창가에 서 있는 아른하임을 보았다. 그들이 저녁 내내 서로 조심스러운 말만 주고받은 이후라 이상하게 가정적인 광경이었다. 동시에 그녀는 갑자기 울리히와 중단된 대화를 계속하고 싶다는 모순적인 갈망을 느꼈다. 그녀의 머릿속에서는 여러 방향에서 동시에 침입하면서 거의 다정하고도 조용한 기대로 약화되어 보관된 그 편안한 절망이 지배했다. 오래전에 예견된 평의회의 붕괴는 그녀에게는 상관이 없었다. 아른하임의 불충도 그녀에게는 — 그녀는 이렇게 믿었다 — 역시 거의 상관이 없었다. 그녀가 들어섰을 때 그는 그녀를 바라보았고 한순간, 그들이 살아 있는 공간 속에서 연결되어있다는 옛 감정이 들었다. 하지만 그녀는 아른하임이 지난 수 주 동안 그녀를 피했음을 다시 떠올렸고 ‘연애의 비겁자!’라는 생각이 그녀의 무릎에 힘을 돌려주었으며 그녀는 위엄 있게 그를 향해 나아갔다. 아른하임은 이것을 보았다. 바라봄, 주저, 거리의 용해(溶解). 그들을 수없이 연결했던 얼어붙은 길 위에 그 길이 다시 녹을 수 있다는 예감이 놓여 있었다. 그는 나머지 사람들을 외면하고 있었지만 마지막 순간, 그와 디오티마는 방향을 바꾸어 울리히, 슈툼 장군 그리고 다른 편에 있는 나머지 사람들에게 다가갔다.

비범한 인간들의 착상에서부터 민족들을 연결하는 키치에 이르기까지 울리히가 도덕적 환상 또는 더 간단히 감정이라고 명명한 것은 단 하나의 수백 년간의 발효지만 끝이 없다. 인간은 열광 없이는 살 수 없는 존재다. 그리고 열광은 자신의 모든 감정과 사고가 똑같은 정신을 가지는 상태다. 장군님은 거의 그 반대로, 이것은 감정이 지나치게 강력해지는 상태, 단 하나의 상태, ─ 마음을 빼앗긴 상태! ─ 다른 사람의 마음을 빼앗는 상태라는 말씀이시죠? 아니, 장군님은 이에 대해 아무 말씀도 하려 하지 않으셨다고요? 어쨌거나 그렇다. 그렇기도 하다. 하지만 이런 강력한 열광은 지지대가 없다. 감정과 사고가 지속성을 얻는 것은 이것들이 전체로서 서로 의존할 때뿐이며 이것들은 어떻게든 같은 방향을 향해야 하고 상대를 끌고 함께 가야 한다. 그리고 사실 인간은 모든 수단, 환각제, 상상력, 암시, 믿음, 확신을 동원해서, 또 자주 일을 단순화하는 어리석음의 도움을 받아야만 이와 유사한 상태를 만들려고 시도할 수 있다. 그는 이념들을 믿는데, 이것들이 가끔씩 진리이기 때문이 아니라 믿어야 하기 때문이다. 자신의 감정들을 정돈해야 하기 때문이다. 삶의 벽들 사이에 있는 구멍을 속임수로 메워야 하기 때문이다. 그렇지 않으면 그의 감정들은 이 구멍을 통해 사방으로 날아가리라. 덧없는 유사상태들에 헌신하는 대신 진짜 열광의 조건들을 적어도 찾아보는 것이 옳으리라. 하지만 전체적으로 감정에 의존하는 결정의 수가 순전히 이성으로 내리는 결정의 수보다 무한히 더 많고 인류를 움직이는 사건들이 모두 환상에서 생겨난다 할지라도 이성문제만이 초(超) 개인적으로 질서

346

잡힌 것으로 입증되고 다른 것을 위해서는, 공동의 노력이라는 이름을 받아 마땅한 일 또는 이 노력의 절망적 필연성의 통찰만이라도 암시하는 일은 일어나지 않는다.

장군의 납득할 만한 항의를 받아 가며 울리히는 대충 이렇게 말했다.

그는 이날 저녁의 사건들 속에서 — 그것들이 격렬함이 없지 않았고 불리한 해석을 통해 심지어 약간 심각한 결과를 초래할 것이라고 해도 — 무한한 무질서의 예만을 보았다. 포이어마울 씨가 이 순간 그에게는 인간애만큼이나 중요하지 않아 보였고 민족주의가 포이어마울 씨만큼이나 중요하지 않아 보였다. 그리고 슈툼은 그에게 너무나 개인적인 이 입장에서 도대체 어떻게 구체적 진보의 사고를 증류해야 하느냐고 물었지만 소용없었다. "이렇게 보고하세요." 울리히가 답했다. "이건 수천 년간의 믿음의 전쟁이다. 그리고 여태 인간이 이 전쟁에 대비해 이 시대처럼 이렇게 허술하게 무장한 적이 없었다. 한 시대가 다른 시대에 물려주는 '헛된 감정들'의 잔해는 산처럼 높이 쌓였지만 이에 대항해 어떤 일도 일어나지 않기 때문이다. 따라서 국방부는 다음번 대재앙을 침착하게 마주해도 된다."

울리히는 운명을 예언했지만 이에 대해 아무것도 몰랐다. 그에게는 실제의 사건도 전혀 중요하지 않았고 그는 자신의 행복을 위해 싸웠다. 그는 행복을 방해할 수 있는 것은 모두 다 생각해 내 보려고 시도했다. 그래서 그는 웃었고, 조소하고 과장하는 척하며 다른 사람들을 속이려 했다. 그는 아가테를 위해 과장했다. 그는 그녀와의 대화를 계속했는데, 이 마지막 대화뿐만이 아니었다. 사실 그는 그녀에 대항하는 사고방벽을 세웠고 방벽의 특정한 지점에 작은 빗장이 있고 이것을 열면 모든 것이 감정의 홍수에 잠기고 파묻힘을 알았다! 그리고 사실 그는 끊임없이 이 빗장을 생각했다.

디오티마는 그의 곁에 서서 미소를 지었다. 그녀는 누이를 위한 울리히의 수고 같은 것을 느꼈고 슬픈 감동을 느꼈으며 성 과학은 잊었고 뭔가가 열려 있었다. 아마 미래였겠지만 어쨌든 조금은 그녀의 입술이기도 했다.

아른하임이 울리히에게 물었다. "당신 말씀은 우리가 이에 대항해 뭔가를 할 수 있다는 것이지요?"그가 이 질문을 제기하는 방식은, 자신은 과장에서 진지함을 인식했지만 어쨌든 또 이 진지함이 과장되었다고 생각한다는 것을 짐작하게 했다.

투치는 디오티마에게 말했다. "어쨌든 이 사건들이 세상에 알려지는 것을 막아야 해요."

울리히는 아른하임에게 대답했다. "매우 있을 법한 일 아닌가요? 오늘날 우리는 너무 많은 감정의 가능성과 삶의 가능성을 마주하고 있습니다. 하지만 이 난관은 이성이 수많은 사실들과 이론들의 역사를 마주할 때 이겨내는 난관과 비슷하지 않습니까? 이성을 위해 우리는 종결되지 않은 그렇지만 엄격한 자세를 발견했습니다. 이걸 당신에게 서술할 필요는 없겠지요. 이제 당신께 묻겠습니다, 이와 비슷한 일이 감정에도 가능하지 않을까요? 의심할 바 없이 우리는 왜 우리가 존재하는지를 알고 싶어 하고 이것이 세상의 모든 폭력행위의 주요근원입니다. 그런데 다른 시대들은 그들의 불충분한 수단들로 이를 시도했지만 위대한 경험의 시대는 아직 그의 정신으로부터 전혀 …."

재빨리 무슨 말인지를 이해했고 울리히의 말을 중단시키고 싶었던 아른하임은 간청하며 손을 그의 어깨 위에 얹었다. "그건 사실 신에 대한 관계의 상승일 겁니다!" 그가 소리를 죽여 경고하며 외쳤다.

"그게 가장 끔찍한 것은 아닐 텐데요?" 이 성급한 걱정에 대해 날카로운 조소가 아주 없지는 않게 울리히가 말했다. "하지만 전 거기까지는 아예 가지도 않았습니다!"

아른하임은 곧 정신을 가다듬었고 미소를 지었다. "한참을 보지 못한 누군가를 뜻밖에 만나면 기쁘지요. 이건 오늘날 드문 일이지요!" 그가 말했다. 게다가 이 호의적인 방어로 자신이 안전하다고 느끼자마자 그는 정말로 기뻤다. 사실 울리히가 그 곤혹스런 자리제안을 다시 거론할 수도 있었을 테니까. 그리고 아른하임은 울리히가 무책임한 무조건으로 대지와의 접촉을 다 물리친다는 데 감사했다. "우리는 이에 대해 한번 이야기를 해야 합니다." 그는 자신의 말에 진심으로 이렇게 덧붙였다. "우리의 이론적 태도를 실천적 태도에 전이하는 것을 당신이 구체적으로 어떻게 생각하는지가 내게는 분명하지가 않아요."

울리히는 이것이 정말로 아직 불분명하다는 것을 알았다. 그는 사실 이것으로 '연구자의 삶'도, '과학의 빛 속에서의' 삶도 아닌 '감정 추구'를 의미했으니까. 이때 그냥 진리가 중요하지 않다는 점만 빼면 이것은 진리추구와 유사하다. 그는 아가테에게로 건너가는 아른하임을 지켜보았다. 거기에는 디오티마도 서 있었다. 투치와 라인스도르프 백작은 왔다 갔다 하고 있었다. 아가테는 모든 사람들과 수다를 떨었고 생각했다. '왜 오빠는 모든 사람들과 이야기를 하지? 나와 함께 떠나야 할 텐데! 오빠는 자신이 내게 말했던 모든 걸 무가치하게 만들어!' 그녀가 들은 말들은 대개 마음에 들었지만 그럼에도 불구하고 그녀를 아프게 했다. 울리히에게서 오는 것은 전부 지금 다시 그녀를 아프게 했고 그녀는 이날 다시 한번 갑자기 그를 피하고픈 욕구를 느꼈다. 그녀는 자신의 일방성 탓에 자신이 그에게 충분하지 않을까봐 낙담했고 그들이 잠시 후 그냥 이날 저녁에 대해 수다를 떠는 두 사람처럼 집으로 갈 것이라는 생각을 견딜 수가 없었다!

하지만 울리히는 계속 생각했다. '아른하임은 결코 그걸 이해할 수 없을 거야!' 그리고 그는 이렇게 보충했다. '과학적 인간은 사실 감정에서만 제한을 받지만 실용적인 인간은 정말로 제한을 받는다. 이건 팔로 뭔가를 붙잡으려면 두 다리가 단단히 서 있어야 하는 것만큼이나 필수적이다.' 그 스스로가 평소의 상황들에서 그러했다. 사고를 하자마자 그는, 사고 대상이 감정 그 자체라 하더라도, 감정을 조심스럽게만 허용했다. 아가테는 이를 차갑다고 명명했다. 하지만 그는 알았다. 이와 완전히 달라지고자 한다면, 치명적인 모험에서처럼 그 전에 삶을 포기해야 함을. 일이 어떻게 진행될지 상상할 수 없으니까! 그는 그럴 마음이 있었고 이 순간 더 이상 두려워하지 않았다. 그는 오랫동안 누이를 바라보았다. 말하기의 활발한 유희와 거기에 전혀 영향을 받지 않은 더 깊은 얼굴. 그는 그녀에게 함께 떠나자고 말하려 했다. 하지만 그가 자리를 뜨기도 전에, 다시 그에게로 건너온 슈툼이 말을 걸었다.

마음 좋은 장군은 울리히를 좋아했다. 그는 울리히가 국방부를 두고 한 농담을 벌써 용서했고 심지어 어째서인지 '믿음의 전쟁'에 대한 연설이 매우 마음에 들었다. 거기에는 군모의 떡갈나무 잎이나 황제 탄신일의 만세소리처럼 성대하게 군대적인 것이 있었으니까. 그는 자신의 팔을 친구의 팔에 기댔고 울리히를 사람들이 들을 수 없는 곳으로 끌고 갔다. "이보게, 나는 모든 사건들은 환상에서 생긴다는 자네 말이 멋지다고 생각하네." 그가 말했다. "물론 공식적 입장이라기보다는 내 개인적 입장이지만." 그는 울리히에게 담배를 내밀었다.

"전 집에 가야 합니다." 울리히가 말했다.

"자네 누이는 멋지게 즐기고 있으니 그녀를 방해하지 말게나." 슈툼이 말했다. "아른하임은 그녀의 환심을 사려고 심혈을 기울이고 있네. 내가 자네에게 말하려고 했던 건, 모두가 지금은 인류의 위대한 사고들에 더 이상 기뻐하지 않는다는 거야. 자네가 다시 약진을 가져와야 하네. 내 말은, 시대가 새로운 정신을 얻는다는 뜻이네. 이 정신을 자네는 손에 넣어야 하네!"

"어떻게 그런 생각을 하셨지요?!" 울리히가 불신에 차서 물었다.

"그냥 그렇게 생각하네." 슈툼은 이를 슬쩍 넘어갔고 간절히 계속했다. "자네도 질서에 찬성하지 않나. 이건 자네가 말한 모든 것에서 보이네. 그러면 나는 이런 질문을 받는 느낌이네. 인간은 선한 편인가, 아니면 오히려 강한 손을 더 필요로 하는가? 여기에는 단호함을 향한 오늘날의 일정한 욕구가 놓여 있네. 요컨대, 내가 이미 말했잖은가, 자네가 운동의 주도권을 다시 넘겨받게 된다면 안심이 될 것이라고. 그렇지 않으면, 이렇게 말들이 난무하니 무슨 일이 일어날지 모르거든!"

울리히는 웃었다. "제가 이제 무엇을 할지 아세요? 저는 더 이상 여기 오지 않을 겁니다!" 그가 행복하게 대답했다.

"도대체 왜지?!" 슈툼이 열의를 보였다. "자네는 결코 현실적인 힘이 아니었다고 말하는 사람들이 옳게 되겠군!"

"제가 어떻게 생각하는지를 사람들에게 털어놓으면 그들은 정말로 그렇게 말할 겁니다!" 울리히가 웃으며 대답했고 친구에게서 벗어났다.

슈툼은 화가 났지만 이어 그의 착한 마음이 승리했고 그는 작별을 하며 말했다. "이 이야기들은 빌어먹게 복잡해. 난 가끔씩 이렇게 생각할 지경이었네, 이 해결될 수 없는 모든 것 다음에 진짜 바보가 온다면 최선일 거라고. 내 말은 우리를 도울 수도 있을 잔 다르크류 말이네!"

울리히의 시선은 누이를 찾았지만 발견하지 못했다. 그가 디오티마에게 동생에 대해 물었을 때 라인스도르프와 투치가 막 다시 방 밖으로 나왔고, 모두가 떠나고 있다고 알렸다. "내가 곧장 말했지요", 각하가 안주인에게 기분 좋게 보고했다. "그들이 말한 것은 그들의 진짜 견해가 아니었다고. 드랑잘은 그 후 정말로 구원하는 착상이 있었어요. 오늘 모임을 다음 기회에 계속하자고 결의가 되었으니까요. 하지만 그때 포이어마울은, 또는 그의 이름이 뭐든 간에, 자신의 긴 시를 하나 낭독할 거요. 그럼 더 조용히 일이 진행되겠지요. 물론 나는 그 긴급함 때문에 곧장 이걸 당신의 이름으로 승인했어요!"

그 후에야 비로소 울리히는 아가테가 갑자기 작별을 했고 혼자 집을 떠났음을 알았다. 그녀는 자신의 결심으로 그를 방해하고 싶지 않다는 전갈을 남겼다.

— 끝

지은이 · 옮긴이 소개

지은이_로베르트 무질 (Robert Musil, 1880~1942)

로베르트 무질은 오스트리아의 클라겐푸르트에서 태어났고, 작가로서는 이례적으로 군사학교와 공과대학을 거쳐 철학으로 박사학위를 받았다. 슈투트가르트 공대 재학 중 집필한 자전적 소설 《생도 퇴얼레스의 혼란》(1906) 이 성공을 거두어 작가의 길로 들어선다. 5년간의 제1차 세계대전 참전 후 1920년대 초 《특성 없는 남자》 집필을 시작한다. 1930년 제1권, 1932년 제2권이 출간되지만 이후 경제적 어려움, 건강 악화, 1938년 나치의 오스트리아 병합, 망명 등으로 인해 소설의 마무리 작업은 진척을 보지 못하고 결국 1942년 작가가 망명지 스위스 제네바에서 뇌졸중으로 급작스레 사망함으로써 이 대작은 미완성으로 남는다. 무질은 데뷔작과 대표작 외에 단편집 《합일》(1911), 《세 여인》(1924) 과 드라마 《몽상가들》(1921), 《빈첸츠와 중요한 남자들의 여자 친구》(1924) 를 발표했으며, 그 외 신문이나 잡지에 기고한 많은 글들 가운데 일부는 이후 《생전 유고》(1935) 라는 제목의 책으로 출간되었다.

옮긴이_신지영

서울대 독어독문학과를 졸업하고 독일 쾰른대에서 로베르트 무질의 《특성 없는 남자》에 관한 논문으로 박사학위를 받았다. 덕성여대를 거쳐 현재 고려대 독어독문학과 교수로 재직하고 있다. 저서로는 *Der 'bewußte Utopismus' im Mann ohne Eigenschaften von Robert Musil* (Königshausen & Neumann 2008), 번역서로는 《생전유고/어리석음에 대하여》(로베르트 무질 지음, 워크룸프레스 2015) 가 있다.